JN316942

He's No Prince Charming
by Elle Daniels

やさしき野獣と花嫁

エル・ダニエルズ
水山葉月[訳]

ライムブックス

HE'S NO PRINCE CHARMING
by Elle Daniels

This edition published by arrangement
with Grand Central Publishing, New York, USA
through Japan UNI Agency, Inc., Tokyo

やさしき野獣と花嫁

主要登場人物

ダニー（ダニエル）・メアリー・ストラフォード……シートン男爵の娘。〈グレトナ・グリーン・ブッキング〉の運営者〈G・グリーン・ブックス〉のオーナー。
マーカス・ブラッドリー……フリートウッド侯爵
アン・ニューポート……マーカスの婚約者。商人の娘
キャロ（キャロライン）・ブラッドリー……マーカスの妹
アナベル・トールマン……ダニーの友人
ヒュー（ヒューバート）・トールマン……アナベルの夫。〈G・グリーン・ブックス〉の店主
マイケル・ラスボーン……ダニーの求婚者。ヘムズワース伯爵
ジェームズ・ストラフォード……ダニーの父。シートン男爵。国会議員
ハーウッド公爵……キャロの婚約者
ジニー・フォーリー・フォスター……海軍司令長官の娘

1

美女は馬に乗りながらほほえみましたが、その笑みの裏には、別れの時間が近づいていることを悲しむ涙が隠れていました。

チャールズ・ラム『美女と野獣』

彼には複数の呼び名があった。社交界の人々は、陰で野獣と呼び、面と向かっては閣下と呼ぶ。もし友人がいれば、フリートウッドと呼ばれただろう。妹は、目の上のたんこぶと呼ぶ。そして彼自身は、ただマーカスと呼んでいる。

今の彼は、誰もが酔っ払いと呼ぶだろう。

それこそ、マーカスがなりたいものだった。酔えば何も感じない。何も思いださない。金色の飲み物は、檻にとらわれたような毎日の生活が、また一日分無事に終わったことを意味する。しかし、安堵感は長くは続かない。雨に濡れた小道を歩きながらも、マーカスは心地よいあたたかさが自分の血管から消え去ろうとしているのを感じた。過去の影がゆっくりと、意識の前面に戻ってくるのがわかる。それを食いとめるのは大変な苦労だが、記憶と向きあうのはさらに努力を要した。

マーカスが石畳の道で足を止めると、黄褐色に磨かれたブーツの音がやんだ。ガス灯が闇を照らしている。空気の冷たさも気にせずに、彼は上着の前を開いて内ポケットを探った。

「酒瓶はどこだ」そうつぶやきながら、服のあちこちを触る。

なめらかな金属の携帯用の酒瓶に手が触れると、嬉々としてそれをつかみ、ふたを開けて唇に近づけた。たちまち手足があたたまり、いやな記憶をふたたび忘れることができた。頭にもやがかかって、過去と現在の区別がつかなくなる。おかげで、記憶に脅かされずに自宅に向かうことができそうだ。

けれども五、六歩進んだところで、視界の端で何かが動くのが見えた。マーカスはぎくりとし、こぶしをあげてすばやくそちらを向いた。心臓が早鐘を打つ。もしやあれは……。

自分の愚かさに首を振り、ふたたび酒瓶を取りだした。なんて厄介なんだ、わたしの記憶というやつは！

酒瓶のひんやりとした口を、キスするように自分の唇に当てる。だが救いの酒が瓶の縁を越える前に、またしても何かの動きが目に入った。マーカスははじかれたように振り返り、襲撃者と向きあおうとした。地面に当たる金属の音に、後ろに飛びのいた。襲ってくるナイフから、あるいは鞭から身を守ろうとして全身が警戒する。

しかし、目の前には誰もいない通りが延びているだけだった。通りの端は夜の闇に隠れている。見おろすと、酒瓶が地面に落ちて音をたてたことがわかった。わずかに残っていた救いの酒は、マーカスの上着と糊のきいたシャツにしみこんでいた。

マーカスは荒い息をつきながら、気持ちを落ち着かせようと片方の手で胸を押さえた。今の自分は、社交界の人々が言うとおり野獣そのものだろう。目が恐怖にぎらつき、狂気じみた形相をしているに違いない。

酒瓶を拾おうと腰をかがめたとき、誰もいないはずの通りに音が響いたので、マーカスはそのまま動きを止めた。ふたたび目の端に何かの動きが映った。かすかに震える手で酒瓶を拾い、何が起きているのか調べるべきだろうかと自問する。常に感情を持たないようにしているマーカスでも、懸念が浮かぶのを止められなかった。誰かが怪我をしているのだとしたら？　眉をひそめて酒瓶をポケットに戻し、音のするほうへ向かった。おぼつかない足取りで、マーカスは立派な屋敷の鉄の門に近づいていく。その屋敷にはどこか見覚えがあった。後ろにさがってみて、婚約者のミス・アン・ニューポートの家の裏庭だと気づいた。マーカスは頭を傾けて、耳を澄ました。今度は小さかったが、たしかに金属がぶつかりあう音がした。

高い塀に沿って曲がったところで、三人の少年が庭からこっそり出てくるのが見えた。マーカスは啞然とした。いちばん背の高い少年が、続くふたりのために出入り口を押さえている。その手にさがるガスの角灯《ランタン》が揺れる。最後のひとりが出入り口を閉めた。その少年がなんの前触れもなしに顔をあげた。マーカスはあわてて暗がりに引っこんだものの、相手に見られなかったという自信はない。警告の声があがるのではないかとしばらく待ったが、何も起こらないので塀の角からのぞいた。路地には誰もいなかった。

マーカスは深く考えもせずに、三人組の悪がきを追って路地を進んだ。いくらマーカスが酔っていても、こんな深夜にこの一帯でもとりわけ立派な屋敷から忍びでてきた三人の少年がよからぬことを企んでいるのはわかる。彼は歩きながら冷たい笑みを浮かべた。あいつらを怖がらせてやろう。この顔を見れば、心臓に毛が生えた者でさえおびえるはずだ。

無意識のうちに頬を撫で、一生消えない隆起した傷跡に触れた。暗い恐怖心に負けそうになり、震える手を酒瓶に伸ばしかけたが、わずかに残っていた酒は着ている服にかかってしまったのを思いだした。目を閉じて、よみがえってくる過去の痛みを必死に追いやってから、さらに足を進めた。今、自分がしている行為に没頭すれば、過去を忘れることができるかもしれない。

マーカスは、三人組が庭から出てきたところまで来て立ちどまった。一見、塀はなんの問題もないかに思われたが、雨に濡れる横木に指を走らせてみると、一箇所隙間ができていた。そこから塀が門のように開いて、出入りできるようになっている。あの少年たちがしているのは、ただの悪ふざけではないらしい。

こんなふうに細工をしてあるのを見つけたのだから、本当ならボウ・ストリートの捕り手を探すべきだった。酒による虚勢からか、二度と何かにおびえまいという強い決意からかは自分でもわからなかったが、マーカスは路地を進み続けた。路地の先まで行って足を止め、目の前の光景を見つめた。路地の出口は大きな通りにつながっていた。通りには馬車が止まっており、ランタンの光がこうこうとあたりを照らしている。スプリングのきいた馬車はあちこちに荷物を詰めこんであり、これから長旅に出るようだ。馬車の前に少年たちが立っていた。だが……。

三人をじっと見つめるうち、マーカスはあることに気づいた。ランタンの明かりが照らしだしていなければ気づかなかっただろう。三人のうちふたりは、男の格好をした小柄な女性だったのだ。なぜ彼女たちはあんなふうに自らの名を汚す危険を冒しているのだろう？　マーカスの頭の中で好奇心がふくらんだ。

背の低いほうの女性が、席から降りてきた御者に一歩近づき、マーカスはふたたびそちらに注意を向けた。ふたりはかたく抱きあった。御者はひと目見て無害とわかる。中肉中背でこれといって変わったところはなく、特徴といえば、真ん中で分かれて先端がカールした妙な口ひげぐらいだろう。一方の女性のほうは、大いにマーカスの注意を引いた。

彼女を少年と見間違えたとは、自分でも信じがたかった。上等なウイスキーを二本飲んだせいだとしか思えない。ぴったりとしたズボンに包まれた、魅惑的なヒップのカーブに目を奪われる。小柄なのに見事なまでの曲線を描く体を眺めてさらに興味を覚えた。彼女のシャツが引っ張られて胸の形があらわになると、マーカスは不意に口の中がからからになった。

最後に女性を抱いたのはいつだろう？　突然の欲望に、思考が向かってほしくない方向にさまよってしまう。女性との時間を楽しむために、自分がどんな状態に甘んじなければならなかったかは考えたくない。愛人を作ろうとしたこともあったが、耐えられないといつも断られた。いつしか、暗がりの中で娼婦に安い代金を払うのが習慣となった。

揺れる光に照らされている小柄な女性を見ただけで、自分が手に入れられないものへの切望が強まった。それは、決して手に入れられないものだった。

「ジョン！　元気だった？」

石畳の向こうから流れてくる彼女の小さな声が、やけどを癒やす冷たい水のようにマーカスの心に届く。マーカスの暗い思いを覆い隠し、現在に引き戻す。そんなことができる者はこれまでほとんどいなかったというのに。この、何やら得体のしれない企みに自分が興味を持っていることに腹立ちを覚えながらも、マーカスはふたりの会話がよく聞こえるよう身を乗りだした。

「これ以上ないほど元気ですよ、ミス・ダニー。息子たちがこのあいだハワードともめました。女房はかんかんに怒りましてね」

ミス・ダニーが首を振った。

「無理もないわ。ミスター・ハワードはボウ・ストリートの捕り手を呼ぶと言って脅したんですもの」

「あいつらには困ったものですよ。あなたは子どもなんか持たないほうがいい」

その言葉に、ミス・ダニーがほほえんだ。単に美しいだけだった顔が、目をみはるほど美しくなった。マーカスは息をのみ、彼女を自分のものにしたいという衝動を覚えて思わずこぶしを握った。常軌を逸した心情だが、考えてみればマーカスの人生はほとんどが常軌を逸したことの連続だった。

「しいっ！　ヒューに聞こえたら大変よ」ミス・ダニーの抑えた笑い声は、話し声と同じくなめらかだった。

「どっちみちヒューは手遅れですよ、もう子どもがいるんだから」愉快そうな御者の言葉がマーカスのところまで届く。御者は、少し離れたところで待っている男女に目を向けてから、空を見あげた。「なんともいい夜を選びましたね、ミス・ダニー！　ぬかるみのおかげで、馬車を進めるのに時間がかかりそうだ」

ミス・ダニーが、馬車にのせられた何かを調べながら小さな声で笑うのが聞こえた。

「まるで、わたしが魔法でこんな天気にしたみたいじゃないの。道はまだ充分通れるわよ」

ジョンは濡れた道を示した。無事に目的地にたどりつけるかどうか心配している理由は一目瞭然だろうと言いたげだ。

「ずいぶん心配性ね」ジョンがにらむのを無視して、ミス・ダニーはさらに言った。「わたしたちは誰にも見られていないし、誰の警戒も呼んでいない。アンがいないことにみんなが気づく頃には、あなたたちはグレトナ・グリーンまでの道のりの半分まで進んでいるわ」

マーカスはどんな感情も覚えないよう努めた。感情は記憶につながるからだ。だが、アンという名前を聞いて体を走った衝撃を抑えることはできなかった。彼女であるわけがない。ロンドンには、その名を持つ女性が山ほどいる。彼女の屋敷で働くメイドのひとりかもしれない。不安が増す中、マーカスの理性より先に直感が、迫りくる運命を察していた。

マーカスは、三人のうち唯一本物の男と、並んで立っているもうひとりの女性に視線を向けた。男はがっしりした体格から察するに、少年というより立派な大人らしい。通りの外れに立ってランタンを高く掲げ、様子をうかがっているもうひとりの女性をやわらかい光で照らしている。女性の天使のような美しい顔を、不安げな表情がよぎる。この一カ月、マーカスが何度も見た顔を。彼女は帽子を脱いで手で絞るようにして持っている。明るい色の髪はあわてて三つ編みにしたらしく、ふだんの古風な髪型とはまったく違う。間違いなく、ミス・アン・ニューポートだ。ロンドンでも指折りの裕福な商人の娘にして、マーカスの婚約者。その彼女がマーカスから逃げようとしている。

どう感じればいいのかわからなかった。なんと愚かだったのだろう。政略結婚であるのはわかっていたが、いつかアンも自分を好意的に見てくれるようになるだろうと思いはじめていたのに。彼女とは親しく会話を交わした。マーカスは紳士として、やさしく丁重に接した。アンは多少ためらいはあったとしても、マーカスを受け入れてくれているふうに見えた。だが目の前に現実を突きつけられ、自分の勘違いだったことがわかった。敗北感よりも当惑が大きかった。妹にどんな影響が及ぶのか、考えるのもつらい。

ミス・ダニーが御者に顔を近づけ、マーカスに聞こえるか聞こえないかの小声で尋ねた。

「新郎はどこ?」

御者は心配そうな顔で首を振った。ミス・ダニーはアンを気遣うように見てから、彼女の横に行った。

「彼は今夜決行すると知っているのよね？」

アンが自分に言い聞かせるかのように震える声で答えた。「え……ええ、今日ふたりだけで段取りを確認することができたの。彼はちゃんとここに来ると言ったわ。ジョージは最後の最後で心変わりするような人ではない。わたしが彼を愛しているのは、そういうところが好きだからよ」

〝愛している〟マーカスはこみあげる笑いを抑えた。目の前で起きている出来事のばかばかしさにめまいがしてきた。自分が感情的になっているというぼんやりした思いと、冷静な思考がぶつかりあう。新郎とやらがアンを騙しているのは間違いない。アンの子どもっぽい夢につけこんで、三人の協力者に大金を払い、彼女が引き継ぐ財産を自分のものにしようとしている。アンのような純真な女性が簡単に手玉に取られることは想像にかたくない。マーカスは今すぐ止めようかと思ったが、動けなかった。

怒りが胸に渦巻く。アンにこんな目に遭わされたことへの怒り。夜の闇にまぎれて逃げようとするほど彼女が自分との結婚を毛嫌いしていることへの怒り。互いを愛していないことや、単なる政略結婚であることはわかっていても、少しは自分に対する気遣いを見せてくれてもいいじゃないか。怒りとともに復讐心が芽生えた。マーカスの中の冷酷な部分が、アンに相応の罰を受けさせたいと考えていた。

ミス・ダニーが元気づけるようにうなずいて、アンと、ランタンを持っている男に並んで通りの先を見つめた。「彼はきっと来るわ」

マーカスもそこに立ったまま待った。酔いに任せた思いが、感情の渦にのみこまれていく。ジョージという男が本当にアンを騙そうとしているなら、なぜ獲物をとらえに来ない？ 良心に目覚めたのか？ 後悔しているのか？ 混乱した頭に新たな考えが浮かんだ。もしや、餌食になっているのはアンではなくジョージなのか？

湿った煉瓦の壁に肩を預けるうちに、マーカスの頭の中でアンの姿がゆっくりと妹の姿に変わっていった。不安と期待に輝く、妹の淡い緑の瞳に宿る必死の願いが目に浮かぶ。彼女が〝心から愛する人〟に捨てられ、ひどく打ちのめされて自室に戻っていく姿が見える。あるいはもっとつらい想像だが、惨めな結婚に永遠に縛られて自分の家に帰っていく姿が見える。

そんな心配をしているうちに、復讐心は薄れた。あれがアンではなく妹のキャロラインだったら、マーカスは、もうすぐ元がつく妹の婚約者がこの災難を食いとめてくれることを望むだろう。怒りに胸が締めつけられる。ふだんからおなじみになっている、目がくらむほどの鋭い怒りではない。もっと深いところで渦巻き、いつかさらに大きな悪意に育ちかねない怒りだった。マーカスは壁から離れて彼らの前に出ようとしたが、そのとき三人が立っている場所から小さな叫び声が聞こえ、足を止めた。ほっそりした姿が暗がりから出てきたのと同時に、マーカスは後ろにさがった。ランタンの明かりに眼鏡が光るのが見えたかと思うと、新たに現れた若者が何かにつまずいたかのように転んだ。

「まあ、ジョージ！　大丈夫？」

アンはひざまずいて、ジョージが立ちあがるのに手を貸した。ジョージが口の片端で笑った。「遅れて悪かった、アン。ミスター・ヘスラーがなかなか帰してくれなかったんだ。これからのふたりの生活を考えたら、振りきることもできなくてね。でも、精いっぱい急いで来たよ」

ジョージはそう言いながら、転んだ拍子に落とした眼鏡を手探りした。ミス・ダニーが、彼から一メートルほど離れたところに落ちていたそれを拾って手渡した。

「はい、どうぞ。足元に気をつけてね」

「ああ、ミス・グリーン。新しい眼鏡なんだが、そのうち慣れると思う」

マーカスはうわの空だった。頭の中でパズルのピースがぴたりとはまり、アンを守りたいという思いから、地獄に突き落としてやりたいという思いに変わった。ジョージは、マーカスが雇っている事務弁護士の助手だった。婚約に関する書類をニューポート邸に届けていた張本人だ。ミスター・ヘスラーは、彼のことをよく話題にしていた。法律家として将来を期待できるいう話だった。新たな屈辱を覚え、マーカスはジョージがその道で大成するのを阻止してやりたい気分になった。

ミス・ダニーと、ランタンを持った男が気遣わしげに視線を交わすのが見えた。ジョージがなんらかの事故で死んだりしたら、報酬を得られないと心配しているに違いない。

事務弁護士の助手は眼鏡をかけ直すと、アンとがっしりした男の手を借りて立ちあがった。

ミス・ダニーはすでに、きびきびとした足取りで御者のほうに向かっていた。上着のポケットから袋を取りだして、ジョンに渡す。道のこちら側にいるマーカスにも、硬貨のぶつかりあう音がはっきり聞こえた。

「これで旅費には充分のはずよ。気をつけてね、ジョン」

「いつも気をつけてますよ、ミス・ダニー」

ミス・ダニーが扉を押さえ、アンとジョージは馬車に乗りこんだ。馬車が走りだす前に、ミス・ダニーがふたりと話すために車内に上半身を乗り入れたおかげで、マーカスは見事なヒップを拝むことができた。彼女の声が聞こえてくる。「わたしが言ったことを忘れないで。ジョンが服を着替えても安全だと言うまで、あなたたちは休暇を過ごすためにスコットランド北部に向かっている兄弟なのよ。着替えたあとは、家族のもとに向かうジェンナー夫妻になる。わたしの計画どおりにしてね。今までこれでうまくいってきたんだから。わかる？」

「ええ！　いろいろとありがとう！」馬車の中から聞こえてくるアンの声は、興奮のあまり甲高くなっていた。

「いいのよ、帰ったら連絡してね。そして、知り合いにうちの書店を推薦してちょうだい。もちろん、控えめにだけど」

新郎が眼鏡に光を反射させながら言った。「そうするよ、ミス・グリーン。アンもぼくも、本当に感謝している」

「じゃあ、もう行って」

ミス・ダニーは扉を閉めて叩き、御者に合図した。馬車が動きだすと、彼女は泣き笑いの表情を浮かべて手を振った。

「幸せな結末っていいものね。そう思わない、ヒュー？」

ランタンを持っていた男は答える代わりにうなった。馬車からヒューに顔を向けたミス・ダニーがあきれた顔をした。

「ヒューバート・トールマン、あなたはうなる以外のことはできないの？　知りあって二年になるけれど、あなたがちゃんと話すのを聞いたことは一回しかないわ」

沈黙が流れたあと、ミス・ダニーは長いため息をついた。

「アナベルみたいなおしゃべりが、なぜあなたみたいな人とくっついたのか不思議だわ」

またしても返事はなく、マーカスはふたりが闇の中に消えていくのを見つめた。足音が聞こえなくなるまで待って、隠れていた場所から出た。馬車が走り去った方向を向いてから、ミス・ダニーとヒューが消えていったほうを見た。まだ感情が生々しく、自分が目撃した出来事をどう考えればいいかわからなかった。

だが、ひとつだけはっきりしていることがある。マーカスには酒が必要だった。

2

「わたしは城のものをすべておまえに与えた。食事も暖炉の火もベッドもワインも。そのお返しに、おまえはわたしのバラを盗んだのだ。卑劣な盗人め、後悔させてやる」

チャールズ・ラム『美女と野獣』

頭上から大きな音が鳴り響いたかと思うと、ガラスが割れる音が聞こえてきた。ダニエル・ストラフォードは新聞の社交欄から顔をあげて、友人が階段を駆けおりてくるのを見つめた。にんじんのような赤毛があちこちに突きだし、白いモスリンのドレスの前面に大きな紅茶のしみがついている。友人は階段をおりきると、どんと床を踏み鳴らし、喉の奥からいらだったうめき声を発した。

ダニーには口元を隠してくれる新聞の存在がありがたかった。いちばんの親友であるアナベルは、ダニーが笑っているのを見たら喜ばないだろう。

「あなたのご主人は本当に変わっているわ」ダニーは言った。

アナベルが茶色の目を細めた。「まったく、赤ん坊と一緒よ。サイモンでさえ、熱があるときでももっとおとなしくしているわ。ヒューは鼻の調子が悪いだけなのに！」

「彼のくしゃみの音ときたら、聞いたことがないほど盛大だわ。その埋めあわせのために、ふだん静かにしているのかしら？」

その言葉を裏づけるかのように、アナベルの夫であるヒューのくしゃみの音がまたしても店内に鳴り響いた。アナベルは打つ手なしといった調子で足を踏み鳴らした。白い肌が髪に負けないくらい赤く染まる。

「アヘンチンキを多めにのませたらどう？」

「のまないわ。無理やりのませようとしてみたけど、喧嘩になっただけ」

「喧嘩といっても、不機嫌な目でにらみつけられるだけでしょう？」

「あなたにはわたしへの同情心ってものがないの？」

「ないかも」ダニーは笑った。

アナベルはダニーの前に飛んでくると、いきなり新聞を奪って踏みつぶした。新聞紙がしわくちゃになって破れると、踏むのをやめた。顔が紅潮し、怒りで胸が大きく上下している。

ダニーは膝の上で手を組み、椅子の背にもたれた。

「気がすんだ？」

茶色い目がこれ以上ないほど細められた。「わたしがあなただったら、用心するわよ」

ダニーはなおも笑わずにはいられなかった。「なぜ？」

「いつかあなたの食事に毒が混じるかもしれないもの」

ダニーの高らかな笑いは、赤ん坊の泣き声にさえぎられた。アナベルの顔から紅潮が消え、疲れた表情が取って変わる。

「サイモンが起きたわ」

ダニーは友人を思いやってため息をついた。

「しばらく店番をしたら？　サイモンと大きな赤ちゃんの世話はわたしが引き受けるわ」

アナベルがあたたかい腕をまわしてダニーを抱きしめ、ほっとしたようにほほえんだ。

「ありがとう。ヒューが荒れても気にしないでね」

「もちろん。さあ、お店に行って」

友人は振り返りもせず、うれしそうに出ていった。わたしの気が変わらないうちにとっとダニーはため息をつくと、重い気分でのろのろと階段をのぼった。

散らかった居間を通り、小さな子ども部屋に向かった。ベビーベッドからピンク色の赤ん坊を抱きあげて揺すった。サイモンを抱くといつも心が満たされる。そして、次の瞬間、ダニーは猛烈な悲しみに襲われた。自分の赤ん坊が欲しかった。二四歳という年齢はまだまだ若いが、ダニーはもうずいぶん前から男性に幻滅しており、子どもを作るような深いつきあいをしようという気にはなれずにいた。たった一度しかない社交界デビューのシーズンを財産目当ての男たちに囲まれて過ごせば、誰だってそうなるだろう。

自分にぴったりの相手、魂の伴侶が欲しくてたまらないが、そんなものは限られた人々だけが実現できる夢らしい。サイモンの世話をしているといつも、父が進めようとしている縁談のことが頭に浮かぶ。父が選んだのは、新進気鋭の政治家であるヘムズワース伯爵マイケル・ラスボーンだった。常にダニーをお姫さまのように扱ってくれる、申し分ない紳士だ。それにとてもハンサムで、美しいはしばみ色の目をしており、笑顔も魅力的だった。この二カ月、ダニーは舞踏会やオペラにエスコートしてもらった。社交界にデビューした娘たちやその母親たちから羨望のまなざしを向けられたことは一度や二度ではない。人々に言わせると、ヘムズワース伯爵は一〇年に一度の逸材で、その彼と結婚できることにダニーは感嘆すべきらしい。伯爵はやさしい夫になるだろうし、ダニーも彼を愛するようになるだろう。それに、時が経てば、ずっと夢見てきた情熱的な夫婦愛が現実のものとなるかもしれない。

国会議員である父は、伯爵の政治的な人脈を利用できるようになるのを喜ぶだろうし、ダニーも父を喜ばせて昔の父に戻ってもらいたいと思っている。もし求婚に応じたら、最近ではよそよそしくて冷たくなってしまった父は、母が死ぬ前のやさしくてあたたかい父に戻ってくれるのではないだろうか？

これからの人生でも間違いなく持ち続けるであろう喪失感を追いやり、ダニーは目の前の赤ん坊に安らぎを見いだした。サイモンのしわの寄った額に指を走らせ、何度も撫でるうちにしわが消えるのを見つめる。赤ん坊は小犬のような茶色の目を見開き、足の親指を口に突っこんだ。こんな赤ちゃんが欲しい。ヘムズワース伯爵とのあいだに作ることもできるだろう。父にイエスと答えればいいだけの話だ。とても簡単なこと。それなのに、ダニーはためらっていた。

わたしは本当に愚かだ。

ため息をついて小さくほほえんでから、赤ん坊を木製のベッドに戻し、積み木を渡した。

「サイモン、本物の赤ちゃんのお世話をしてくるから、そのあいだいい子にしていてね」

一歳の赤ん坊はすでに積み木の角をかじるのに夢中で、ダニーに目もくれなかった。子ども部屋を出ると、ダニーは向かいの部屋に入った。ヒューの様子を見たとたん、笑いがこみあげた。彼はベッドの頭板にもたれて怖い目でこちらをにらんでいたが、頭に湯を入れた氷《ひょう》嚢《のう》をのせ、鼻を赤くしている姿は滑稽だった。ダニーは笑いを嚙み殺してベッドに近づくと、ヒューの視線を無視して上掛けを体にかけてやった。

「かわいそうなクマさんね！」

アナベルが愛情をこめて夫を呼ぶその愛称を、ヒュー自身が毛嫌いしているのは承知のうえだった。彼の視線がさらに険しくなる。あの目で人を殺すこともできるかもしれない。さらに笑いをこらえながら、ダニーはドクター・ピーターズが置いていったアヘンチンキの瓶を手に取った。ヒューがきつく口を閉じた。まるでダニーが彼を力でねじ伏せて、無理やり薬をのませることができるかのように。

茶色い瓶をひっくり返してみると、中身はほとんど手つかずだった。

「アナベルだって少しは休まないと。わたしは頼りになるから安心して」

ヒューの顔に不安がよぎるのを、視界の隅にとらえた気がした。まあいい。お互い、わたしが彼の哀れみを乞うような大げさな芝居に我慢する気がないのを知っているのだから。

「わたしが最初にしなければならないのは、あなたを楽しませること。今はそれ以外必要なものはなさそうだもの。英国考古学協会の最新の発見に関する記事を読みましょうか？　それとも、フォーダイスの説教集がいい？　あなたも知ってのとおり、わたしにはふるまいを正す必要があるから」

ヒューはあきらめたらしく、黙ったまま瓶に手を伸ばした。ダニーは瓶を渡し、薬をのむ彼を見ながらにっこりした。ヒューは瓶のふたを閉めて、ダニーをにらみながら瓶を返すと、上掛けの下に潜った。

「そうよ、そうしたほうがいいわ。ゆっくりやすんでね、クマさん」

そう言い残すと、ダニーは部屋を出て階段をおりた。新聞を持って椅子に座るつもりだった。新聞はいつも持ち歩くようにしている。そうでないと、アナベルの癇癪《かんしゃく》の犠牲になるか、好奇心旺盛なサイモンの口に入れられてしまうかのどちらかだからだ。ダニーが羽根ペンとインクを手に取るために新聞を脇に抱えたそのとき、疲れきった様子のアナベルが店先から戻ってきた。

「何をしているの？　ヒューとサイモンは？」

「ふたりとも眠るところよ」

ふたりの赤ん坊が行儀よくしていることにアナベルが驚いていると、店の出入り口についているベルが怒ったような音をたてた。アナベルの顔にいらだちが戻った。「どうすればいいの？　お客さんに本を探すのを手伝ってくれって言われても、何がどこにあるのかさっぱりわからないのよ。本のある場所を知っているのはヒューだけだから」

「じゃあ、あのベルは……」

「またひとり、怒った客が出ていった音よ！」

ダニーはため息をついた。店にどんな本が置いてあるのかはダニーも知らない。ふだん書店を切り盛りしているのはヒューで、アナベルはたまに事務的な仕事を手伝っている。ダニーはいつも裏口から入り、新しく本を仕入れる際の注文すらしたことがなかった。ダニーが関心を持っているのは、店の奥で起きていることだけだ。

ちまたでは、〈G・グリーン・ブックス〉はボンド・ストリートにある、上質の本を集めたちゃんとした書店ということになっている。だがその店の奥では、許されぬ恋に落ちた男女を駆け落ちさせる〈グレトナ・グリーン・ブッキング〉という活動が営まれていた。書店の経営を任せる代わりに、ダニーはヒューとアナベルを店の上に住まわせ、書店の売り上げから相応の報酬を支払っている。〈グレトナ・グリーン・ブッキング〉の収入を彼らと折半することもある。

ダニーには金銭など必要なかった。イングランドでもとりわけ大きい影響力を持つシートン男爵ジェームズ・ストラフォードと、ロンドン社交界きっての裕福な家の跡取り娘だったメアリー・ストウを両親に持っているからだ。両親はダニーを愛していただけでなく、いささか時代遅れではあるが当人同士も愛しあっていた。両親のように生涯続く愛と情熱を抱くチャンスをほかの人々にも与える――それがダニーの使命だった。

母のことを考えると、いつも大きな悲しみに襲われた。メアリー・ストラフォードは六年前、ダニーの社交界デビューが失敗に終わったすぐあとに亡くなり、ダニーは悲しみに暮れる父とふたり残された。父はダニーを顧みずに、政治家としての仕事に没頭するようになった。捨てられ、孤児のような気分になったダニーは、アナベルからヒューバート・トールマンという男性と駆け落ちしたいと相談を受けて色めきたった。孤独に耐えられず、冒険したくてたまらなかったのだ。その出来事がきっかけとなり、ダニーの今の活動がはじまった。

「休んでいて。必要なときは大声で呼ぶから」

「でも――」

「ひどく疲れているみたいよ、アナベル。わたしがなんとかするわ」

「ダニー――」アナベルがふたたび言いかけた。

だがダニーは友人を無視して、店へと続く扉を抜けた。アナベルの鼻先で音をたてて扉を閉め、書店と、違法とは言えないまでも褒められたものではない活動を切り離した。

女が書店を経営しているというだけでも後ろ指をさされるのに、その本業が輝く鎧を着て乙女を助けることだとわかったら、ダニーの評判はがた落ちだし、父の政治生命も絶たれるだろう。怒りに駆られた乙女の親たちが、都合のいい縁談を邪魔したダニーの足首を縛って逆さづりにしたがるはずだ。

考えただけで足がむずむずする。ダニーは店内を見まわした。ありがたいことに、客はひとりもいない。誰も入ってきませんようにと祈りながら、ペンとインクを探すためにカウンターの中へ入った。新聞を広げ、婚約の告知欄とゴシップ欄に目を通して、客になりそうなカップルがいないかどうか調べる。最新の情報をつかんでおくのは重要だ。いつ、ここに載っている若いレディが助けを求めて扉から入ってくるかわからない。

まさにそのとき、ドアベルが鳴った。たった今考えていたような客かもしれないと、ダニーは新聞をたたみ、カウンターから出て挨拶しようとした。

本棚の陰から現れた客を見て最初に頭に浮かんだのは、さっき怒って帰った客が、お粗末な応対に報復するために暴漢を送りこんできたのかという考えだった。目の前に立っている男は、おとぎ話に出てくる怪物のようだった。今にも暴力をふるいそうな緊張感を漂わせている。襲いかからんとする獣のようで、ダニーは目をそらすことができなかった。大きな男で、手足は丸太のごとく太くてとても長い。角張った顔には、つらい人生を送ってきた痕跡が三本残っている。左の生え際から顎の下まで走る傷。片方の眉を縦断し、目のすぐそばに至る傷。そして三本めは顎を横切り、豊かな下唇を引きつらせている。いちばんひどい傷跡をダニーの視線から隠すかのように男が少し顔を傾けた拍子に、額にかかる長く白に近い金髪が揺れた。

この男からは、どこをとっても不穏な空気しか感じられない。その目に見つめられると、自分が獲物になった気がする。エメラルドのように明るくて冷ややかな目だ。そこにはなんの感情も表れていない。目が心の窓であるというのが本当なら、この男には心がないように思われる。

まるまる一分ほど彼の顔を見つめたあげくに、ダニーはやっとほかの部分に視線を移した。もみ革の膝丈《ブリーチズ》のズボンをはいた脚は筋肉質で引きしまり、たくましい体は上質の濃紺の上着と銀色のベストに包まれている。顔さえ見なければ、堂々としていて目を引かれる。怒った客がダニーを殺すために暴漢を送りこんだのではないことだけはわかった。この人は暴漢ではなく貴族だ。

ダニーは深く息を吸って勇気をかき集めた。「何かお手伝いしましょうか?」

男の唇が冷たい笑みを浮かべるかのように動いた。ダニーは恐怖を押し殺してカウンターのほうにあとずさった。怖じ気づくのはまっぴらだった。

でも、彼の手の届くところにはいたくない。

男は何気ない調子で店内を見まわし、たくさんの小説や研究書が詰めこまれた本棚に目を走らせた。やわらかい革の手袋を片方ずつ外し、ダニーを見た。その視線は虫ピンのように鋭く、ダニーは標本にされた昆虫になった気分だった。

「ダニー、最終的にはわたしのほうがきみを手伝う側になると思う」

名前を知られていることに驚愕して、ダニーは息をのんだ。「なんですって?」

声が震えなかったのが自分でも意外だった。威圧的な相手を前にしてのささやかな勝利と言っていい。

「ミス・グリーン、きみにはいささか不愉快なことに手を貸してもらわなければならない。

その代わり、きみの小さな秘密は公にしないと約束しよう」

まさか！　当惑と恐怖に襲われ、息を吸うのも難しくなった。この人がわたしのしている行為を知っているはずがない。知っているのはたぶん、偽名を使っていることだけのはず。グリーンという偽名を使えば、父を醜聞から守れると思ったのだ。もっとも、ボウ・ストリートの捕り手が調べれば、この建物が誰の所有かはすぐにわかるだろう。

「どんな秘密かしら？　わたしはしがない店主ですけれど」

「とぼけるのはやめろ。きみには多少の知性があるはずだ。ただの書店の店主じゃない」

「そうですか？」

男の目がダニーの頭のてっぺんからつま先までじっくり見つめる。ダニーはペチコートの下まで見透かされている気がした。

「そうだ。きみはたしかに店主だが、どんな店をやっているのか怪しいものだ」

緊張感が心に重くのしかかった。名前がばれるのと自分がしている活動がばれるのでは、どちらがより困るだろう？　わたしにできるのは、ひたすら否定することだけだ。

「見てもらえば、ここには本しかないとわかっていただけるはずですわ」

「やめろ」静かな声だが、それは店内に響き渡り、ダニーの足先まで震えあがらせた。激しい感情を抑えているのか、男の顔はこわばっている。「ごまかすな」

「わ……わかりました」ダニーは男をなだめようとして口ごもった。「おっしゃるとおり何か別のことをしているとして、わたしにどうしてほしいんですか？」

男の顔からわずかに力が抜けた。ダニーはほっとしたが、完全に警戒を解くほど愚かではない。まばたきをする間も与えず、男がダニーに詰め寄った。彼の脈打つ肌からこちらまで熱が伝わってくる気がする。その感覚に驚いてダニーは一歩足を引いたが、背中にカウンターが当たり、それ以上さがれなくなった。男の目を見つめる。緑の目は計り知れない深みをたたえている。

男はダニーの耳に息がかかるまでゆっくり頭をさげていった。彼の男らしさに圧倒されて、ダニーは呼吸ができなくなり、体がこわばった。魔法にかかったかのように動けない。高級な酒の香りが漂ってくる。深みのある声に感覚を刺激され、ダニーは顔をしかめた。

「きみはわたしに新たな妻を探す義務があるんだ、おちびさん」

ダニーは口の中がからからになった。ああ、神さま！　この男の正体がわかった。フリートウッド侯爵マーカス・ブラッドリーだ。

社交界の人々から野獣と呼ばれている男。

そして、わずか二日前の晩にわたしが花嫁を奪った男。恐れていたことがとうとう起きてしまった。捨てられた側がわたしを見つけだし、復讐を求めている。

妻を探す義務？　まさかわたしに妻になれと言っているわけではないだろう。侯爵はわたしにどれだけの資産があるか、知っているそぶりは見せなかった。

おびえたり視線をそらしたりするまいと心に決めて勇気をかき集め、彼の胸を手で押した。手のひらが焼けるように熱くなる。やわらかい襟の折り返し部分をつかみたい衝動と闘った。

フリートウッド侯爵の魅惑的な目に何かが輝くのが見えた。ダニーは喉が締めつけられたようになり、顔をそむけた。その瞬間、ダニーが折れ、侯爵が意志の闘いの勝者となったことを互いに悟った。「それで、わたしにどうしろというの？」

フリートウッド侯爵がかすかに顔を動かし、生々しい傷跡をさらに隠した。しばらくためらっている様子だったが、やがて大きく息を吸った。

ダニーは当惑して眉をひそめた。「どうすればいいの？」

「別の跡取り娘の誘拐に手を貸してほしい」

ダニーは凍りついた。聞き間違いに決まっている。「なんですって？」

大柄な侯爵は一歩さがった。その顔に浮かんだ不気味な笑みは、彼としては心からのほほえみのつもりなのだろう。

「良心が痛むのか？　悪事がばれてしまったんだから、今さら遅いだろう？」

「いったいなんのことをおっしゃっているの？」

フリートウッド侯爵が目を細めた。「おいおい、まだとぼけるのか？　わたしは、きみがアンを逃がすところを目撃したんだよ。目的は明らかだ。きみは、財産目当ての男たちが世間知らずの娘を騙して惨めな結婚に引きずりこむ手助けをしている。そして、やつらが手に入れた財産からかなりの額を受けとっているんだろう？」

ダニーは怒りのあまり早口で言った。「そんなのはでたらめよ！　わたしはただ、望まない結婚に縛られている女性たちが真に愛する人と結婚できるよう手を貸しているだけだわ」

フリートウッド侯爵がせせら笑った。「なるほど、アンはどんな気まぐれもかなえてやることのできる貴族のわたしに縛られていて、事務弁護士の助手には縛られていないというわけか。相手は彼女の家の財力に目がくらんで近づいただけなのに」

「あなたは財産目当てじゃなかったの？」

侯爵の目に何かが光った。あれは罪悪感かしら？

「結婚後は、アンがその大部分を管理することになっていた」

ダニーはこれまで考えもしなかった可能性をすばやく検討した。もしや間違いを犯してしまったのかと、おそるおそるきかずにはいられなかった。「あなたは彼女を愛していたの？」

フリートウッド侯爵の顔がこわばった。それだけで答えとしては充分だった。やはり、わたしのしたことは正しかったのだ。ミス・アンはジョージと逃げたほうが幸せになれる。

ダニーは腕組みして、意地を張るように顎をあげた。「ほら！　わたしが財産目当ての男と共謀していると言うけれど、あなたこそそういう男じゃないの。わたしはただ、気の毒な若い女性があなたみたいな男から逃れるのを助けているだけよ」

「そして今度は自分の身を守るために、わたしみたいな男を助けるはめに陥ったわけだな。わたしには花嫁が必要なんだ」フリートウッド侯爵がまたしても近すぎるほど体を寄せてきた。

「だから、花嫁を誘拐するというわけね。縛り首に値する罪だとわかっているんでしょうね？」

彼は復讐心に駆られた冷たい態度に戻り、氷のような目でダニーを見た。

「それが心配なら、捕まらないようにしたほうがいいだろうな。特にきみは」

「わたしが？」

ダニーの全身を無遠慮に見てからふたたび目を見つめ、フリートウッド侯爵がうなずいた。

ダニーは不意に、彼の審査を経て何かが決定的に欠けていると判断をくだされたような気分になった。そんなことで傷つきたくはないが、実際傷ついていた。

身を守り、自分を慰めるように腕を体にまわす。勇気を奮って、侯爵をにらみつけた。

「わたしは貴族だから、自分を守ってくれるつてもある。もし逮捕されれば、縛り首になる可能性があるのはきみだけだ」

「あなたを幸せにするために、わたしはすべてを犠牲にしなければならないわけ？」

「わたしの言うことを聞かなければ……」フリートウッド侯爵が見くだすような目でダニーに視線を据えた。「きみはすべてを失うはめになる」

ダニーはおぞましい罠を目の当たりにして言葉を失った。

「返事は？　わたしの計画に協力するか？　それとも明日の午後、最近娘が駆け落ちした親たちにわたしがすべてを話すほうがいいかな？」

自分の言葉を裏づけるように、フリートウッド侯爵が上着のポケットから新聞の切り抜きの束を取りだした。それを見て、ダニーは心が重くなった。侯爵が証拠を握っているわけではないが、噂になるだけでもダニーの秘密は暴かれ、活動を続けられなくなるだろう。ヘムズワース伯爵との結婚の話も白紙に戻り、父は決定的な打撃を受ける。とは言え、わたしはどこかの哀れな女性の将来を犠牲にできるだろうか？　自分の父を守るために。これからも助けを求めてくるであろう客たちのために。そして、自分を守るために。そうしたほうがいいのだろうか？

フリートウッド侯爵の目を見つめ返しながら、ダニーは絶望に襲われた。跡取り娘がよければ、無理に探さなくてもわたしがいる――そう言うこともできる。だが、どんな女性もこの野獣と結婚させたくないし、自分も絶対にしたくない。ダニーはありったけの憎悪を声にこめて言った。「あなたが野獣と呼ばれているのも不思議じゃないわね」

フリートウッド侯爵の顔がふたたびこわばった。息が乱れ、手がこぶしを握る。ダニーは一瞬、危害を加えられるのではないかと恐れた。だが、彼は不意に顔をそむけた。

「すぐに決めろと言っても難しいだろう。返事は明日の一〇時まで待ってやる」

記事の束をカウンターに叩きつけるように置くと、フリートウッド侯爵は出ていった。しんとした店内にドアベルが響く。ダニーは店の窓越しに彼の姿が消えていくのを見つめ、カウンターに視線を落とした。

どうすればいいの？

3

見栄っ張りで浪費家の姉たちは、羨望と軽蔑の目で妹を見て、高慢な態度を取りました。姉たちにとって大事なのは、きれいなドレスを着ておしゃれを楽しむことだけなのです。

チャールズ・ラム『美女と野獣』

マーカスは、どこでもいいからここ以外の場所にいられればいいのにと思いながら、自分と父の書斎のあいだを仕切る扉の前に立ち、オーク材の木目を見つめた。父にはできるだけ近づかないようにしてきたが、父は冷酷であると同時に執拗だ。その父と向きあう勇気が出るまで待った。この世に生まれ落ちた瞬間から、マーカスの人生を地獄にした男だ。なぜ父に呼びだされたのか、あらゆる可能性を考えたが答えは出なかった。かすかに震える片手をあげて、家に呼び戻す父の手紙が入った胸のポケットを押さえた。時計が時を刻む音と、主人と顔を合わせないよう急ぎ足で動く使用人の足音以外、何も聞こえない。不気味なまでの静けさの中、羊皮紙のたてる音が妙に大きく感じられる。

もはやこれ以上先延ばしにするわけにはいかない。気持ちを落ち着かせるために息を吸うと、マーカスは扉をノックした。こぶしがオーク材の扉を叩く音が廊下に響く。蝶番に油が差してあるせいで、掛け金をかけていなかった扉はノックの勢いだけで開いた。部屋から、ウイスキーのむっとするにおいが漂ってきて恐怖心が芽生える。はためにもわかりそうなほどの緊張ぶりだ。薄暗い室内に足を踏み入れた。芝居がかった光景に迎えられたが、マーカスは驚かなかった。カーテンはきっちりと閉められていて、その濃い色が外の光だけでなく、ここから逃げられるという望みまで遮断している。大きな大理石の暖炉では火が揺れ、その開口部には門番さながらに石のガーゴイル像があしらってある。石像の顔は半分陰になっていて、まるで地獄からの使いのようだ。

父の姿も同様に陰になっていた。顔は険しく、長年の放蕩生活のせいでくたびれきっている。マーカスをこの世に送りだした男は、敵をおびえさせるためならどんな手でも使うことで知られている。敵には実の息子も含まれていた。

「扉を閉めろ」父の声が鋭く空気を裂いた。使用人に聞かれたくなくて、マーカスは父に従った。だが今のマーカスは、目の前の男が怖くてたまらない少年の頃の自分とは違う。二一年のあいだ、この半ば陰に隠れている怪物の怒りをやわらげるためにできる限りのことをしてきたが、それももう終わりだ。マーカスは従順に、机をはさんで父の前に立った。

「座れ」

マーカスは座らなかった。父のやり口はわかっている。自ら罠にかかるつもりはない。

無言の抵抗に、父が眉をひそめて口元をこわばらせるのをマーカスは見つめた。息子が少年だった頃と同じく、体の大きさで息子を圧倒しようと立っている。今や自分のほうが数センチ背が高くなっていることに気づき、マーカスは満足感を覚えた。父もまたそれに気づいたらしい。その目が抑えきれない怒りに燃えてから細くなった。

「おまえを今シーズン中に結婚させる」

父の言葉に、マーカスはこれ以上ないほど驚いた。あっけに取られて立ったまま、言われたことを理解しようと忙しく頭を働かせた。そのとき、父の唇がなんでもお見通しだと言いたげな冷たい笑みを浮かべた。いったいなぜ、父はわたしが少年の頃に自分に誓ったことを知っているんだ？　あの寒い晩、ブラッドリー家の田舎の屋敷であるフリートウッド・マナーの塔の部屋で、血まみれになって倒れ、泣きながら誓ったのだ。決して結婚はしないと。父が何よりも——実の息子の幸せよりも大切にしている家系を絶つつもりだった。地獄のような年月の中で、マーカスは父の暴力で殺されることがないのを悟っていた。なぜなら、大事な跡取りだから。フリートウッド侯爵という称号を未来につなげる存在だからだ。結婚を拒絶し、父が望んでいる後継者を作らないことが、マーカスにとっていちばんの復讐だった。

「結婚はしません」自分にそっくりな目をまっすぐ見つめながら言った。

父は悪意のこもった不快そうなしかめっ面でうなずいた。次の言葉が、マーカスの疑いが間違っていなかったことを示した。「そう言うと思った。反抗するとは感心できないな」

マーカスは顔をあげたまま動かなかった。父の侮辱に負けるつもりはない。

「醜い顔のせいか？　大事に育てられた娘なら、おまえの顔をひと目見て失神するだろうからな」マーカスの父である男は冷笑しながら言った。

マーカスはこぶしをかたく握って、顔の傷跡を指でなぞりたいのを我慢した。父がつけた傷だった。

「心配はいらない。すでにいい相手を見つけてある。あの娘は若いが、そのほうがよく手なずけられる」

父の不愉快な言葉に対して何か言うのは思いとどまった。ただ、今の自分には父の要求をはねつける法的権限があるのを感謝するばかりだ。「お断りします」

父の怒りの導火線が燃えつき、大砲が放たれた。こぶしの不意打ちを食らい、マーカスは後ろに吹っ飛んでガラスのテーブルにぶつかった。そのまま割れたガラスの上に倒れ、背中に鋭い痛みを感じた。マーカスはあえぎ、気を取り直そうとした。鼻から赤黒い血が流れ、鉄の味が喉を通る。用心するべきだった。以前は、酔いに任せた父の怒りをもっと的確に読みとれていたのに。

父は容赦なくふたたび向かってきた。年は取っても荒い気性は変わらない。父の足が近づいてくるのを見つめるマーカスには、時間の流れが遅く感じられた。さまざまな記憶がよみがえる。背中を鞭で打たれる感触。自分が必死で守ろうとしている妹の泣き声。塩辛い涙の味。目の前に迫る父のアルコールくさい息。

耳に現在の音が飛びこんできて、マーカスはわれに返った。父の叫び声が壁にこだまする。「おまえは結婚してわたしに跡継ぎを作るのだ！　フリートウッド侯爵の名は永久に続くのだ」

やっと、マーカスの心と体が反応した。蹴ろうとする父の足から逃れてすばやく立ちあがると、殴りかかってくるこぶしを当たる直前でつかんだ。父の喉を押さえて本棚に押しつける。鼓動が耳に響き、マーカスは父の唇からつばが吐きだされるのを見つめた。復讐以外の何も考えられなかった。父の食道が痙攣するのを感じながら、喉を押す手に力をこめた。父の怒りに負けないほどの怒りを覚えていた。

紫色になった父の顔を見ながら、自分にそっくりなことを改めて思い知った。マーカスの目を父の緑の目がとらえる。その瞳に、興奮して顔をゆがめる自分が映っているのが見えた。マーカスは身震いして父から手を離し、あとずさりした。ブーツが割れたガラスを踏む小さな音も耳に入らなかった。人を殺しかけたのははじめてだ。自分が危うくなし遂げそうになった行為に全身を震わせながら、両手を見つめた。

「この役立たずめ！　おまえがわたしの称号を受け継ぐことになるとはなんたる恥だ！」

マーカスはふたたび父の目を見つめ、この男に対してなぜか哀れみを覚えた。「結婚はしません。父上はなんでもしたいようにすればいい。でも、わたしは絶対にあなたに跡継ぎを作りませんから」

そう言って、出ていこうとした。心も体も何も感じなかった。

「マーカス」足を止めたくはなかったが、父の声の調子に、立ちどまって振り返らずにはいられなかった。侯爵はゆっくりと背筋を伸ばし、しわを直すように両手で服を撫でた。顔をあげ、震えながら息子の目を見つめる。マーカスは、父がひどく年老いて惨めに見えることに驚いた。父の口元に不吉な笑みがゆっくり浮かぶ。「おまえは必ず後悔する。わたしの望みをかなえる方法はひとつではないのだぞ」

マーカスは答えなかった。父が何を言おうと何をしようと、自分の決意は変わらない。マーカスは部屋から、そして父の人生から歩み去った。

「閣下？」

マーカスははっと目を覚ました。カーテンの隙間から差しこむ太陽の光にまばたきを繰り返す。マーカスの顔の上には、心配そうに見おろす従者の顔があった。ふくろうのような青い目が、感情を表に出さないようにしながらこちらを見つめている。

「何かお持ちしましょうか？」

マーカスはうめきながら体を起こし、またしても夜のあいだに寝返りを打ちすぎてベッドから落ちていたことに気づいた。木の床が、ほてった体の熱であたたまっている。痛む頭を押さえながら深く息を吸うと、ミス・グリーンのバラのような香りが感じられた。

彼が決して手に入れられないもののすべてを象徴する香りだった。

「くそっ」怒りは大歓迎だ。「風呂の用意を頼む」

彼女の香りに包まれているのが耐えられなかった。

ミス・グリーンの顔を頭に思い描きそうになり、小さく身震いしながら目を閉じた。彼女に会いに行く前に、景気づけに一杯飲んだ。自らの考えをはっきり伝えるにはそうするしかなかった。飲まなければ、計画を実行に移すことはできなかった。だが、自分がミス・グリーンにあんな反応を示すとは思ってもいなかった。

書店に足を踏み入れた瞬間、恐怖に見開かれたキャラメル色の目に視線が釘づけになった。愛想よく説得しようとしたが、ミス・グリーンの卵形の顔をよぎった感情に怒りを覚えた。どういうわけか、彼女が強くて怖いもの知らずなのではないかと淡い期待を抱いていた。すべての証拠がミス・グリーンのずる賢さを示しているというのに。やはり、自分は間違っていた。そして、自分に対する彼女の反応よりもさらに始末に負えないのが、彼女に対する自分の反応だ。欲望を覚えるなんて。

ミス・グリーンをからかい、侮辱したというのに、赤褐色の美しい髪が流れるように落ちるところを想像してしまう。豊かな唇が情熱に赤くなり、目が不安や恐怖ではなく愛にきらめく様子が目に浮かぶ。やわらかい手で胸を押されたときは、自分を抑えるために、持てる力を総動員しなければならなかった。ミス・グリーンは離れようとしたが、マーカスの中の野獣が、さらに距離を縮めて彼女を抱きしめたいと願った。ミス・グリーンのせいで計画が無に帰したことを思いだして、やっと我慢できた。一カ月という貴重な時間が無駄になったのだ。

こわばった体を奮いたたせて床から立ちあがった。冷たい綿のシーツを裸の体に巻きつける。動揺のあまり一箇所にとどまっていられず、部屋の中を歩きまわった。そのあいだに使用人たちが出たり入ったりして、大きな浴槽を湯で満たした。

書店を出たあと、マーカスはすぐさま上等なブランデーに溺れた。こんなときに飲むには高価すぎる酒だ。飲みながら、父のことを考えた。物心ついてからずっと憎み続けた父。死んだときはうれしかった。そもそも、今の苦境の原因を作ったのも父だ。

父がこれほど卑劣なやり方をしたことが、今でも信じられない。父は結局、息子を結婚させる方法を見つけた。父は妹に対するマーカスの愛情の深さを承知していた。キャロラインへの愛がマーカスの弱みであり、父に殴られるのもそのせいであることが多かった。二一歳だったマーカスと言い争ったあの日から、一年前に死ぬまでのあいだのどこかの時点で、父はキャロラインとハーウッド公爵の婚約を取り決めた。ハーウッド公爵は父よりもさらに短気で評判が悪い男だ。婚約を破棄すれば、ブラッドリー家が財産を失うことになるような取り決めだった。マーカスとしてはキャロの婚約を破棄できるだけの財力を手に入れるために、裕福な跡取り娘と結婚するしかなかった。そのうえで公爵の署名をもらえれば、婚約を無効にできる。子どもの頃の生活よりもさらにつらい結婚生活を妹に送らせるわけにはいかない。

あと一歩で妹を救えたのに、魅力的な悪女と眼鏡をかけた助手に婚約者を奪われてしまった。父の遺言補足書も、アンも、そして何よりもミス・ダニー・グリーンもくそくらえだ。

水の音と怒鳴り声がマーカスを現実に引き戻した。従僕のひとりがバケツの熱い湯を浴びてしまったらしく、浴室から飛びだしてきた。ウェラーが叫ぶように詫びる声に続いて、ふたたび湯を浴槽に注ぐ音が聞こえてくる。従僕が険しい目でにらんでいるところをみると、年かさのウェラーの謝罪を受け入れる気はないらしい。

マーカスは騒ぎを無視した。不器用な従者のまわりは常に混乱している。使用人たちは、ウェラーと充分距離を取ることを学ぶべきだ。マーカスは歩きまわる向きを変えた。体がこわばっているせいで、いらいらするほど動作が遅い。開いたカーテンのあいだから容赦なく降り注ぐ日の光に、マーカスは頭を抱え、光に背を向けて長椅子に座りこんだ。苦々しい思いがこみあげ、心臓が縮まる。身から出た錆《さび》とはいえ、そんな自分の状態に怒りを覚えた。わたしはなんと愚かなのだろう。

そもそも、わたしをばかにしたのはミス・グリーンではない。ミス・アン・ニューポートだ。彼女が闇に乗じて恋人と逃げたのは、マーカスにとって予想外の出来事だった。アンの父親と契約を結んだあとで求婚したとき、彼女にすんなり受け入れてもらったわけではないが、それでも少しは好意を持ってくれていると思った。本人よりも父親がこの結婚を望んでいたことはマーカスも知っている。持参金と引き換えに侯爵の姻戚という肩書きが手に入るのだから。政略結婚であって、愛情による結婚ではないとしても。

最近、アンを訪ねようとするたびに病気が長引いているといって断られていた。なぜそれを信じたりしたのだろう？　何かがおかしいと気づくべきだった。二日前の晩のあの時間にたまたまあの場所に居合わせなければ、〈グレトナ・グリーン・ブッキング〉のことなど知らないままだっただろう。

脅迫とともにミス・グリーンのもとを去ったとき、マーカスはおなじみの良心の呵責を感じた。もちろん、あの小賢しい女性に対してではない。新たな花嫁、いや、いけにえに対してだ。こんなことはしたくないが、ほかにどうすればいい？　しなければならないのだ。キャロのために。

「いつものブランデーをお飲みになりますか？」

マーカスは視線をあげた。ウェラーが真剣な顔つきでこちらを見ている。

「ああ、頼む。それから、今日は何も壊さないようにしてくれよ」

ウェラーはそれには答えずにサイドボードに向かう途中で、早速ペルシャ絨毯につまずいた。朝の紅茶の一式にぶつかって床に落とし、自分も床に倒れた。磁器が落ちるところを見ていたにもかかわらず、マーカスはそれが床に当たった瞬間、雷に打たれたようにぎくりとした。おびえた目で部屋を見まわしながら、自分を守ろうと身構える。肺が縮んだ気がして息苦しくなり、急に激しくなった鼓動を抑えようと片方の手を胸に当てた。自分でもひどく滑稽な気がする。

磁器のかけらがぶつかりあう音がして、ウェラーが立ちあがった。新たな危険を避けるように、おそるおそる周囲を見まわす。妹のキャロは、こんなに不器用な男を従者にしておくマーカスをどうかしていると言う。マーカスは、ウェラーが辞めずにいてくれることを奇跡だと思っている。

「一歩踏みだす前にまわりを見ろと何度も言っているだろう？　そうしてくれれば磁器をいくつも無駄にせずにすんで、わたしも助かる」

「見ましたよ。下を見なかっただけで」

マーカスは頭痛も忘れて笑った。「それは不注意だったな」

ウェラーは歩きはじめていたが、足を止め、首をかしげて考えこんだ。

「上を見ても、何かしら問題が起こります」

マーカスは厳しい目で彼を見つめた。きいても後悔するだけだとわかっていながら尋ねた。

「上？」

「そうです。信じていただけないかもしれませんが、わたしの目の前にはしょっちゅう木の枝が落ちてくるんです」

マーカスは肘を膝につき、両手で頭を抱えた。

「わたしはなぜおまえをくびにしないんだろう？」

ウェラーはブランデーをなみなみとグラスに注いだ。

「それは違いますよ、閣下。ゆうべ、またわたしを解雇なさいました」

「じゃあ、おまえはここで何をしているんだ？」

ウェラーはマーカスにグラスを渡しながら小さくほほえんだ。

「わたしがいなくなったら、閣下は何もできなくなります」

マーカスはゆっくり酒を飲みながら、ウェラーが浴槽に向かうのを見守った。

「昨日の夜は悪い夢を見たんですか？」

その問いに、マーカスは酔いがさめた。夢の話は決して他人にしたことがない。「ああ」

短い答えは、それ以上この話題について話しあう余地を与えなかった。マーカスはウェラーがさらに何か言う前に湯気のあがっている浴槽に身を沈めた。マーカスを夜ごと悩ませる夢や昼間つきまとう影は、自身の問題であって、ほかの誰にも関係ない。

筋肉があたたまり、夜のあいだにこわばっていた関節や古い傷跡がゆるむ。三一歳という実際の年齢よりもはるかに年を取ったような気がする。疲れていた。人生に、そして一生おろすことができない重荷に。狂気との絶え間ない闘いにも。ひどく疲れていた。

湯の中に潜った。顔の傷跡を撫でる湯の感触に癒やされてから、また水面に出た。まだ濡れている顔の前に、淡い色の石鹸が差しだされる。石鹸と布をウェラーから受けとったあと、彼が離れるのを黙って待ってから体を洗いはじめた。傷だらけの体はできれば使用人の目に触れないようにしたいが、こんなに大勢の使用人がいる家では隠しきれないと、とうの昔にあきらめている。

ふと気づくと、ふたたびミス・グリーンのことを考えていた。あれほど美しい女性が、なぜ卑劣な仕事に手を染めるようになったのだろう？　何か理由があるのか、それとも単に金のためだろうか？　もしマーカスが賭博好きだったら、金のためというほうに賭けるだろう。見返りを求めずに他人を助ける者などいない。そんなことをするのはとんでもなく愚かだ。

ウェラーがあたためたタオルを持って戻ってきたため、マーカスの物思いはそこでさえぎられた。ふたたび湯の中に頭までつかってから、心地よい浴槽をあとにした。不器用な従者のあとを歩きながら体を拭く。ウェラーはマーカスの服を選ぶために衣装だんすに向かう途中で、輸入物のテーブルにぶつかった。

「やはり計画を実行に移すおつもりなんですか？　花嫁をさらうなんて、いい方法とは思えませんが」

マーカスはウェラーの背中をにらみつけた。昨日から、ウェラーは何度も同じことを言い続けている。無駄だとわかっているだろうに。マーカスの心は決まっており、揺るがない。

「アンでさえ、結婚を承知させるのに苦労した。彼女が好意を持つようになってくれたと信じたわたしが愚かだった」

「そんなことはありません！　女性というのは、たいていが最高の獲物を釣りあげるためにあの手この手を尽くすものです。少なくとも、わたしはそう教わりました」

マーカスは体にタオルを巻きつけながら笑いをこらえた。ウェラーはわたしに忠実だ。それもまた、この男のありがたいところであり、ほかの使用人にはないところでもあった。使用人の大半は、野獣の逆鱗に触れるのを恐れて、屋敷の中をこわごわ歩きまわる。考えると孤独感にさいなまれ、心が傷つく。これもまた父が遺したものだった。

マーカスが黙っていると、ウェラーはさらに続けた。「現行犯で捕まったらどうなさるおつもりです？　そんな危険を冒す価値があるんですか？」

これまでマーカスは、妹を父から守ることに命を懸けてきた。それを今さらやめるつもりはない。死んで一年になるというのに、いまだに父に悩まされている。

まばたきをして、暗い思いを追いやった。婚約者に騙されて、またしても妹を守ることに失敗した。ミスター・ヘスラーの助手が契約書を持ってニューポート邸を訪れたときに、そのあと何が起こるかわかっていればよかったのだが。父が何をしようとしていたか、事前に知っていればよかった。

だが今となってはどうしようもなく、あきらめて先に進まなければならない。けれども、もう一度社交界で花嫁を探すつもりはなかった。ひそひそ声でささやきあう人々や目をそらす人、卒倒する女性たちが目に浮かぶ。今度は、妻を手に入れて逃がさないたしかな方法が見つかった。ミス・グリーンのおかげだ。

ひげを剃ってもらうために小さすぎる椅子にそっと腰をおろし、明日からはもっと大きな椅子を使おうと毎朝のことながら考えた。

ウェラーがひんやりしたクリームをブラシで顔に塗った。研いだばかりのかみそりを喉に当てる。やけどをした従僕や割れた磁器が頭に浮かび、マーカスはウェラーの手からかみそりを奪いとった。濃いひげを手早く剃り、年月とともに白く太くなってきた傷跡に刃が引っかかったときは思わず顔をしかめた。鏡の前で過ごす時間は短ければ短いほどありがたい。

あとひと剃りというときに、不意にウェラーが大きな、だが同時に用心するような笑みを浮かべた。「申しあげるのを忘れていましたが、妹君がいらしています」

「なんだって？」

「レディ・キャロラインがお見えです。朝早くから。きれいで魅力的なお嬢さんですね。そしてあの髪……色も長さも実に見事です」

心臓がどきりとした。恐怖と怒りで激しく打ちだす。だめだ。今は、今日はだめだ。

「追いだしてくれ」

4

商人は野獣のことを話しました。そして話し終えると、大きな声で嘆き悲しみました。

チャールズ・ラム『美女と野獣』

「本気じゃないでしょう？　妹君ですよ！」

「ここに来るのを歓迎されていないことは、妹も知っている」

「閣下、理由を尋ねたりはしませんが――」

「じゃあきくな」

「ですが、閣下は妹君の身を守るために残りの人生を犠牲にしようとなさっています。わたしにはわかりません。おふたりで協力して解決するべきです」

マーカスはサイドボードに向かい、グラスにブランデーを注いだ。昼の時間をなんとかやり過ごせるのは、ブランデーのおかげにほかならない。飲酒量が多いところが父に似ているのは皮肉だが、父のウイスキーが生みだした悪夢を静めてくれるのがブランデーだった。

「妹に会うと、忘れたほうがいいことを思いだしてしまうんだ」ささやくようにマーカスは言った。

そして、グラスのブランデーを一気に飲み干した。空になったグラスをカーテンのあいだから差しこむ光にかざすと、金色の酒のしずくがグラスの内側を伝って底にたまった。密輸されたブランデーは最高級品で、本来ならゆっくりと味わって楽しむものだ。なんともったいないことをしているのだろう。

デカンタを持ちあげ、ウェラーを無視しようと努めながら、さらにもう一杯グラスに注いだ。今、キャロと顔を合わせることはできない。父の遺書に書かれた条件は、今のところまだ妹には秘密になっているが、それは距離を置いてきたからにすぎない。自分が死ぬまで距離を縮めるつもりはない。勝手だとわかってはいるが、キャロがいる場での自分の反応が恥ずかしかった。

「わたしに手紙を書くよう伝えてくれ」

ウェラーは口をかたく引き結んで動こうとしない。「お会いになると何が起きるんです？」

マーカスはグラスを置き、糊のきいたシャツをウェラーから受けとった。

「おまえがもう二度と見たくないことだ」

ウェラーが同情するように眉をひそめてから、衣装だんすのそばの鏡台に近づいた。あいが起きたときにうまくおさめてくれるのは、いつも彼だった。不本意ではあるが、マーカスはウェラーを頼るようになっていた。マーカスはふたたびサイドボードのほうを向いて酒を注いだ。いつもの頭にもやがかかった状態になった。日々、社会での役割を果たすためには、こうして感情を麻痺させなければならない。

ガラスの割れる音が耳に届き、マーカスは顔をしかめた。ちらりと振り返り、何が割れたのかを確かめる。ウェラーがそこを通るときに触れてしまったのだろう、マーカス自身は触ったことのない手鏡が鏡台から床に落ちていた。銀の枠のそばに、割れた破片が散らばっている。マーカスはため息をついて支度を続けた。

ウェラーが新しいカフスボタンを持って目の前に立ち、決まり悪そうに床の破片を振り返った。「ときには過去と向きあうのもいいものです。未来の可能性が広がります」

マーカスは首を振った。「いいや、過去は掘り起こさないほうがいい」

考えたくない方向に思いが向かいそうになる。それを食いとめようと、あわててグラスに手を伸ばした。あわてるあまり、従者がカフスボタンを挿す手を止めて、扉の後ろに静かに立つ人影を見つめていることに気づかなかった。

「妹君に何か言えるとしたら、何をおっしゃいますか、閣下?」

マーカスはまばたきをした。酒のせいで思考力が鈍くなっている。「どういう意味だ?」

ウェラーはえび茶色のベストを差しだした。マーカスは広い肩にそれをはおった。

「妹君と話しても、その……調子が悪くならないとしたら、何をお話しになりますか?」

「言いたいことは手紙で伝えている。妹は友人のセント・レオン家の人々と一緒に街にいるほうがいいんだ」

セント・レオン家には恩義があった。キャロと一家の末娘であるアルシアが花嫁学校で出会い、すぐに仲よくなった。そのため一家は休暇や夏のあいだ、キャロを一緒に過ごさせてくれるようになった。おかげで妹は、父が暴れるところをほとんど見ずに育った。マーカスにとってはこのうえなくありがたかった。キャロを変えたある出来事を考えればなおさらだ。

「毎日、わたしに直接小言を言われるのは、妹もわずらわしいに違いない」

「問題は、今までわたしが自分でそれを判断する機会がなかったってことよ、お兄さま」

マーカスは振り返った。そこにいるのは、自分にそっくりな妹だった。二二歳になったキャロは、マーカスが自らの意思で会わないようにしていたあいだにすっかり成長していた。ミントグリーンのモスリンのドレスは、淡い緑の瞳によく似合っている。白い長手袋をはめ、手提げ袋《レティキュール》を持った姿は完璧だ。マーカスと同じ白に近い金髪は、半分を優美に上でまとめてあり、残りは肩にかかっている。信じられないほど長いその髪は、おとぎ話のラプンツェルを連想させた。女性としては背が高いほうだが、ブラッドリー家の中ではそうでもない。ほとんどの上流階級の人の目から見ても、上品で礼儀正しく純粋だ。ドレスも、本人から醸しだされる優雅さも文句のつけようがない。ほっそりした体がすべるように近づいてくる。マーカスのほうは、心臓がありえないほど激しく打っていた。

完璧な妹の姿を見て、父のような男から守ってやりたいという思いを新たにした。はるか昔、自分の傷の原因となったあの晩のような出来事からキャロを守りたい。あの運命の晩以来、マーカスはなんとか妹を父から遠ざけようと最大限の努力をしてきた。それなのに今、父が選んだ相手との結婚から救おうとして、またしても失敗してしまった。妹を見捨てるようなことしかできなかったのに、どうやって顔を合わせろというのだ。

マーカスはキャロの目を見つめたまま、ウェラーのようにぎこちなくデカンタに手を伸ばした。マーカスの手の先にあるものを見て、キャロが挑む顔つきになった。「お酒に溺れて毎日を過ごすなんて、どういうつもり？　わが家が崩壊寸前だからそんなことをするの？」

妹の厳しい物言いに驚いて、マーカスは手を止めた。野獣が恐怖に凍りつくように、彼に襲いかかろうとしていた過去の記憶が一瞬息をのんだかのように動きを止めた。マーカスがそばにいなかったあいだに、妹は大人の女性になったと同時に短気にもなったらしい。マーカスは動揺した。

「何を言おうとしているんだ？」

「何を言おうとしているですって？　はっきり言っているじゃないの。お兄さまは悪い習慣のせいで財産を食いつぶしたの？　それとも食いつぶしていないの？」

「悪い習慣といっても、酒を飲みすぎることだけだ」それを妹に認めるのはなんと惨めなのだろう。「おまえが何を言っているのかさっぱりわからない」

「信じられないわ」

これ以上酒を我慢できない。じっくりと作りあげた頭の中のもやが消えていく。デカンタをつかみ、背中を向けキャロから離れた。

「ウェラーにきいてくれ。わたしが愛するのは酒だけだと請けあってくれるはずだ」

不器用な従者は無関心を装って床から鏡の破片を拾いながらも、しっかり聞き耳を立てていたのか、すぐさま会話に入ってきた。「本当です、レディ・キャロライン」

キャロはそれでも信じられないらしく、鼻で笑った。レティキュールを目の高さまで持ちあげ、乱暴な手つきで中を探る。新聞の切り抜きを取りだして宙で振った。「じゃあなぜゴシップ紙は、お兄さまが野獣のような習慣で家をつぶそうとしているなんて書きたてるのよ?」

手足が震えかけたが、マーカスは肩をすくめた。「わたしが野獣だからだろう、たぶん」

妹が足を踏み鳴らすのを、マーカスは目を白黒させて眺めた。動きに合わせて金色の巻き毛がヒップのまわりで揺れる。手袋をはめた手を握りしめたため、切り抜きがしわくちゃになった。繊細な外見の下に強い女性が隠れているのを見るうちに、マーカスは自分がそれを歓迎していることを悟った。社交界は、キャロのそんな気質を消し去りはしなかったのだ。以前の妹の片鱗が見られるのはうれしかった。顔に泥をつけていた姿。巻き毛があらぬ方向に突きだした姿。たまに自由な時間を与えられると、いたずらっぽく目を輝かせる姿。かつて、キャロはマーカスの闇を照らす明かりだった。それが今は、キャロがいるだけで闇に包まれるようだった。

「なぜそんなに気難しいの?」酒をあおるマーカスを、キャロは目を細めて見つめた。「お酒はやめて!」

わたしだってどれほどやめたいことか、とマーカスは思った。

酒の力を借りても、頭のもやはなかなか戻ってこなかった。それがないと、過去と闘えない。体が激しく震え、脚が支えていられなくなりそうだ。額に汗が浮き、肌の内側がひどく熱い。怒りに襲われ、それに続いて体が麻痺するのは時間の問題だろう。そしてたちまち地獄に包まれ、何時間ものあいだ過去の恐怖にとらわれて過ごすのだ。

装身具が並べられた鏡台からハンカチを取り、キャロの歩く姿に神経を集中させながら額の汗をぬぐった。

突然、キャロの目に涙が浮かんだ。エメラルドのごときらきら光る瞳が、とがめるようにマーカスを見つめる。「わたしのことなんか気にかけていないのはわかっているわ、お兄さま。でも、せめてわたしを厄介払いするための持参金くらいは取っておいてくれていると思っていたわ。わたしはもう結婚すらできないじゃないの！」

マーカスは自分がどれだけ愛しているか伝えて妹を安心させたかったが、言葉が出てこなかった。舌がふくれあがったような気がする。

ウェラーが沈黙を破るように鏡の破片をごみ箱に捨てた。ごみ箱の内部に破片が当たる音が部屋に響き渡る。いくつかが入り損ねて絨毯に落ちた。ウェラーは言うことを聞かない破片に眉をひそめてから、咳払いをした。「失礼ですが閣下、レディ・キャロラインが怒って握りしめていらっしゃる切り抜きをご覧になってはいかがでしょうか？」

マーカスは丸まった紙切れに目をやった。

キャロはそれを兄に渡そうとはしなかった。自分で紙を広げて伸ばし、腹立たしげに歩きまわりながら美しい顔を真っ赤にして読みあげた。「〝筆者は、木曜日以来ロンドンを駆けめぐっている今最も旬な噂に出くわした。昨夜、レディ・シェルトンの舞踏室でパンチボウルの横に立ち、くだんのレディ・Sの青緑色のドレスについて考えをめぐらせていたとき、ある会話が耳に入ったのだ。筆者は聞き耳を立てるなどという下品なまねは決してしないが、人が大声で会話をするのは、まわりに聞いてほしいときだろう。噂は、最近ミス・アン・ニューポートと婚約したB卿が財政的な困難に陥っているという内容だった。裕福な跡取り娘と結婚しなければ、B卿の財産は失われてしまうというのだ！　親愛なる読者諸君、扉に鍵をかけ、ご令嬢を守ろう。さもないと、ご令嬢は野獣の残忍な牙にかかってしまうかもしれない！〟」そこで読むのをやめて、マーカスに尋ねた。「どう説明してくれるの？」

「説明なんかできない」キャロの婚約のことを打ち明けない限りは。

「そうだと思っていたわ！　お兄さまはわたしたちを破産に追いこんだのよ。取り立て人はいつ来るの？　わたしがなんとかできるかもしれない。いくつかつてがあるし……」

妹はさらにしゃべり続けたが、マーカスは我慢できなくなってさえぎった。

「キャロライン！　説明できないのは、破産なんかしていないからだ！　この記事は嘘だ」

妹は歩きまわるのをやめ、疑わしげな顔で言った。「じゃあ、なぜこんなひどい噂が流れているの？　今までと同じく財産があることを証明できなければ、わたしは一生結婚できないわ」

ブランデーの力をもってしても、マーカスの血管を流れる怒りをやわらげることはできなかった。この噂がどんなふうに流布しているかも、責めるべき相手が誰なのかも、よくわかっている。

アンめ！　わたしを捨てるだけでは飽き足らず、結婚を強要された復讐をするとは。助手のジョージが遺言補足書の内容を話したに違いない。

父の遺言書のことを考えたとたん、マーカスはかろうじて踏みとどまっていた崖っ縁から突き落とされた気がした。関節がこわばり、筋肉が凍りつき、心が魂の奥深くに引きずりこまれる。

「どうやって噂を打ち消すつもり？」

兄が答えないので、キャロは眉をひそめた。歩きかけた足を途中で止め、不自然なほど不動のまま うつろな目で立っているマーカスを見た。

「お兄さま？」

マーカスの長躯は微動だにせず、全身の筋肉が硬直している。キャロの背筋を恐怖が駆け抜けた。突然わいてきた恐ろしさにつばをのみこみ、マーカスのすぐ目の前に立った。自分を遠くから見つめているような奇妙な感覚を覚えながら、キャロは震える手で彼の熱い肌に触れた。それでもマーカスは動かない。キャロは五歳の頃、父の杖から逃げたときのように唇が震えてきた。

マーカスをついてじっと見つめた。こんな近づいているのに、彼女がいることすらわかっていないらしい。キャロは兄の腕をつかむ手に力をこめた。マーカスの体が揺れはじめた。

キャロは後ろに飛びのき、手で口を覆って悲鳴を抑えた。マーカスは極端なまでにゆっくりと前後に体を揺らしていたが、やがて脚が体を支えきれなくなった。まだ床に少し残っているガラスの破片のすぐそばに膝を突き、全身を痙攣させる。キャロは悲鳴をあげた。「お兄さま！　ウェラー、お兄さまを助けて！」

キャロは荒い息をつきながら、苦しそうなマーカスの体をガラスから遠ざけようとした。手首をつかんで床に横たえようとするが、彼女の力ではどうすることもできず、マーカスに体をぶつけられて息がつけなくなった。唇のあたりに塩辛い味を感じて、キャロは自分が大量に涙を流しているのをぼんやりと意識した。

「やめて、お兄さま！」

マーカスはうめき声をあげた。キャロがその場にへたりこんだとき、あたたかい腕がキャロのウエストを抱いて立ちあがらせ、かたい壁に寄りかからせた。キャロは何も考えずに、支えてくれている男性に腕をかたく巻きつけた。

キャロは部屋の外に導かれ、代わりに数人が中へ入っていった。ウェラーはキャロに手を貸して居間まで連れていき、紅茶を持ってくるよう従僕に命じた。キャロは熱い紅茶の入ったカップを手にするまで、ただ震えていた。受け皿は使わず、なめらかな磁器のカップを両手で包み、氷のように冷たい指を手袋越しにあたためた。

目の前に差しだされたハンカチを、キャロは気持ちを落ち着かせて受けとった。わたしがしっかりして、兄の世話をちゃんとしてもらい、床に転がったまま放置されないよう注意しなければならない。わたしが成長するあいだつらい思いをしてきた兄に、せめてそれぐらいのことはしてあげたい。キャロはそう考えた。医師を呼んでほしいと命じようとしたとき、従者が向かいの長椅子に腰をおろした。険しい表情で、その目はキャロの心を貫きそうなほど鋭い。キャロは年かさの男性を見つめた。黒髪には白いものが交じり、厳しい人生を送ってきたことを物語るしわが目尻や口元に刻まれている。

「あれを見たのははじめてですか？」

その落ち着いた口調に、キャロはショックを受けた。「もちろんよ！　兄はいったいどうしたの？　誰が助けてくれているの？　お医者さまは呼んだ？」

ウェラーはまっすぐにキャロを見つめた。「わたしはマイケル・ウェラーといいます。閣下が手紙にわたしのことを書かれているかと思いますが」

すでに気を取り直していたキャロは、我慢の限界に達していた。テーブルに紅茶のカップを置く。「自己紹介をしている時間はないのよ。兄のところに戻らなければ！　お医者さまはいつ来るの？」

ウェラーは動かない。「医者は来ません」

キャロは椅子から立ちあがった。

「なんですって？　今すぐ診てもらわなければならないのに！」

スカートを引き寄せてつかみ、キャロが自分で医師を呼びに走ろうとしたそのとき、ウェラーの鋭い声に凍りついた。「お座りください」

キャロは腰をおろした。

「閣下はベッドに運ばせました。使用人が看病しています。どうすれば気分がよくなるかはわれわれが知っています。心配なさらないでください。説明をさせていただけるとありがたいのですが」

「あなたの説明に満足できなかったら、自分でお医者さまを呼びに行くわよ」

「好きになさってください」従者はしばらくうなだれていたが、やがて顔をあげた。その目には悲しみが宿っていた。「閣下は過去の記憶に苦しんでいらっしゃいます」

「どういうこと？　記憶が、たった今わたしが目の当たりにしたような状態を引き起こすの？」

「閣下は子どもの頃に経験したことを受け入れられないのです。調子のいい日もありますが、昔の記憶が影のように閣下につきまとっています。ときどき、何かがきっかけになってそれがよみがえり、閣下を襲うのです。静かにやすんでいれば治ります」

キャロは黙ったまま、自分の記憶が意識の表面に浮かびあがってこないよう抑えた。自分がセント・レオン家で平和に過ごしているあいだ、兄が苦しい思いをしていたことを彼女は知っていた。「兄はわたしよりもずっとつらかったのよ」

ウェラーが肩をすくめた。「存じあげています」

「じゃあ、お医者さまに診てもらいましょう」

従者は不満げに目を細め、熱のこもった声でぴしゃりと言った。「そして閣下を〈ベドラム〉に送りこむんですか？　あそこに収容されている神経を病んだ患者がどんなことをされるか、ご存じですか？」

その口調を聞くだけで、キャロは胸が締めつけられた。

「鎖で壁につながれ、アヘンチンキを与えられるんです。臨床試験をして効果を確かめていない治療を施されることもあります。運がよければ、それで死にます。閣下の状態では、そううまくいくという保証はありません」

自分の顔から血の気が引いていくのがわかった。兄をそんな目には遭わせられない。父にされたことにそっくりだ、とキャロは思った。

「でも、このままではいられないわ！」

「そうしょっちゅう起こるわけではないのです。ミス・アンと婚約しているあいだはかなり調子がよかった。彼女が自分を受け入れてくれて、ついにふつうの生活を送れるとお考えになったのでしょう。自分を愛してくれる人がいて、家庭をもうけるというふつうの生活を。ですが、どうなったかはご存じですね？」従者はいったん言葉を切ってから、さらに続けた。「過去にかかわるものを目にすると、閣下は激しい発作を起こします」キャロの目から視線を外した。「過去にかかわるもの……今日はあなたがそれだったのです」

キャロは恥ずかしさと罪悪感と怒りにのみこまれた。自分のせいで兄が野獣のような姿になったことを意識しながら毎日を生きていくだけでも充分苦しかったのに。兄がわたしとかかわろうとしないのは、わたしのことを気にかけていないからではなかった。わたしを見ると、また苦しまなければならないからだった。キャロの目に涙が浮かんできた。震える手でウェラーのハンカチを両目に押し当て、涙をこらえた。

弱々しい声でキャロは言った。「兄には嫌われているのだと思っていたわ。兄はわたしを守るために大変な思いをしてきたから」

「嫌うなんてとんでもない。あなたを守るためなら、自分の幸せだってあきらめる人です」

「これまでだってたくさんあきらめてきたのに！」

ウェラーの視線がマーカスの寝室のほうに向けられた。ウェラーは何か言いかけてためらった。あきらめたようなため息をついてから、ふたたびキャロを見て悲しげにほほえむ。

「閣下がそうすることを選んだのですよ」

キャロは不安のあまり、ハンカチを握る手に力が入ったが、やわらかい子山羊革の手袋をはめているせいでハンカチの手触りはよくわからなかった。

「わたしが何を選ぶかはどうでもいいの？」

従者はしわだらけの顔を曇らせて咳払いをし、穏やかではあるがしっかりした声で言った。

「閣下を信じてあげてください。あなたとお会いして、わたしには閣下がなぜあれほど必死であなたを守ろうとしているかがわかりました」

「ミスター・ウェラー、それはどういう――」

ノックの音がキャロの言葉をさえぎった。執事が扉を開け、キャロに向かってお辞儀をしてから言った。「閣下は落ち着かれて、今はよく眠っていらっしゃいます」

その簡潔な報告を聞いただけで、キャロの緊張はほどけた。ほっとして長椅子に体を預け、しばらく目を閉じた。

「それから……」執事はウェラーに向かって言った。「〈G・グリーン・ブックス〉から手紙が来ている。閣下の書斎に置いておこうか？」

「目が覚めたらお読みになるでしょう。寝室に置いておいてください」そう言うと、ウェラーはキャロのほうを向いた。「せっかくいらしたのに、こんなことになって申し訳ありません」

「いいのよ」キャロはレティキュールを持って扉に向かった。「あなたの言うとおり、兄を信じてみるわ……しばらくは」


マーカスはゆっくり目を開けた。夕暮れの太陽が、部屋を金色がかったピンクに染めている。体じゅうが痛む。頭はずきずきするし、体はこわばっている。ゆっくりと筋肉をほぐしながら動かした。その途中で、ベッド脇のテーブルにのった手紙が目に入った。まだこわばりの取れない腕を伸ばして手紙を手に取る。封筒に女性の上品な筆跡で何か書かれていた。黒いインクを目で追っていくと、ミス・グリーンからの返事だとわかった。

断ってきたのかもしれない。それを期待する気持ちがどこかにあった。ミス・グリーンが断れば、妹が置かれている状況を彼女のせいにできる。アンのせいにしたみたいに。だが、本来責められるべきは自分だ。昔、わたしが父の望んだとおりにしていれば、キャロはこんなはめには陥らなかった。

震える指で、緑の封蠟をためらいがちになぞった。父と同じような酒の飲み方をする自分を厭《いと》いながらも、父の記憶から逃れるためには飲まずにいられないのと同じで、本心からこんなことをしたいわけではない。若い娘から将来を奪うのは気が進まないが、そうせざるを得ないのだ。

深く息を吸い、封を開けた。手紙を開く音が、不気味なほどの静けさを破る。手紙を読むうちに、心臓が喉から飛びだし、胃がひっくり返りそうになった。震える声でうめきながら、手紙を胸の上に落とし、両手で目を覆った。こうすれば世界を遮断できる気がする。感情が重く胸にのしかかり、肺の空気がため息となって押しだされる。

どうやら、真夜中になるまでにしなければならないことがたくさんあるらしい。

5

飲めば飲むほど恐怖心は消えていきました。商人はすっかり大胆になって、歩きはじめました（自分が間違ったことをするなんて思ってもいませんでした）。

チャールズ・ラム『美女と野獣』

ダニーは鉄の踏み段を使わずに馬車から飛び降りた。塗料を塗ったオーク材の扉に指をすべらせる。金属の取っ手から手を離しながら、その冷たさを頭の中で侯爵の冷たい目に重ねていた。新たに怒りがわいてきて、ダニーは馬車が揺れるほど手荒に扉を閉めた。

フィリップが御者席の端から怖い目でにらんだ。ひょろりとして目も髪も黒いこの若者はダニーの御者を務めているが、今は彼女に腹を立てている。わたしはこれから法を犯そうとしているのだ。本当ならフィリップを巻きこみたくなかったのだが、ふだん御者を務めてくれるジョンが、アン・ニューポートとジョージをグレトナ・グリーンに送っていったまま、まだ帰ってこないのだからしかたがない。他人の幸せに手を貸すことで自らがこんな目に遭うとは思ってもいなかった。

　フィリップがわざとらしく咳払いをした。ダニーがじろりと見ると、フィリップは見くだすように言った。「ミス・ダニー、あなたに手を貸してることがお父上に知れたら、わたしは決して許されないでしょうね」

「じゃあ、父には黙っておいて」

「しかも、男の服を着て歩きまわるなんて！　お母上が生きていらしたら、なんとおっしゃったことか」

　母の話を持ちだすのは反則だ。ダニーは何度か深く息を吸った。フィリップの意見を聞くのはもうたくさんだ。協力しなかったらくびにするとすでに脅してあるが、今は本気でくびにしたくなっていた。この仕事が終わったらすぐにでも。ふだんは使用人が意見を口にしても気にしないが、フィリップはしつこすぎる。

　馬車から離れてあたりを偵察した。ズボンだと自由に動きまわれて快適だ。フリートウッド侯爵との待ちあわせに選んだこの場所は、馬車を降りるのに最適だった。明るすぎないので、たまたま通りがかった人にも何をしているか見られないし、近くには、さまざまな方角に向かって延びる路地がいくつかあるので、追っ手から逃げやすい。

　ヒューがいてくれたらいいのに。いつもなら一緒に来てくれる。でも、今回はヒューもアナベルも巻きこみたくなかった。ふたりはあれこれ質問して、わたしを止めようとするに違いない。それに、もしわたしが捕まったら共犯者になってしまう。フィリップは、今夜の腹立たしい態度を考えればそのぐらいの危険を負わせてもかまわないだろう。ヒューとアナベルにはいっさい知らせないでおけば、彼らは安全だ。何かきかれたとしても、知らないと正直に答えればいいのだから。

ダニーが一頭の馬のひづめを持ちあげて消音のために巻いている麻布を調べていると、別の馬車が近づいてくる音が聞こえた。ダニーは周囲を見まわした。紋章をつけていない四頭立て馬車が角を曲がってきた。御者が馬車を縁石に寄せながら速度を落とすと、馬車の扉が開いて長い男らしい脚が見え、続いて貴族の姿をしたゴリアテ（旧約聖書に出てくる巨人兵士）のような巨人が現れた。踏み段を使い、敵意に満ちた表情で降りてくる。彼の後ろで扉が閉まり、馬車はそのまま走り去った。

ダニーは腕組みしながら、通りの明るいところに出た。侯爵のブーツの音が石畳に響く。明かりが投げかける輪のすぐ外に立ち、ためらっている様子だ。ダニーは愛想よくする気分ではなかった。「光の中に来てくださらないかしら。闇に向かって話したくないわ」

低いうなり声を発してからフリートウッド侯爵は前に進み、ダニーの居心地が悪くなるほど近くに寄った。恐怖の悲鳴をあげさせようとしているかのようだ。

ダニーは悲鳴をあげなかった。

だが、フィリップは違った。

フリートウッド侯爵が冷たい目でちらりと御者を見てから、ダニーを見据えた。醜い傷跡は昨日さんざん目の当たりにしたにもかかわらず、やはり異様に思われた。だが、恐ろしいとは思わなかった。この男が憎い今は、恐怖など感じなかった。

「来るとは思わなかったよ」

ダニーはフリートウッド侯爵のどこか満足そうな顔をにらんだ。「ほかにどうしようもなかったと答えればいいのかしら。社交辞令はやめましょう。あなたが訪ねてきたからこうなった。わかっているはずよ」

侯爵がさらに体を寄せた。唇の傷跡のせいで、冷笑はゆがんでいる。

「ああ、わかっている」

酒くさい息がダニーの顔にかかった。「酔っているのね!」

フリートウッド侯爵はどんよりした目で笑った。「とんでもない」

ダニーは恐怖を覚えて侯爵を見つめた。捕まれば縛り首に値する犯罪に荷担しようとしているのに、主犯の彼が泥酔しているなんて。

「行こうか?」

フリートウッド侯爵はそう言って騎士気取りで腕を差しだしたが、ダニーは一瞬たりとも騙されなかった。「紳士のふりなんかしなくていいわ。わたしがあなたの本性を知っているのを忘れているんでしょう」

フリートウッド侯爵の淡い緑の目が険しくなり、口元に力がこもった。短くうなずくと、彼は腕をおろした。

「まさか彼と一緒に行くおつもりじゃありませんよね?」

馬車の下から御者の甲高い声が聞こえ、ダニーは身をすくめた。フリートウッド侯爵が姿を現したとたん、フィリップはそこに隠れたらしい。グレトナ・グリーンまでの旅ははじめてだという御者を雇ったのは間違いだったのだろうか？　途中で不測の出来事が起きたら、フィリップはいったいどんな態度を見せるだろう？

ダニーは大げさにため息をついた。「そのつもりよ、フィリップ」

不機嫌そうな声が、ダニーのそばにいるもうひとりの愚か者から聞こえてきた。

「誰だ、このうるさい男は？」

「御者よ」

「まったく笑えない冗談だ、ミス・グリーン。ジョンというあの男はどこだ？」

「冗談なんか言っていないわ。ジョンはあなたの元婚約者をグレトナ・グリーンに乗せていったまま、戻ってきていないのよ。本当に厄介だわ、彼女は」

「同感だ」

ダニーは少なからず驚いてフリートウッド侯爵を見た。向こうも同様に落ち着かない目でこちらを見ている。ふたりは同時に目をそらした。フリートウッド侯爵は周囲をじっくり見まわし、ダニーは自分の足元を見おろした。自分を脅迫している侯爵と意見を同じくしたくない。

「見てくださいよ！　真新しい制服が泥だらけだ」馬車の下から出てきたフィリップの甲高い声がダニーの神経に障った。

ダニーはあきれた表情を浮かべたいのを我慢した。フィリップは何を期待しているのだろう？　馬車の下に身を隠せば、服が汚れないわけがない。そもそも、なぜわたしはフィリップを雇おうと思ったの？　人柄に惹かれたからでないのは間違いない。彼の態度がさらに高慢になった。

「あなたがこの……この悪党とどこかに行かれることを禁じます！　もしお父上が――」

「フィリップ」

ダニーは鋭い口調で御者をさえぎった。フィリップはダニーをにらんだが、彼も最低限の理性は持ちあわせているらしかった。これまでのところダニーは自分の身分を明らかにしていないし、父を巻きこんでもいない。今後もそうするつもりだ。これもまた、フィリップを即刻くびにする理由になるだろう。フィリップが口をすべらせて、侯爵に知られたくないことを明かしてしまうのは間違いない。

「お父上？　きみみたいなペテン師の父親がどう関係してくるんだ？」フリートウッド侯爵がばかにするように言った。「どういう男がこんな娘を育てたのか、知りたいものだ」

ダニーはフリートウッド侯爵に向き直った。

「わたしに対する侮辱は我慢するけれど、家族を中傷するのはやめて」

侯爵は前かがみになって、ふたりのあいだにかろうじて空いていた距離をさらに縮めた。エメラルドのような魅惑的な目が冷笑を浮かべる。そのまなざしから、ダニーは目をそらすことができなかった。

「社交界の多くの人々と違って、わたしは家族の絆というものを理解している」

フリートウッド侯爵のすぐそばに立っていると、時間が止まったかに思えた。ふたりは長すぎるとも思われるほどの時間、見つめあった。彼の緑の瞳に感情がよぎった。あれは後悔？　欲求？　慈悲？　だが、それは一瞬で消えたので、何だったのか見きわめることはできなかった。ダニーは混乱し、体が震えていた。

フィリップのいらだったうめき声を聞き、われに返った。あとずさりしながら、フリートウッド侯爵とどれだけ接近していたかを改めて悟った。ダニーは首を振って頭をすっきりさせた。この野獣は犯罪の常習犯で、もうすぐ誘拐犯にもなる。人間とは言えない。

「もうずいぶん遅い時間だ。急いだほうがいいんじゃないですか？」

侯爵がフィリップを見てうなずいた。

「彼の言うとおりだ。大事な時間を言い争いで無駄にしたくない」

ダニーはむっとしかけたが、我慢した。わたしはもう子どもじゃないんだから、小言なんか言われたくない。相手が彼だとなおさらそう思う。わざとのんびりした足取りで馬車に戻り、背負っている小さな麻袋の中を探った。フリートウッド侯爵は好奇心に満ちた目で見ていたが、やがて馬車から離れてダニーを路地に引っ張っていった。

「それで、誰なの、わたしたちが……連れだそうとしているのは？」ダニーは小声で尋ねた。

「はっきり言ったほうがいい。連れだすのではなく、誘拐するんだ」

「はっきりとは言いたくないわ」

歩みに合わせて左右に動くフリートウッド侯爵の白に近い金髪を見つめながら、ダニーはいらいらと返事を待った。

「それで？」

「われわれが誘拐するのはフォーリー・フォスター家の娘のひとりだ」

「なんですって！　ほかにも女性はたくさんいるのに、よりによってフォーリー・フォスターだなんて！」

「何がいけない？　あそこの姉妹は変わっているが、相当な金持ちだと聞いているぞ」

「父親は海軍司令長官じゃないの！」ダニーは叫んだ。そして、わたしの父の親友だ。ダニーはつばをのみこんだ。姉妹の誰を誘拐するにしろ、その娘がわたしを見て、社交界の催しで会ったことのある相手だと気づかれたら困る。

「知っている」

ダニーはもう一センチたりとも動くまいと思いながら足を止めた。フリートウッド侯爵があざけりの目で振り返った。

「どうした？　長官が陸上でも船で追ってきそうで怖いのか？」

「あなたみたいな愚かな人が、どうやってわたしの秘密の活動を知りえたのか不思議だわ」

フリートウッド侯爵は明らかに不機嫌な様子でわずかに目を伏せた。怒りをまぎらわそうとしてか、銀色の小さな酒瓶を取りだすと、ふたを開けて中身をひと口飲んだ。「先に進まないか？」

「わたしたちの首がかかっているというのに、お酒を飲むなんて！」

「好きなように考えてくれていいが、わたしを酔っ払いと連呼してもなんの意味もない。さあ、行こう」

期待はできなかったものの、ダニーは最後にもう一度だけ言った。「ほかに誰かいるはずだし、ほかの方法だってあるはずよ！　わたしには何も言う権利がないの？」

揺るぎなかったフリートウッド侯爵の歩調が乱れた。恥じるように長い傷跡をダニーの目から隠す。だが、彼が恥じているはずはない。たぶん、わたしの願いが勝手に作りだした想像だろう。

フリートウッド侯爵は咳払いをして歩き続けた。

「フォーリー・フォスターの娘と結婚するのはわたしだ」

「でも、わたしだって彼女を……連れだすのに手を貸すのよ」

はっきり言うのをためらうダニーを、フリートウッド侯爵があざ笑った。「誘拐だろう？　いいか、そもそもわれわれが今、ここにいるのはきみのせいだ。だからきみは、彼女を誘いだす手助けをしなければならない」

体じゅうを駆けめぐる激しい怒りに、ダニーは息が詰まりそうになった。肌が真っ赤になっているに違いない。

「長官になんと言うつもり？　娘を渡せと、愛想よくお願いする気なの？」

侯爵が厳しい目でダニーを見つめた。かろうじて抑えこんでいる威圧感が伝わってくる。

「長官は明日、航海から帰ってくる。誘拐を成功させたかったら、今夜決行しなければならない。チャンスは今しかないんだ」

いらだちとどうしようもない怒りに震えて、ダニーは腿にこぶしを打ちつけた。このいまわしい仕事に関して、わたしにはどうすることもできない。協力しないわけにはいかない。しなければ、わたしも父もヘムズワース伯爵も、そしてたぶんアナベルとヒューも破滅する。そうなったら、かわいいサイモンはどうなるの？　ダニーは歯噛みした。

「さっさと終わらせましょう」

覚悟を決めたダニーの靴音が狭い石畳の通りに響く。今夜は雨になる気配はまったくなく、空は澄みきっている。不潔な通りから目を転じると、道の脇にある煉瓦造りの塀が明るく見えた。ロンドンでもとりわけ高級なこの地区に、こんな通りがあるとは誰も想像しないだろう。

恐怖のあまり、ダニーの心臓は大きな音をたてていた。いまだに、自分が犯罪を行おうとしているのが信じられない。もっとも、フリートウッド侯爵と娘が馬車で走り去ったら、その瞬間に家じゅうの人たちを叩き起こすつもりだった。哀れな娘の将来がめちゃくちゃにされるのをわたしが黙って見ていると思ったら大間違いだ。ボウ・ストリートの捕り手の突然の訪問を受けたとき、ふだん感情を表さない侯爵の顔にどんな驚きの表情が浮かぶか想像すると、思わず頬がゆるんでしまう。

「何を笑っている？」

ダニーは空想から目を覚まし、フリートウッド侯爵の厳しい顔を見た。「笑ってなんかいないわ」そう言って、背中の麻袋を背負い直した。話は終わりだと伝えるための仕草だったが、この野獣は傲慢な貴族だからそんなものは気にしなかった。

「じゃあ、唇の両端があがって目が喜びに輝くのをなんと呼ぶんだ?」

「しかめっ面よ」

頭がどうにかなったのかとでも言いたげに、フリートウッド侯爵がダニーを見た。まさにそのとおり。今にもどうにかなりそうだ。

「きみはこれまでわたしが会った女性の中でも特に変わり者だな」

彼の口調に、ダニーは何か言い返しそうになるのを思いとどまった。またしてもあの表情——店で見せたのと同じ表情を浮かべている。まるで野生動物だ。体の大きさも顔つきも恐ろしいのに、どこか弱さを秘めている。その対比は、ダニーには理解しがたいものだった。魅力的だが、同時にひどく落ち着かない気分にさせられる。

ダニーは咳払いをした。「この調子では彼女を……連れだすことができないわ」

フリートウッド侯爵の大げさなため息で緊張がほどけた。静かな通りに彼の声が響く。

「自分が荷担しようとしている犯罪をはっきり言葉にできないとはな」

ダニーはいきりたったが、ふたりはすでに長官の屋敷を囲む塀にたどりついていた。ダニーは、三メートルはあろうかという塀を見あげた。表面はなめらかできちんと修繕してあり、つかまるところがないのでよじのぼるのは難しそうだ。庭園の塀というよりは砦のようだ。

軍人の屋敷であれば当然だろう。

「乗り越え方を教えてくれ」

「なんですって？」

「乗り越え方を教えてくれと言っているんだ。そのために来てもらったんだから」

「なんですって？」ダニーは同じ言葉を繰り返した。

「駆け落ちの専門家だろう？　中に入ろう」

「わたしは誘拐なんかしない。わたしが手を貸すのは、自分の意志で逃げたがっている女性たちよ。家から無理に連れだしたことなんてないの！」

もう一度侯爵をにらんでから、ふたたび塀を見あげた。塀はこの愚行を止める絶好の言い訳になりそうだ。

「どうやって乗り越えればいいのか見当もつかないわ。あきらめたほうがいいんじゃないかしら」

「ミス・グリーン、真剣に考えないと困ったことになるぞ」

ダニーは目の前の男を見つめた。厳しい表情からすると、どうやら本気らしい。わたしったら、誰を相手にしていると思っているのだろう。金目当てで誘拐という卑劣な行為に及ぼうとしている男が、三メートルの塀ごときであきらめるわけがない。

ダニーはため息をつくと、塀のそばに木がないか調べるために後ろにさがった。

「あの塀の向こうに、ロープを結びつけられるところがあるかどうか見える？」

フリートウッド侯爵も後ろにさがった。そびえるような長身で、ダニーには自分が滑稽なほど小さく感じられた。彼は首を振った。

「向こう側の塀まで見えるが、ロープを結べそうなところはない」

「疑い深い軍人の屋敷を狙うからこういうことになるのよ。なぜ裕福な商人の跡取り娘を選ばなかったの？」

「長官の社会的立場がわたしにとって都合がいいからだ」

「なるほど。無理に娘の婚姻を解消させて、家族の名を汚すようなまねはしなさそうだしね」

フリートウッド侯爵がじっとダニーを見つめた。その顔は無表情だが、目元にかすかに力が入っている。悲しげと言ってもいい。「きみがそう思うなら、そうなのかもしれないな」

「ええ」ダニーは吐き捨てるように答えた。「あの塀を乗り越える方法だけど、どうすればいいのかまったく思いつかないわ」

侯爵はダニーから自分の手に視線を移し、最後に塀を見た。自分の思いつきをダニーが気に入らないであろうことを予想するかのように、その顔が厳しくなった。

「わたしがきみを持ちあげよう」

「冗談じゃないわ！」

フリートウッド侯爵の顔がしだいに赤みを帯びていき、それにつれて白い傷跡が際立った。

「何が気に入らない？」

「みっともないじゃないの。もしスカートをはいていたら――」

「でも、スカートではない」フリートウッド侯爵が心得顔で言う。

「やらないわよ」

「やるさ。ほかに方法はないんだから。わたしが持ちあげれば、簡単に塀を乗り越えられる」

ダニーは断固とした彼の顔から塀に目を移した。考えるまでもない。「いやよ」

フリートウッド侯爵が深いうなり声を発したかと思うと飛びかかってきた。驚きの声をあげようとする口をごつごつした手でふさぎ、もう一方の腕でダニーの腰と腕を鉄の枷のように押さえこんだ。野獣のかたい体が押しつけられ、息ができなくなる。ダニーは身をよじって逃げようとした。

「もがくのはやめろ」フリートウッド侯爵は怒った声で言った。

ダニーは口を開き、彼の手のひらを嚙んだ。侯爵はうめいたが、手の力はゆるめなかった。

「やめないと、塀の向こう側に頭から突き落とすぞ。なんの上に落ちることになるやら」

とげの生えた茂みが待ち構えているのが容易に想像できた。屋敷の警備を取り仕切っているのが海軍司令長官であることを考えると、待っているのはもっと恐ろしいものかもしれない。ダニーはフリートウッド侯爵の腕の中で暴れるのをやめたが、その瞬間それが間違いだったのを悟った。

夜の寒さの中、彼の体はストーブのようで、その熱がダニーの肌に伝わってきた。熱く荒い息が敏感な首を撫で、全身にぬくもりが広がり、筋肉を弛緩させる。そればかりか、自分を抱いているフリートウッド侯爵の体まで小さく震えているのがわかる。低いささやき声が耳をくすぐり、ダニーは思わず息をのんだ。「協力してくれるか？」

ぼんやりした頭でうなずいた。そよそよと吹く風が、痛む肺と心臓にスパイスのように刺激的な彼の香りを運んでくる。力を抜き、かたくあたたかい体にもたれかかるのを我慢するのがやっとだった。そのとき、突然侯爵が手を離した。

ダニーはバランスを取ろうとしてよろめいた。フリートウッド侯爵がかけた魔法は解けた。手足が震えているのを無視し、大きく息を吸って肺を清める。戸惑いを隠すためにことさら怒った声で言った。「二度と、二度とわたしに触らないで！」

フリートウッド侯爵は殴られたかのようにびくりとしながらも、真剣な目でダニーを見つめた。意思に反して同情心がわきあがり、ダニーは自分の言葉を後悔した。それで余計に腹が立った。不穏な沈黙が流れたが、それを破るようにフリートウッド侯爵が冷たく言った。

「きみがあの塀を越えたら、そのあとは二度と触らないと約束する」

ダニーは心の中でひそかにたじろいだ。腹を立てる権利は充分にある。脅迫され、侮辱され、手荒に扱われた。それなのに彼の目を見ていると、自分がとんでもなく悪い人間のような気がしてしまう。

侯爵は煉瓦の塀まで進むと、両手を組みあわせた。しかたなく、ダニーは前に進みでた。ブーツを履いた足を彼の手にのせてゆっくり持ちあげられながら、手をかけられるところがないか探したが、何も見つからなかった。

持ちあげてもらったおかげで、塀の上に簡単に手が届いた。体を引きあげててっぺんに座った。フリートウッド侯爵はほんの一メートルほど下にいる。彼の頭を見おろし、やわらかい巻き毛を目で追ううちに、ふと思いついて尋ねた。「あなたはどうやってここまでのぼってくるの？」

知りあってはじめて、フリートウッド侯爵がほほえんだ。笑みは彼の顔を変えた。陰になった顔の中で白い歯が光り、傷跡が下唇の中央に魅惑的なくぼみを作っている。瞳は見事な緑色に輝いている。ダニーはその姿にうっとりして息が詰まりそうになった。だがそれも、問いかけにフリートウッド侯爵が答えるまでだった。

「きみに引っ張りあげてもらうんだ、もちろん」

6

気高い美女は自ら進んで使用人の代わりに働きました。

チャールズ・ラム『美女と野獣』

「冗談でしょう」

「とんでもない」

「酔っ払っているのね」

「それも違う」

「どうしろっていうの？　あなたは巨人みたいに大きいじゃない！」声が高くならないよう注意しながら言った。

「生活のためにこれをしているのはきみのほうだ。忘れたのか？」

「引退したほうがいいような気がしてきたわ」

「この仕事が無事終わるまではだめだ」

本気でわたしに引っ張りあげてもらえると思っているらしい。ダニーは黙りこんだ。座ったまま向きを変えて庭を見おろす。月の前を流れる雲が、庭に一瞬影を落とした。庭は驚くほど女性らしく、とげのあるバラは避けてある。花壇にはさまざまな花に交じって、ケマンソウとアイリスが何列にもわたって並んでいるのが見える。よく手入れされた庭だった。新たに芽吹いた緑を見るうちに、なぜさっき木が見えなかったのかがわかった。木が一本もないからだ。つまり、ロープを結びつけるところもないということだ。

「あなたがどうやってのぼってくるつもりなのか、本当にわからないわ。そこにいて、わたしが彼女を連れてくるのを待ったらどう?」灰色の暗がりを落ち着きなく歩きまわる影に向かってささやいた。

「きみがボウ・ストリートの捕り手を連れて戻ってくるまでか?」

「そんなことをするわけないじゃないの」ダニーは気を悪くしたふりをした。

「わたしがきみにどんなことをできるか、もう一度言わなければならないのか? きみが屋敷の中に入りもしないうちに、わたしは捕り手を連れてくることができるんだぞ。そうすればきみは不法侵入者となり、わたしはきみの姿を目撃して通報した英雄になれる」

ダニーは歯噛みして暗がりを見おろした。月が雲の後ろに隠れ、フリートウッド侯爵の淡い緑の目のほかは何も見えない。

「今すぐわたしにこの塀を乗り越えさせてくれ」

ダニーはふたたび周囲を見まわした。本当に、使えそうなものは何ひとつ……。

彼女はほほえむと、腹這いになって塀の向こう側に飛びおりた。

マーカスは自分の目が信じられなかった。誘拐に手を貸さなければならないことに腹を立てて塀の上に座っていたはずのミス・グリーンが、次の瞬間には姿を消した。どうも思いどおりにことが進まない晩だから、彼女が落ちて死んだとしても意外ではない。

「ミス・グリーン？」

返事はない。

ぐったりしたミス・グリーンの体がとげだらけの茂みに横たわっているところを想像するとめまいがした。マーカスはすっかり動揺して叫んだ。「ダニー！」

髪を両手でかきあげてから、おなじみの金属の酒瓶を手で探った。冷静さを保とうとしても、突然覚えた恐怖と後悔の念を否定することはできなかった。誘拐犯になることだけでも本意ではないのに、人の死の原因を作ったとなってはもう生きていけない。しかもそれがミス・グリーンとなればなおさらだ。あのキャラメル色の瞳が二度と怒りに輝いたり、戸惑いに曇ったりすることがないとは。彼女は死んだのだろうか。わたしのせいで。

マーカスは鋭くささやいた。「ダニー！　答えてくれ！」

塀の向こう側からかすかな物音が聞こえてきた。マーカスは安堵に包まれ、冷たい塀にもたれかかった。だが、すぐに怒りがこみあげてきた。

「屋敷の者に警告しようとしているのなら、きみはわたしが思っている以上に愚かだぞ」

侮蔑するような声が塀を越えて聞こえてくる。

「どうやってわたしを止めるつもり？　三メートルの塀の外にいるっていうのに」

マーカスは歯ぎしりをした。ただでさえ尽きようとしていた忍耐力が、彼女のせいでずたずただ。「わたしを試すんじゃない、ミス・グリーン」

「塀のこちら側にいると、あなたのこともそんなに怖くないわ。あなたにはわたしが必要なんだから、脅すのはやめたほうがいいわよ」

「とにかくわたしを乗り越えさせろ！」

「いいわ。どんな命令でも聞くわよ、閣下」

ミス・グリーンの声がすぐ横から聞こえたのに驚いて、マーカスはあわててそちらを向いた。子どもの頃のことがよみがえり、思わず警戒して身をこわばらせた。父の手が顔に近づいてきて周囲が暗くなった気がした。汗がどっと噴きだし、マーカスは激しくまばたきを繰り返した。突然ミス・グリーンが現れたことにたじろいでいるのを悟られないよう努めた。内心の動揺を知られたくない。彼女は塀に寄りかかっていた――塀のこちら側に。過去からよみがえった恐怖はまたたく間に新たな怒りへと変わった。「どんな手を使った？」

「たいしたことじゃないわ。角を曲がったところに扉があるのよ。中からしか見えないの。うまくできているわよね」

「ひどいな。わかっていながら、わたしをからかったんだな」

ミス・グリーンの口元に皮肉な笑みが浮かんだ。「察しがいいのね」

マーカスは何も考えずに詰め寄った。彼女の脅しと前回の自分の反応を教訓に、体が直接触れあわないよう注意しながら迫り、あとずさりさせる。ミス・グリーンの目が恐怖に見開かれた。マーカスは自己嫌悪に陥り、自分のほうがあとずさりしないようにするのが精いっぱいだった。もどかしさのあまり、おろした両手をこぶしに握る。彼女を威嚇して思いどおりにさせようとするなんて、父と変わらないじゃないか。「ミス・グリーン、わたしを憎んでもかまわないが、先を続けさせてもらえるかな？　ふざけている時間はないんだ。きみはそうは思っていないようだが、わたしはこの冒険を楽しんでいるわけではない」

ミス・グリーンが嫌悪感を隠しもせずに目を細めた。マーカス自身、今の言葉が自分を正当化してくれるとは思っていなかったし、それで良心の呵責から逃れるつもりもなかった。

「こっちよ」

マーカスは彼女のあとから扉を抜けた。ほかの部分と見分けがつかないよう、鉄の門に偽物の煉瓦が貼りつけてある。百戦錬磨の海軍司令長官は、砦からの逃げ道まで工夫しておいたらしい。

「これを見つけたときに言ってくれてもよかったんじゃないか？」

「そして、あなたをからかうチャンスを逃せばよかったの？」

マーカスは思わずこぶしをかためたものの、言い返すのはこらえた。ミス・グリーンに侮辱されるのはうんざりだが、やめさせることはできない。

ふたりは黙ったまま、できるだけ音をたてずに芝生を突っきった。ミス・グリーンは大きな屋敷の窓に目を走らせた。どこから入ろうかと探っているのだろう。

「どうやって進めるか、特に計画を立ててはいないんだろう?」

彼女が見せた表情で、何を考えているかがはっきりわかった。わたしとさっさと離れたいのだ。ミス・グリーンは平然と肩をすくめ、眉をあげた。

「行動しながら考えるわ。何を計画すればいいのかもわからないから」

マーカスは小さく舌打ちをした。怒りが頂点に達するのもこれで三度めだ。腕組みして彼女の後ろにさがり、怒りを抑えた。こんなことをしている暇はない。しかしマーカスは、ミス・グリーンが慎重に建物の周囲を歩き、ときおり立ちどまって窓を調べるのを見守った。三つめの窓には鍵がかかっていなかった。彼女は静かにガラスを押した。

長官の砦もはやこれまでだ。

ミス・グリーンが家の中に頭を突っこんだ。マーカスは足早に彼女のところまで行き、後ろからのぞきこんだ。部屋は暗く、目が慣れるまで少しかかった。そこは応接室だった。暗闇の中だが、壁の色は明るいようだ。暖炉のそばには、椅子と長椅子が会話に適した見事な配置で置かれている。

「どいてくれ。ここからはわたしが先に行く」

ミス・グリーンが鼻で笑った。「冗談じゃないわ」肩でマーカスを押して、中に入るのを妨げる。「あなたが離れないと、わたしも動けないでしょう」

マーカスは、触れあったところがほんのりとあたたかいことに意識を向けないようにしながら、彼女に聞いた。「どういうことだ。ここで待っている気はないからな」

ミス・グリーンは有無を言わさぬ低い声で言った。「待っていて」

「だめだ。きみが誰かに警告しないと、どうして言いきれる？」

彼女は眉をあげ、唇を噛んだ。「あなたが来ると、計画がうまくいかなくなるのよ。あなたはここにいて、彼女を受けとめてほしいの」

マーカスは目を丸くした。「窓から投げおろすのか？」

ミス・グリーンがしかめっ面を隠して肩をすくめた。「ほかにどうしろというの？」

「わたしが連れだす」

彼女は首を振った。「絶対にだめ！　あなたは大きくて目につきやすいから、使用人に気づかれてしまうわ。捕まるわよ」

マーカスはほほえんだが、目は笑っていなかった。「それがきみの望みかと思っていたよ」

やりこめたつもりだったが、強情そうに顎をあげたところをみると、ミス・グリーンもまだ負けてはいないようだ。彼女は脇にどき、片方の眉をあげて窓のほうを向きながら言った。

「わかったわ。じゃあ、一緒に行きましょう」

一緒に行けば邪魔になるに違いないけれども、少なくともミス・グリーンを監視することはできる。マーカスは心を決め、彼女の背負っていた麻袋を受けとって窓から中に入った。厄介なことになりそうだ――ミス・グリーンがすらりとした脚を窓枠にかけて体を引きあげるのを見ながら考える。ズボンが引っ張られて、ヒップの曲線があらわになった。マーカスは彼女の腿に手をすべらせるところを想像した。腿からさらにその上へ……。ミス・グリーンが背伸びをして窓を閉めた。

マーカスは震える息を吐いた。彼女をどうしていいかわからない。キスをするべきなのか、それとも彼女を殺して人類を魔女から守るべきなのか。今はそんなことを考えてはいけない。しかし、はじめてミス・グリーンを目にして欲望を覚えたときから、一緒にいると気を取られてしまうことはわかっていたはずだ。あのズボンがマーカスの注意を引き、行動を起こせとせっついてくる。彼がもう一度触れようとしたら、ミス・グリーンは声をあげて逃げていくだろう。

マーカスは顔をしかめ、中身が音をたてないよう麻袋を胸にしっかり抱えた。もちろん、ミス・グリーンはわたしの近くにはいたくないだろう。侯爵という肩書きを持っているにもかかわらず、わたしが現れると女性たちは反対の方向に逃げていく。

床板のきしむ音に、マーカスはわれに返った。ミス・グリーンはおびえながらも覚悟を決めた顔で月明かりの中に立っている。緊張と不満を抱えながらも、あきらめて協力することにしたらしい。マーカスは苦い顔でうなずいて、先に行くよう合図した。闇の中で周囲を見まわす。小さな家具や部屋の造りがぼんやりと見える。できる限り静かに部屋を横切り、廊下へと向かった。そのあいだも、視線はミス・グリーンに据えていた。彼女は扉の手前でためらい、四方をうかがった。マーカスは先に廊下に出て、ミス・グリーンを待った。息を潜め、物音が聞こえないか耳を澄ます。ミス・グリーンが動きを止めて問いかけるようにこちらを見たが、マーカスは首を振って何も聞こえないことを伝えた。

ふたりはそれ以上時間を無駄にしなかった。急いで階段をのぼり、右に曲がってさらに階段をのぼった。姉妹がどうやって寝ているかは、社交界ではよく知られている。ロンドンに越してきたときに、彼女たちは別々に寝るのをいやがった。そこで最近、屋敷に大改装が施され、姉妹全員がひとつの部屋で寝るようになった。だが七人姉妹が一緒に寝られるほど広い部屋は、屋根裏にしか作れなかった。

最上階に着くと、ミス・グリーンが静かに扉を開けた。部屋の壁際に七つのベッドが並び、そのひとつひとつで娘たちが眠っている。マーカスは扉の外から彼女たちを見つめた。心臓が激しく打つ。わたしは何をしているんだ？　頭がどうかしているのか？　なぜうまくいくと思ったんだろう？　首尾よく結婚できるより、縛り首になる可能性のほうが高いじゃないか！　震える息を吸い、信頼できる友――酒を取り出した。

すべてはキャロのためだ。

海軍司令長官の娘を選んだのにはわけがある。長官には憎まれるだろうが、それはどうにか我慢できる。それよりも、彼の義理の息子になることに価値がある。長官は醜聞を好まないはずだ。ハーウッド公爵とキャロの婚約を解消するときが来たら、長官はわたしに協力するしかないだろう。

ミス・グリーンが問いかけるようにこちらを見ていた。マーカスは足元の戸枠を見つめた。足が前に進もうとしない。ばかばかしいが、ここが越えてはならない一線のように感じられる。ここをまたいだら、もうあとには戻れない。キャロのためだ。マーカスはもうひとロブランデーを飲んで、片足が自分のものではないかのように持ちあがり、小さな音をたてて古い木の戸枠を踏むのを見つめた。そして、肩をそびやかした。とうとう越えてしまった。ためらいながらも、部屋の中に進んだ。

室内を見まわし、ベッドの大小や上掛けに包まれた体つきを見比べた。部屋の一方に三台、もう一方に四台のベッドが並んでいる。窓から差しこむ月明かりが、そのあいだの通路を照らしだしている。

マーカスは汚らわしい侵入者になった気分で通路を進み、ミス・グリーンの隣で止まった。彼女の目が値踏みするようにマーカスを見ていた。本当は怖くてたまらないことがばれていないといいのだが。腰抜けだと見られるのはまずい。ミス・グリーンの協力を得るには、憎悪と恐怖を抱かせなければならない。

もう一度ミス・グリーンに視線を向けた。マーカスの願いはかなわなかったらしい。彼女はやさしく、ためらいがちな声で言った。「まだ考え直すことはできるわよ」

マーカスはわざと厳しい声を出した。「いいや、できない。断固実行する」

いちばん近いベッドには、見たことがないほど小さい子どもが寝ていた。まだ三歳か、せいぜい四歳だろう。これはグリセルダに違いない。かわいそうに。わたしのせいで、これからこの子の世界はひっくり返る。

マーカスは、四台のベッドが並んでいるほうを見ながら静かに通路を進んだ。こちら側に寝ているのは、七人姉妹のうち年少の四人だった。最後まで行くと向きを変え、今度は三台が並んでいるほうを見ながら戻った。そして、扉の前で足を止めた。ミス・グリーンが隣に来た。

「連れだすのはこの中の誰？」彼女は小声で言った。

マーカスは肩をすくめた。「そこまで考えていなかった」

ミス・グリーンが怒りと不信感をあらわにした。「そこまで考えていなかったですって？」大きな声にならないようにしながらささやいた。「そりゃあそうよね。驚いたわたしが愚かだわ。財産目当てで女性を誘拐するような人にとっては、それがどんな女性かはどうでもいいことよね」

「静かにしろ――」

「お金持ちで、子どもを作る気になる程度に魅力的であれば、それであなたは満足なんだわ。さあ、誰でもいいから選んで。持参金はみんな一緒なんだから」

「ダニー」

彼女は黙ったが、大きく上下する胸が怒っていることを示していた。マーカスは一瞬、心を奪われた。憤怒に駆られて目の前に立つミス・グリーンはとても美しかった。この見知らぬ娘たちの肩を持つように、わたしの肩も持ってほしい。こんな状況でなかったら、彼女のことをもっとよく知りたかった。だが、そういうわけにはいかない。わたしの見た目はまるで怪物だし、今や本物の怪物になった。わたしはここで、自分たちの命を危険にさらして最低の犯罪を行い、なんの罪もない娘の一生を台なしにしようとしている。

　嫌悪感を伴うショックとともに、認めたくないが自分が父親にそっくりであることを悟った。その思いをやわらげるために、震える手で酒を飲んだ。

　ミス・グリーンのとがめるような視線を無視して、寝室を振り返った。姉妹の性格は、社交界の噂でしか知らない。最も面倒がなさそうなのが、社交界では〝おばかさん〟と呼ばれているジニーだった。マーカスは彼女のベッドに静かに近づき、ミス・グリーンもそのあとに続いた。上掛けから濃い赤毛がのぞいている。彼女でいいだろう。欲しいのはジニーの金だけだ。跡継ぎはいらないと言えば、わたしとの結婚をいやがらないかもしれない。ジニーはまだ若い。浮気をしてくれてもかまわない。ジニーもわたしで満足してくれるだろう……いつかは。

「ジニーだ」自分の耳にも、無理して言っているようにしか聞こえなかった。

　ミス・グリーンがマーカスの手から麻袋を取り返して中を探り、小さな薬瓶と布を取りだした。ふたりはジニーのベッドをはさんで立った。

「なんだ、それは？」

「薬草の抽出液よ。これで眠らせるわ」

「もう眠っているじゃないか」

　ミス・グリーンがくるりと目をまわした。「動かしても、眠ったままでいると思う？」

たしかに彼女の言うとおりだ。マーカスはため息をつきながら上掛けをめくった。恐怖に見開かれた青い目が現れた。ジニーが今にも叫びださんと口を開く。やめてくれ。

マーカスは手でその口を押さえた。ミス・グリーンが濡らした布を手渡してきた。マーカスはジニーを安心させられることを祈りながら笑みを作り、彼女の顔の前に布をかざした。

「すまないね」

ジニーがさらに目を見開き、震えはじめた。マーカスは自信がなくなった。最後までやり遂げられるだろうか？　でも、キャロを救わなければならない。突然ジニーが白目をむき、体から力が抜けた。まだ、口や鼻に布を当ててもいないのに。

「どうしたんだ？」マーカスはあわてた。意図せずして、彼女を傷つけてしまったのか？

「たぶん気を失ったのよ」ミス・グリーンは不安そうな顔をしていたが、やがて肩をすくめた。「とにかくやりましょう」

マーカスも覚悟を決め、布をジニーの顔にしばらく押し当てた。頃合いを見て、布をポケットにしまいながら言った。「静かに動こう。ただし、すばやくだ」

マーカスがジニーを抱えあげようとするときには、すでにミス・グリーンは荷物をまとめていた。マーカスはジニーを持ちあげて肩の上にのせた。思わずうめき声が出る。あんなに飲まなければよかった。

「しいっ」ミス・グリーンが言う。

「ずっと抱えていくのは無理だ。途中で落としてしまうかもしれない」

ミス・グリーンは考えこむようにマーカスの体に視線を走らせた。これほどじっくり見られると、体が熱くなる。顔を見られていると思うといやな気分だった。

「このあとはどうするの？」

マーカスはうめきながら、考えうる方法を頭の中で検討した。月明かりに目を留め、窓を、次にミス・グリーンの持っている麻袋を見た。「ロープを持っているんだろう？」

「出かけるときはいつも持っているわ」

「わたしが窓からジニーをおろす」

ミス・グリーンが小さな窓からジニーに視線を移した。

「うまくいくかどうか、よくわからないわ」

「ばかな。うまくいくに決まっている」

マーカスは急いでジニーの胸にロープをくくりつけた。シーツと、ベッドの隅にあった黒っぽいショールをあてがって、安全ベルトのようにした。ミス・グリーンは、マーカスが窓に向かう道を空けるため後ろにさがった。

マーカスは窓を開け、慎重にジニーを窓枠にのせた。ミス・グリーンが手を貸すために近づいた。ふたりの体が軽く触れあう。マーカスの肌が上着の下で張りつめた。突然体じゅうが熱くなり、思わず息をのんだ。

欲望を過去の記憶の隣に追いやり、ジニーをそっと窓枠からすべらせた。ミス・グリーンがさらに近づいて手伝った。ジニーの体が窓枠を離れると、マーカスは自分でも気づかないうちに詰めていた息を吐いた。ミス・グリーンも小さくうめいた。

ロープを操ってジニーを地面までおろすために窓から一歩さがろうとしたとき、寝具が動くかすかな音が聞こえた。マーカスは凍りつき、ロープをおろそうとする手を止めた。誰かが眠ったまま寝返りを打っただけであることを、心から願った。

7

美女は恐怖心を抑えることがなかなかできませんでした。

チャールズ・ラム『美女と野獣』

「今度は何？」

マーカスは手を振って、自分の唇に指を当てた。ミス・グリーンがうなずくのを待って、室内を見まわした。さっきまでと変わらず、六人の娘たちはベッドで寝ている。動いたように見える者はひとりもいないし、月明かりにぼんやり照らされている室内で誰かの目が光っているということもない。マーカスは長いあいだ感じたことのなかったような恐怖に襲われた。心臓が肺にぶつかるほど大きく打ちだし、息ができない。手のひらが震えて汗ばむ。ああ、酒が欲しい。

ミス・グリーンが黙ったまま、問いかけるように首をかしげた。マーカスはなんでもないとかぶりを振った。

ジニーに縛りつけているロープがマーカスの手に食いこむ。不安を無視し、窓枠にもたれるようにして体を支えた。家の外壁にぶつけないよう用心しながら、そろそろと彼女をおろしていく。どさりというやわらかい音とともに、ジニーは芝生におりた。マーカスが振り返ると、ミス・グリーンはふたたび暗がりの中に並ぶベッドを見つめていた。マーカスは好奇の目で彼女を見た。

その顔に浮かぶ恐怖がすべてを物語っていた。

マーカスはうなずき、身振りでロープを示した。

ミス・グリーンはもう一度ベッドを振り返ってから、荷物の入った麻袋をつかんだ。マーカスは先に行かせるために横へどいた。今度は言い争いもなかった。ミス・グリーンが荷物を背中にくくりつけてロープをつかんだ。窓の外に脚を振りだし、できる限りのすばやさでロープを伝いおりる。マーカスは窓からそれを見おろした。またしてもいやな想像で恐怖が背筋を駆け抜けた。彼女が落ちたらどうすればいい？

地面に横たわる意識を失った娘と、ばらばらになったミス・グリーンの遺体、そして夜遅くにこの寝室でとらえられる自分の姿が頭に浮かんだそのとき、ロープが引っ張られ、ミス・グリーンが地面まで無事におりたことを知らせてきた。彼女がジニーのロープを外すために動いているのがかすかに見える。最後にもう一度室内を見まわして何も問題がないのを確かめると、ロープの端をしっかりと固定できるものがないか探した。マーカスの体重に耐えられそうなものはひとつしかない。大きな衣装だんすに手早くロープをくくりつけた。ロープがかなり短くなってしまうのはしかたがない。窓からすべりでて、ロープを伝いおりていく。急いだので、ロープでこすれた手のひらが焼けるように痛んだ。まだミス・グリーンを完全に信用することはできない。必要以上に長い時間、彼女を人質とふたりきりにさせておきたくなかった。落とし穴だらけの計画の中で、ミス・グリーンがどう動くかはまだわからない。

案の定、マーカスが地面に着いたとき、ミス・グリーンはジニーの目を覚まさせようとしていた。逃走を遅らせようとしているに違いない。マーカスは彼女をにらみながら、ぐったりしたジニーの体を抱え、よろよろと秘密の門に向かった。ミス・グリーンがすぐ後ろに従う。家を出るまであと少しなのに、なかなか門までたどりつかなかった。

路地の暗がりに出ると、マーカスはジニーを肩からおろした。痛む背中を伸ばし、冷たい塀にもたれかかって息を整える。酒を血管に流しこみたくて酒瓶を探りながら、手の震えを抑えようとした。とうとう女性を誘拐したのだ。

地獄に落ちた気分だった。

なんとか神経を落ち着かせたらしいミス・グリーンが、マーカスの酒瓶を冷たい目でにらんで恐怖を押し隠しながらささやいた。

「誰かに見られたかしら？　あの中のひとりが目を覚ましたような気がしたんだけど」

「いいや、だが……」マーカスは勇気を与えてくれる焼けるような金色の液体を喉に流しこんだ。「だが、もし見られていたとしても問題にはならないだろう」

「わたしたちのことを詳しく説明されたら？」

マーカスはじっくり考えた。「大丈夫だ。彼女たちに何が言える？　怪物と妖精が姉妹のひとりをさらっていったとでも言うのか？」

ミス・グリーンは自分の犯した罪の重大さを意識して陰気に笑い、眠っているジニーに目を向けた。

「今でも、ジニーを連れてグレトナ・グリーンに行くつもり？」

マーカスは疑いの目でミス・グリーンを見た。酒をもうひと口飲んで言う。「ここまでしたんだ。行かない理由があるか？」

「じゃあ、わたしは帰るわね。見送ってあげる。フィリップはたいして抵抗しないと思うわ」

マーカスは非協力的な相棒にあきれて笑った。ミス・グリーンをロンドンに残していくわけがないではないか。馬車が見えなくなったとたん、長官の屋敷の玄関まで行って警告するに決まっている。何があろうと、ミス・グリーンはわれわれと一緒に行くのだ。

どうすれば言うことを聞かせられるか考えをめぐらした。眉をひそめてジニーを見おろしてから、よろよろと立ちあがってその人質を抱えあげた。

馬車を照らす明かりの中に足を踏み入れた瞬間、ふとひらめいた。フィリップが御者席から飛び降りて、マーカスが抱えているものを盗み見た。

「まさか、本当にやったんじゃないでしょうね？」

ミス・グリーンがフィリップを無視して馬車の扉を開けた。だが、御者はわめき続けた。

「ミス・ダニー！　誘拐だなんて冗談だと思ってましたよ！」

「黙って、フィリップ！　ちょっと連れだすだけよ。なんの問題もないわ」

フィリップが鼻を鳴らし、悪意に満ちた目でちらりとマーカスを見た。

「やったのはこの男ですね？　女性というのは道を外した男に左右されやすいものです」

マーカスはジニーを馬車に乗せてから、フィリップに近づいた。恐怖心をあおるために声を一オクターブ低くして言った。

「今すぐ黙らないと、おまえを食ってやるぞ！」

フィリップは真っ青になって口を閉じ、おびえたように体を縮めた。いつものことだが、マーカスはあきれた。この冗談にこんなに効果があるとは。しかし、それも、ミス・グリーンが最悪のタイミングであきれた声で言ったせりふのおかげで台なしになった。

「そうよ、フィリップ。彼はあなたをゆでて、塩をかけて食べるわよ、きっと」

マーカスはにやにや笑っているフィリップをちらりと見てから、ジニーを毛布でくるんでいるミス・グリーンに向き直った。

「きみを助けるつもりで言ったんだがな」

ミス・グリーンはマーカスをほとんど見もせずに言った。「自分の使用人と言いあっているときに助けてもらう必要はないわ。さあ、馬車に乗って早く出発しなさい」

マーカスはこぶしを握って怒りをこらえた。ポケットに手を入れると、ジニーを眠らせるために使ったハンカチが見つかった。逃げる途中で落とさなかったことにほっとすると同時に、ハンカチにしみこませた睡眠薬の効果がもう充分に残っていないのではないかと心配になった。今のところ、これを使う以外の選択肢はない。

ジニーの足を毛布の下に押しこんでいるミス・グリーンに、背後から近づいた。彼女の体を抱き寄せ、その肌から漂うバラの香りを無視して、鼻にハンカチを押しつけた。耳元でささやく。「すまない。だがロンドンから遠く離れるまで、誰かに話されては困るんだ」

ミス・グリーンはマーカスの肋骨を肘で乱暴に突いた。マーカスはうめいたが、すでに薬の効き目が出ており、たいした力ではなかった。ミス・グリーンはマーカスにもたれかかるようにくずおれた。急いでジニーの隣に彼女を乗せる。マーカスは神経を高ぶらせながら、よろよろとあとずさりした。服のあちこちを探しまわってようやく酒瓶を見つけ、中身の半分を一気に飲んだ。またしても罪を犯してしまった。別の女性を相手に。いったいわたしはどうなるんだ?

フィリップの情けない泣き声がマーカスの注意を引いた。猟師の罠にかかったウサギみたいにかたまってこちらを見つめている。マーカスは怒鳴りつけた。「グレトナ・グリーンまでだ！」

御者は女主人に目をやってから、御者席によじのぼった。マーカスはミス・グリーンの脚を膝掛けで覆った。自分も馬車に乗り、扉を閉めて向かいの席に座る。馬車は勢いよく走りだした。

マーカスは疲れきって、背もたれに体を預けた。最大の難関は突破した。あとは、スコットランドの小さな町まで捕まらずに行ければいい。簡単なはずだ。

8

家を出てからしばらくして、商人は新たな不幸に見舞われました。空が暗くなり、風は強くなり、嵐が近づいてきたのです。

チャールズ・ラム『美女と野獣』

「大っ嫌い！」
大きな声が、大砲のようにダニーの頭の中にこだました。うめきながら、割れそうな頭を手で抱えようとしたが、別の手が先に触れた。ひんやりした布が額に当てられ、痛みをやわらげるようにゆっくり前後に行き来した。ダニーは思わずため息をもらした。冷たさのおかげで痛みがましになった。

もう一本のあたたかくごつごつした手が下から首を支えてくれて、同時にブリキが唇に押し当てられた。金気のある水が口の中を満たし、冷たさが広がる。ダニーは身震いして、あたたかい手に首を預けた。水が喉を通って胃まで届いた。

ふたたび怒りの声があがり、水と布がもたらす心地よさが台なしになった。だが、うなじを支えるごつごつした指は、筋肉をほぐすように小さく円を描きはじめた。その慣れない感触に肌がうずき、ダニーはもうひとつため息をもらした。今までこんなことをしてくれた人なんかいない。まるで天国にいる気分だ。

「あなたなんか嫌いよ！　大っ嫌い！」

ダニーはいらだちを覚えてうめいた。誰だか知らないが、叫ぶのをやめてほしい。目を開きかけたものの、朝の光は強烈で、すぐまた閉じた。胸がむかついて最悪な気分だ。世界が前後に激しく揺れ、胃の中がひっくり返る。

唇にまたもやブリキが押しつけられた。口の中は綿が詰まったみたいだし、舌が妙に大きくなったかに感じられるが、喉を鳴らして水を飲んだ。手で支えてくれている人のほうに顔を向け、筋肉質の腕に頭をのせた。肌のほてりと水の冷たさが対照的で、体の中が熱くなる。気分が悪くて、胃を押さえた。

「一生恨んでやる！」

ダニーは歯嚙みして、目をかたくつぶったまま体を起こそうとした。だが大きな揺れが来て、彼女はまた倒れこんだ。混乱した頭でまず気づいたのは、動いている馬車の中にいるという事実だった。胃を押さえて、またしてもこみあげてくる吐き気をこらえ、威厳を保とうと努めた。もっと水分が欲しくて唇をなめた。水筒らしきものの冷たい縁が、再度口に押し当てられる。

「大嫌いよ、このろくでなし！」

叫び声のあとに、つらそうなうめき声が続いた。こんなふうに叫び続けるなんて妙だ。ダニーは眉根を寄せて、ふたたび頭を働かせた。わたしは病気らしいのに、なぜ叫び声のする馬車の中にいるのだろう？　家でゆっくり看病してもらうべきなのに……。

突然、記憶がよみがえった。脅し。誘拐。窓。そして……。

気分が悪いのも忘れて、ダニーは体を起こした。明るい日差しに、砂が入ったかのように目が痛む。目を細めたが、そのとき見えた光景に思わず笑みを浮かべた。

フリートウッド侯爵が、濡れた布と水筒を持って床に座っていた。疲れが浮かぶ淡い緑の目がじっとこちらを見おろしていて、ダニーはそれ以上笑う気になれなかった。彼の後ろにはジニー・フォーリー・フォスターがいた。寝間着が膝の上までめくれあがっている。ジニーは背中を馬車の向こう側の壁に押しつけ、足をマーカスの背中に突っ張って、何度も蹴っていた。「病気持ちのけだもの！　わたしに薬を嗅がせたわね！」

侯爵が大きくため息をつきながらダニーに水筒を渡し、疲れた声で言った。「飲むといい。ミス・フォーリー・フォスターはこれですっかり元気になった」

ダニーは笑みを噛み殺し、痛む額をさすった。どうしても尋ねずにはいられなかった。

「それはどのぐらい前の話？」

「二時間前だ」

ダニーは短く笑いながら、もうひと口水を飲んだ。怒りのあまりわれを忘れて蹴ったり暴れたりしているジニーをまた見つめた。火のような赤毛が乱れ、紅潮した顔の中でサファイア色の目が光っている。

「嫌われ者の悪魔！　地獄へ落ちるといいわ！」

あんなに蹴られて痛いはずだが、フリートウッド侯爵は顔をしかめながらも愉快そうな顔をダニーに向けた。「相当嫌われているらしい」

ダニーはまた笑みを嚙み殺した。フリートウッド侯爵の疲れた様子に胸がちくりとしてどうも落ち着かないが、気にしないほうがよさそうだ。フリートウッド侯爵が何やらぶつぶつ言った。ダニーはカップを見おろし、もうひと口水を飲んだ。水は薬の作用をやわらげてくれた。ダニーはカップの水を見つめながら、はっとして言った。「これにも薬が入っているんじゃないでしょうね？」

背中に受けた蹴りにうめきながら侯爵が言った。「入っているなら、後ろの彼女に飲ませるね」

ダニーは眉をひそめた。フリートウッド侯爵にこんないたずらっぽい面があるとは意外だ。いつも威張り散らしているのかと思っていた。いや、今だって威張っている。それなのになぜ、わたしは笑いをこらえているのかしら？　人を誘拐するという体験を共有したことで、ふたりのあいだに絆が結ばれたとか？　もしかして、わたしは彼と同類になったの？　ダニーはフリートウッド侯爵を見て、鼻で笑った。まさか。

その笑い声に、侯爵の淡い緑の目が翳りを帯び、顔から表情が消えた。ダニーは意地の悪い喜びを覚えながら、怒りをかき集めて彼をにらみつけた。やさしい感情なんて持つつもりはない。薬を使ってわたしのことまで誘拐した男だもの。これまではいいように操られることに腹を立てていただけだが、今度は体に危害を加えられたのだ。

「わたしまで誘拐する必要はなかったんじゃないかしら」

侯爵は目を細め、疑わしげな顔をした。「一緒に連れてこなかったら、きみはわたしがまだロンドンを出る前に、あの家に戻って警告したに決まっている」

ダニーは腕組みした。この人がただの頭の足りない大酒飲みならいいのに。それならすべてはもっと簡単だった。ダニーがにらんでいると、フリートウッド侯爵の顔に満足げな笑みが浮かんだ。わたしを言い負かしたことをわかっているんだわ。ああ、腹が立つ。

「あなたっていやな人ね、フリートウッド侯爵」

「まあ、なんてすてきな言葉！」ふたりは驚いて人質を振り返った。ジニーがいつの間にか静かになって耳を傾けていたことに、ふたりとも気づいていなかった。彼女がふたりに向かって言った。「どっちも大嫌い！」

ダニーはフリートウッド侯爵を見た。背中をひどく蹴られながらも、彼は肩をすくめてみせた。同じ場所を二回蹴られて顔をしかめる。

「ミス・フォーリー・フォスター」ダニーは穏やかに声をかけたが無視された。ため息をつき、今度は叫んだ。「もうやめなさい！」

ジニーが一瞬動きを止めて、驚いた顔でダニーを見た。その瞬間、彼は向きを変えてジニーの足をつかんだ。ジニーが身をくねらせてフリートウッド侯爵の顔を引っかこうとする。しかし、その青い目は恐怖に見開かれた。そうなって当然だ。これから自分がどうなるか見当もつかないし、フリートウッド侯爵は見るからに恐ろしい男なのだから。

ダニーは向かいの席に移動して、ジニーの手を取った。ジニーの目には涙がたまっている。

「誰もあなたを傷つけたりしないわ、ジニー。ジニーって呼んでいい？」

ジニーが黙ったままうなずいた。怖くて声も出ないのだろう。

「ジニー、わたしはダニエル・グリーン。そしてこちらはフリートウッド侯爵マーカス・ブラッドリーよ」

ジニーは驚きの目でフリートウッド侯爵を見てから、ふたたびダニーを見た。

「蹴るのをやめると約束してくれたら、彼はあなたの足を放して向かいの席に座るわ。どう？」

ジニーの目からゆっくりと恐怖が消えていった。彼女は狡猾そうに目を細めた。

「蹴るのはやめるわ」

フリートウッド侯爵はジニーの足を放し、ほっとした様子で向かいの席に座った。ダニーが彼女から手を離そうとしたとたん、ジニーは片足をあげてフリートウッド侯爵の顔を蹴った。侯爵が声をあげて鼻を押さえる。

「これで気がすんだわ」

ダニーは突然のことに身動きできなかった。ジニーがこんなにすばしこく動くとは思っていなかった。喝采を送りたかったが、フリートウッド侯爵を見たら、彼を助けたくなった。フリートウッド侯爵は席を立って、鼻を押さえていた手を離した。鼻血が垂れ、目はぎらぎらと光っている。歯をむきだし、喉の奥からごろごろという音を発している姿はその瞬間、本物の野獣に見えた。

ジニーは恐怖に凍りついていた。もう怒りを吐きだしてはおらず、代わりに涙を流している。ダニーもおびえていた。だが、フリートウッド侯爵にジニーを傷つけさせてはいけない。ダニーは勇気を奮い起こし、ふたりのあいだに割って入った。ジニーはすかさずダニーを盾にして背後に隠れた。ジニーの度胸に喝采を送るのはもうやめようと、肩に食いこむ爪に痛みを覚えながらダニーは思った。

「やめて！　彼女を傷つけるのは許さないわよ」

フリートウッド侯爵がかすかにびくりとして動きを止めた。じっと見ていなければ気づかなかっただろう。彼の淡い緑の目の奥に一瞬、痛みに似たものが光ったかと思うと、怒りのこもったうめき声がもれた。「どけ」

ダニーは一歩も引くまいと心に決めた。その体から、動物的な力が伝わってくる。不意に、彼がこぶしを開いてダニーをつかんだ。ごつごつした手に腕をつかまれ、ダニーは息をのんだ。フリートウッド侯爵の力は強く、ダニーは逃れることができなかったが、痛くはなかった。

フリートウッド侯爵は苦もなくダニーを持ちあげて狭い馬車の中で向きを変えさせ、自分の隣に座らせた。ダニーは混乱して何もできず、ただそこに座ったままでいた。男性にこんなふうに扱われたのははじめてだ。怒りを爆発させたかったが、タイミングを逃してしまったのが自分でもわかった。沈黙の中でふたりの目が合い、しばし見つめあう。彼の憤怒は薄れていた。疲れきっているようだ。この目に浮かんでいるのは後悔、そして悲しみだろうか？

フリートウッド侯爵が唐突にジニーに顔を向けた。突然注意を向けられて、ジニーの顔に恐怖がよみがえった。目が大きく見開かれ、心配になるほど青白い顔にそばかすが浮きでて見える。震えるジニーにのしかかるようにして、彼は低い声で言った。「きみを傷つけるつもりはない」

ダニーが馬車に入れておいたショールを、侯爵はジニーに放った。ジニーは獰猛な捕食者を見つめる獲物のように彼を見つめた。

フリートウッド侯爵が咳払いをした。まだ怒りは完全に消え去っていないが、だいぶおさまったらしい。「二度とわたしを蹴るな」

ジニーは両手でショールをつかみ、肩にきつく巻きつけた。大きな目で探るようにフリートウッド侯爵を見る。おそらく彼の言葉に考えをめぐらせているのだろう。

フリートウッド侯爵は黙ったままダニーの隣に座った。顔を伏せ、両手を膝のあいだで組みあわせて、大きくため息をついた。

「ミス・フォーリー・フォスター、きみを傷つけたくない。こんなことを頼む権利がないのはわかっているが、外見だけでわたしを判断しないでもらえるかな？」

彼が野獣から一瞬にして傷ついた男に変わるのを、ダニーは驚きをもって見つめた。ジニーはすぐさまいやだと言って、地獄に落ちろと叫ぶに違いないとダニーは思ったが、そうではなかった。

「わたしが今、何を見てあなたを判断しているかといえば、外見ではなく態度よ」ジニーは思慮深い声で言うと、いったん言葉を切ってからさらに続けた。「人が見かけと違うことは知っているわ」

ジニーの言葉を信じていいものかどうか判断するように、侯爵はジニーを長いあいだ見つめた。そしてゆっくりうなずくと、座席の背にもたれた。

ダニーは信じられない思いで、たった今目にしたことの意味を理解しようとした。双方のあいだに平和協定が結ばれるとは夢にも思っていなかった。ジニーは最後まで怒りに燃えた運の悪い獲物のままだと決めつけていた。

黙って物思いにふけりながら外を眺めているふたりを、ダニーは順に見比べた。背もたれに体を預けて座っているジニーの青い目は緊張で大きく見開かれ、泣いたために縁が赤くなっていた。フリートウッド侯爵に何度も向かっていったせいで、真っ赤な髪はくしゃくしゃになって肩にかかっていた。肩には、紫とオレンジのショールを鎧のようにきつく巻きつけている。疲労困憊した蒼白な顔を見ると、ダニーは心が痛んだ。

ダニーの視線はフリートウッド侯爵に移り、そこにとどまった。それさえなければハンサムな顔を、傷跡が台なしにしていた。やつれた頬に疲労が刻みこまれ、目は落ちくぼんでいる。

フリートウッド侯爵とジニーが一緒になることが、どうもしっくりこないのはなぜだろう？

「折れたの？」

ジニーの声が、ダニーの落ち着かない物思いを破った。ジニーの目はフリートウッド侯爵の鼻に据えられている。フリートウッド侯爵は鼻に布を当てていたが、ジニーのほうを向き、折れていないというしるしに小さく首を振った。

ジニーはほっとした様子でふたたび座席にもたれた。「わたしを誘拐した人のことなんか心配する筋合いはないけど、今まで人を傷つけた経験なんてないから」

フリートウッド侯爵は小さくうなずいただけだった。ダニーは彼の態度にいらだちを覚えはじめていた。ジニーが話しかけているのに、和解を申し出たあとは、彼女の不器用な謝罪にも応えようとしない。

ジニーが自分の長い髪を指に巻きつけながら、不安そうに言った。「わたしはどうなるの？身代金目的で誘拐したの？　それとも海軍の機密情報が目的？　父の仕事のことは何も知らないわよ」

フリートウッド侯爵がジニーの目を見つめた。彼は殴られるとでも思っているかのように体をこわばらせたが、何も言わなかった。ゆっくりダニーに目を移してから、酒瓶に手を伸ばした。ダニーはそれ以上我慢できなかった。ジニーには自分の今後を知る権利がある。

「彼はグレトナ・グリーンであなたと結婚するつもりなのよ、ジニー」

ジニーが目を丸くして、ダニーに向けていた目をフリートウッド侯爵に向けた。

「なんですって？」

「フリートウッド侯爵にはお金が必要で、あなたには多額の持参金があるから」

「いやよ！　そんな結婚はいや！」

ダニーは厳しい目でフリートウッド侯爵を見たが、彼はジニーのこともダニーのことも見ていなかった。窓の外を見つめながら、さらにひと口酒を飲んだ。

「お願い」ジニーは言った。「結婚は勘弁して。身代金を要求すればいいわ。それでお金が手に入るでしょう？」

やっと侯爵がジニーに顔を向けた。話しはじめたその声は鉄のようにかたく、同時につらそうだった。「自分が誰にとっても理想の夫じゃないことはわかっている。だが、きみと結婚しなければならないんだ、ミス・フォーリー・フォスター。きみには不公平な話だろうが、この結婚でわたしはきみの父上の後ろ盾を得られる。身代金だけでは手に入らないものだ。しかし、この場で約束しよう。結婚したら、きみは好きにしていいし、持参金の大半も自由に使っていい」

ジニーは動かなかった。顔のそばかすがやけに目立つ。うるんだ目がダニーを見てから、自分の膝を見おろした。ダニーは何を言えばいいのか、どうやって助ければいいのかわからないまま、ジニーの握りあわせた手に落ちる涙を見つめた。

フリートウッド侯爵がハンカチを持って、心配そうに身を乗りだした。感情に喉を詰まらせながら、低い声で言った。「わたしは若い娘が夢に描くような夫ではないし、きみに無理を言っているのもわかっている。きみがいやがることはいっさいしないし、きみが何をしようと見て見ぬふりをする。わたしを助けてくれ。頼む」

ダニーは他人の私生活に踏みこんだ気分になった。フリートウッド侯爵が弱さを見せるのを目の当たりにして戸惑っていた。彼ほどの強い男性が懇願しているさまを見るのは落ち着かない。

感情をのみこんだ。そんな条件をつけた結婚がどういうものになるのかは想像もつかない。だが考えてみれば、社交界にはひとたび跡取りをもうけたあとは離れて生活する夫婦が山ほどいる。

ジニーは首を振った。顔はさらに蒼白になっている。「お願い、家に帰して」

フリートウッド侯爵はジニーの手にハンカチを握らせてから離れた。

「すまない、ミス・フォーリー・フォスター。それはできない」

ジニーがわっと泣きだした。ダニーはいたたまれない気持ちでいっぱいだった。

ジニーの涙が乾くまでには数時間かかった。ダニーは彼女の隣に移り、肩に腕をまわして慰めた。そのときになって、ジニーの寝間着がひどく薄いことにはじめて気づいた。ショールをきつく巻きつけていたのは寒かったからなのだ。気づかなかった自分に腹を立てながら、床に置いてあった麻袋を持ちあげて中を探り、ジニーのために用意してあったドレスを一枚取りだした。

ジニーは受けとるのを恐れるかのように、疑わしげな目で簡素なドレスを見つめた。

「寝間着よりはいいし、ずっとあたたかいわ。わたしたちは横を向いているから、着替えて」

フリートウッド侯爵はすでに窓の外を見つめていた。ダニーは腰をかがめて立ちあがり、ジニーに背を向けてショールをカーテンのように広げて目隠しにした。衣ずれの音がしばらく続いたあと、ジニーが言った。「もういいわ」

ダニーが振り返ると、ジニーは寝間着の上にドレスを着ており、その上からショールをはおって周囲とのあいだに壁を築いていた。その気持ちはダニーにもわかった。母が亡くなったとき、計り知れない孤独感と冷たい恐怖に襲われた。毛布に潜りこみたい思いを我慢するのは、ひどく大変だった。

「きっとあなたは――」

そのとき馬車ががくんと揺れて止まり、叫び声があがった。ダニーはバランスを崩して、フリートウッド侯爵の膝の上にのってしまった。馬車が一方に大きく傾き、フリートウッド侯爵がたくましい腕でダニーをきつく抱きしめる。馬が恐怖にいななき、ジニーの声が床から聞こえた。とっさにダニーは視線をあげて、フリートウッド侯爵の顔を見た。そこに決然とした表情が浮かんでいるのを見たとたん、周囲の混乱が薄れていく気がした。不意に彼の腕の熱がしみこむように伝わり、体じゅうがほてってきた。恐怖が全身を駆けめぐっているのに、安心感を覚える。

「金を出せ！　出さなきゃ殺すぞ！」

「最低だわ！」

ジニーが悪態をつく。ダニーは戸惑いながら再びフリートウッド侯爵を見た。彼の腕から逃れると、疑わしそうに見つめているジニーと目が合った。そしてそのとき、馬車の扉が、蝶番が外れそうになるほど乱暴に開けられた。

覆面で顔を隠した男が立っていた。まるで遠い過去から時空を超えてやってきたかのようないでたちだ。背が高くしなやかな体に、胸と襟部分にひだがついた黒のシャツを着て、腰には細身の剣を差していた。黒いズボンの裾は黒いブーツの中にたくしこまれている。頭には、緑の帯に黒い羽根を差した海賊帽をかぶっていた。男は緑のマントを翻し、馬車の中に手を伸ばした。ダニーはあざけるようなその目を見つめた。

「掠奪の里、フィンチリー・コモンへようこそ」

「追いはぎよ！」ジニーが驚いて叫ぶ。

男がばかにした顔でそちらを見て、人でいっぱいの舞踏室にいるかのようにお辞儀をした。

「実に鋭いね、ミス・サファイア」

男が背中から銃を引きだしたが、ジニーは歯をむいた。

「おれに噛みつくつもりか？」

フリートウッド侯爵がジニーの返事をさえぎって、男の注意を引きつけた。

「彼女の足は銃に負けないほど危険だぞ」

追いはぎは野獣の顔の傷跡に不意を突かれ、まばたきを繰り返した。一瞬顔をしかめてから、すぐに笑みを浮かべた。「この盗賊グリーンはおまえの忠告を覚えておこう」

三人は戸惑って目をしばたたいた。この男は、わたしたちが自分のことを知っていると思っているらしい。男が眉をひそめ、三人を順に見比べた。

「おれの噂を聞いたことがないのか？」

三人は首を振った。ジニーが混乱した様子で尋ねた。「グリーンってことは、まだ青い未熟者なの？」

男は一瞬あっけに取られたが、歯ぎしりをして別の名前を考えるとかなんとかつぶやき、ふたたび手を伸ばした。緊張に包まれ、誰も動かなかった。ダニーはフィリップを呪った。まともな人間なら、フィンチリー・コモンに近いグレート・ノース・ロードに追いはぎがはびこっているのは知っている。金目のものをほとんど持っていないのが不幸中の幸いだった。

ダニーはゆっくり息を吐きながら、自分がなんとかしなければならないと考えた。フリートウッド侯爵は動けなかった。男にすぐに飛びかかれる位置にいないし、フリートウッド侯爵が行動に移るより先に、男の銃が火を噴くだろう。フリートウッド侯爵は武器を持っていない。あの酒瓶が武器代わりになるというなら話は別だけれど。

座席のあいだの位置でそろそろと動き、麻袋をつかんで背後にまわした。前かがみになって男に近づく。男は驚いた顔でしばらくダニーを見つめてから、手を差しだした。ダニーはそれを無視して男の向こうを見た。ほかにはひとり、ロマらしき男が同じような服を着て立っているだけだった。そちらは御者席のフィリップに銃を向けることに忙しく、グリーンには注意を払っていない。ダニーはある計画を思いついたことを伝えたくて、フリートウッド侯爵のほうをちらりと見た。

「お嬢さん？」

ダニーはもう一度馬車の外にすばやく目を走らせてから、驚くほど間近にあった追いはぎの顔を見た。目を見つめようとしたが、帽子のつばに隠れている。ダニーは咳払いをした。

「降りようとしているのよ」

男はうなずき、手を貸すと伝えるために伸ばした手を少しあげた。ダニーはその手を取るかに見せかけて、麻袋を相手の頭に振りおろした。男が左によけたので、ダニーは彼に体当たりした。男がよろめき、ダニーもろとも地面に倒れこむ。馬車の中から怒鳴り声がして、フリートウッド侯爵が扉から飛びおり、ダニーと追いはぎがもつれあっている隣にどさりと音をたてて落ちた。男たちは殴りあったが、こぶしの音は銃声と苦しげな悲鳴にかき消された。

ダニーは凍りついた。フィリップが御者席から転がり落ちた。砂が舞いたつ中、追いはぎの馬が恐怖にいななきながら走り去った。ダニーは麻袋を落とし、使用人に駆け寄った。御者を撃った追いはぎは、彼が放した手綱をつかんだ。

服も髪も砂まみれになって地面で身をよじっているフィリップの脇に、ダニーはひざまずいた。御者は涙を流して脚を抱えている。「フィリップ！」ダニーは心臓が口から飛びだしそうになり、傷を押さえている彼の手をつかんだ。「フィリップ！　ああ、大変！　フィリップ！」手についた血を見て、後悔の念に襲われた。「どこを撃たれたの？」

「痛い！」フィリップがうめいた。「死にそうだ！」

「見せて」

フィリップがふたたびうめいたが、ダニーは心を鬼にして彼の手を傷口から引き離そうとした。だが、追いはぎの声に手を止めた。

「動くな。誰も動かなければ、彼女は助かる」グリーンが叫んだ。

ダニーが振り返ると、追いはぎはジニーの首に腕をまわし、こめかみに銃を突きつけていた。

ダニーはゆっくり立ちあがって言った。「何が望みなの？　ご覧のとおり、わたしたちは高価なものは何ひとつ身につけていないわよ」

グリーンの視線がゆっくりダニーの体を追い、去年家畜の世話係の少年からもらったズボンに包まれた箇所でしばらく止まった。「たしかにそうらしい」追いはぎは笑った。「ズボンをはいた女ってのはいいものだな」

ダニーは真っ赤になり、頭がくらくらした。フリートウッド侯爵の喉から怒りが叫び声となって出るのが聞こえた。

「おまえたちのせいで、おれと友人はとんだ迷惑をこうむった。償ってもらおうか」

胃の中で恐怖がうごめく。「どんな償い？」

グリーンの相棒が冷たく笑った。「女で償うってのはどうだ？」

フリートウッド侯爵がうなったが、悪党どもは気にもかけなかった。グリーンがにやりとしてジニーを見おろした。「ミス・サファイアを連れていこう」

相棒がかぶりを振った。「おれはそっちのほうが好みだ。威勢がいい」

グリーンはダニーを見つめて考えこんだ。ダニーは恐怖をのみこんだ。わたしが彼らと一緒に行かなければならない。ジニーではなく。わたしの責任だ。ジニーはすでに充分つらい目に遭っている。

「わたしにして」ダニーはささやいた。

フリートウッド侯爵が怒りの声をあげたが、追いはぎはうなずいた。ダニーが前に進みでたとき、ジニーが自分をとらえている男への怒りを爆発させた。グリーンのむこうずねをかかとで思いきり蹴りつけた。男があえぐ。ジニーをつかんでいる手がゆるんだが、彼女を放しはしなかった。

ジニーが叫んだ。「どういうつもりよ！」

グリーンがうめきをこらえて彼女を乱暴に揺さぶった。「黙れ」

ジニーは怒りにあえぎ、手足を激しくばたつかせた。

「わたしの父は海軍司令長官よ！　あなたたちを縛り首にしてくれるわ！」

グリーンの顔にゆっくりと笑みが浮かんだ。

「本当か？　そいつは面白い。実に気に入ったよ」

勝ち誇った顔で笑う男に、ダニーはひそかに悪態をついた。

「どうやら運が向いてきたらしい。ミス・サファイアはおれたちの賞品だ。長官が娘たちを深く愛してるのは誰でも知ってることだ。やつは莫大な身代金を払うだろう。間違いない」

ジニーは暴れたが、グリーンにふたたび馬車に乗せられた。グリーンの相棒はひと言も発しないまま御者席によじのぼり、馬を走らせた。

砂を舞いあげ、音をたてながら、彼らを乗せた馬車は角を曲がって視界から消えた。

ダニーは言葉もなく、唖然としているフリートウッド侯爵からすさまじい速さで消えていく馬車へ、そして最後に怪我をしたフィリップへと視線を移した。

信じがたいことに、ふたりの悪党はダニーたちが誘拐した花嫁を誘拐していったのだ。

9

あられに雪、そして夜霧が一緒になって、馬とその乗り手に襲いかかってきました。戸惑い混乱した商人は、道に迷ってしまいました。

チャールズ・ラム『美女と野獣』

フリートウッド侯爵は恐怖に満ちた顔で馬車を追いかけていったが、馬車は速く、追いつくことはできなかった。フリートウッド侯爵は足を止め、上体をかがめて息を切らした。やがて音は遠ざかり、砂ぼこりもおさまった。

追いはぎたちはわたしたちからジニーを誘拐した。これが他人の身に起こったことだったら、その皮肉に感心するところだ。

フリートウッド侯爵が動揺と驚きでかすれた声で叫んだ。「ジニーが連れていかれた。追わなければ！」

ダニーは言い返した。「わかっているわ。でも、フィリップが撃たれたのよ。それにわたしたちには馬がない」

フリートウッド侯爵はダニーを無視して、馬車が消えた方角を向いた。不安げな表情のおかげで、顔の傷跡が余計に際立って見える。ダニーはもう一度砂ぼこりのあとを見やってから、フィリップの横にひざまずいた。使用人が最優先だ。ただでさえ災難に見舞われているというのに、彼が死んでしまったらますます恐ろしいことになる。わたしが無理やり連れてきたのだ。脅したと言ってもいい。それなのに、追いはぎのはびこる地域を通ったことでフィリップを責めるなんて。

「傷を見せて」フィリップに言った。

彼は惨めな顔でかぶりを振り、耐えられないというように砂の上を転がり続けた。ダニーはフィリップをなだめようと手を伸ばして、その体の震え方に衝撃を覚えた。冷たい恐怖が忍び寄ってきて心臓をわしづかみにする。フリートウッド侯爵が後ろから近づいてきた。ひどく汗をかき、荒い息をついて、淡い緑の目に心配をたたえている。侯爵はダニーの隣にしゃがんだ。砂にまみれ、上着が数箇所破れている姿は、先ほどまでの堂々とした様子とはまるで違っていた。彼はダニーの肩に片手を置いた。

「どこを撃たれたんだ？」眉をひそめると、傷跡がいっそう深くなった。

ダニーは乱暴に肩をすくめてフリートウッド侯爵の手を外そうとした。だが、手は動かなかった。シャツの生地を通して熱が伝わってくる。彼にいらだっているにもかかわらず、気持ちが落ち着いた。

「あっちに行って。あなたの助けはいらないわ」フリートウッド侯爵が降参だとばかりに両手をあげた。「ひどく震えているの。ショック状態に陥る前触れかしら？」

侯爵の顔に不安が広がる。フリートウッド侯爵が首を振った。

「震えているのはフィリップじゃない」

フィリップから手を離してみると、たしかに震えているのは自分の手と腕だった。大きく息を吸ってから、御者の様子を見た。「フィリップは大丈夫かしら？　彼にもしものことがあったら、わたしは絶対に自分を許せない」

ダニーが想像もしなかったほどやさしい笑みが、フリートウッド侯爵の口元に浮かんだ。彼はフィリップの手をつかんで傷口から離した。ダニーは目を向けることができなかった。自分のせいでできた傷を見るのが怖くて、フリートウッド侯爵の肩の後ろに隠れた。彼の肩に触れたとたん、ダニーの体はびくりと跳ねた。顔をうずめて、周囲の世界を遮断したくてたまらなかった。

フリートウッド侯爵が体をこわばらせた。沈黙が流れる。フィリップは助からないのだろう。ダニーは泣きたいのをこらえた。「ひどいのね？」

鼻を鳴らす音がした。ダニーは憤慨してフリートウッド侯爵から離れた。

「笑っている場合じゃないのよ！」

彼は低くいらだった声で言った。「自分で見てみるといい」

勇気を振り絞って傷口を見た。だが、傷口などなかった。ダニーは怒気をはらんだ息を吐いて、御者だった男の脚をにらんだ。色白の脚には小さなすり傷ができていて、そこから血が少しだけ流れていた。まわりの皮膚が青あざになっている。銃創などなかった。

ダニーは歯嚙みした。「何も言えないわ」

フィリップはうめいたが、目はきつく閉じたままだ。

「どれほどひどいんです？　わたしは死ぬんでしょう？」

フリートウッド侯爵があきれた顔になった。怒りをこめて言う。「撃たれてすらいない。御者席から飛び降りたときにすりむいたんだろう」

「嘘をつかないでください！　死にかけてるのが自分でもわかります。ああ、神さま、わたしにお慈悲を！」

「フィリップ、いいかげんにしないと――」

「ああ、これまでに犯したすべての罪を後悔しています。ただし、この最後の罪だけは、無理やりさせられたものです！」

「まったく！」ダニーのためこんできた怒りが爆発した。「もうたくさん！　くびよ、フィリップ。残念ながら、あなたはこれからも長生きして大勢の人を悩ませるでしょうね」

フィリップの目が片方開いた。信じられないと言いたげな目だ。

「死の床にある男をくびにするというんですか？」

我慢も限界に達し、ダニーがうつぶせになったフィリップをこづきそうになったとき、フリートウッド侯爵がダニーを抱きあげ、元御者から引き離した。ダニーは地面におろされるまで、フリートウッド侯爵の腕の中でもがいていた。

フリートウッド侯爵が笑った。ダニーを押さえている手は落ち着いていて力強かった。

「おちびさん、これ以上罪を重ねないほうがいい」

ダニーは目を細めた。「今、わたしのことをなんて呼んだ？」

フリートウッド侯爵は一瞬凍りついたが、ゆっくりほほえんだ。「おちびさん」

「そんな呼び方をしないで。わたしは子どもじゃないのよ」

彼は笑った。「そう言われると、余計に呼びたくなるな、おちびさん」

「やめてと言っているの」ダニーは言いながら、フリートウッド侯爵と、ついでにその向こうの御者をにらんだ。フィリップはまだ道の真ん中に転がったまま、顔をあげてこちらを見ている。ダニーと目が合った瞬間、また頭を地面につけて大げさにうめき、舌を突きだした。

「嘘つき」

フリートウッド侯爵がのけぞって笑った。

「おかしくなんかないわ」ダニーは叫んだ。「本当に死んでしまうかと思ったのよ。それもわたしのせいで」

フリートウッド侯爵は真顔になった。「フィリップをここに置き去りにしたらどうだ？運がよければ、野生の動物が食べてくれる」

「どんな動物？　突然肉食化したウサギとか？」

「いつだって希望はある」

ダニーは思わず笑った。フリートウッド侯爵はほほえむと顔が変わり、魅力的でハンサムにすら見えた。傷跡は気にならなくなり、目は色が濃くなり、これまで見慣れてきた怒りのこもった光とはまったく別の光を放っている。顎の傷跡のせいか、下唇の中央がくぼんだ。ダニーはそこを指先で撫でたくなった。

唇を見られているのに気づくと、フリートウッド侯爵は笑みを消した。警戒する顔になり、いちばん大きな頬の傷跡がダニーの目に入らないようあわてて向きを変えた。彼が何を考えているのかに気づき、ダニーは恥ずかしくなった。

「フリート――」

「きみがなくした馬車に追いつかなければならない」

「わたしが？」またたく間に彼への思いやりが消えた。「わたしがなくしたってどういう意味？」

「言葉のとおりだ。すべてわたしに任せていれば、花嫁も馬車も失わずにすんだ」

「なんて人！　わたしの計画に問題があったというなら、なぜそれに従ったのよ」

「きみは反対する間も与えずに追いはぎに飛びかかっていったじゃないか」

ダニーは馬車の消えた方角に向かって歩きはじめた。「あなたが見事な計画を立てていたとは知らなかったわ。作戦を練る能力があるのはわたしだけだと思っていた」

フリートウッド侯爵は大股ですぐに追いつき、隣に並んだ。

「さっきも言ったが、きみはわたしに時間を与えてくれなかった」

「どこに行くんですか?」フィリップが後ろから情けない声で尋ねる。

ふたりは足を止め、地面に肘をついているフィリップを振り返った。ダニーは言った。

「死にそうなんじゃなかったの?」

彼はすぐさま地面に転がり、さも痛そうに身をよじった。「死にそうです」片手を天に差し伸べる。「わが主が見える!」

フリートウッド侯爵がうなりながらダニーを見た。「実際、どこに行くつもりだ?」

ダニーは以前にこの周辺を調べたときに見た地図を必死で思い浮かべた。「この道をまっすぐ行けば、町に行き当たると思うの。そこであの男たちが見つかるかもしれないし、隠れ家を捜す手がかりを得られるかもしれない」

フリートウッド侯爵はふたたびうなって歩き続けた。本気でフィリップを置き去りにするつもりらしい。ダニーは思案顔で振り返った。置いていきたいのはやまやまだが、そういうわけにもいかない。フィリップの横に戻り、ため息をつきながらしゃがみこんだ。「助けを連れて戻ってくるわ」うなずいたフィリップに嫌みを言わずにはいられなかった。「それまで生きていてね」

立ちあがると、布のかたまりが道に落ちているのが目に入った。誘拐に使う道具を入れてきた麻袋だ。中に替えのドレスが入っている。追いはぎのなめるような視線を思いだし、背筋に震えが走った。ちゃんとした服を着たほうがいい。

「そこでぐずぐずしているうちに、馬車はどんどん先に行ってしまうぞ」フリートウッド侯爵が言った。

一気に気分が落ちこんできた。地面で泣き声を出しているフィリップを元気づけると、ダニーは麻袋を持ってフリートウッド侯爵の歩調に合わせて歩きだした。だが並んで行くのは無理だった。フリートウッド侯爵の一歩がダニーの二歩に相当するのだ。ついていこうとするうちに息が切れた。「ペースを落としてもらえる?」

彼は聞き入れなかった。口を開こうともしない。

「馬車に追いつくまで歩き続けるということ?」

返事はなかった。

ダニーは走った。一歩走るごとにいらだちが増していく。フリートウッド侯爵の前に出て邪魔をした。彼は立ちどまり、値踏みするようにダニーを見た。その目にはいつもの冷たさが戻っていた。フリートウッド侯爵は黙ったままダニーをよけて歩き続けた。

ダニーは信じられない思いで叫んだ。「怒っているの? わたしを責めることはできないわよ! もとはといえば、あなたがわたしを脅して誘拐に巻きこんだんだから。わたしが安全で問題のない駆け落ちを計画するのを待てばよかったのに」

ダニーは息を吸った。言いたいことを吐きだしはじめたら止まらなかった。

「もうちょっと待てば、いつもの御者があなたの元婚約者を送り届けて戻ってきただろうし、彼ならこの道を通らなかったわ」

「アンのことは二度と口にするな」

突然の怒鳴り声に、ダニーは足を止めた。フリートウッド侯爵は傷ついた表情になっていた。その目が森のような暗い緑色に変わっている。侯爵は顔をそむけ、乱暴に咳払いをした。

「すまない」

彼が謝った？

フリートウッド侯爵はふたたびきびきびと歩きはじめた。またしても黙ったままだ。ダニーはなぜか締めだされた気分になって唇を噛んだ。無視してくれるのはありがたいはずなのに。相手は野獣なのだから。

ふたりはしばらく歩いていたが、やがてダニーは我慢できなくなった。

「いいわ、わたしと話したくないなら好きにしなさい」

フリートウッド侯爵は知らんふりだった。ダニーは歯噛みし、ふたたび走って彼に追いついた。これまでにも頑固な男たちを相手にしたことはある。そのときとなんら変わりはないはずだ。

ダニーは三時間、沈黙を守り続けた。太陽の位置で時刻を判断する方法は知らなかったので、秒数を数えた。余計なことを考えていらいらするよりも、そのほうがましだった。

「フリートウッド侯爵？」ついに呼びかけた。

返事はない。

ダニーはまたもや歯噛みすると、足を高くあげて草を乱暴に踏みしだきながら歩いた。ヒユーだってこれほど頑固ではない。

友人夫婦のことを思った瞬間、ふたりがいてくれればと心から思った。ヒューがいればこんな事態にはならなかっただろう。そしてアナベルはわたしの置かれた状況に同情し、一緒になってフリートウッド侯爵を嫌ってくれるはずだ。今のわたしは、とにかく仲間が欲しい。そしてサンドイッチも。クレソンのサンドイッチなら最高だ。

ぐうぐう鳴るおなかを押さえた。決意を新たにし、膝をこれまで以上に高くあげて歩いた。フリートウッド侯爵をいらだたせる音をたてて、反応してもらうのがわたしの目的だ。

そのとき大きな音がして、ダニーは飛びあがった。見おろすと、折れたばかりの枝がやわらかい森の地面に落ちていた。フリートウッド侯爵が、この果てしなく続く森の中に進路を取ったのは一五分ほど前のことだ。方向を変えたことについて、彼は何も説明しなかった。ダニーがあとに続くと決めてかかって、黙って向きを変えただけだ。なんて傲慢な男だろう。

ダニーはもとの道をそのまま進もうかとも思ったが、フリートウッド侯爵との冷戦に勝つために身を危険にさらす気にはなれなかった。まだひとりで歩くには危険な地域を出ていない。ジニーのことがまたもや心配になった。あの悪党たちが彼女にどんなことをしているのか、考えたくなかった。からっぽの胃が不安とやるせなさに痛んだ。わたしのせいだ。わたしが今の混乱を招いたのだ。自分を守るために、無垢な娘を犠牲にしてしまった。追いはぎよりなお悪質だ。

自分たちがジニーを誘拐するところを見られたのではないかという心配は、彼女がいないことにすでに家族が気づいているはずだという希望に変わった。それならダニーとフリートウッド侯爵だけでなく、海軍もジニーを捜すことになる。グレート・ノース・ロードから外れたことがありがたく思えた。先まわりした海軍にとらえられる可能性もあったのだ。首にロープを巻きつけられることを想像して感じる恐怖は、ジニーの身に起こっているかもしれないことに対する恐怖にも匹敵する。そしてまた、この森の中でフリートウッド侯爵を見失う恐怖もそれらに負けないほど大きかった。彼が自分を捜すために戻ってくるかどうか試してみる気にはなれなかった。

だからフリートウッド侯爵が払った枝が顔にまともに当たったとき、ジニーは我慢できなくなった。

「いったいどこに向かっているの？」

怒りのこもった口調にも、フリートウッド侯爵は反応しなかった。彫刻のような見事な背中を見つめるのもそれなりに楽しめたが、今は返事が欲しかった。そして、自分以外の人の声が聞きたかった。こういった沈黙が好きならば、キング・ストリートの家で父とともに暮らしていただろうし、〈グレトナ・グリーン・ブッキング〉をはじめることもなかっただろう。

父のことから求婚者のヘムズワース伯爵に思いを馳せた。わたしが留守にしているのは求婚を断りたいからだと思っていないだろうか？　ジニーを醜聞にさらさずに無事家族のもとへ返すことができたあかつきには、伯爵と父の前で正式に求婚を受け入れよう。伯爵夫人として幸せに暮らすことができ、伯爵と深く愛しあうようになれるだろう。常に思い描いてきた、おとぎ話の幸せな結末のように。

父はわたしの身を心配しているだろうか？　父のことは愛しているし尊敬しているが、議会の仕事に忙しい父を見ていると、わたしの存在を忘れてしまったのではないかと思うときがある。だが、ヘムズワース伯爵は忘れないだろう。やさしくて思いやりのある人だ。そして、わたしを気にかけてくれている。

沈黙と混乱する思いに身を任せて、ダニーは歩き続けた。ロンドンではめったに見られない豊かな緑が、木々のあいだから差しこむ陽光を受けて美しくきらめく。その光景に、森に入る前にフリートウッド侯爵がほほえんだときの瞳を思いだし、ダニーは自分を笑った。彼にそんなロマンティックな思いを持つなんて！　たった今、求婚者との将来について夢見ていたというのに。

歩き続けるうちに、しだいに怒りが募ってきた。すべてフリートウッド侯爵が悪いのだ。わたしを操っておいて、あとになって責めるなんて。なんの権利があって、わたしにこんな惨めな思いをさせるのだろう。本当なら、森の中を連れまわしながらこちらを完全に無視する代わりに、わたしと協力して要求に応えるべきなのに。

フリートウッド侯爵を勝たせたくないし、ジニーを捜すにあたって彼の頑固さに支配されるつもりもない。そのとき、フリートウッド侯爵を会話に引きこむためのいい考えを思いついた。いたずらっぽくほほえみながら、ダニーは勢いのある歩調になった。

「困ったことになったのね。どこに向かっているのか、あなたもわかっていないんでしょう？」彼が答えないので、ダニーは大きくほほえんでさらに言った。「途方に暮れているのね。わかるわ。でも、大丈夫！　どこで間違ったか突きとめられるわよ」

フリートウッド侯爵の肩がわずかにあがった。話を聞いていることを示す唯一のしるしだ。

「どこからはじめる？　わたしの父は、まず自分の周囲を調べろといつも言うの。わたしたちもそうすれば、何か手がかりが見つかるかもしれないわ！」ダニーは大げさにあたりを見まわした。「木がたくさんあるわね。それから草花も。どうやら今、わたしたちは森の中にいるといって間違いないみたい。森がどういうものだかは知っているわよね？」

彼は相変わらず黙ったままだが、見くだすような目でこちらを見たのは耳を傾けている証拠だろう。

「まあ！　まさか木がなんだかも知らないわけじゃないでしょうね？」

前を歩くフリートウッド侯爵はまっすぐ前を見据えたまま、ダニーを無視している。

ダニーは頭が痛くなるほど歯を食いしばったが、さらに彼をからかおうと口を開いた瞬間、若木の枝と葉が口の中に飛びこんできた。ダニーは吐きだしながら尻もちをつき、まばたきを繰り返した。フリートウッド侯爵がにやにや笑いながらすばやく前に向き直るのが見えた。

「なんて人！　わざとやったのね！」

「わたしが何をしたというんだ？」

「わたしの顔に木の枝を当てたわ」

フリートウッド侯爵は振り返って、わけがわからないという顔で見おろした。

「木の枝とはいったいなんだ？」あきれ返るダニーに、何食わぬ顔で続けた。「それで、さっき言っていた草花っていうのは？　食べられるものか？」

ダニーは袖をたくしあげながら立ちあがり、彼をにらみつけた。

「あなたがウサギだったら食べるでしょうね！」

ダニーは怒りに任せて叩こうとした。

フリートウッド侯爵が笑いながらダニーの胴体をつかまえ、自分の胸に引き寄せた。ダニーは小さくあえいだ。彼の鼓動が手足の先にまで伝わってくる。かたい胸板がダニーの小さな体を受けとめ、大きな手のひらが背中を支える。全身の血液が火がついたかのように熱くなり、脚のあいだに集まっていく。

フリートウッド侯爵がダニーをくすぐった。

ダニーは目を丸くして、その親しみ深い快さに声をあげそうになるのをこらえた。ふたりは笑いだし、涙で森の緑がかすんで見えるまで笑い続けた。「やめて！　お願い！」

すぐにフリートウッド侯爵が離れた。ダニーは喪失感に息をのんだ。冷たい風が肌に吹きつけ、自分の体に腕をまわす。ダニーが振り返ると、彼はすぐ後ろに立っていた。ダニーは、フリートウッド侯爵――いや、マーカスの、切なくなるほど少年っぽい笑みがいつもの険しい表情に変わるのを、悲しい気持ちで見つめた。

「すまない」彼がささやきながら、淡い緑のやさしい目でダニーの木の枝で赤く腫れた頬を見つめた。ゆっくりと手をあげて、ダニーの髪を指でつまむ。彼がその髪を指に巻きつけると、手のぬくもりが肌に伝わってきて、ダニーは心が安らいだ。「枝を押さえておこうとして、手がすべったんだ」

マーカスの指が髪を放し、ダニーの頬の傷にそっと触れた。ダニーは息がつけなくなり、胃のあたりがざわめくのを感じた。ごくりとつばをのみ、彼の目を見つめる。

最初あの目を冷たいと思ったことが、自分でも信じられなかった。淡い緑の目はマーカスの頭に浮かぶすべての思いを映しだしている。「許してくれるかい？」そう尋ねたマーカスが、枝のことだけを言っているのではないのがダニーにはわかった。

だが、許すことはできない。

ダニーはわざと明るい調子でマーカスとの駆け引きを続けた。「あら、思ったより大変だわ！　まず草花がどういうものか説明するわね。木の枝は、あなたには難しすぎると思うから」

マーカスの顔に一瞬悲しみがよぎったあと、表情が消えた。ダニーは胸が痛くなった。ふたりはふたたび黙って歩き続けた。緊張に満ちた、破ることのできない沈黙が流れる。

無理やりこんな状況に追いやられたのに、どうしたら許せるというの？　マーカスの事情をもっとよく知るようになれば、気持ちが変わるだろうか。今のところわたしにわかっているのは、早急にお金を必要としているということだけ。その理由はわからない。

酒に溺れるぐらいだから、おそらく賭事なども好きで、それで財産を失ったのだろう。多くの貴族の身に起こりうることだ。その結果、それまでの生活を維持し続けるために、肩書きを担保に借金をするはめになる。

この冒険に出発する前に読んだ、ミス・ラヴィーナ・ラックスの書いたゴシップ記事もある。もっとも、あれはアン・ニューポートが広めた噂かもしれないけれど。結局、噂は単なる噂でしかない。

尋ねれば、マーカスは正当な理由を話してくれるかもしれない。ダニーは、ジニーを強制的に結婚させなくても彼を助けられるかもしれない、そう考えはじめたとき、何かかたいものにぶつかった。自分の世界に浸っていたために、マーカスがまた止まったことに気づかなかった。彼の背中にまともに当たって、またしても尻もちをついた。ダニーは枯れ葉と苔をつかんで腹立ちまぎれに言った。「地面とわたしは相性が悪いの。言っていなかった?」

マーカスがためらいがちに少し振り返った。彼の目は暗く翳っている。

「聞こえたか?」

ダニーはまばたきをして頭を傾け、耳を澄ました。しばらくしてから首を振った。

マーカスがうなった。彼の感情はいつもの厳しくてよそよそしい表情の裏に消えた。顔をそむけて、いちばん大きな傷跡を隠す。なぜあんな傷ができたのだろうとダニーは考えたが、マーカスのあざけるような言葉にその思いも消えた。「もちろんきみには聞こえないだろうな」

ダニーは自分の巻き毛に指を通しているマーカスをにらんだ。自分も同じようにしたいという衝動を抑えこまなければならなかった。あの白っぽい、絹のような髪に触れたい。つんとしてかたそうな巻き毛の先端にも触れたい。

こぶしを握りしめ、地面を見つめた。わたしには求婚してくれている相手がいる。幸せな結婚生活がわたしを待っている。気まぐれか、のぼせあがりか、なんと呼んでいいのかわからないが、マーカスに対するいっときの感情のためにその幸せを危険にさらすわけにはいかない。一刻も早くこの野獣を本来のすみかに残し、ジニーを連れて家に帰らなければならない。ジニーにとって、そしてそれ以上にわたしにとっても、そうするのが安全だ。マーカスと長く一緒にいると、その分この複雑な男性に対する思いが大きくなってしまう。

まずはジニーを取り返さなければ。それにはマーカスの力が必要だ。ダニーは努めて雰囲気を明るくしようとした。「わたしとまた話をする気になった？」

沈黙が流れた。マーカスは目を細め、その表情は氷の彫刻のように冷たくなった。またしても彼は仮面をかぶってしまった。ダニーは沈黙の重苦しさに耐えかねて目をそむけた。

枯れ葉を踏む聞き慣れた音にはっとした。マーカスがふたたび茂みの中を進みはじめた。ダニーは一瞬凍りついた。今になってわたしを置いていこうとしているのだろうか？

彼は立ちどまり、顔の傷跡のない側をダニーに向けた。淡い緑の目には感情がこもり、翳りは隠されているが、消えはしていない。

「まだ決めていない」

そう言って、また歩きはじめた。明らかに、ダニーがついてくると決めてかかっている。

マーカスの返事の傲慢さに、ダニーはあきれた。怒りがこみあげ、あわてて隣に並んだ。

「信じられない！　わたしは脅されて、薬を嗅がされて、銃を向けられたのよ。そのうえ、食べるものもなしに何時間も荒れ果てた森を歩かされている。全部あなたの意向でね。それなのに、あなたはわたしを話す価値すらない相手だと思っている」

返事はない。

「いいわ。もういい！　これで季節外れの雪でも降れば、わたしの人生は完璧だわ」

それからさらに三時間が過ぎた。そう、今度もダニーは秒数をきっちり数えた。ありがたいことに、季節外れの雪は降らなかった。

代わりに雨が降った。

10

霧の向こうにかすかな明かりが見えました。どうやら人が住んでいるようです。やがて豪華な城が目の前に現れ、商人はうれしい驚きを覚えました。

チャールズ・ラム『美女と野獣』

マーカスはできるだけ雨を避けようと、上着の前をしっかりかきあわせた。だがそんなことをしても無駄だった。すでにびしょ濡れになっている。骨までしみる寒さに震えながら、背後を振り向いた。

少し後ろを歩くダニーは、寒さのせいで小さな体をさらに小さく縮めている。マーカスは足を止めた。彼女が一歩ずつ近づいてくるたびに、濡れたブーツがぴちゃぴちゃと音をたてる。ダニーの表情がはっきり見えてきた。怒りに燃えている。

それでも、自分がどんな様子をしているか気づいていないのだと思うと、マーカスは笑みを浮かべずにいられなかった。赤褐色の美しい髪は力なく垂れていて、先端にだけ昨夜の三つ編みが残っている。雨が額から流れ落ち、黒っぽいまつげにたまる。頬には、さっきマーカスに向かってきたときから土がついている。今それが雨で流れて、白い頬に茶色い筋を作っている。びしょ濡れになった野生のネズミみたいだとしか言いようがない。

だが、美しい。

「なぜ立ちどまっているの？」静かな森の中で、ダニーが声に怒りをにじませた。

雨に濡れた彼女の薄い服を見たとたん、マーカスは動揺した。あたたかいロンドンの夜にふさわしい軽い生地のズボンとシャツが肌に張りついていた。亜麻布の生地が透けて、魅惑的な体の曲線があらわになっている。ズボンに包まれた脚の曲線も丸見えだ。マーカスは熱くなり、抑えたほうがよさそうな衝動で体がうずいた。

紳士としての良心が痛んだ。ダニーはマーカスよりも薄着だし、細いので余計に寒そうだ。気が変わらないうちにと、マーカスは濡れた上着を急いで脱いだ。その瞬間、濡れた木々のあいだから冷たい風が吹いてきて、骨まで凍えた。紳士でいるのはなかなか大変だ。

上着を差しだして、食いしばった歯のあいだから言った。「これを着るといい」

ダニーは疑うようにマーカスを見てから、体に巻きつけていた腕をほどいて手を伸ばした。濡れた上着がどれほどあたたかいかわからないが、マーカスは少し気分がよくなった。彼女が肺炎で死んだりしたら、この冒険も終わりだ。これほど見事に失敗するとは思っていなかった。

ダニーが腕をほどいた瞬間、マーカスは口の中がからからになった。

「これで何かが変わるわけじゃないわよ。わたしはまだ怒っているんだから」

マーカスは聞いていなかった。耳に入らなかったのだ。濡れた亜麻布は、彼女の胸の輪郭をあらわにしていた。マーカスの飢えた視線は、シャツを通してくっきりと見えるピンクの先端に釘づけになった。つんととがった先端が自分を招いている気がする。口であたためてほしいと懇願しているように見える。手をこぶしに握って、ダニーに触れたい衝動をのみこむ。全身が熱を帯び、マーカスは身震いして視線を落とした。

その震えの原因を誤解したらしく、ダニーが濡れた紺の上着を見て言った。「あなたが着たほうがいいわ」

マーカスは口をかたく引き結んで、上着をダニーに押しつけた。着てくれないとこちらが困る。濡れた毛織りの上着は魅惑的な胸を隠して、マーカスの欲望をいくらかは静めてくれるだろう。だが、一度目にした光景は永久に記憶に刻みこまれてしまったらしい。

ダニーが上着をはおった。彼女が動くと、すぐそばに立つマーカスのもとまでかすかにバラの香りが漂った。

マーカスは手のひらに爪が食いこむほどかたく手を握りしめた。こんなふうに接近していると、頭がどうにかなりそうだ。かつて狂気にはさんざん苦しめられたと思っていたが、美しい女性がこれほど近くにいるのに触れることができないのは地獄の苦しみだった。なんとか、生き延びることに気持ちを集中させた。雨をよけられる場所を探さなければならない。火をおこして、嵐が去るのを待つのだ。

何も言わずにダニーに背を向けた。ふつうに話す自信がなかった。ダニーはいらだった声を喉の奥から発してから、ふたたび音をたてて歩きはじめた。今度はマーカスもほほえんだ。

「あなたには我慢がならないわ。ふだんから、無口な人とつきあいがないわけじゃないのよ。父は、母が亡くなってからはほとんどわたしに話しかけてこなくて、わたしが生きていることにすら気づいていないんじゃないかと思うときもあるぐらい。ヒューはわたしと知りあってからの二年のあいだに、一〇語ぐらいしか話していない。でも父もヒューも、少なくとも意思疎通は図ろうとするわ！　あなたは、わたしが話してもこちらを見もしないじゃないの」

ダニーの家族の話を聞いて、マーカスは胸が痛んだ。彼女があんな仕事をはじめたのは、父親の注意を引くためなのだろうか？　ダニーをからかって、父親のことを頭から消し去ってやりたい。「きみが話しているときにそっちを見ていたら、ぶつかってしまう。その……木の枝とかいうやつに」

「本当にいやな人ね」

マーカスは笑みを隠した。「それはショックだ」

濡れたブーツで歩く音が、ことさら大きく森の中に響く。ダニーはわざと乱暴に歩いているようだ。

「このブーツも大嫌い！」

マーカスはほほえみながら、雨をしのげる場所がないかと前方を探した。ダニーは静かになり、規則正しいブーツの音だけが聞こえてくる。

「ねえ、フリートウッド侯爵？」

マーカスは頭を傾け、聞こえていることを示した。

まるで世界を背負っているかのような重いため息が背後から聞こえてきた。

「休戦したいんだけど」

マーカスは足を止めて振り返った。驚きがそのまま声にも出た。「休戦？　戦いをやめるということか？」

ダニーは目を伏せた。大きすぎる上着が、彼女を大人の服を着て遊んでいる子どもに見せている。「ええ。ほかに何があるというの？」

マーカスは口を開きかけたが、ダニーは手を振って制した。実際は、手は上着の袖の中に隠れていて見えなかったが。

「それがお互いのためだわ。常にいがみあっていたら、ジニーを捜しだせないもの」

たしかに彼女の言うとおりだ。

マーカスは、ダニーが並べたてる休戦の条件に耳を傾けはじめた。乱暴な扱いがどうとかこうとか……そこで聞くのをやめた。彼女のほうを向いたおかげで、今まで見えていなかったものが見えたのだ。高いオークの木々のあいだに、小さな建物が立っていた。崩れかけたそれを建物と呼べるならの話だが。

「……それで、あなたも賛成してくれる？」

マーカスはダニーを無視した。上着に隠れた彼女の手をつかみ、小屋のほうに引っ張っていった。

「ちょっと！　手荒く扱わないという条件を今伝えたはずよ」

マーカスは鼻であしらった。くだらない協定より、雨よけと火のほうがずっと大事だ。藪の中を進み、やがてふたりは小屋の前に立った。

遠くから見たときの印象よりもましに思えた。木の小屋は全面をつるに覆われているが、建物自体は頑丈そうだ。屋根は完全に残っている。扉は錆びた蝶番ひとつで留まっている。風は入ってくるだろうが、外にいるよりはずっといい。

建物を見て、ダニーは抵抗するのをやめた。喜びの声をあげて両手を握りあわせる。

「すばらしいわ、フリートウッド侯爵！」

もともとあった建物なのでマーカスの手柄でもなんでもないが、ダニーが喜んでいるのだからここで議論するつもりはなかった。

マーカスはダニーのあとから小屋の中に入り、贅沢な室内に驚いた。誰かが法の目をかいくぐる隠れ家として使用していたと言われても意外ではない。かつては高級品だったのであろう家具類は、ぼろぼろになって色あせている。使い古しの一脚の椅子が、天井の隙間から規則正しく落ちてくる雨を受けとめていた。

とにかくあたたかくしなければならないと思い、マーカスは暖炉に近づいた。崩れかけた煉瓦や灰を手で探って、火打ち石を見つけた。たきつけはあるが、これでは足りないだろう。

外で乾いた枝を手に入れることはできない。

小さな部屋の奥に狭いベッドがあった。枯れ葉を払い落とし、古い藁のマットレスから寝具をはがした。シーツはなんとか使えそうだ。一枚を、黙ったまま目を丸くして見つめているダニーに渡した。

「服を脱げ」マーカスは顔が赤らむのを感じたが、精いっぱいの努力でそれを無視した。

ダニーが激高して叫んだ。「とんでもないわ。この小さな小屋であなたと過ごさなければならないだけでも厄介なのに。もし誰かに知られたら……」彼女は青ざめ、怒りに目を細めた。「絶対にだめ！」

シーツを巻いただけのダニーとひとつの部屋で過ごす――マーカスは歯ぎしりをして、その光景を想像しないよう努めた。

「そうか、熱を出して死にたいんだな？　じゃあ、濡れた服のままでいるといい」

ダニーが地獄に落ちろとでも言いたげな目でにらみつけた。

「あっちを向いて。持ってきた服に着替えるから」

マーカスは歯を食いしばった。「あっちを向くよりもっといい方法がある」

そう言って小屋を出た。ダニーが息をのむ音が聞こえたが、足を止めなかった。かといって、遠くに離れたわけでもない。薪や、何かに使えそうなものを探して小屋のまわりを歩いた。古い木のボウルが見つかった。なぜ狭い玄関ポーチにそんなものがあるのかは、深く考えなかった。ありがたくそれを持ちあげて降ってくる雨をためると、喉の渇きが癒やされるまで飲んだ。ボウルを持って扉の前に立ち、雨の中で待った。彼女に充分時間を与えたかった。

だが、それは苦痛を伴った。かすかな衣ずれの音にまでつい耳を澄まし、したこともない想像をしてしまう。あたたかい手でダニーのひんやりした肌に触れたらどんな感じがするだろう？　外で激しい雨が降る中、彼女の体の曲線をくまなく指で探ったら？　寒いはずなのに、熱くたぎった血が下腹部に集中する。うめき声がもれた。マーカスにつきまとって離れない欲望は、耐えがたいほど大きくなりつつある。

「まともな格好になったか？」

「これをまともと呼ぶならね」

頭を振って雨を払い落してから、マーカスは小屋の中に入った。ダニーを見たとたん、息をのむ。彼女は乾いたシュミーズを着て、その上から厚い上掛けをはおっていた。長い生地が体を可能な限り隠している。髪はゆるんでいた三つ編みを解いて、指ですいてある。頰についた泥さえなければ、まるで熱い風呂から出てきたばかりのようだ。

「ドレスは濡れているの。そんなのを着たらますますひどいことになってしまう」そう小声で言いながら、ダニーは背を向けた。

マーカスが必死で押さえこんできた興奮がよみがえった。まばたきを繰り返し、目をそらしてボウルを差しだした。「飲むといい。それから、顔を洗ったらどうだ？」

ダニーがはっとして頰に触れた。女性らしい戸惑いが見られる。

「なんですって？」

マーカスはこらえきれずに小さく笑って、天井から落ちてくる雨を受けとめるためにボウルを椅子の上に置いた。ダニーが見た目を気にしている。それもわたしの前で。

「泥がついている。わたしを襲おうとしたときについたんだ」

ダニーは、シーツを手に取るマーカスをにらんだ。「わたしたちの休戦協定によると、協定を発案したわたしからは自由に攻撃をしかけることができるのよ。ただしあなたはそれに対して、言葉によるものを含め、いかなる報復もしてはならないの」

マーカスは振り返り、笑みの裏に信じられないという思いをこめて言った。「冗談だろう？」

ダニーは腕組みし、石のように無表情になって言った。「まさか」

「くだらない。きみの協定には合意できないね」

「あなたはすでに合意したわ」

まったくなんて女だ！

「わたしの手を取ったとき、あなたは合意したことになるの。協定を結ぶのにちょっと変わったやり方だけど、有効よ」

「そんなのはくそくらえだ！」

「条項その七を加えたほうがよさそうね。協定の発案者の前で、汚い言葉を発したり、無作法な態度を取ったりしてはいけない」

「くそったれ」マーカスは笑いながら言った。「いまいましい国会議員みたいなことを言うんだな」

ダニーの顔が青くなった。言いすぎただろうか？「すまない、わたしは――」

「条項その一三。協定に同意した側は、発案者の行動に対していらぬ推測をしたり侮辱的な仮定を立てたりしてはいけない」

マーカスは目を白黒させた。なんという厚かましさだ！ダニーは、上掛けを引きずりながら、びしょ濡れの椅子のまわりを歩いた。まるで、上等なドレスを着てロンドンのしゃれた舞踏室を歩いているみたいだ。裸の上に上掛けをはおっているのでも、イングランドのどこかもしれないところにある小屋にいるのでもなく。顔をあげ、小鼻をふくらませる。

「もうひとつ条項を増やしましょうか？」

「実にばかげている」

ダニーの目がいたずらっぽく光り、キャラメル色が濃くなった。

「友好的な関係を築こうとすることがばかげているの？」

マーカスは思わず噴きだした。いつになくやさしい気持ちになり、ほほえんだ。

ダニーが顔をゆがめた。怒ったように眉間にしわが寄る。

「面白いことを言っているつもりはないのよ」

マーカスはまたしても笑った。ダニーは頰を真っ赤にして歯嚙みした。

「あなたといると、聖人も殺人犯になってしまいそう」

もう少し続けてもよさそうだ。マーカスは笑いながら言った。

「条項その一四。発案者は同意者を侮辱する目的で聖なるものの悪口を言ってはならない」

ダニーが啞然として口を開け、不意にほほえんだ。目がやさしくなり、ユーモアをたたえて明るく輝く。にっこりするとダニーの顔が変わり、マーカスは衝撃を覚えた。わたしはダニーをほほえませた。愛想を向けられる資格などないわたしが、彼女をほほえませた。

ダニーはマーカスの持っているシーツを見た。

「わたしが寒い思いをしてはいけないのなら、あなただってそうよ」

愉快な気分は消え、また悩みが生まれた。ダニーの前で服を脱ぐことはできない。他人には体を見せないようにしている。従者のウェラーを含めたほんの数人は例外だが、彼らも最初に見たときはたじろいだ。社交界にデビューしたての娘たちなら、マーカスの顔を見て怖がり、体を見たら恐怖のあまり死んでしまうだろう。

ダニーにどう思われるかを気にするべきではない。彼女はマーカスが本意でないことをやり遂げるための道具にすぎないのだから。だが、挑むようなダニーの顔を見ながら、自分がひどく気にしていることを自覚した。はじめからそうだった。彼女には、無愛想で信用の置けない野獣と見られたくない。実際はそのとおりなのだが。そのうえ、今では犯罪者だ。

「シーツがほとんどの水分を吸収してくれる。それに、火をおこせばその熱でなんとかなるだろう」

ダニーの怒りがよみがえった。心配してくれているからこその反応であることは、マーカスにもわかった。「病気になってもらっちゃ困るのよ。言っておくけど、わたしの看病は最悪よ」

「大丈夫だ。わたしはきみより体力があるからね、おちびさん」

ダニーが不満げな声をもらしたが、マーカスは無視して体を拭いた。

「男の傲慢な言い分の中でも最悪だわ」

マーカスは濡れたシーツを部屋の隅に放り投げ、薪にするつもりで壊れたスツールに近づいた。スツールを傾けてその脚を蹴り、一本を外した。脚は大きな音をたてて床に落ちた。ダニーが悲鳴をあげた瞬間、マーカスは本能的にそれに反応した。

彼はダニーに飛びかかり、床に押し倒した。腕をまわして衝撃から彼女を守りながら、あたりを見まわす。息を切らしながら、ダニーに覆いかぶさって盾になった。もう何年もこの体勢を取ったことはなかった。キャロが無事に父の家から逃れてからは。

「フリートウッド侯爵?」

部屋の隅は暗かった。動くものは何もない。だからといって危険が潜んでいないとは言いきれないことを、マーカスは過去の経験から知っていた。

「フリートウッド侯爵!」

マーカスの視線はひっくり返った木のボウルをとらえた。中の水がこぼれて、木の床とすりきれたペルシャ絨毯を濡らしている。ボウルの隣には、スツールから外した脚が転がっていた。

「マーカス！」

胸に何かが強く押し当てられているのをぼんやりと意識した。見おろすと、ダニーと目が合った。彼女の顔には驚きとかすかな恐怖が浮かんでいる。自分がしたことに気づいたとたん、マーカスは恥ずかしさのあまり顔が熱くなった。たとえ今までは違ったとしても、これでダニーは完全にわたしを怪物だと思ったに違いない。

マーカスはうなだれて、なんと言い訳しようかと考えた。人込みや公共の場を避けてきたのはこのためだった。自らがどんな反応を示すのか、自分でもわからないのだ。

ダニーの上に覆いかぶさっているうちに、しだいに恐怖が消え、彼女の体のやわらかさに意識が移った。ふたりの脚はからまり、腰はぴったり重なりあっている。そして、やわらかい胸がマーカスの胸に押しつけられていた。ふたりの体のあたたかさが混じりあう。ダニーのなめらかな肌と香りが同じになり、マーカスは頭がくらくらした。彼女の首筋に顔をつけ、その心地よさに顔をあげられなくなった。ダニーの目に嫌悪感が浮かぶのを見るのが怖かった。

ダニーが一瞬動きを止めたことに勇気づけられて、マーカスはいちばんひどい傷跡が隠れるよう注意しながら彼女の顔を見た。ダニーの顔からゆっくりと困惑が消えていく。頬がマーカスの好きな淡い赤に変わり、目はやさしくなった。小さくてやわらかい手がマーカスの肩に置かれ、手のひらからぬくもりが伝わってくる。ダニーが体を動かすと、腿とマーカスの下腹部がこすれあった。マーカスは息ができなくなった。心臓の鼓動が耳の中に響く。

「動くな、おちびさん」

ダニーが眉根を寄せた。「なぜ？」

マーカスは、わきあがる感情を必死に抑えこんだ。彼女の喉元で深く息を吸い、敏感な肌に軽く唇を触れる。背筋を震えが走った。

「きみのおかげで、ただでさえもろくなっている神経がずたずたになってしまいそうだ」

「まあ」驚きのあまり、ダニーのピンクの唇が開いた。手が円を描くようにマーカスの肩をさする。「わたしたちは安全よ。心配ないわ」そう言ってから、ささやいた。「これで少し楽になった？」

全然だ。

欲望がさらに高まった。ダニーの手の感触に肌がうずき、緊張している。息もできない。彼女の体がマーカスを包んだ。「ああ、少し」

ダニーがほほえんだのがわかった。キャラメル色の瞳が輝いているはずだ。彼女の手が下に向かって動いていく。ダニーの心の中を読みたいとマーカスは思った。

「マーカス？」やさしくて低く、かすれた声だった。ファーストネームで呼ばれるのが心地よかった。ダニーの唇からそれが発されることをずっと望んでいた。

「なんだ？」マーカスはしぶしぶ頭をあげた。

ダニーの顔は穏やかで、紅潮していた。「重いわ。もうおりてくれる？　お願い」

一気に恥ずかしさがよみがえった。ダニーの顔をまっすぐ見るのを避けて、横に転がった。

髪をかきあげながら、酒が欲しいと願った。これほど強く願ったのははじめてだ。なんて愚かなんだ。びくついて彼女を床に押し倒しただけにとどまらず、一瞬だが真剣に夢を見た。

頭を振ってくだらない空想を追いだし、立ちあがる。ダニーもすぐに続いた。マーカスは顔をそむけようとしたが、ダニーは彼に合わせて顔を傾け、好奇心と思慮にあふれた目でマーカスを見つめた。こんなふうにじっくり見つめられるのは嫌いだった。

真っ先に頭に浮かんだ言い訳を口にした。「悪かった。その……自分でもわからないんだが……たぶん天井が崩れてくるか、床が抜けると思ったんだ」ダニーの目を避け、咳払いをした。「きみの身が危険だと思った。きみを……守りたかったんだ」

ふたりのあいだに緊張した空気が流れる。視界の隅で、ダニーがゆっくりうなずいてさらに少し離れるのをとらえた。「わたしは大丈夫。木が割れる音に驚いただけよ」

「そうか」マーカスは小さな声で言った。

喉につかえたかたまりをのみこんで、床に転がっているスツールの脚を拾い、火をおこしはじめた。火花が小さな炎となったとき、ダニーが口を開いた。その声は平坦だった。穏やかすぎるくらいだ。すぐに文明社会に戻りたいとわめきだすのではないかというマーカスの予想に反し、彼女は何事もなかったかのように言った。

「次にスツールを壊すときは、先に警告してもらったほうがいいわ。びっくりしたもの」

マーカスは驚きのあまり、答えることができなかった。言い訳も説明もできないマーカスの行動を、ダニーは不問に付した。

暖炉の火をおこすことに集中してから、マーカスはその周囲を取り囲む煉瓦に寄りかかった。背中があたたまり、服が乾いていく。ぐったりと頭を壁にもたせかけた。自分が引き起こした事態による緊張で、頭がずきずきして視界がぼやけている。父に糾弾された記憶がふつふつとわいてきた。消そうとしたが、できない。わたしのこの失敗を、父は大いに喜ぶだろう。

過去が重くのしかかってきた。体が激しく震えはじめ、手足の力が抜けて体を支えきれなくなった。額に汗が浮き、肌が耐えがたいほど張りつめ、熱く感じられる。地獄が近づいてきて、今にもマーカスの心につかみかかろうとしている。

衣ずれの音と裸足で歩く音で、ダニーが隣に来たのがわかった。目を閉じたまま、体にしみこんでくる彼女の熱に気持ちを集中させた。強くならなければ。惨めな姿をダニーに見られたくない。ちらちらと暖炉の火の影が揺れる中、心配そうな彼女のささやき声が聞こえる。

「あの男たちはジニーを……傷つけたと思う？」

罪悪感に胃をわしづかみにされた。

「それはないな。傷つけないほうが身代金を多く取れるんだから」

だが、ふたりとも、それが真実でないのを知っていた。どんな状態であろうと、娘を取り返すためなら海軍司令長官はいくらでも払うだろう。マーカスは地獄から父の笑い声が聞こえてくる気がした。

「フィリップが助かったか、隠れ場所を見つけたかしているといいんだけど」

マーカスは弱々しい笑みを浮かべた。あんな男を心配するとはなんてやさしいのだろう。

「疲れているだろう、おちびさん。フィリップのことは心配しなくていい。あいつみたいな男はなんとかなるものだ。朝になるまでは、ジニーのためにもフィリップのためにもわれわれにできることはない。今は寝て、明日のために力を蓄えよう」

そう言いながらも、罪悪感が今にも壊れそうな自制心を引き裂こうとしている。フィリップの身の安全もマーカスにかかっているのだ。

マーカスの内心の混乱に気づかないまま、ダニーはしぶしぶうなずいて、火から少し離れたところに横になった。沈黙の中、マーカスは彼女の呼吸が深くゆっくりとしたものになるのに耳を傾け、眠りに落ちる姿を見守った。マホガニー色の髪が広がり、暖炉の火の金色の光を浴びている。ダニーの腕や肩にかかる豊かな髪を、自分の指に巻きつけたくてたまらない。手に力が入り、喉が詰まった。森で一度だけ触れた絹のような髪の感触が、心に刻みこまれている。マーカスは悲しみに包まれた。ダニーはまさに、マーカスが夢見ていながらも決して手に入れられないものだった。

頬の、木の枝が当たった箇所がかすかに赤くなっている。あのときダニーに言ったことは嘘ではない。本当に手がすべったのだ。だが、すべったときに彼女をからかわずにはいられなかった。ダニーの怒った顔が記憶によみがえり、マーカスは口元に笑みを浮かべた。

ふたたび、美しい曲線を描く体を見つめた。片方の腕を枕代わりにして、毛布の下で片膝を胸に引き寄せている。こんな状況で出会ったのでなければ……。父があんな遺言補足書を書きさえしなければ。父は今なお、わたしを支配している。皮肉なことに、もう一年も前に死んだ父から逃れようとしたがために、人生をめちゃくちゃにしてしまった。自分だけではない。ダニー、ジニー、そしておそらくフィリップの人生をもだ。そして、キャロを救うのにも失敗した。

炎を見つめながら、かたくこぶしを握った。自分の人生の奥に潜む底なしの暗い穴に引きずりこまれるのが怖かった。髪をかきあげた。眠気は消えており、空腹で胃が痛む。だが、本当に欲しいのは酒だった。ブランデーでもウイスキーでもいい。喉を通り、腹の中で広がる火のように熱いものならなんでもよかった。体をあたため、体も思考も麻痺させてくれるものなら。

世界が動いた。

くそっ。

わたしは闘いに負ける。じきに地獄に包まれ、しばらくのあいだ過去の恐怖にとらわれるのだろう。ウェラーがここにいてくれれば。彼ならどうすればいいか知っている。どうすれば、わたしの弱さをダニーに隠すことができるかを。

マーカスは小さくうめきながら目を閉じ、意識の中にのみこまれていった。

弱々しい声が聞こえ、ダニーは飛び起きた。何度かまばたきを繰り返しながら、暗がりの中をおそるおそる探る。消えそうになっている炎に引き寄せられた動物だろうか？

何も見えないので、寝返りを打って火に近づいた。目を閉じたが、耳はまだ澄ましていた。聞こえるのは、木々に降り注ぐ規則正しい雨の音だけだ。雨もりのする屋根にも当たっている。その心地よいリズムに、ダニーはふたたび眠りに落ちかけた。

そのとき、また弱々しい声が聞こえた。低く鋭いうめき声がすぐあとに続く。

ダニーは体を起こした。うめき声がまたあがった。彼女は驚いて、マーカスを起こそうと彼のほうを向いた。小動物を追い払うことこそ、マーカスのような大きな男の役目だ。

聞いたこともないような叫び声があがり、部屋じゅうにはね返った。ダニーは身を縮めた。うなじの毛が逆立つ。勇気を振り絞って彼のほうに手を伸ばした。マーカスらしき体が動いた。彼は派手なペルシャ絨毯の上で身をよじっている。間を置かずに、苦しそうな声がまたしてもあがった。あの人間らしからぬ音をたてているのが動物ではないと気づき、彼女は息をのんだ。

恐怖にとらわれ、何をしたらいいかわからないまま火の前に積まれた薪の山まで這っていった。残り火をかきたて、マーカスの姿をもっとよく見ようとした。マーカスの顔はやつれ、玉の汗が噴きだし、まぶたがぴくぴくと痙攣していた。体は激しく震えている。ダニーは驚きの声をあげ、彼が振りまわしている手足をよけてにじり寄った。

「冗談よね、マーカス・ブラッドリー？」汗でぐっしょりと濡れた額に手を当てた。

そこは燃えるように熱かった。

11

魔法のような眠りから覚めたそよ風が吹き、太陽がのぼりました。美女は跳ね起きて、父親に近づきました。

チャールズ・ラム『美女と野獣』

「マーカス？」ダニーは震える声で彼を呼んだ。「わたしの看病が最悪と言ったのは嘘じゃないのよ」さらに近づいて揺り起こそうとした。「マーカス！　わたしにフォーダイスの説教集を朗読させないで」

それでマーカスが目を覚ますと期待していたわけではない。いや、少しは期待していた。

ダニーは途方に暮れて唇を嚙んだ。濡れた服を替えたほうがいいとわたしが忠告したときに、ちゃんと着替えればよかったのに。だが、マーカスは頑固なのだ。そして今、高熱に襲われている。ヒューが風邪を引いたときにアナベルを手伝ったことはあるが、本当に苦しんでいる人を看病した経験はなかった。ダニー自身、医師が必要なほどの病気にかかったことがないので、こういう場合どうすればいいのかわからない。体が丈夫なのは幸運だと思っていた。今の今までは。

「アナベルだったらどうするかしら？」つぶやきながら、周囲を見まわす。すりきれたシーツに目が留まった。「あれだわ」

湿ったシーツを拾い、端から裂いた。濡れた生地は締まっていて、力がいった。細長く裂いたものをボウルに入れ、水をためるために扉のすぐ外に置いた。それからマーカスのもとに戻ると、自分がはおっていた上掛けを彼にかけた。シュミーズ一枚という裸に近い格好になると寒さに震えたが、それを無視した。マーカスはもっと具合が悪い。上掛けが必要なのは彼のほうだ。

次はどうする？

ヒューの具合が悪いとき、アナベルは部屋をあたためていた。今、隙間風を防ぐことはできないが、火を大きくしておくことはできる。ダニーは薪になるものがもっとないかあたりを見た。マーカスがその力で家具を壊すことができない以上、選択肢はあまりない。彼はすでにいくつか家具を壊して薪にしていたが、それでも足りなくなるだろう。今も、新たな薪を足したほうがよさそうだ。

外に出て探そうかとも考えたが、シュミーズしか着ていないし、相変わらず雨が屋根に打ちつけていることからして、乾いた木を見つけるよりも自分も病気になる可能性のほうが高い。絶望的な思いでベッドを見た。マーカスの震えが増す音が、ダニーを突き動かした。

ベッドのマットレスに触れるうちに希望がわいてきた。強くつかむと、藁が肌に刺さった。ダニーはマットレスを床に引きずりおろした。中から藁を取りだすために、縫い目のほころびを探す。だが、見つからなかった。歯で裂いてもいいのだが、気持ちのいいものではない。どこにあったものかわからないマットレスに口に近づけるかと思うと……無理だった。

さっきよりも甲高いうめき声がダニーの注意を引いた。マーカスは顎を胸に寄せて体を丸め、激しく震えている。

ダニーはマットレスに歯を食いこませた。

細い糸を歯で噛んだ。ひどい味がして、口の中が砂まじりの綿だらけになった。気分が悪くなって、いったん噛みきるのをやめた。わたしはなぜこんなことまでして、自分を犯罪者にした人を救おうとしているの?

自分に嘘はつけなかった。彼を救いたい理由はわかっている。彼は間違いなくいい人だ。欠点はあるし、なんだかよくわからない暗い過去の記憶にとらわれてはいるけれど。マーカスはわたしを怒らせるが、正直に言えば、それが嫌いではない。おかげで元気が出る。注意を向けられていることを実感できるのだ。父から無視される日々が長かったため、誰かに注意を向けてほしくてたまらなかった。ヘムズワース伯爵との縁談を受け入れようとしているのも、本当はそれが理由ではないだろうか?

でも、マーカスは伯爵とはまた違う。何が彼を駆りたてているのか、ダニーは知りたかった。いや、知る必要があった。

マットレスのゆるんだ糸を引っ張った。糸は音をたてて切れた。ダニーは裂け目を広げ、そこに手を突っこんで藁をひとつかみ引きだした。勝ち誇った気分でマットレスを火の近くまで引っ張っていき、藁を火に放りこんだ。火は大きくなってから、金色の藁を黒く燃やした。長くはもたないだろうが、木と藁を交互にくべていけば、雨がやむまで火を絶やさずにすむだろう。

扉のところに戻り、外に置いておいたボウルを中に入れた。布切れはびしょ濡れで、ボウルの底には水がたまっていた。完璧だ。ダニーはマーカスの横にひざまずき、もがいている体に毛布をきつく巻きつけ、手を握った。ひとりじゃないと安心してほしかった。マーカスの唇が動いて何か言ったが、声は出なかった。大丈夫だと言ってくれるのを期待して、ダニーは顔を近づけた。

「……キャロライン。守らなければ……」

ダニーは衝撃を受けて体を引いた。キャロライン？　恋人だろうか？　マーカスが別の女性といるところを想像すると、喉のあたりが締めつけられた。わたしったらどうしたの？　婚約した相手がいるというのに！　正式にはまだだけれど。

社交界に、キャロラインという名の人がいただろうか？　必死に知っている顔を思い浮かべているうちに、それが、マーカスの疎遠になっている妹の名前だと気づいた。ダニーは安堵を覚えたが、努めてその気持ちを無視した。たしかキャロラインは、古くからの家柄だが少々変わっているセント・レオン家に世話になっているはずだ。でも、彼女を守るってどういうこと？　何から守るのだろう？　答えがわからないことにいらだって、もう一度顔を近づけた。

「……やめて」マーカスはダニーの手を強く握りしめながら、弱々しく言った。「お願い、お父さん……鞭はやめて。お願い……」

ダニーはその場にへたりこんだ。熱に浮かされて何を見ているの？　つらそうなささやき……胸が痛くなるような声……。

深呼吸をするのよ。わたしは感情的になりすぎている。マーカスは病気だし、わたしは人をまともに看病するのがはじめてなのだ。ゆっくり呼吸をして落ち着かなければ。

ボウルの中の濡れた布切れを一枚絞り、マーカスの額にのせた。少しは熱がさがるかもしれないと、もう一枚で顔と首を簡単に拭いた。不意にマーカスがダニーのシュミーズをつかんだ。ダニーは彼の顔を見た。淡い緑の瞳は熱でぎらぎらと燃え、白目の縁が赤くなっている。いつものマーカスではなかった。

冷たい恐怖がこみあげてきた。マーカスは熱のせいでうわ言を言っているだけなのだろうか？　それとも心の病だろうか？　わたしがさっき垣間見たのは、野獣の過去？　うわ言が真実だとしたら実におぞましいことだけれど、もっと知りたい。わたしの知るマーカスは、わたしを怒らせ、笑わせる。世間の目に映るフリートウッド侯爵は、鋭くて身構えていて、いつも腹を立てている。だが今のマーカスは、弱くておびえていて、傷ついている。

ダニーはふたたび彼の手に手を重ねた。マーカスの熱く震える肌がダニーを焦がす。ダニーの隣にある火よりも、彼の肌のほうが熱く感じられる。医師に診てもらわなければならない。でも、どこに行けば医師が見つかるのかわからない。

「わたしはここにいるわよ、マーカス」彼の手がシュミーズを放し、ダニーの手を命綱のように握った。

マーカスがやさしくかすれた声で言った。「おちびさん」

ダニーの心臓が跳ねた。それまでは自分をそう呼ぶときのマーカスの見くだすような態度が気に食わなかったが、今は勇気づけられた。わたしがここにいることがわかっているのだ。

ダニーは新たに藁をくべる前に、彼の手を強く握った。

マーカスの手に激しい震えが走った。彼は半ば目を閉じてうめいた。

「行かないでくれ、おちびさん」

ダニーは息をのんだ。なぜか目に涙が浮かぶ。「どこにも行かないわ、決して」

本当にそのつもりだった。

これまで感じたことのない、魂を燃やすようなかたい決意が生まれていた。この人のことはあまりよく知らないが、ひとつだけははっきりしている。わたしはマーカスに、人生とは過去の闇にとらわれて生きるものではないことを教えてあげたい。

彼ににじり寄り、その頭を自分の膝にのせた。絹のような髪を撫でる。マーカスはまた弱々しくうめいたが、丸めていた体を伸ばした。ダニーは唇を嚙み、彼の額から髪を払いながら、その巻き毛を指でなぞった。マーカスの体から緊張が消え、呼吸が安定してきた。

ダニーは彼の額に指をすべらせて、苦しみが刻んだしわを撫でた。気恥ずかしさに頬がほてるが、それとはまた別のほてりも下腹部にくすぶっていた。

この感覚は、マーカスに床に押し倒されたときに感じたものと同じだ。あのときはマーカスの突然の反応に驚いたが、すぐに自分を絨毯に押しつける彼の体の重さに意識が移った。かたい体の曲線がダニーの感覚をとらえた。マーカスに見つめられて真っ赤になり、視線ではなく手で体を探ってほしいと思った。マーカスは反射的にわたしを守ろうとした。その思いが、彼の突然の行動に対してわずかに感じた恐怖をやわらげてくれた。

ダニーは無意識のうちに、マーカスの左の眉を縦断する傷跡に指を走らせた。わたしが長いあいだ顔を見つめていると、彼は不快感を示されるのを恐れるようにいつも傷跡を隠す。今みたいに体調が悪くても、触れられていることを嫌って体を起こすかもしれない。

マーカスが怒ろうが気にしないでおこうと、ダニーは心に決めた。マーカスはわたしを惹きつける。彼のすべてが知りたい。傷ができた理由も。喧嘩だろうか？　それとも子どもの頃に何か不運な出来事があったとか？

意外なほどなめらかな目のすぐそばの傷跡に触れてから、顔の左側に走るいちばん大きな傷跡に移った。手にやわらかい感触が広がる。マーカスが眠ったまま、ダニーの手のひらのほうに顔を向けた。ざらざらしたひげが手のひらをこすり、熱い息が手首にかかる。ダニーの心臓は高鳴り、下腹部のほてりがさらに増した。

いちばん長い傷跡に目をやった。顎を横切って、ふっくらした唇にぶつかる手前でとぎれている。ダニーは何も考えずに指でなぞった。息を止めて、指先で下唇に触れる。マーカスがほほえむと、そこがへこむのを思いだし、指を止めた。彼の唇が首に触れたときは感じなかったが、唇にキスをされたらあのくぼみを感じるのだろうか？　答えはわかっていた。野獣の強さはわたしを圧倒し、支配する。でもマーカスの弱さには、わたしは抵抗を解くだろう。

そんなことを考えている自分が恥ずかしくて、顔が熱くなった。マーカスに触れるのをやめなければ。病気の人を――しかも誘拐犯を、情熱的な恋人みたいに考えてはいけない。マーカスを起こさないよう、そっと息を吸った。こんなふうに勝手に触れているのを見つかったら大変だ。一方の手をほてった自分の体に押しつけ、もう一方で無精ひげの伸びた彼の顎を包む。そのざらざらした感触が呼び起こす快感が、腕を伝って体に伝わった。ダニーは唇を噛んで声がもれそうになるのを抑えた。

薪のはぜる音で魔法が解けた。ダニーは手早く、だがそっとマーカスの頭を床におろすと、薪を足し、藁をひとつかみ投げこんだ。息を大きく吸いながら、火の前を落ち着きなく歩きまわった。頭をはっきりさせたかった。

ふだんは隠しているが、この人にはやさしいところがある。でも、マーカスがなんの罪もない娘を誘拐し、財産目当てだかなんだか知らないが今も無理やり結婚に持ちこもうとしていることを忘れてはならない。わたしのことを、やはり金目当てで若い跡取り娘たちを両親の意向に反して駆け落ちさせる策士だと思っている。その冷たい現実を思えば、彼に対するわたしの甘い気持ちなど情状酌量の足しにもならない。

　顔を乱暴にこすって、自分の思いを消し去ろうとした。マーカスとわたしが協力しあうのは、ジニーを無事に取り返すまでのこと。彼女を取り返したら、休戦協定はおしまいだ。マーカスは自分の意志を曲げないだろうし、それはわたしも同じだ。わたしはジニーを連れてロンドンに帰る。どちらの評判も財産も傷つけずに。

　床のマットレスまで戻ると、火に顔を向けて炎の影が躍るのを見つめた。マーカスとの距離が近すぎて、何がいちばん大事かを忘れてしまう。彼がふたたびもがきはじめた瞬間、ダニーは目を閉じた。それに続いて、慈悲や助けを求める支離滅裂な言葉が出はじめると、今度は耳をふさいだ。無視したかった。あのままにしておけばいい。だが、自然に目が開いてしまい、充血したマーカスの目と合った。放っておけばいい。放っておけばいいのよ……。

　だが結局、ダニーは立ちあがって火の前を横切った。甘い感情を持たないよう自分に言い聞かせ、人として当たり前の思いやりを示しているだけだと自分を正当化し、マーカスの横に座ってその冷たく湿った手を握った。彼が落ち着くと隣に横たわり、額にのせた冷たい布が落ちていないかどうか確かめた。マーカスの伸ばした腕を枕にして、ダニーはゆっくり目を閉じた。

　太陽の光が顔に当たって、マーカスのまぶたの裏に赤と黄色の霞が映った。小鳥のさえずりが耳に響く。雨のあとのさわやかな風が部屋を満たしていた。

美しい朝だ。

しかし、マーカスの気分は最悪だった。

だが、ありがたいことにもう終わったのだ。今まで同様、地獄のような夜をなんとかやり過ごすことができた。

それでも、酒が欲しくてたまらなかった。

体じゅうが痛む。こわばった筋肉も、骨も、それに歯までも。うめきながら、隣のあたたかいものに近づいて腕を巻きつけ、大きく息を吸った。雨上がりの新鮮なにおいがするだろうという予想に反して、バラのような香りがした。マーカスはあわてて、痛む目を開いた。

腕の中にいるのはダニーだった。こちらを向いて体を丸め、彼の首に顔をつけている。穏やかな寝息を肌に受け、マーカスは背筋を震わせた。なぜ、火をはさんで反対側にいたはずの彼女が腕の中にいるのかわからないが、このままでいるわけにはいかない。こんな状態で目覚めたら、ダニーは怒り狂うだろう。

あたりを見まわして、いくつかのものが移動しているのに気づいた。藁のマットレスが裂かれて火のそばに落ちており、詰め物が半分ほどなくなっている。火のそばに積みあげたはずの薪は消え、暖炉の中で灰になっていた。水を飲むのに使ったボウルには濡れた布切れが入っている。毛布と分厚い上掛けがふたりの上にかかっていた。

ダニーは昨夜何を見たんだ？　マーカスは後悔にうめきながら、仰向けになって頭をかきむしった。ひどいところを見られてしまった。醜い顔、醜い行動。そのうえ醜い心も見られてしまった。

ダニーと距離を置きたかった。頭が割れそうなほどの痛みを無視して、シュミーズ一枚のダニーのウエストから腕を離し、もう一方の腕にのっている頭を持ちあげようとした。彼女の唇から抗議するような声が小さくもれる。起こしてはいけないと、ふたたびダニーの頭をおろした。彼女がさらに身を寄せてきた。マーカスの下腹部にダニーの体が押しつけられる。体を駆け抜ける快感に、マーカスは悪態をついた。女性と最後にベッドをともにしたのはいつ以来だ？　いや、目覚めたとき隣に女性がいたのは？

はじめてだ。

苦い思い出が次から次へとよみがえってきて、マーカスは体をこわばらせた。ダニーがもらした小さな声でわれに返った。彼女の顔は白く、濃いまつげが日差しに輝く頬を撫でている。ダニーはわずかに開いた唇から息を吐き、小さくいびきをかいている。マーカスはほほえんだ。信じられないことだが、ダニーは好きでわたしの隣にいるふうに見える。

なぜわたしの腕の中にいたのだろう？　わたしを慰めようとしたのか？　看病しようとしたのは明らかだ。わたしはどんな秘密をもらしたのだろう？　どうしてダニーは助けを求めて逃げる代わりに、そんな状態のわたしのそばにいようと決めたのか？　本当に不思議な女性だ。

マーカスはふだん感じたことのないやさしい気持ちに包まれた。こわばった体を動かすのについうめき声が出てしまうのをこらえて、ダニーの顎から髪を払い、その肌のやわらかさを楽しんだ。ダニーが腰をマーカスに押しつけた。マーカスの腹部の奥がゆっくりと熱を帯びていく。歯を食いしばり、紳士でいようと心に決めた。こんな時間をダニーと共有するとは思ってもいなかった。図にのってはならない。

ダニーがふたたび、マーカスにすりつけるように腰を動かした。彼は同じ動きをしたくてたまらなかった。長いあいだ忘れていた欲望が息を吹き返す。マーカスは関節や筋肉の痛みよりも、ダニーを求める欲望に苦しんだ。

彼女のウエストに手を置き、しなやかな体をさらに引き寄せた。マーカスの意図を察したかのように、眠っているダニーの頭が傾く。マーカスの中の野獣が彼女を自分のものにしたいと叫ぶが、紳士としてのマーカスがそれを押しとどめようと闘う。

ダニーが満足げなため息をついた瞬間、野獣が勝った。一度だけ、一度だけキスをしよう。ずっと彼女に対して我慢を重ねてきたのだから、それぐらいは許されるはずだ。マーカスは目を閉じた。これまで自分を拒絶した多くの女性たちの顔が頭に浮かぶ。キスで起こしてしまったときのダニーの恐怖に満ちた顔が想像できた。それでも自分を止められなかった。体の下で情熱に身をよじるダニーの姿で頭がいっぱいになる。マーカスは想像の中で、ダニーの肋骨の輪郭をなぞり、自分の唇に重ねられた彼女の熱い唇を感じた。

ダニーがまたもや小さな声をもらした。キスだけだ。たった一回。そのあとは二度と彼女に触れない。

頭をさげて、軽く唇を合わせた。触れあった瞬間、なめらかでやわらかい感触にマーカスの唇はうずいた。舌であたたかい唇を味わい、そっとキスを深めた。そして離れた。この一回のキスで満足しなければならない。

突然、ダニーのキャラメル色の目が開いてマーカスの目を見つめた。マーカスは彼女の顔から数ミリのところで凍りついた。なんてことだ。ダニーが悲鳴をあげるか、悪態をつくか、あるいは失神するのを覚悟した。だが、よく考えればそんなわけはなかった。ダニーは決して予想どおりの行動を取らない。

「マーカス……」彼女がささやいた。まだうずいているマーカスの唇をダニーの息がやさしく撫でる。ダニーがマーカスの目を一瞬見つめてから唇に目をやり、ためらいながら頭をあげてそこに唇を触れさせた。マーカスは衝撃のあまり、何も考えられずに動きを止めた。ダニーがキスをしている。このわたしに。

荒々しく唇を重ねながら、耳の中で血管が激しく脈打つのを感じた。ダニーはマーカスの首に腕をまわしてシャツをつかみ、彼を引き寄せた。マーカスは、彼女から離れる力が出なかった。離れたくもなかった。信じられない思いでダニーに腕をまわし、髪に指を差し入れて頭を支えた。今にも彼女が体を離し、おびえて逃げていくのではないかと怖かった。

だが、ダニーはマーカスを魅了し続けた。彼女はまるでパズルのようにマーカスの頭を悩ませる。マーカスは一生かけてそのパズルを解きたいと思った。ダニーはこの時代にふつうに行われる政略結婚よりも、愛のある結婚を大事にしている。商売をして稼いでいるのに、社交界で育った貴族の子女を思わせる。自分の意見や怒りを伝えることを恐れず、厄介で頑固だ。そしてわたしを笑わせ、過去の記憶による苦しみをやわらげてくれる。わたしを野獣ではなくふつうの人間として見てくれる。彼女を見つけることができた自分の幸運が信じられない。

ふたりは満足のため息をもらした。マーカスは夢中になってキスを深めた。舌をダニーの唇に走らせてから、中に差し入れた。バラの香りに頭が満たされ、欲望でどうにかなりそうだ。マーカスは豊かな体の曲線に手を走らせた。ダニーは歓びを与えるために、体の奥深くに男を迎えるために作られているかのようだ。そう思うと、われを忘れてしまいそうだった。マーカスが手を下に移動させてダニーのヒップをつかむと、彼女はマーカスの肩をもむようにしてから巻き毛に手を差し入れ、頭皮にやさしく爪を立てた。マーカスはうめきながらダニーの首筋から鎖骨へとキスを移動させ、敏感な肌をむさぼった。雨の中でびしょ濡れになったダニーの姿が頭に浮かぶ。マーカスは薄いシュミーズの上から彼女の豊かな胸をつかんだ。

ダニーが驚きの声とともに動きを止め、顔を離した。やりすぎだっただろうか？　マーカスは急いで横に転がって、ダニーとのあいだに距離を置いた。先を続けたいという欲求に体が燃えている。彼はあえぎながら自分を抑えようとした。

マーカスが体を起こすと、ダニーは唇に指を添え、目を丸くして彼を見つめていた。薄いシュミーズがきれいな脚を隠し、片方の肩紐が肩から落ちて、誘うような胸のふくらみを見せている。ほてった頬と大きく上下する胸を見ながら、マーカスはかたくこぶしを握り、息を詰めて待った。いや、心の中で懇願したと言ったほうがいいだろう——何もかも問題ないからもう一度キスをしてもいいとダニーが言うのを。

「なぜキスをしたの？」彼女は指のあいだからささやいた。

マーカスはその問いに戸惑った。キスをしない理由がない。ダニーは美しく、活気に満ちていて思いやりがある。だが外見も中身もおぞましい野獣そのものの自分に、彼女はなぜキスをしたのだろう？

「それはこっちがきくことだ」

ダニーの金色がかった茶色い目が、マーカスには見分けがつかないさまざまな感情に曇った。「わからないわ」その声は小さく、よそよそしくていかにもつらそうだった。「だ……だめよ、マーカス。わたしにはこんなことはできないわ」

ダニーの悲痛な拒絶の声に、マーカスは胸を引き裂かれた。「ダニー、わたしは……」

マーカスは疲れと弱さと混乱と闘いながら、楽な体勢になろうとした。ふたたび頭がずきずきと痛みはじめた。なんと言えばいいんだ？　欲望を抱いていることを、彼女を侮辱せずに伝える言葉が見つからない。ダニーはその気だったように見えたが、わたしみたいな男に本当に惹かれたりするだろうか？

わたしに対する哀れみからキスをしたのか？　わたしはいつも、最後にばかを見る。他人が自分のことを気にかけてくれるという幻想は、もう捨てなければならない。苦い思い出が次々によみがえった。父親が違っていたら——わたしを心から愛し、傷など残さない父親だったら、それでもダニーはわたしを拒絶するだろうか？

マーカスは怒りに駆られて嚙みつくように尋ねた。そこからすべてがはじまったのだ。

「目を覚ましてキスをしたのはきみだ。なぜだ？　なぜわたしにキスをした？」

なぜ？　その問いが頭の中でこだまし、ダニーは小屋から走りでた。なぜ？

わからない。


短い茂みや濡れた木の枝が当たって肌が痛かったが、それでも走り続けた。息が切れて胸が苦しい。びしょ濡れの草木がシュミーズを濡らす。ダニーはむきだしの足を取られてつまずき、枝の上に転んだ。枝が足に刺さったが、叫び声をのみこんで進んだ。

いいえ、嘘よ。マーカスにキスをした理由ははっきりわかっている。彼のためらいがちな軽いキスに気づいて目を開けたとき、あの魅力的な淡い緑の目しか見えなかった。マーカスに手を伸ばす一瞬前に、彼の偽りのない魂がそこに表れていたのをダニーは見た。

それはとても美しかった。

あの瞳の奥に表れた切なさとやさしさに胸が痛くなった。深く心を揺さぶられ、穏やかなぬくもりに包まれてくつろぐことができた。ジニーを見つけて大至急父親のもとに返すという約束も、婚約者も、これから待ち受けている堅苦しい社交界での生活も忘れた。あの瞬間、すべてが正しく感じられ、ダニーは本能のままに動いた。あの瞬間、ダニーにとって大事なのはマーカスだけだった。

最初に唇が触れあったとき、上下の唇のあいだに静電気のように火花が散るのを感じた。そしてマーカスの唇のやわらかさにわれを忘れ、その肌にまつわりついた冷たい雨のにおいに溺れた。体の中心に心地よいぬくもりが集まり、腿がこわばって足先に力が入る。薄いシュミーズの上でマーカスの指が躍るように動き、ダニーは震えた。マーカスの唇がダニーの唇をかすめ、彼女は傷によるかすかなくぼみを感じることができた。そして、そのくぼみにこすられるのがすぐ好きになった。彼だけが与えうる感触だ。血が沸きたち、理性という理性が吹き飛んでしまった。これほどの快感を経験したことはなかった。

自分がこんなにも強く感じることができるとは思ってもいなかった。男女のあいだの愛の行為が歓びを伴うものだと聞いたことはある。だが、単に気持ちがいいだけだと思っていた。マーカスとのあいだの情熱は火のように燃えあがった。ヘムズワース伯爵との短い交際で、こんな気持ちになったことはない。

ダニーは速度を落とし、気持ちを落ち着かせようとした。腫れた唇に指を押し当てる。あたたかくてふっくらしていて、マーカスのキスでまだうずいていた。全身が脈打ち、マーカスの手のひらの名残がいつまでも肌を焦がしている。胸に触れられて驚いたが、もしそれがなかったら、いつまでも彼のやさしい愛撫に溺れていただろう。マーカスといると、頭がどうにかなってしまいそうだ。

彼はただの財産目当ての冷酷な極悪人ではない。昨夜、熱に浮かされながらつぶやいた言葉から、悪行に及んだのは何かに追いつめられてのことだとわかった。それがなんだかわかれば、マーカスの行動を許せるかもしれない。でも、それで何かが変わるわけではない。マーカスは悪夢に取り憑かれて怒りに燃えており、自分を守ろうとやっきになっている。わたしがかかわるべき人ではない。夫になるにはふさわしくない。特に父と伯爵が慎重に立てた、わたしの将来に関する計画にはまったくそぐわない。理性的に考えれば、それはわたしにとって最善の計画だ。だが感情の面は……これまで経験がないほど困惑している。

ジニーを未婚のまま、無事家族のもとへ送り返すことに集中しなければならない。それがすんだら、わたしは家に帰り、ヘムズワース伯爵の求婚を受けるのだ。そうすれば、父をまた幸せにできるだろう。母が亡くなって以来ずっと、父は悲しみに沈んでいる。以前は、生き生きとした笑顔を見せ、家族に愛情を注いでいた。父の希望に添えば、親子のあいだにできた距離を埋めることができるだろう。

マーカスとのあいだに起きたことで何かが変わるわけではない。

だが、心の奥底では知っていた。本当は何もかもが変わったことを。

もどかしさのあまり、涙が浮かんだ。一歩進むごとに、打ちのめされたマーカスの苦々しい顔が目の前に浮かぶ。どんな顔で彼に向きあえばいいのだろう。マーカスは傷ついている。それも当然だ。ダニーは自分の取った態度を恥じ、怒りを覚えた。眠りに落ちる前に、マーカスとは距離を置こうと決めたのに。

若木が脚に当たり、濡れたシュミーズに引っかかった。むきだしの足でことさら勢いよく地面を踏む。その感触は、マーカスのやさしくあたたかい手の感触と対照的だった。ダニーはうなった。なんでもかんでも彼と比較せずにはいられないの？　逃げるのに必死で、服も荷物の入った麻袋も小屋に置いてきてしまった。なんて愚かなのだろう。戻らなければならない。戻って、マーカスと顔を合わせなければならない。

茂みを踏む音がして、ダニーははっとした。マーカスである可能性が高い。ダニーはあわてた。感情が大きく揺れ動く。まだ準備ができていない。まだ彼と顔を合わせられない。全速力で茂みのあいだを走り、マーカスから逃げようとした。もう少し考えをまとめる時間が欲しい。だが、彼がしだいに近づいてくる音が聞こえた。脚が長い分、マーカスが有利だった。

ダニーは森の中を走りながらよろめき、泥に足をすべらせた。身を守ろうと宙で向きを変えたが、そこは斜面になっていて、彼女はそのまま転がり落ちた。やっとのことで、手足を投げだして止まった。閉じた唇のあいだからうめき声がもれる。ふと気づくと、森は静まり返っていた。地面に強打した後頭部を押さえながら、体を起こす。あちこちに引っかき傷ができていて痛んだ。手のひらまで痛かった。ダニーの名を呼んでいるらしいくぐもった叫び声が、森の中から聞こえてくる。マーカスが向かってくるのが見えるのではないかと、おそるおそる振り返った。自分がどの方向を向いているのかわからないまま、細い道の真ん中に座っていることを悟った。よろよろと立ちあがり、ぬかるんだ地面に驚いてから、ふたたび走りだした。

けれども、地面を揺らすひづめの音に足を止めた。

顔をあげた瞬間、ダニーは恐怖に凍りついた。見たこともないほど大きな馬がこちらに向かってくる。つやつやとした馬はカーブを曲がってきた。馬も乗り手もダニーに気づかないまま、すさまじい速さで近づいてくる。ダニーの近くまで来たとき、馬が警告するようにいなないたが、彼女は差し迫る運命を考えて足がすくんだ。動きたかった。全身が動きたいと叫んだが、それでも動けなかった。最後の最後で、乗り手が道をふさいでいるダニーに気づいた。乗り手が何か叫んだが、ダニーは耳鳴りがして聞こえなかった。

わたしは死ぬのだ。

何者かが横からぶつかってきて、ダニーはまた地面に倒れて転がった。体にまわされた腕が衝撃をやわらげてくれる。ふたりは手足をからめたまま、道端のいばらの藪の中で止まった。ダニーは激しくまばたきを繰り返してから、あわてて立ちあがって自分を救ってくれた相手から離れた。馬は走り去っていった。乗り手は速度を落として、ダニーの無事を確かめようとすらしなかった。

ダニーは地面にくずおれ、ほっとして息をついた。覚悟を決めていたが、助かった。振り返ると、マーカスはまだ茂みの中に仰向けに倒れていた。手で目を覆い、胸を大きく上下させている。彼は怒鳴った。「二度とこんなことをするな！」

「まるでわたしが今日、馬に踏みつけられるつもりだったみたいね」

マーカスが頭をあげ、淡い緑の目でダニーを鋭く見つめた。

「わたしから逃げたのはそのためなのか？　死にたいのか？」

ダニーは視線を上に向け、マーカスのエメラルド色の目に浮かぶ心配を無視しようと努めながら、よろよろと立ちあがった。震える手で薄いシュミーズを整える。なんとか落ち着きを取り戻したい。

「子どもみたいなことを言わないで、マーカス。こんなことは予想していないわよ」

ダニーの震える声を聞いてマーカスは目を細め、それから立ちあがった。馬が向かったほうを見てから道の向こうに渡り、麻袋とブーツを持って現れた。ダニーははやる心でそれを受けとり、森の中に入った。

太い木の陰に隠れ、濡れて汚れたシュミーズを脱いだ。まだ湿ってかびくさいズボンを捨てた。シャツは冷たくて、触る気になれなかった。このふたつはもう着ないことにした。麻袋の中をかき分けて、乾いている予備のドレスを出した。きちんとした下着をつけないと着心地はよくないだろうが、それでもズボンよりはましだ。それに、はるかにわたしにふさわしい。

手早くドレスを着た。ブーツは革がかたくなっていて履くのにひと苦労だったが、ほかに靴は持ってきていない。すべて終えても気分はまだよくならなかったが、少なくとも体はまともな服に包まれた。生きていることもありがたかった。マーカスの前に戻り、気恥ずかしさを覚えながら礼を言った。彼は静かに礼を受け入れてから言った。「あの馬のあとを追おう。この道はどこかの家か宿屋につながっているに違いない」

ダニーはわきあがるさまざまな感情を追いやった。まともに行動できるようにならなければば。心配や分析はあとですればいい。「追いはぎの野営地につながっているかもしれないわ」

マーカスは小さくうなずくと、驚異的な速さで歩きはじめた。ダニーは遅れないよう必死についていった。きついブーツの中で、痛んだ足が悲鳴をあげる。だが、彼に嚙みつくのはやめようと心に決めた。ジニーを助けたいなら、マーカスとはなごやかな関係でいなければならない。

道を歩くのは森の中を歩くよりも楽だった。ほかに通る者はいないので、速く進むことができた。やがてマーカスが歩幅を小さくしたが、ふたりとも口もきかなければ目を合わせもしなかった。

それこそダニーが望んでいたことだ。彼女は自分から口を開いた。

「ありがとう。命を救ってくれたことと、荷物を持ってきてくれたこと」

マーカスの肩に力がこもった。彼はダニーをちらりと見てから言った。

「これでおあいこだ。ゆうべ、わたしを助けてくれたお返しだよ」

ダニーはためらった。あの親密な瞬間を思いだしたくないし、マーカスに思いださせたくもないが、きかないわけにはいかないだろう。

「ずいぶん元気になったみたいだけど、熱はどう？」

「大丈夫だ」やっと聞こえるほどの小さな声でマーカスが答えた。

「本当に？」ダニーは心配だった。これで話を終わりにしていいのかどうかわからない。マーカスがまたしても何か隠しているように思えてならない。「あなたはひどく震えていて、燃えるように熱かった。もっと休んでから――」

「大丈夫だと言ったはずだ」彼は怒鳴ると、先に歩いていった。

ダニーは驚いてびくりとしたが、すぐにマーカスを追った。ふたたび、沈黙が流れた。ダニーにはその沈黙がつらかった。混乱した感情や、言葉に出せない思いに満ちている気がする。何がマーカスを突き動かしているのか探りたかった。熱に浮かされた彼が少しだけあらわにした過去について、もっと知りたかった。なぜマーカスは妹を助けなければならないと思っているのか。その理由によっては、自分に対して彼がしたことや脅しを許せるかもしれない。だが、ジニーにしたことは許せない。おそらく、ジニーの将来はすでにめちゃくちゃになってしまっただろう。追いはぎと数日ともに過ごした女性と結婚したがる人などいない。その責任は、マーカスの肩にのしかかっている。

それに、今朝の出来事もマーカスのせいだ。最初にはじめたのは彼だった。だが、キスを返したことを後悔してはいない。たとえ間違ったことだとしても、あれほどの歓びを覚えたのははじめてだ。マーカスの腕に抱かれ、その手が自分に触れるのを感じるのはすばらしい体験だった。アナベルがなぜ家族や社交界に背を向けてヒューとの人生を選んだかがわかる気がしてきた。あれほどの情熱を持てるならそうする気にもなるだろう。やさしくて思いやりがあって、なんの問題もなく社交界に属しているヘムズワース伯爵とのあいだにも、いつかそんな情熱を持てるようになればいいのだけれど。わたしが努力すれば、きっと情熱に火がつくはずだ。

「何もかも忘れてジニーを捜すことに専念したらどうかと思うんだが、きみはどう思う？」

ダニーがはっとして横を見ると、マーカスが用心深い笑みを浮かべていた。彼女は喉が詰まり、心臓が激しく打った。不確かな笑みではあるが、和解のしるしとして歓迎していいだろう。ダニーはマーカスに負けないほど冷静なふりをして安堵のため息をつき、笑みを返した。

「賛成よ」

しばらくのあいだ、湿った地面を歩くふたりの靴音しか聞こえなかった。マーカスが慎重に切りだした。「きみは本当に、真実の愛を見つけたカップルを助けているのか？」

ダニーは驚いてマーカスを見た。マーカスはまっすぐ前を見つめているが、その問いの答えが彼にとってとても大事であることが感じられ、ダニーはからかうようにほほえんだ。

「財産目当ての人を助けるのはこれがはじめてかときききたいのなら、答えはイエスよ」

マーカスが鋭い目でこちらを見た。からかわれているのか確かめるように、頭を傾けて見つめる。やがて、彼はにっこりした。

「じゃあ、ふだんはどんなふうに進めるのか説明してくれ」

嘘をつくべき？　それともマーカスを信頼して、本来なら自分だけの秘密にとどめておかなければならないことを打ち明けるべき？　彼にペテン師だと思われたくない。話せば、結婚にはいかに愛が重要かを理解させることができるだろうか？　愛より大事なものはない。うまく伝えられたら、ジニーを未婚のまま家に帰さなければいけないこともわかってもらえるかもしれない。

「ふだんはまず、気の進まない結婚を控えた女性から相談を受けるの」のろのろと説明をはじめた。「結婚式が行われる前に、真に愛する人とグレトナ・グリーンに駆け落ちさせてほしいと頼まれるのよ。無事、愛する人と結ばれて家に戻ると、そのカップルは友人にすべて話して、同じような境遇の女性にわたしを紹介してくれるの」

マーカスがうなずく。「つまり、女は噂話が好きで男は嫌いというわけだな」

ダニーは女性への侮辱に眉根を寄せた。「先を続けてほしいの？　やめていいの？」

マーカスは手を振って、先を続けるよう促した。

「ご親切にどうも」

「きみに親切にするのはなかなか大変だけれどね、ミス・グリーン」

ダニーは何か言ってやりたいのを我慢して続けた。「〈グレトナ・グリーン・ブッキング〉は、カップルが末永く幸せに暮らすことを目指しているの。駆け落ちの全段階を計画し、カップルが快適かつ楽に目的地に着けるよう骨を折っているわ」

マーカスが傷跡の走る眉をつりあげた。「まったく！　これがきみの言う完璧な駆け落ちなのか？　崩れかけた小屋で寝て、何キロも歩くのは楽とは言えないし、もちろん快適でもない」

「そうね。計画を練る時間を与えてくれなかったのはあなたよ。通常は、少なくとも二週間の準備期間があるわ。こんな冒険はわたしだってはじめてよ」

「失敗だったな」

ダニーはマーカスをにらんだ。「中傷について決めた条項その一三を唱えましょうか?」

「それだけはやめてくれ。きみの協定を聞いて、議員には絶対になるまいと心に決めたよ」

ダニーは石を蹴った。それがマーカスのブーツに当たったとき、うれしそうな顔を見せないよう努めた。振り返ったマーカスは、疑うようにダニーを見て眉をひそめた。ダニーは何食わぬ顔で周囲の植物を眺めた。

マーカスがきいた。「はじめたきっかけはなんだったんだ?」

「意図してはじめたわけではないの。たまたまよ」マーカスはうなずいたが何も言わないので、ダニーは肩書きを明かさないよう注意しながら説明を続けた。「ある日、友だちが取り乱した様子でわたしのところに来たの。はるかに年上の人との縁談を父親が進めていて、本当はほかに愛する人がいたのに、無理やり結婚させられそうになったのよ。わたしもショックだったけれど、どうすることもできなかった。それから数日後の夜、ある男性が近づいてきたの。何度か見かけたことはあっても話したことはない人だった。彼は、彼女と愛しあっているのは自分だと話してくれた。ふたりはその週のうちに駆け落ちをするつもりだったものの、彼女の父親に見つかってすべてが台なしになってしまったのよ。彼はひどく落ちこんでいたわ」

ダニーは口を閉じ、その晩の出来事を振り返った。物静かなヒューが、そのときばかりはひどく動揺していたのを覚えている。

「それで？」

ダニーは顔をあげた。いつの間にか、ふたりとも道の真ん中で立ちどまっていた。マーカスの目は、ふたたび話しはじめたダニーをじっと見つめた。「男性は彼女の父親の使用人だったの。父親は彼をくびにして、アナベルを部屋に閉じこめた。それで、彼がわたしに助けを求めてきたのよ。断ることはできなかったわ。アナベルのことが好きだし、幸せになってほしかったから。だから計画を立てて使用人を買収し、アナベルを家からこっそり連れだしたのよ。無事ロンドンから送りだした一週間後、ふたりは結婚して帰ってきたわ」

「そのあとも同じことを続けたのはなぜだ？」

「わかってちょうだい。母が亡くなるまで、わたしの両親は誰もが夢見るような結婚生活を送っていたの。毎日、愛していると言いあっていたし、何よりも、お互いへの愛を周囲も感じることができた。そんな結婚ができるカップルがいかに少ないかを知ってから、わたしはできる限りの手助けをしようと決めたの」頭を傾けて、挑むようにマーカスの目を見つめた。「あなたの計画にこれほど強く反対するのはそのせいよ。ジニーを無理に結婚させることはできないわ。彼女は不幸になる。ジニーには愛を知る権利があるわ！」

マーカスはしばらく考えこんでからふたたび歩きだした。ダニーの激しい口調をなんとも思っていないらしい。数分後、彼は口を開いた。「お母さんは亡くなったと言ったな？」

ダニーは自分の主張がマーカスの心に届かなかったことに気落ちして足元を見つめていたが、その言葉に顔をあげた。「ええ」ダニーはしばらくまばたきをしてから、深い悲しみに襲われた。「六年前にね。アナベルが助けを求めてくる少し前だったわ。アナベルやほかの女性たちに手を差し伸べることに一生懸命になれるのは、たぶんそれが目的を与えてくれるからでしょうね。母を近くに感じられるの。母は愛というものを信じていたから、生きていれば〈グレトナ・グリーン・ブッキング〉を手伝ってくれたかもしれないわ」

マーカスはうなずいてから、かすれた声で静かに言った。「そんな幸せな家庭があったらいいだろうな」

ダニーは眉をひそめ、まつげの下からマーカスを見あげた。厳しい態度の彼に尋ねることはできなくても、今の言葉だけでわかったことがある。マーカスの謎が深まった。わたしは、その謎を解かなければならない。それがジニーの自由への鍵となる。わたしがもっと自分のことを話せば、マーカスも話してくれるだろうか？

「ええ、よかったわ」

マーカスが足を止め、混乱した顔になって額にしわを寄せた。「今は違うのか？」

ダニーは息をのんだ。父との関係を他人に打ち明けたことはなかった。アナベルにも話していない。でも、ジニーを助けるためなら喜んで話そう。「母が亡くなったとき、父はひどく打ちひしがれたわ。自分の殻にこもってしまって、それ以来わたしの存在を無視するようになったの。やさしくないわけじゃないのよ。ただ……そこにいないも同然なの」

「きみの秘密の活動についてはどう思っているんだ？」

ダニーはためらった。多くを明かしすぎただろうか？「とても忙しい人なのよ」

「きみがしていることには無関心なわけだな」

「父はわたしを愛してくれているわ」ダニーは言い訳がましく言った。「わたしが自分たち夫婦のように幸せになることを願ってくれている。ただ、わたしはまだそういう相手にめぐりあっていないだけ。父と母は幼なじみで、子どもの頃から好きあっていたの」いったん言葉を切って、マーカスの目をまっすぐ見つめた。「いろいろあるけれど、父はあなたがジニーにしているように、わたしに愛のない結婚を強要したりはしないわ」

マーカスの顔をいらだちがよぎった。彼は不満そうにうめくと、歩幅を広げた。ダニーは歯嚙みしてついていった。まだ話は終わっていない。はっきりさせたい問題はひとつだけではなかった。

「父はすでに、わたしの結婚相手を選んだのよ」

マーカスの歩調が乱れ、彼はすばやく振り向いた。顔には驚きが浮かんでいる。

「みなに本当の愛を知ってほしいと願うきみが、政略結婚を受け入れるのか？」

「皮肉よね」ダニーは疲れた笑みを浮かべた。本当に笑える。「まだ受け入れてはいないけれど、そうするつもりよ。彼はいい人だし、わたしは彼を愛するようになれると思うの。それにこの縁組みが決まれば、父が喜ぶわ」

「だからわたしから逃げたのか」マーカスは無表情に戻った。ダニーは地面を見つめた。あのあたたかい目がこんなに冷たくなってしまうなんて。

「そうよ。ごめんなさい、あなたにキスなんかするべきじゃなかった。わたしがいけなかったわ。もう二度とあんなことはしない」

マーカスは歩みを速め、ふたたびふたりのあいだの距離を広げた。ダニーは距離を縮めようとはしなかった。

マーカスがむっつりと黙りこみ、沈黙が流れた。そのうちに自分のふるまいに対するダニーの後悔は、マーカスの非難に対する怒りに変わった。マーカスはわたしを脅して共犯者にした。若い娘をベッドから誘拐した。彼女を無理やり結婚させようとしている。そして、小屋で最初にキスをしかけてきたのもマーカスだ。それなのにわたしの道徳的な過ちに腹を立てるなんて、なんて厚かましいの？

道を曲がった先に、いきなり小さな宿屋が現れた。ふたりは驚いて足を止めた。

建物は小さく、やや古そうに見える。屋根板は割れたり何枚かが欠けたりしていて、ところどころペンキがはがれている。ニワトリの群れが歩きまわって、地面をくちばしでつついている。近づこうかどうかためらうふたりの目の前で、〈ジャケット・イン〉と書かれた小さな看板の蝶番がひとつ外れ、看板が斜めになった。

ダニーはマーカスと顔を見あわせた。空腹と喉の渇きがひどいし、熱いお風呂に入りたくてたまらない。心を決めて、まっすぐ宿屋の入り口に向かった。

マーカスは自分の前を行くダニーを見つめた。たった今、彼女から聞いた話に心をかき乱されていた。心の奥底ではわかっていた。ダニーが海軍司令長官の屋敷の塀を越えた瞬間から、ペテン師と見るのはやめている。彼女は意志が強く、明るくて誠実だ。ダニーがかつては友人のため、そして今は赤の他人のためにしているようなことをできる者は、そう多くはいない。

わたしは彼女をうらやんでいる。そう気づいて、マーカスは土を蹴った。ダニーには、気にかけてくれる友人がいる。ダニーとの結婚を望む相手がいるし、彼女の子ども時代は幸せな記憶に満ちていて、手本となる人が身近にいた。

自分の犯罪の重みが肩にのしかかってきた。わたしは、キャロを助けるために何人を破滅させるつもりだ？　宿屋の中に入っていくダニーを見つめる。どれだけの人を犠牲にするつもりだ？

自分へのいらだちが募る。自分がダニーに対して愛着を抱いていることも、彼女の婚約が近いと知って心が痛んでいることも理解できない。ダニーはわたしのキスにやさしく情熱的に応じたかもしれないが、わたしを求めていないとはっきり言ったではないか。

わたしから逃げたではないか。

わたしは苦しむためだけに存在している。ジニーを取り返したあと、わたしがグレトナ・グリーン行きを強行しようとしたら、また争いになるだろう。どうしても結婚はしなければならない。キャロの幸せがかかっているのだ。わたしは本当の自分を受け入れなければならない。野獣、財産目当ての男、脅迫者、誘拐犯——それがわたしだ。わたしには果たすべき使命があり、ダニーに良心を揺さぶられたからといって動転してはならない。

いくらダニーが欲しくても、彼女にはわたしが必要とする財産がない。それに、ダニーには別に相手がいる。彼女が何よりも望んでいる愛と結婚を与えられる完璧な相手が。ダニーにはその両方を手に入れる資格がある。わたしではどちらも与えられない。壊れた人間だから。感情をこらえ、こぶしを握る。わたしは父であるあの極悪人によく似ているから、ダニーを――いや、その意味では誰も幸せにはできない。

改めて自分の人生を呪いながら、マーカスは彼女を追って建物に入った。

12

「あなたの姿は変わっているけれど、ここへ来てからずっと、あなたはわたしに親切にしてくれました」

チャールズ・ラム『美女と野獣』

宿屋に足を踏み入れた瞬間、マーカスは人の多さに圧倒された。風呂に入っていない体や古い酒、よどんだ空気のにおいが襲ってきて、思わずあとずさりした。壁にもたれて息を整えながら、ダニーの姿を捜す。

人々が近づいてくると、冷たい汗が噴きだした。息を震わせ、胸を大きく上下させながら、背後の木の壁に両手を押しつけた。そのかたい感触がマーカスを現在につなぎとめてくれたが、心の奥底では自分がこの闘いに負けるのがわかっていた。人込みは嫌いだった。静かで落ち着いた場所にいれば、突然の騒音に暴力的な父の記憶がよみがえることもないし、恐怖に満ちた目で見つめられることもない。ここは人が多すぎる。わたしがぶざまな反応を見せてしまう可能性も高いし、逃げ道が少なすぎる。

　多くの目があからさまにこちらを向き、傷跡を凝視する。すべてのものが自分に迫ってくる気がして、マーカスはあえいだ。今まで人前でこういう状態になったことはなかった。ここは大勢の人が肘と肘がぶつかるほどの近さでひしめきあっていて、動くことができない。

　自制心を保とうと努めながら、近くに置いてあったエールのジョッキをつかんだ。震える手で金属のジョッキを口まで持ちあげる。エールの酸っぱい刺激臭が肺を満たし、胃がひっくり返りそうになった。マーカスはたじろいだ。エールを味わいたいが、そのエールを飲みこむことを考えると気分が悪くなった。二日間、酒が与えてくれる安堵感を求めてきた。酒はよみがえってほしくない記憶を押しとどめてくれる。酒でつらさを忘れたいけれども、その酒が飲めないとなると……胸が締めつけられて苦しくなった。

　ジョッキを手近なテーブルに放るように置いた。森の中のほうがましだった。ダニーの前で一度だけあんな姿を見せてしまったものの、彼女はよくある病気のせいだと思って気にしていない。だが、この人込みはわたしを不安にさせる。マーカスはうなりながら背を向け、かたい木の壁に額を押しつけた。

　すぐにここを出なければならない。だが粗野な酔っ払いだらけの酒場にダニーをひとり置いていくことを思うと、その場から足が動かなかった。彼女の安全を確保したら、すぐにこの場から逃げだして、つらい過去に身をゆだねよう。

　歯ぎしりをして壁から離れ、ふたたび室内を見まわした。白髪まじりの黒髪をした大柄な女性に目を引かれた。どこか威厳があり、彼女が話すと男たちは耳を傾けている。宿屋の主人の妻か、それとも彼女自身が女主人なのだろうか？　どちらにしても、あの女性に頼めば部屋を取ることができるだろう。震える足で数歩進んだが、頭が新たな痛みに襲われ、マーカスは近くのテーブルにつかまらなければならなかった。

不意にダニーが隣に現れて、マーカスの陰に隠れるように後ろにまわった。

「どうした？」マーカスは小声で言った。

「ばかみたいだけど……ちゃんと服を着ていないような気がするの」

テーブルをつかむ手に思わず力がこもったが、何がダニーを悩ませているのかわからなかった。すでにズボンとシャツは脱いでドレスを着ている。

あと数分でこの会話を終えればここから出られる。ほんの数分だ。

「ええと……」

「このドレスは汚れているし、薄いわ」見ればスカートの裾は泥だらけだし、下にペチコートをつけていないから体の曲線があらわになっている。「洗練されているとは言えないものの、いちおう文明の中に戻ったわけでしょう？　それなのに、体をさらけだしているみたいで……自分が場違いな気がするのよ」ダニーが身を守るように体の前で腕組みした。

視界の隅がぼやけたが、マーカスはやっとダニーが何を心配しているのかを理解した。彼女の後ろをうかがうと、男たちがにやにやしながら好色な目つきで眺めている。防衛本能が頭をもたげ、マーカスはうなった。背筋を伸ばして立って、険しい目でにらみつけた。マーカスの恐ろしい外見にひるみ、男たちは顔をそむけて目を合わせないようにした。

ダニーも振り返り、関心のないふりをしている男たちを見て眉をひそめた。マーカスは自分の縄張りを示せて満足だった。このままダニーのそばにいたいが、それはできない。呼吸が荒くなった。「すまないな、おちびさん」

また上着を脱いでダニーの肩にかけ、腿の途中までを隠した。ダニーは恥ずかしそうにほほえんでから、大きすぎる袖に腕を通した。

「ありがとう。ちゃんとした着替えや荷物は全部馬車に積んであったから」腕を交差させ、上着の前をかきあわせた。「あの大きな女性に、追いはぎに襲われて旅の仲間とはぐれてしまったと話したわ。それからあなたが病気だとも」

マーカスはうなずいた。今必要なのはわたしの部屋と、ダニーが安全でいられる場所だ。

「それから、今夜わたしはあなたの妹だから」

「妹?」

ダニーがうなずく。「レディ・ダニエル・ブラッドリーよ」

一瞬、心の中の影が遠ざかって新たな興味がわいた。彼女の名と自分の名を組みあわせて聞くと喜びを覚えたが、それは兄としての喜びではない。その正反対だった。マーカスは結婚して毎晩ベッドをともにする自分とダニーを思い描いた。

ダニーに腕をつかまれ、マーカスは彼女を見た。「また具合が悪いの?」

マーカスは気持ちを静めるために深く息をした。熱で体力を消耗していたが、これはまったく別の問題だ。「横になりたい」

「上に行くといいわ。女主人のアースラが、階段をのぼっていちばん手前にある部屋を使っていいって。お風呂のお湯と食事を運んでくれると言っていたわ」

マーカスはほっとした。力を振り絞って体を起こし、手足になんとか言うことを聞かせた。

ダニーが心配そうな顔になった。「手伝いましょうか？」

「結構だ！」ダニーに嚙みつく気はなかったが、一刻も早くここから逃げたかった。ひとりになって、屈辱を感じることなく防御を解きたかった。もう一歩踏みだして、彼女がついてこようとしないのに気づいた。「きみはここに残るつもりか？」

ダニーがうなずいた。「あの男たちに襲われた人がほかにいないかどうか探る絶好の機会でしょう？　彼らが寝泊まりしている場所とか、ジニーがどうなったかを知っている人がいるかもしれないわ」マーカスは反対しようとしたが、ダニーはさらに言い募った。「さあ、行って。わたしは大丈夫よ。アースラが、誰にもそのからっぽのおつむでよからぬことを考えさせないって約束してくれたから。わたしじゃなくて、彼女の言葉ですからね」

マーカスは笑ってからしばらくためらった。ダニーを守りたいという衝動から、嵐に立ち向かおうかとも思った。だが、そうする代わりに小声で言った。「ちょっとだけ一緒に来てくれ」誰にも見られない廊下にダニーを連れていき、困惑している彼女の前で、ブーツの中から硬貨の入った袋を出した。驚いた顔のダニーに言う。「わたしが財布も持たずにグレトナ・グリーンへの旅に出発するとでも思ったのか？」

ダニーはマーカスが差しだした袋をつかんだ。「正直に言って、そう思っていたわ。あなたも捨てたものじゃないわね」そう言って大きくほほえむ。「これでパイを食べるわ。ありがとう」

千鳥足の酔っ払いが廊下に現れた。ダニーは硬貨を大きすぎるマーカスの上着にしまい、酒場へ戻っていった。酔っ払いはマーカスにぶつかり、顔をちらりと見ると、何やら悪態をつきながらあわてて去っていった。マーカスの耳の中で血管がどくどくと脈打ち、息が苦しくなった。彼は階段に向かって走り、部屋に入って扉に鍵をかけると、そのままもたれかかった。全身に安堵と恐怖が押し寄せ、闇が訪れた。最後に頭に浮かんだのは、発作をダニーに見られなくてよかったということだった。

ダニーは、急いで去っていくマーカスをちらりと見た。最初彼に近づいたときは、異常に気づかなかった。自分の姿を追う好色な目に気を取られていたのだ。だが、そのうちにマーカスの額の汗と蒼白な顔に気づいた。目は暗く、見開かれていた。檻にとらわれたかのような態度がひどく気がかりだった。

ブーツを履いた足で床を叩きながら考える。マーカスは何を隠そうとしているのだろうか？　彼はわたしが首を突っこむのを歓迎しないに違いない。秘密を好む人だ。あの臆病な態度の理由も、なぜジニーの持参金が必要なのかも話してはくれないだろう。

ダニーは頭を振って、現在すべきことに集中した。盗賊グリーンに関する情報が欲しい。

そして、今それを見つけられるのはわたしだけだ。ドレスが薄かろうと薄くなかろうと、酒で饒舌になった男たちでいっぱいの部屋はチャンスの宝庫で、無駄にする手はない。もしかしたら、海軍による捜索の状況もわかるかもしれない。食事を注文して部屋まで運ぶよう頼んでから、近くのテーブルでへべれけになっているやせた男の隣に座った。

男がほほえんで、ダニーを見た。「きれいなお嬢さんだな」

ダニーの口から、落ち着かない笑いがもれた。「まあ……ええと……ありがとう」男の値踏みするような視線に、彼女は厳しい声で言った。「少し話さない？」

男は頭を傾け、何やら考えてからため息をついた。

「アンガス・ブッチャーだ。ここからすぐの村に住んでる」

「知り合いになれてうれしいわ。レディ・ダニエル・ブラッドリーよ」

アンガスは歯を見せてほほえんだ。労働者階級には珍しく、歯は全部そろっていた。

「あんたは旅の途中だろう？」

「ええ、兄とわたしは仲間とはぐれてしまったの」

アンガスがうなずく。「村の祭りを見ていけるといいな。明日、おれたちの村の創立を祝うんだ。領主さまが半日だけ休みをくれるんだとよ」

ダニーはアンガスの皮肉な調子に、ほほえみたいのをこらえた。一緒のテーブルにいるほかの男たちも同じような態度だ。多くの人たちは、領主に好意を持っているというよりは忍従しているのだろう。ダニーの知る、肩書きを持つ多くの男性たちを擁護するのは難しそうだ。

アンガスがジョッキを持ちあげて中をのぞきこんだ。小声でくそっとつぶやいたところをみると、中はからららしい。ダニーは女性従業員に手を振って、テーブルの全員にエールのお代わりを注文した。アンガスがいぶかしげな顔で見つめる。

「あんた、おれを丸めこもうとしてるのか？」

ダニーは激しく首を振って居心地の悪さを隠した。ジニーのためだ。

「とんでもない！　ただ、新しい友人に一杯おごっているだけよ」

アンガスはぶつぶつ言いながらも、従業員が新しいジョッキを持ってくると、とたんにぐびりと中身を飲んだ。

ダニーは身じろぎし、不安が声に表れないよう注意しながらきいた。「わたしの仲間がこっちの方角に来たかどうかなんて知らないわよね？　ふたりの男性と若い赤毛の女性ひとりなんだけど」

アンガスは目をしばたたき、ダニーが先を続けるのを待った。「ふたりの男と若い赤毛の女？　このへんでは見てないな。誰かが見てれば噂になってるはずだ」

がっかりだ。祭りが近いと聞いたので、このあたりにいるに違いないと思った。誇りある追いはぎなら、多くの旅行者を襲う機会を逃すはずがないのに。

アンガスの隣に座っている男が、彼と話しはじめた。ダニーは静かに座って次の作戦を練っていたが、そのときふたりの会話が耳に入った。

「盗賊グリーンと仲間がまたオーバーンデールに現れたらしいぜ」

「なんてこった」アンガスはジョッキに向かってくすくす笑った。「今週だけでもう三度めじゃないか。大胆なやつだ」

「荒稼ぎしてるんだろうな。今頃は祭り会場のそばでひそかに野営して、成功を祝ってるんじゃないか？」

ダニーの心臓が早鐘を打った。マーカスに報告するのが待ち遠しい。それでも疑いを招かないよう、別のテーブルに移って同じことを繰り返した。あとで追っ手がここに来る可能性も考えて、〝仲間〟のことをしつこく尋ねすぎないように心がけた。酒場の男たちがダニーのことを忘れなかった場合――間違いなく忘れないだろう――ダニーと何を話したかをぺらぺらしゃべられては困る。彼らが大量に飲んでいるエールが、記憶を曖昧にしてくれることを祈った。

さらに三人と話をして、追いはぎが野営している場所をそれとなく聞きだそうとしたが、期待した結果は得られなかった。みんな、祭りについて話したくてたまらないらしい。ダニーは熱い風呂の誘惑に抵抗できず、それ以上質問するのをあきらめた。階段に向かう途中で、カウンターに座っている男に目を引かれた。どこかで見た顔だ。男はだらしなく座ってジョッキを傾けていた。すでにからになったジョッキがいくつも並んでいる。食欲も旺盛らしく、目の前に並んだ皿の料理が、ダニーの見ているあいだにも次から次へとなくなっていく。彼女はおなかが鳴って、部屋で待っている料理のことを思いだした。

だが好奇心に負けて、カウンターに近づいた。直接男のところには行かなかった。見覚えがあるということは、問題が起きる可能性を示している。ダニーは代わりに女主人の視線をとらえた。カウンターの端の席に座ると、傷だらけのカウンターに身を乗りだして、男のほうを示しながら女主人に言った。「あの人のことを教えて」

アースラは口を引き結んで、考えこむようにダニーを見つめた。ダニーはアースラの意図を察して、さりげなく室内をうかがった。買収の仕方は知っている。これまでに何度か経験があった。

「明日の朝、支払いのときに少しうわ乗せするわ。あの人について教えてほしいの」

アースラが漆黒の目を細める。

「五ポンドにしてもらえたら、あの人がここにいる理由を教えてあげますよ」

ダニーはほほえんだ。「わかったわ」

新しいふきんでジョッキを拭きながら、黒髪の女性はささやいた。「あれは海軍から送られてきた偵察兵ですよ。男ひとりと女ふたりの三人組を捜してるらしいです。女のひとりは濃い赤毛だとか。それが誰なのか、なぜ捜してるのかは話そうとしません。逃亡者だろうということしかわからないんです」アースラは言葉を切り、好奇心をあらわにしてダニーを見た。「あなたとお兄さんがそうかと思ったけど、赤毛はいないから違いますね」

ダニーはあらん限りの力を使って衝撃を隠した。女主人は気が抜けないぐらいしげしげとダニーの反応を観察した。ダニーは無邪気に見えることを願ってほほえんだ。「女性とは一緒じゃないわ。わたしと兄のふたりだけよ。海軍って言ったわよね。興味深いわ。今思いだしたんだけど、あれは馬でわたしたちを追い越していった人だわ。もう少しでわたしをはねるところだったのよ。わたしを殺しかけたのに、馬を止めて怪我がないかどうか確かめもしなかった」

内心の動揺を隠してほほえんだ。そんなばかな。ここまで来るにはもっと時間がかかるはずよ！　それに、どうしてマーカスとわたしのことがわかったの？

アースラは不満げに咳払いをして仕事に戻った。

「部屋に行くわ。ありがとう、ミス・アースラ」

もう一度咳払いが聞こえた。人の目のない階段に着くなり、ダニーは二段ずつ駆けのぼった。危険が差し迫っていることをマーカスに伝えなければ。彼女は木の扉の前で止まった。階段をのぼっていちばん手前の部屋だ。

ダニーは躊躇せず、扉を開けて部屋に飛びこんだ。

マーカスは風呂の湯につかりながらため息をついた。こわばった筋肉があたたまり、過去にとらわれていた緊張が解ける。顔を上に向けて目を閉じた。足りないものはただひとつ、ブランデーだ。

だが、それを注文するためにあの人込みの中をもう一度縫って進む気にはなれなかった。いまいましい祭りが終わるまでは、絶対にこの部屋を出るまいと心に決めている。祭りのことは、浴槽に湯を張る若者たちからいやというほど聞かされた。さらに、飲んだくれのひとりとメアリーという胸の大きな娘との関係について、聞きたくもないことまで聞かされた。

疲れて頭がよくまわらない。昨夜はゆっくり寝られなかった。ダニーが看病してくれたことと、記憶を静めるために酒が欲しくてたまらなかったことはぼんやりと覚えている。

ダニーのやさしい手の感触と熱いキスを思いだし、マーカスはうめいた。忘れようとしていることがあふれんばかりによみがえってきて、体が欲望にこわばる。

熱い湯の中に頭まで沈み、髪に石鹸をこすりつけた。湯から顔を出し、巻き毛に手を通して目から払い、もう一方の手で髪を絞った。それでもだめだった。ダニーの小さなため息の音が頭から消えないし、ぴったりと重ねられた彼女の体のぬくもりを忘れることができない。ダニーのせいで頭がどうにかなりそうだ。このままでは困る。

マーカスは目を閉じた。あのときダニーがわたしを拒絶して逃げていかなかったら、どうなっていただろう？　彼女がわたしに嫌悪感を抱かなかったら……？

頭の中で、ダニーの胸を手で支えたときの重みを想像する。やわらかくて豊かな胸が、ごつごつしたわたしの手に押しつけられる。とがった先端を愛撫して、あのかわいらしい唇から小さな吐息を引きだす。わたしは頭をさげてダニーの唇を盗み、バラと蜂蜜の味を楽しむ。そしてクリームのごとくなめらかな肌の曲線を、余すところなくなぞるのだ。

ダニーはそれに応えてわたしの巻き毛をつかんで口を引き寄せ、体を弓なりにそらして押しつけてくる。わたしはじれったくなって、さらに彼女を抱き寄せる。情熱的なダニーの目を見つめるところを想像すると、鼓動が乱れた。その目はこれまで見たことのないような感情をたたえて金色に輝くだろう。豊かな唇に笑みが広がり、ダニーがささやく。〝愛しているわ〟

マーカスは浴槽に背中を預けた。暗い笑いがもれた。ダニーの愛が欲しいとか、彼女がわたしを愛してくれるとか……そんな考えはばかげている。

浴槽から出て、体についた湯を振り払った。熱い肌に冷たい空気が当たるのが心地よい。廊下を歩く大きな足音に注意を引かれた。地元の者たちがふざけてやっているのだろう。マーカスは頭を振った。階下の人々の話を聞いていると、彼らは生まれてこの方、祭りに参加したことがないかのようだ。それ以上深く考えずに、脇の椅子にきれいにたたんで置かれているタオルに手を伸ばした。

突然、部屋の扉が勢いよく開き、マーカスは凍りついた。こういったことからはじまるのが常だった、過去のつらい夜の記憶が頭によみがえる。しばらくのあいだマーカスは、父の足音が扉を蹴る音に変わるのをベッドの中でおびえながら聞いていた少年に戻った。

激しい鼓動を感じながら、マーカスは扉のところで目を丸くしてこちらを見つめているダニーに気づいた。タオルを手に持ったまま、裸体をさらけだして彼女を見つめ返した。どちらもひと言も発しなかった。鳥肌が立ち、マーカスはわれに返った。自分は生まれたままの姿で立っており、それを社会的地位はともかく、若い未婚の女性があっけに取られて見つめている。

マーカスは咳払いをし、赤面しながらタオルを腰にきつく巻きつけた。全身を隠したい衝動と闘う。だが一方で、ダニーに見てもらいたいという気持ちもあった。理屈に合わないが、森の小屋でキスから逃げたことによって彼女が何を拒絶したのか、それを残らず見てほしかった。自分のすべてを理解したうえで、ダニーがおびえて逃げだすのを期待した。彼女の愛を得るなどというくだらない夢想は抱きたくない。

ダニーの頰が美しく赤らむのを視界の端でとらえた。彼女は明らかにマーカスを避けて、視線を部屋のあちこちに向けている。ダニーの不安そうな様子に、かえってマーカスは自信を得た。ダニーが恥ずかしげに逃げていくか悲鳴をあげるかするのを覚悟しながらも、背筋を伸ばして彼女の視線に体をさらした。マーカスが何よりも慎重に隠してきたこの秘密を目にしたことがある者は、ほんの数人に限られている。

傷跡の走る眉をあげながら言った。「なんのためにわたしの入浴を邪魔するんだ、ミス・グリーン？」

ダニーの頰から消えかけていた赤みが一気に戻った。恥ずかしさのあまり、彼女は今すぐ消えてなくなりたい気分に違いない。「あなたに警告しに来ただけなの」

「警告？　なんの？」

「大変なのよ、マーカス！　わたしたち……」マーカスの全身に目を走らせるうち、声が尻すぼみになった。

マーカスは息を詰めた。ダニーがこれから示すであろう反応を考えると、苦々しさを覚える。予想どおり、ダニーは驚きに目を丸くしている。マーカスは彼女の肩に注意を向けて、これが自分に関係のないことだったらと願った。嫌悪を覚えるあまりダニーが息をのむのではないかと身をすくめた。ところが、彼女は近づいてきて、特に醜い腹部の傷跡を手でなぞった。そのあたたかさに筋肉がぴくりと動き、マーカスは反射的に後ろにさがった。ダニーも相変わらず目を丸くしたまま一歩さがる。マーカスに触れた手を、やけどでもしたかのように抱えた。

マーカスは顔をしかめ、浴槽をはさんで彼女と向きあう位置に移動した。息がつけない。今までこの傷跡に触れた者はひとりもいない。これは、わたしの個人的な痛みのしるしだ。これまで想像だにしなかったほど、すべてをさらけだしている気がする。マーカスを見つめ続けるダニーの目には表情がなかった。マーカスは彼女の視線をたどった。ダニーの目の大きさが変化する様子で、彼女がどの傷跡を見ているかがわかった。

やがて発されたダニーの声は、耐えがたいほどやさしかった。「何があったの？」

マーカスは傷跡のないほうがダニーに向くように顔をそむけた。ゆっくり息をつきながら、思考をはっきりさせる。「それについては話したくない」

ダニーがマーカスの視界に入ろうと近づいてきた。その顔には同情が浮かんでいる。マーカスは距離を置くためにあとずさりした。最後は自らがもっとつらくなるだけだ。マーカスの中の野獣が本能的にそう悟っている。

警告のために、ダニーに鋭い視線を送った。哀れみも気遣いもいらない。ただ忘れたかった。ふつうの人間として接してほしかった。腹部と同じく傷だらけの背中をダニーに向け、はっと息をのむ音を無視した。清潔な服を頭からかぶって、たった今わざと見せた傷跡を隠し、感情のこもったかすれた声で言った。「幸せな人生を送るという特権に恵まれない人間もいるんだ、ミス・グリーン」

沈黙の中、マーカスはシャツの首元のボタンを留めた。よし、これでダニーの視線を追いやった。肩の力が抜けた。

「ここに来たのは、見つかったかもしれないと伝えるためよ」

マーカスはふたたび体をこわばらせた。ダニーはなぜ出ていかない？　チャンスを与えられたときに逃げるべきだった。悪魔に追いかけられているみたいに。なぜわたしの計画は裏目に出るんだ？

シャツと腰に巻いたタオルという姿でダニーに向き直った。「見つかった？」

「わたしをはね飛ばしかけた馬を覚えている？」

マーカスはうなずきながらこぶしをかためた。ダニーを危ない目に遭わせたあの馬の乗り手なら、殺しても後悔しない。

「あれは海軍の偵察兵だったの。今、下にいるのよ！」

マーカスは平静を保とうとした。ダニーのもたらした知らせより、彼女が傷に反応を示さないことのほうが気がかりだった。「偵察兵など気にする必要はない。そいつはジニーを捜している。われわれは彼女と一緒じゃないんだから安全だ」

ダニーがかぶりを振る。「そうじゃないわ。あの夜に、見られたみたいなの」

腹部がずしりと重くなった。わたしの計画は何ひとつうまくいかないのだろうか？

「誰に？」

「わからない。たぶん姉妹のうちのひとりじゃないかしら。あるいは……」ダニーはこぶしを握り、嫌悪感もあらわに目を細めた。「フィリップ？」

マーカスは顔をしかめた。あの男が裏切るとは思えない。海軍に見つかるといいと思って、あの場に置き去りにしたぐらいだ。

「わたしたちのことが詳しく知られているのもそのせいだわ！」

「だが、なぜ北に向かったことまでわかるんだ？　まずはロンドンじゅうをくまなく捜すのが先じゃないのか？」

ダニーも顔をしかめた。「やっぱり姉妹のひとりがわたしたちを見て、すぐに通報したのよ。そうでなければ、こんなに早く追いつかれるわけがないわ。途中でフィリップを見つけて、正しい方角に来ているのだと確信したんでしょうね」

「フィリップは、われわれがもうジニーと一緒じゃないことを話したかもしれない」

「アースラの話だと偵察兵は、男性ひとりと女性ふたりで、女性のうちひとりが赤毛という三人組を捜しているらしいわ」

「それなら彼は先導兵だな。おそらく、われわれが盗賊グリーンに出くわしたことをまだ知らないんだろう」

ダニーはその理論を無視した。

「長官とフィリップも近くまで迫っているはずよ。どうするの？」

マーカスはベッドに座り、頭を抱えて考えた。酒場の客はみな、あれだけ酒を飲んでいるのだから、兄妹という触れこみの自分たちを逃亡者として通報するとは思えない。危険が目前に迫るまでは、ここから逃げたくない。われわれには食べるものと休養が必要だ。そもそも、偵察兵に疑われているならとっくに捕まっているはずだ。

わからないのは、ダニーがこの部屋にいることだった。逃げるか、失神するか、せめて悲鳴をあげるぐらいはしそうなものなのに。それなのに彼女はわたしの前に立って、何もなかったかのように話している。わたしがふつうの人間であるかのように。野獣ではなく、単なる男であるかのように。とても理解できない。

「マーカス？　どうするの？」

わきあがってくる感情をのみこみ、マーカスは尋ねた。「偵察兵はまだここにいるのか？」

「カウンターで食事をしているわ。どうやらひと晩泊まるつもりみたいよ」

「酒は飲んでいたか？」

ダニーは唇を噛んだ。その仕草に、欲望がマーカスの体を駆け抜けた。

「ええ、わたしがいたほんの短い時間だけでも、エールを二杯飲んでいたわ」

「じゃあ、われわれもここにひと晩泊まっても問題はないな。彼は夜明け過ぎまでぐっすり眠っているだろう。われわれは夜明けとともに出発する」言葉を切って、じっくり考えた。

「明日は村に行って、追いはぎの居場所についてもっと情報を集めよう」

ダニーは開いている扉に向かいながら言った。「村の祭り会場のそばで野営しているみたいよ。こっそり馬を用意できないかどうか試してみるわね。そのほうが早く、楽にジニーを捜せるから」彼女は扉の外で立ちどまり、マーカスを振り返った。突然その目に燃えはじめた激しい炎に、マーカスは驚いた。「マーカス、その傷をつけた人を殺すというなら、わたしも喜んで協力して一緒に縛り首になるわ」

ダニーが後ろ手に扉を閉めた。

そのかちりという音とともに、マーカスは恋に落ちた。

13

「われわれは新しい服を何枚か望んだだけなのだ。いやまったく、美女はバラを着ているに違いない！」

チャールズ・ラム『美女と野獣』

マーカスは〈モダン・モディスト〉に入っていくのをためらい、明け方のさわやかな空気を胸いっぱいに吸いこんだ。こんな朝早い時間から何をしようとしているのか、自分でもよくわからない。わかっているのは、ひと晩じゅう寝つかれないまま過ごした末に、ダニーに何かいいことをしてやろうと決心したということだけだ。われながら正気とは思えないし、どうにも説明がつかないが、あのいらいらさせられる女性に恋してしまったらしい。その恋を成就させられる可能性はないとわかっていても、ダニーにはできる限り幸せで、気分よく過ごしてもらいたかった。そのためにも、マーカスが唯一考えつくことのできた贈り物――きちんとしたドレスを、ダニーが受けとってくれるといいのだが。そう思って、彼は雄鶏が時を告げるよりも先に起きだすと、宿屋から小さな村まで歩いてきたのだ。

手のひらが汗ばんでいる。マーカスはもう一度深呼吸をすると、扉を押し開けた。頭上でベルがちりんと鳴った。たちまち、ずらりと並べられた生地のさまざまな色が目に飛びこんできた。麻、レース、ベルベットやブロケードなどのかすかにかびくさい香りが鼻をくすぐる。ざっと店内を見渡して、マーカスは鼓動が速まるのを感じた。小さな空間にところ狭しと生地見本が広げられ、既製品のドレスを着せられたマネキンがいくつも置かれている。ロンドンの舞踏会で人気の最新流行を押さえつつ、個性的なデザインが施されたドレスばかりだ。というより、そうなのだろうと推測するしかなかった。マーカスはここに至って、自分の計画の重大な欠陥に気づいてしまった。

マーカスは流行にはまるで疎かった。ましてや女性のファッションのことなど何もわからない。最後に舞踏会に顔を出したのがいつなのかも思いだせなかった。人込みも、注目されるのも、噂の的になるのも大嫌いだ。社交界の人々から好かれたいとも思っていないし、彼らの意向を気にしたこともない。そんな自分がなぜダニーにドレスを買ってやろうなどと考えたのか、さっぱりわからなかった。

わたしはどうしようもない愚か者だ。

店を出ようときびすを返したとき、やさしく声をかけられ、マーカスはその場に凍りついた。

「いらっしゃいませ。何をお探しですか、閣下？」

振り返ると、目の前に背の高い年かさの女性が立っていた。まるで予期していなかったまばゆいほほえみに迎えられ、マーカスは思わず呆然と彼女を見つめた。若い頃は間違いなく美人だっただろう。白髪まじりの金髪は編んで、デイジーの花のように優美な形に結いあげてある。非の打ちどころなく仕立てられた高い襟の赤褐色のドレスが、首からつま先までを覆っていた。上品な顔立ちの中で賢そうな茶色の瞳がきらめいている。女主人はこんな朝早くに訪れたマーカスを非難するでもなく、恐れるでもなく、黙って受け入れるように見つめていた。動揺を隠すのがどんなに上手な者でも、彼の顔の傷跡を見れば一瞬ぎょっとして、あわてて取り繕うのがふつうだ。しかし、この女性は母親のようなやさしさを感じさせた。マーカスが実の母親――ほとんど記憶にも残っていない女性――にしか感じたことのない雰囲気をまとっている。

「閣下？」女主人はかすかに好奇心をのぞかせつつも、礼儀正しい表情を崩さずに尋ねた。「どんなものをお探しでしょう？」

マーカスは不安に襲われた。熱い手を握りしめ、喉の奥のかたまりをごくりとのみこむ。実際に若かった頃にも感じたことがないほど、今は自分が未熟な若造に思えてしかたがなかった。「ド、ドレスを探しているんだが」

女主人の顔にほほえみが浮かんだ。

「ご覧のとおり、いくつかございます。何か具体的なご希望はおありですか？」

「女性のためのものだ」

「そうでしょうとも」彼女はくすっと笑った。

マーカスは顔が熱くなった。自分が間抜けに思えた。

「どういう雰囲気の女性か教えていただけますか？」

マーカスは答えようと口を開きかけて、また閉じた。思わずうなり声が出てしまい、あわてて言った。

「ダニーはどういう雰囲気の女性だろう？　目を細めてふたりの旅を思い返した。頑固で、自分が正しいと思っていて、人に言うことを聞かせようとする」声を落としてささやいた。「気が強くて、明るくて、愉快で、どこまでも面倒見がよくて、そして……」急に気まずくなり、片方の手を口元に当てて咳払いをするとそっぽを向いた。

「そして？」女主人が謎めいた笑みを浮かべて先を促した。

マーカスはふたたび咳払いをした。顔が赤くなっているのを感じる。彼は口ごもりながら言った。「そして、わたしが知る限りで最も美しい女性だ」

「なるほど」女主人が訳知り顔で言う。「そういう女性なのですね」

マーカスは目をしばたたいた。自らの口から出た言葉に自分でも驚いていた。「〝そういう〟女性とは、どういう意味だ？」

「心から愛していらっしゃる女性ということです」

マーカスはわずかにのけぞり、女主人の頭上の一点を見つめた。たしかに心の中ではそう思っていたかもしれないが、それを口に出して言う心の準備はまだできていなかった。誰にも、そう、ダニーにも、まして会ったばかりの見知らぬ女性に打ち明けるつもりなどなかった。自分が理性を失った愚か者のようなふるまいをしているのが信じられない。

目の前の女性がふたたびくすっと笑った。マーカスはほっそりした体つきの女主人の背丈がちょうど彼の顎の下まであるのに気づいた。キャロと同じぐらいの背の高さだ。妹のことを考えると胃が痛んだ。自分が愚かなことをしようとしているのはわかっている。ジニーの財産を当てにして、なんとか彼女を言いくるめて結婚に持ちこむのだ。ダニーは横に並んで立つのが恥ずかしくない男を見つけて、父親にも承認してもらって結婚すればいい。彼女にはそういう種類の幸せがふさわしい――人目を避けてこそこそ生きているマーカスのような男とでは得られない幸せが。

しかし自分たちがもし捕まってしまったら、思い描いている未来も単なる夢想で終わってしまう。マーカスは一生を監獄の中で過ごすはめになるだろう。あるいは幸運に恵まれたとしても、縛り首で早めに一生を終えることになる。そう考えるとなおさら、ダニーに完璧なドレスを見つけてやろうという決意をかたくした。ダニーが将来そのドレスを目にしたときに、やさしい気持ちで彼のことを思いだしてくれたらうれしい。

「お眼鏡にかなうものがあるかどうか、いくつかお見せしますわ」

女主人は店の奥へと進んでいった。マーカスはついていくべきかどうか迷った。本当にこんなことをしていていいのか？　ダニーがどんなドレスを好むかも知らないのに。どんなドレスが似合うのかさえわからない。もしかしたら、午後にでも本人を店に連れてくるほうがいいのではないだろうか？

「マーカスさま？」

マーカスはびくりとして、視線を女主人へと向けた。穏やかにこちらを見つめ、安心させるようにほほえんでいる彼女を見て、足を前に踏みだした。まるで魔法にかけられたかのように、女主人を追って既製品のドレスでいっぱいの部屋の片隅へ向かう。

彼女はリボンやかわいらしいサッシュのついた橙黄色のドレスを着せられたマネキンを指さした。「こちらはいかがでしょう？」

マーカスは恐ろしいほど装飾過剰なそのドレスを着たダニーを想像してみた。すぐに首を振った。「全然似合わない」

「なるほど。それでしたら、こちらは？」

女主人は少し奥まったところにある別のマネキンを示した。深い緋色のベルベットに黒いレースの縁取りが施されたドレスだ。そのドレスはなかなかきれいだと思ったが、明らかにダニーが着るには色が暗すぎる。

またしてもマーカスは首を振った。

「そうですか」女主人は腕組みして、人差し指で優雅に自分の顎をつついた。マーカスはまたもや気まずさを感じ、わずかに上を見た。これと思えるドレスなど、ここにはないかもしれない。はたして自分にダニーが気に入るようなものを見つけられるだろうか。別の店に行って、また一から探し直さなければならないかもしれない。

そう思うとぞっとして、顔が青ざめた。

「あっ、そうだわ！」唐突に女主人が叫んだ。マーカスは仰天しつつも、期待に胸が高鳴った。彼女が店の裏手へ姿を消しているあいだ、マーカスは深呼吸を繰り返し、ひとりきりになった時間を利用して目を閉じた。

気分が落ち着くようなことを考えろと、自分に言い聞かせる。

不意に頭に浮かんだのはダニーの姿だった。こちらをやさしく見ている彼女のキャラメル色の瞳を見つめ返す。傷跡だらけの胸に触れてきたダニーのやわらかな手のひらの感触が思いだされた。彼女から立ちのぼっていたかすかなバラの香りがよみがえる。マーカスは体がこわばるのを感じた。胸の鼓動は静まり、これまで感じたこともないような平穏な気持ちに包まれていた。

「これならきっとお似合いになりますわ、マーカスさま」女主人がささやいた。

静かな声に、マーカスは飛びあがった。まぶたをあげると、またしても目の前に彼女が立っていた。マーカスは眉をひそめた。この女主人の態度にはどこか引っかかるものがある。しかし、それがなんなのかわからないうちに、眼前にドレスが突きだされた。まばたきをして目の焦点を合わせたとたん、息が止まりそうになった。

「これだ」マーカスはあえぐように言った。そのドレスをまとっているダニーの姿が鮮やかに脳裏に浮かんだ。

「そうだろうと思いました」女主人が勝ち誇った様子で言った。「ドレスの下につけていただくペチコートと、もう少し気軽なふだん用のドレスも一緒にお包みしましょうか？」

「ああ、頼む」マーカスは答えたが、目はまだドレスに釘づけだった。

「かしこまりました」女主人はすばやく姿を消し、しばらくするときれいに包装された包みを抱えて戻ってきた。

「この請求書の送り先だが――」

「いいえ、結構です。贈り物だと思ってください」

「しかし――」

「マーカスさまが幸せを見つけられることをお祈りしておりますわ」

マーカスは口を開いたものの、今言われたことに混乱して返す言葉を見つけられずにいるうちに、女主人はふたたび店の裏手へと消えていた。彼は口を閉じた。なんとも奇妙な女性だと思いながら、黙って店を出た。

もっと奇妙なことに気がついたのは、宿屋へ帰る道を半ば過ぎた頃だった。

マーカスが名乗ってもいないのに、女主人は彼を〝マーカスさま〟と呼んだのだ。


朝の光が小さな窓から差しこんでいる。日光に照らされたその部屋はずいぶんとみすぼらしかった。上半分に白い漆喰が塗られた簡素な壁の下半分は汚れて黒ずんでいる。そのよどんだ色が、きしむ床に溶けこむようにつながっていた。

ベッドもひどいもので、藁にほんの少し羽根が交ぜてあるだけだ。アナベルのような令嬢なら、こんなところでは寝られないと癇癪を起こすに違いない。ダニーはアナベルよりもずっと実際的だった。幼い頃から、ダニーはアナベルを落ち着かせるのに必要な錨のような存在であり、一方、芝居がかったことを好み、いたずらが得意なアナベルはいつもダニーを愉快な気分にさせてくれた。今ここにアナベルがいてくれたら、どんなにか心が安らぐだろう。

ダニーはきしむベッドの端に腰をおろし、脚を抱えて座りこんだ。着ているドレスは清潔で、アイロンがかかっている。足を包んでいるのは履き慣れたブーツだ。髪は一時間ほど前にとかして、きっちり編みあげてあった。部屋の隅に置かれた朝食のトレーはからになっている。出かける準備は万端だ。だが、行く気になれない。

昨夜はなかなか寝つけず、ぐっすり眠れもしなかった。目を閉じるたびに、マーカスの裸身が脳裏をよぎった。肌に走るピンク色の深い傷跡が浮かびあがって見えた。堂々と立っている彼は、ロンドン育ちの甘ったれた娘にこの傷跡が直視できるかと挑んできているようだった。同情も非難もせず、ただありのままの自分を受け入れられるかと。

マーカスの部屋で起こった出来事を思うと、頬が熱くなる。あの偵察兵の件があまりに心配で、ダニーは扉をノックすることなど考えもしなかった。そして、見てしまった……そう、すべてを。男性の体のことをまったく知らないわけではない。母からいろいろと教えられていたし、疑問に思ったことはアナベルにきけば答えてくれた。

マーカスのことを大柄な人だと思ってはいたが、裸の彼にはいっそう圧倒された。全身から男らしさがにおいたつようだった。マーカスが動くたびに筋肉が波打って収縮するさまに目を奪われた。最初はその力強さに息をのむばかりで、肌を覆う格子状の傷跡には気づきもしなかった。

傷跡が目に入った瞬間、ダニーがそれを見たことをマーカスも知った。彼は背筋を伸ばし、冷たくこわばった顔でダニーを見据え、目をそむけるなり不快さに顔をゆがめるなり、好きにするがいいと挑発してくるようだった。そんな反応をするのだろうと思われている理由がダニーにはわからなかった。社交界の同じ階級にいる人たちがまさにそんな反応を見せるであろうことは容易に想像できたが、マーカスがダニーのこともその程度の人間だと見なしているのだと思うと傷ついた。そして、腹を立てた。知りあってからわずかな時間しか経っていないが、ダニーは見た目だけでは判断できないマーカスのよさを理解していた。彼女が傷跡を見たぐらいで嫌悪感を抱くような人間でないことは、マーカスもわかってくれていいのではないだろうか？

マーカスは悪人でもなければ、無慈悲でもない。冷徹にならなければやりおおせない犯罪に手を染めようとしているとはいえ、彼が冷血漢ではないことをダニーは知っていた。マーカスは自分を守るために怒りとよそよそしさのかたい殻をまとっているが、その殻は簡単に割れるものだ。殻の下には傷ついた心と不信感が渦巻いているのがわかる。今では、彼がそうなってしまった理由もわかっている。

ジニーを助けだそうと必死になっていることだけでも、マーカスが本当はどういう人なのかが知れる。ただの財産目当てなら、ジニーを見捨ててロンドンに帰り、新しいカモとなる女性を探せばいいだけの話だ。マーカスはジニーに容赦なく殴られて蹴られても、自分は決して手をあげようとはしなかった。

それに、彼のあのキスときたら。自分で言っていたとおり、マーカスはとてもやさしかった。あの一瞬の触れあいで、情熱がゆっくりとふくれあがって爆発しそうになった。あんなふうに女性を慈しむことのできる人が、恐ろしい野獣であるはずがない。ダニーは人の本性を見抜く目には自信があった。駆け落ちを手伝うからには、そのふたりが本当に愛しあっているかどうかを見きわめるのも大事な仕事だ。

マーカスは心やさしい大男で、彼の行動にはいちいちもっともなわけがある。そのわけを、ダニーは今日なんとしても突きとめるつもりだった。いったい何が起きているのかを理解しないことには、これ以上一歩も先に進めない。

頭を膝にのせてため息をついた。マーカスにあんな傷を負わせたのはどんな人なのだろう？　傷は古く、白っぽくなって薄れてきていた。遠い昔につけられたものだ。ひょっとしたら、子どもの頃に？

ダニーは、マーカスが震える両手を握りしめて恐怖をこらえていたことを思い返した。予期せぬ物音に彼がひどく驚いていたことも。一緒にいるはずのマーカスの心が、不意に離れてさまよいはじめ、目に見えない記憶に押しつぶされていくのをダニーは感じていた。今なら、そのすべてに合点がいく。

マーカスはあの傷を受けた頃の記憶に今なお苦しめられているに違いない。彼がかつて経験した、そして現在も闘っている恐怖は、想像を絶するほどのものだろう。そしてマーカスの体には、その恐怖を思い起こさせるしるしがついている。自分自身を見るたび……服を脱いで鏡に映る自分を見るたびに、あるいは周囲の人々の視線に宿る恐れと嫌悪を感知するたびに、マーカスは恐怖を思いださずにはいられないのだ。

ダニーは喉の奥にこみあげたかたまりをのみこんだ。父は戦争から戻ってきた兵士たちの話をよく聞かせてくれた。戦場での経験で心をずたずたにされ、そのいまわしい記憶が一生消えない兵士たち。彼らやその家族に救いの手を差し伸べるための法案を可決するため、父は奮闘していた。兵士たちの多くは、文明社会では生きていけないほど心を病み、最後には精神病院に入れられてしまう。

ダニーは扉のほうにちらりと目をやった。マーカスはどれほどのつらさに耐えてきたのだろう。彼の人生を思うと、救いのない絶望を感じずにはいられなかった。

扉に小さなノックの音がした。ダニーはため息をついて思考を中断し、扉を勢いよく引き開けた。マーカスが今度はちゃんと服を着て立っていた。挑戦的な目をして言う。「こういうふうに人を迎えるのがきみのやり方なのか、ミス・グリーン」

ダニーは赤面し、顔をしかめた。寝つかれずにいたあいだはずっと、マーカスに謝ろうと心に決めていた。けれども、いざ彼の警戒した顔を目の当たりにすると、何を言えばいいかわからなかった。同情を示すのが間違いだということはわかっている。マーカスは誇り高い人だから、哀れみは受けつけない。ここは何もなかったようにふるまうべきだろうか？　彼のことなど気にしていないというふうに？　しかし今となっては、気にしていないふりなどできそうにもない。

マーカスはダニーに選択の余地を与えず、包みを押しつけてきた。ダニーの手の中で茶色の紙がくしゃくしゃになる。彼女は包み紙をまとめている細く白い紐を指でなぞった。

「これは？」

「包みだ」

疑わしげなダニーの目を見て、マーカスの顔にからかうような笑みが浮かんだ。

「本当はなんなの？」彼女は詰問した。

マーカスは咳払いをした。急に気まずさを感じたらしい。「贈り物だ」

ダニーは目を丸くした。思わず包みを彼に押し返していた。「受けとれないわ」

マーカスは傷ついた顔になり、信じられないとばかりにダニーを見つめた。「なぜだ？」

「レディは紳士からの贈り物を受けとってはいけないの」

マーカスが顔をゆがめた。厚い胸の前で腕組みすると、腕の筋肉が盛りあがった。

「そういうことなら、わたしは紳士ではない」

やわらかな包みをつかんでいたダニーの手に力がこもった。彼女はためらった。

不意にマーカスが表情をやわらげた。「突き返す前に、せめて中身を見てみるぐらいの思いやりは示してくれてもいいんじゃないか？」

ダニーは唇を噛んだ。好奇心が勝った。包み紙を破ると、バラ色の生地が見えた。驚いて紙をすっかり取り去ると、これまでに見たことがないほど美しいドレスが現れた。やわらかなモスリンが指のあいだをすべり、優雅に下へと広がった。スカートには繊細な刺繍で真紅のバラが描かれている。胸元には白いサテンのリボンが結ばれ、袖と襟ぐりはレースで縁取られていた。なんとも美しいドレスだ。

マーカスの思いやりに心を打たれ、ダニーは胸があたたかくなった。マーカスは自分の抱えている悪魔と闘いながらも、彼女がもらした衣装への不満を聞き逃さなかったのだ。そして、ダニーを喜ばせようと努力してくれた。ダニーはドレスから視線をあげて、心配そうに見ているマーカスの目を見つめ、まばたきをして涙をこらえた。

彼はわたしのことを思ってくれている。こんなふうに、自分が特別な存在だと感じられたのは何年ぶりだろう。贈り物にこんな力があることをすっかり忘れていた。父は忙しすぎて、ダニーがどんなに父を喜ばせようとしても、その努力に気づくことさえない。未来の婚約者からも、愛情のしるしを与えてもらったことはない。

目の奥にわきあがった涙が今にもこぼれ落ちそうだった。全身を駆け抜けた感情の激しさにわれながら驚いて、ドレスをきつく抱きしめた。ほとんど赤の他人と言っていい人が、本当なら彼女が憎んで当然の相手が贈り物をくれたのだ。バラ色のドレスを。

マーカスの顔に混乱の色がよぎった。「泣いているのか。気に入らなかったんだな」

彼はドレスを取り返そうと手を伸ばした。理性の声とは裏腹に、ダニーは自分がそのドレスを手放すつもりなどないことを悟った。「違うわ！」

マーカスが凍りついた。

「とても気に入ったの。本当よ。わたし、その……ありがとう」深く考える間もなく、ダニーはマーカスの腰に抱きついていた。ドレスがふたりのあいだにはさまれた。ぶつかった拍子に、彼のスパイスのような刺激的な香りを吸いこむ。マーカスの香りだ。彼女の胸に幸福感がわきあがった。

唐突にマーカスが体を引いた。高い頬骨のあたりが赤く染まり、明らかに落ち着きを失っている。「ああ、それならいい」ちらりと天井に目をやり、咳払いをしてからふたたびダニーに視線を戻した。「きみが着替えたら、下で落ちあうということでどうだ?」

ダニーは黙ってうなずき、濡れた顔をぬぐうと扉を閉めて部屋に戻った。

たたんで置いたドレスを見つめた。あの人が自ら世間に思わせようとしているような恐ろしい怪物ではないことを示す新たな証拠がここにある。マーカスは思いやりがある。わたしの言葉に耳を傾けてくれる。わたしのことを理解してくれる。

ジニーを誘拐した理由をマーカスに問いただすことなど、もうどうでもいい。彼の行動を説明してもらわないと先に進めないなんて、もうそんなことは言わない。わたしは今や身動きが取れないのだから、マーカスを信じるしかない。彼はいつかきっと教えてくれるだろう。体をわたしに見せたときに、魂までさらけだしてくれたように。わたしの疑問に対する答えは、マーカスが話してもいいと思えるときが来たらきっと話してくれるはずだ。

薄いキャンバス地のスリップをすばやく脱ぐと、ドレスの下にあったペチコートを身につけた。こんなきちんとした格好をするのは何日ぶりだろう。ダニーはほっとした。これでもう人から後ろ指をさされたり、ばかにされたりせずにすむ。しかしバラ色のドレスを今すぐ着て歩きたい気持ちを抑えて、その下にあった簡素な青のドレスを手に取った。泥だらけの田舎道をバラ色のすてきなドレスで歩くのはもったいない。あのドレスを身にまとうのにもっとふさわしい機会があるだろう。

繊細な磁器を包むようにバラ色のドレスを包み直すと、ダニーはそれを麻袋にしまい、廊下へ出た。階下におりると、酒場には続々と人が入ってきていた。宿屋の女主人が近づいてくるダニーに気づき、カウンターの奥からほほえんだ。

「おはよう、アースラ。もう大忙しみたいね？」ダニーは首をかしげて酒樽を囲んでいる男たちを指さした。

「ええ、そうですよ！　一年のこの時期になるといつもこうです。お嬢さんとお兄さんに何かご用意しましょうか？」

「ゆうべ、馬を二頭お願いしておいたんだけど」

アースラがにっこりした。「承知しました。そろそろお出かけだと馬番に伝えます」

ダニーは向き直ってさっと室内を見渡した。あの偵察兵がいるかもしれない。彼女の視界には入らなかったが、だからといって、いないとは限らない。「マーカス？」ダニーは彼の腕をつかんだ。マーカスがためらいがちにその手に目をやる。ダニーは手を離そうとはしなかった。離せばマーカスは拒絶のしるしと受けとるだろうし、彼がそれを予期しているのがダニーにはわかった。「馬の用意はすぐにできるわ」

マーカスは眉をあげ、袖をまだつかんでいるダニーの手に視線をさまよわせた。それから表情を消し、顔をこわばらせてうなずくと、彼女の手を外させた。一瞬、指先がダニーの手の上にとどまったが、マーカスは背を向けて出口に向かった。ダニーはこぶしを握りしめた。さっきのマーカスはあんなにすてきだったのに、今はまるで彼女が何か過ちでも犯したかのようだ。あのときはふたりの心が通じあった、友情が芽生えた気がしたのに。友情以外にどんな理由があって、マーカスはあのドレスを贈って思いやりを示そうとしたのだろうか？

ダニーはマーカスを追いかけた。中庭を出ると、彼が厩舎の入り口にいるのが見えた。早くもがっしりした栗毛の牝馬にまたがっている。マーカスが鞍に腰を落ち着けると、馬は頭をもたげ、はやる気持ちを抑えきれないかのように手綱を引っ張った。

ダニーは足を速めた。馬番が手伝おうとするのを手を振って退け、軽々と鞍にのぼって横座りになった。黒い去勢馬の首筋を撫でてやると、馬は物憂げにいなないて地面を引っかき、おとなしそうな茶色の目をくるりとまわした。視界の隅で、マーカスがこっそりほほえんでいるのが見えた。

もちろん、彼は自分の乗りたい馬を勝手に選ぶ――そういう人だ。

馬番の手から手綱を受けとり、ダニーはマーカスに甘い笑みを向けた。

「道を半分過ぎたあたりで、馬を交換しましょうよ」

マーカスの笑みが満面に広がった。あまりにすてきな笑顔に、ダニーの怒りは吹き飛んでしまった。「それはありえないな」

ぴしりと鞭をくれると、マーカスは馬の下腹部にかかとを押し当てた。牝馬は庭の人込みをものともせず駆けだした。ダニーは小声で悪態をついてあとを追った。自分の乗っている小柄な馬ではマーカスを追い越せないことは充分にわかっていたが。

ふたりは宿屋を発ってからほとんど言葉を交わさなかったものの、複雑な意味などないその沈黙は心地よいものだった。追っ手が来ていないことを確認するために何度か森の中に入って遠まわりしながらも、一時間足らずで村の祭りが開かれている広場の外周に着いた。マーカスが馬を降り、ダニーも急いであとに続いた。

「村を見てまわるのがいいと思う」彼は穏やかに言った。「ジニーの居場所か、追いはぎどもの野営地の手がかりが見つかるかもしれない」

ダニーはうなずき、マーカスがすいすいと屋台のあいだを縫って進んでいくのを見つめた。彼にならって歩きながら、売り子たちの会話に耳を澄ました。色とりどりの旗のように店先に並べられた生地やリボンが華やいだ雰囲気を作りあげている。さまざまな色の宝石が朝日を浴びて輝いていた。かつてのダニーなら、祭りを大いに楽しんで散財するだけの時間も資金もあっただろう。しかし今日は、刻一刻と無為な時が流れていくのをいらだちながらやり過ごすことしかできない。こうしているあいだもジニーは救いの手を待っている。そして、自分たちはいつ海軍司令長官が差し向けた偵察兵に見つかるかもしれなかった。

必要な情報さえ手に入れれば、すぐさまジニーのもとへ飛んでいくのに。

　隣の屋台の前にいたマーカスと落ちあうと、彼が言った。「わたしはすぐ戻る。少しこのあたりを見てまわってくれ。目と耳をしっかり開いて」ダニーに無造作に手綱を渡して、人込みの中に分け入った。マーカスの顔にある傷跡を見たとたん、人々が道を空けた。

　ダニーは去っていくマーカスの背中をにらみつけた。二頭の馬を引いて人込みを離れると、ミートパイの屋台のそばで待った。ふたつめのパイも最後のひと口を残すだけというところで、ふとマーカスは追っ手に捕まってしまったのかもしれないという恐怖がわきあがり、胃がひっくり返りそうになった。やっと姿を現したマーカスは、きちんと包装された包みを小脇に抱えていた。目が合うと、彼がほほえんでいるように見え、ダニーは安堵のため息をついた。

　からかいたい気持ちを抑えきれず、両手を差しだした。「それもわたしにくれるの？」

　マーカスが鼻で笑った。「違う」

「あら！　そうなの。てっきりもらえるものと期待したのに」

「きみを急に甘やかすのもどうかと思ってね」

　ダニーはそっとほほえんだ。こんな軽口を叩けるのが楽しい。マーカスが持っている包みが自分への贈り物ではなかったことを、彼女は内心で喜んでいた。もうこれ以上、贈り物は受けとれない。「それって、この先があると期待していいということかしら」

　マーカスが声をあげて笑った。

「そうかもしれないな。きみがわたしの忍耐力を試すようなまねをしなければ」

ダニーは頭を傾けてわざとじろじろ包みを見た。「それはなんなの？」

「食料だ」

「まあ」ダニーは失望を押し隠そうとした。もっと興味深いものを期待していた。「でも、わたしはミートパイを食べたばかりよ」

「夜になって腹がすいたら、わたしの買い物をありがたく思うはずだ。ジニーに関する手がかりは何か見つかったかい？」

「いいえ。あなたのほうは？」

マーカスは眉をひそめた。「どうやらこの村の連中は、追いはぎどもを非難するどころか称賛しているふうだ。盗賊グリーンは地元の英雄だよ。店主のひとりが言うには、連中はここから北に行ったところに野営することが多いらしいけれど、それ以上は誰も何も教えてくれなかった。酒が入ればもっと口が軽くなるんだろうが、そんな時間まで待ってはいられない。ここはどんどん人がやってくる。北へ向かって、連中が通った痕跡が残っていないか捜すとしよう」

ダニーはうなずいた。そこではじめて、マーカスの額に汗が浮かび、かすかに両手が震えていることに気づいた。彼女は唇をなめ、急いでパイの最後のひと口を食べ終えると、水で薄めたワインをすすった。マーカスのしかめっ面を見て、ダニーは自分がまた何か過ちを犯したらしいと気づいた。ため息をついて尋ねる。「今度は何がいけなかったの？」

マーカスは答えなかった。ダニーはパイの肉汁をなめとった指に彼の視線が注がれていることを悟った。胸の奥がかっと熱くなり、鼓動が速まる。たちまちマーカスの唇がダニーの唇に触れた瞬間の記憶がおぼろげによみがえり、彼女はぎこちなくつばをのんだ。マーカスの血管の浮きでた首筋にかかる濡れた髪から、しずくがしたたり落ちたさまが脳裏をよぎった。

マーカスが片方の手を伸ばした。彼の目に吸いこまれ、ダニーはその手に向かって体を傾けた。マーカスに触れられるのを予想して、心臓が跳ね、肌がぴりぴりした。マーカスの体温をじかに感じたくてたまらなかった。豊かな白に近い金髪の頭を両手で包みこみたい。彼の下唇のくぼみを舌でなぞりたい。

マーカスの息が顔にかかり、体の中心に震えが走った。「ダニー」

とたんに、ありえないほど世界が回転しはじめた。

そのとき、ダニーは背中を乱暴に押された。前のめりになった彼女を、マーカスが荒々しいうなり声をあげて抱きとめた。押した男とその仲間たちがあざけった。

「この道をまっすぐ行けば宿屋があるぜ！」

ダニーは赤面した。生まれたときからずっと、きちんとしたふるまいをするよう躾《しつ》けられてきた。伯爵は自分との結婚を待っているし、ジニーを早く救出しなければならない。それなのに、あの日、目の前にいるこの人がわたしの店に入ってきてからというもの、いったいわたしはどうなってしまったのだろう？

あわててマーカスの腕から飛びのくと、周囲の人々が訳知り顔でにやにや笑っているのに気づいた。腹立たしげににらむ者、呆然と見つめている者もいる。そんなふうに人を批判しない顔が見たくて、ダニーはマーカスに向き直った。彼はまったくの無表情になっていた。しまった。マーカスの腕から飛びのいたことが、彼を拒絶したように見えたに違いない。マーカスはきびすを返し、決然と祭り会場から出ていった。

ダニーは混乱し、二頭の馬の手綱を引いて彼のあとを追った。人込みを抜けて急ぐ。もしかしたら、マーカスが腹を立ててくれてよかったのかもしれない。ふたりがこの先一緒になれる可能性はないのだ。今は気の毒なジニーを救うことに集中しなければ。

「マーカス、もっとゆっくり歩いて」

マーカスが立ちどまった。しかしダニーがマーカスの横まで来ると、彼がダニーのために止まったのではないことがわかった。マーカスはいきなり横に一歩寄ってすぐ近くの角を曲がり、ダニーを乱暴に引き寄せると背後をじっと見つめた。男がひとり、布地を扱う店の売り子にショールを売りつけようとしている。

「あのショールがわかるか？」

それは端にオレンジ色の縞模様が施された紫のショールだった。それ以上近寄らなくても、何が描かれているかはわかった。月桂樹だ。

「ジニーのショールよ。それにあの男、わたしを襲った追いはぎだわ」ダニーは盗賊グリーンの仲間を見つめた。

「ああ、まさにあいつだ。あとをつけよう」

こんな幸運に恵まれるなんて信じられない。ジニーはきっと近くにいる。それに――とダニーは少し悲しい気分で考えた。じきにジニーを無事に連れ戻し、この旅は終わる。

でも、そうしたらマーカスはどうなるのだろう？

ダニーは彼の集中している顔を見つめた。ジニーが父親にマーカスのことを言えば、彼はただちに縛り首になるか、そこまでいかずとも間違いなく面倒な立場に立たされる。そんな事態になるのは耐えられない。

「くそっ！」

マーカスが怒りに満ちた声を吐いた。男がすばやく店を離れたのだ。急いであとを追おうとしたが、祭り会場へと向かう人波に押し戻された。やっとの思いで人込みをかき分け、マーカスとダニーは深い森の手前の小さな空き地に出た。マーカスは祭り会場の端に沿って走ってみたが、森へ入る道に男の姿は見えなかった。まだ祭り会場の中にいるのかもしれない。

ダニーとふた手に分かれて再度捜したものの、やはり見失ったと認めるしかなかった。

ダニーは空き地の向こうの森を見つめた。ジニーはそのどこかでとらわれている。奥に広がる深い緑を見つめていると、ふと罪悪感がこみあげた。自分が今はまだマーカスとの未来について結論を出さずにすむからといって、こんなに喜んでいてはいけないのだ。

14

今や表に出てしまった欲望と願望を、さらに大きくすることを美女は恐れました。彼女が黙っていれば、嫉妬深い姉たちがさらにひどい悪口を言うかもしれません。

チャールズ・ラム『美女と野獣』

村を出た場合に遭遇しうるあらゆる危険を考えた結果、ふたりは宿屋へ戻ることにした。

ダニーはマーカスの言い分に反論できなかった。森を捜索するのは危険だし、おそらく成果は得られないだろう。道に迷うかもしれないし、また盗賊グリーンに襲われるかもしれない。あっという間に暗くなって身動きもままならなくなり、森の中で夜を明かすはめにもなりかねない。それに祭りが開かれているあいだは、追いはぎは村から出ていこうとはしないだろう。大勢の人が集まれば集まるほど、人込みで財布をすったり、村に向かう路上で旅行者から金品を奪ったりするのに好都合だ。

マーカスとダニーは明日また祭り会場に行ってみるつもりだった。今度はもっと準備万端で臨み、連中のねぐらを突きとめてジニーを取り戻さなければならない。海軍司令長官の放った偵察兵の姿が見えなかったことからすると、彼はもうこのあたりにはいない可能性が高かった。昨日の晩も無事に宿屋で過ごせたのだから、今夜もうひと晩ぐらいは大丈夫だとマーカスは言い張った。それで敵と同じ屋根の下で一夜を過ごす事態になるかもしれないという可能性はひとまず置いて、ふたりはそれぞれの部屋にさがることにした。

宿屋に着いたのは太陽が沈みゆこうとしている頃だった。〈ジャケット・イン〉はとても人気があるらしく、あたりが暗くなるにつれて喧噪は大きくなった。ランタンには火がともされてやわらかな光を放っている。馬番たちが駆けまわり、宿泊客の用を言いつかっていた。ダニーとマーカスのもとにも下働きの少年が近づいてきて手綱を受けとり、馬を廏舎まで引いていった。ダニーは馬から降りながら、元気な馬をひとり占めにして彼女を乗せようとしないマーカスに文句を言いかけた。だが宿屋の騒ぎに目をやったマーカスのしかめっ面は険悪としか言いようのない表情で、ダニーはここは黙るのが得策だと判断した。

宿屋の扉を開けると、あふれんばかりの人がいた。前夜よりもさらに騒々しい。人々は隣にいる人の大声に負けじと声を張りあげ、酒樽に近い一角ではどっと笑い声が起こった。汗とこぼれた酒のにおいが戸口からもれだし、ダニーは突き飛ばされたかのように思わずあとずさった。騒音は耳を聾《ろう》さんばかりだ。彼女は気を落ち着かせ、意を決して中へ入っていった。マーカスが後ろからゆっくりついてくるのがわかった。緊張で口元に深いしわが刻まれている。彼は戸口の外で一瞬足を止め、血の気のない顔で室内を見渡した。呼吸が浅くなっている。めまいでも起こしたかのように、壁際にたどりつくと震える両手をついた。

まだ宿屋に戻らないほうがよかったのかもしれない。夜までに帰れさえすればいいのだから、今頃はまだ森の中でジニーを捜していられた。運がよければ彼女を見つけだして、グレトナ・グリーンに向けて出発できたかもしれなかった。ダニーはうめいた。しかしジニーを見つけたとしたら、今度はマーカスの計画からジニーを取り返す策を練らなければならなくなる。ダニーの人生はどう転んでも簡単ではなさそうだった。

マーカスはそれとわかるほど体が揺れていた。ダニーはためらいがちに彼に触れた。

「大丈夫？　あなたがそうしたければ、今ここを発ってもいいのよ」

マーカスのいらだちの表情を見て、ダニーはいくらか安心した。今では彼の心が読めるようになっていた。マーカスは群衆に対する恐怖を、怒りという形でダニーに向けている。怒りなら彼女にも対処できる。ダニーはうんざりした顔で片方の手を振った。

「いいかげんにわかって。いつもあなたにそんなふうににらまれて叱られるのには、飽き飽きしているんだから」

マーカスはさらに目を細めただけだったが、恐ろしい顔つきがゆっくりとほぐれ、怒りがややおさまったようだった。目にも明らかなその変化に、ダニーは思わずほほえんだ。

それを見て、マーカスが歯をむきだしてうなった。

「あら、そう」ダニーは息を吐いた。「そうやっていつまでも子どもみたいに駄々をこねているといいわ。わたしは別の入り口を捜すから。あそこで知らない人たちと押し合いへし合いしていたくはないもの」

マーカスが追いかけてくるかどうかは自信がなかったが、ダニーは扉を乱暴に閉めて廏舎のほうに向かった。背後で砂利を踏む足音を聞いて、いからせていたダニーの肩から力が抜けた。振り返りたい思いをこらえ、満面に笑みを浮かべた。マーカスはダニーの望みどおりに動いてくれている。どうしてもっと早くこの戦術をとらなかったのだろう。マーカスといる時間が増えるにつれて、彼女の判断力はどうも鈍っているらしい。

ダニーはほとんどスキップする勢いで廏舎の中にいる少年のもとへ向かった。振り向いた少年はダニーを見て驚いた顔になり、彼女の背後に視線を走らせてさらに目を丸くした。マーカスだわ、とダニーは思った。切りつけられたかのように胸がうずく。マーカスはなんでもないただの男なのに。

「何かご用ですか？」少年が緊張した声で言った。

「宿屋に入るのに、別の入り口があれば教えてもらえないかしら？　中が恐ろしくこんでいて、酔っ払いたちをかき分けて進む気になれなくて」

「いいですとも！　裏にまわれば、厨房への続き部屋に入れますよ」

「ありがとう」ダニーはほほえんで礼を述べ、少年に教えられた方向へと急いだ。相変わらず背後で砂利を踏む音を聞きながら、小さなハーブ園のそばにある裏口に着いた。

突然、目の前にマーカスが現れ、行く手をさえぎった。ダニーは一歩あとずさって腕組みした。マーカスはしばらくダニーをにらみつけてから口を開いた。その声は低く、脅すような響きだった。「きみがどういうつもりかはわかっているが、それは感心しないな、ミス・グリーン」

ダニーの心は沈んだ。マーカスの自尊心を傷つけることなく、彼を思いどおりに動かせると思ったのに。ダニーは腕を体の脇におろし、肩をすくめた。

「あなたが何を言っているのか、さっぱりわからない。そこをどいて、通してちょうだい」

「さっぱりわからない？　ばかにするな。わたしが人込みを嫌っているのは知っているだろう」

「それはすぐにわかることよ。あなたは目が血走って、両手が震えていたもの。この前の晩は、酒場からすばやく逃げだすこともできなかったし」

「これだけははっきりさせておく」マーカスがうなった。「わたしはきみの助けなど欲しくないし、必要ともしていない。きみが現れるまで、わたしはひとりでちゃんとやれていたし、これからもちゃんとやれるだろう。グレトナ・グリーンに向かうことができさえすれば。きみは目的を達成するための単なる手段にすぎない」

ダニーはまるで殴られたかのように後ろにさがった。つまりはそういうことだ。何も驚くことではない。彼女は背筋を伸ばし、決然と顎をあげた。マーカスはこのばかげた計略をやり通す気だ。おびえている女性を無理やり結婚させて、わたしにはもう二度と会わないつもりでいる。

ダニーはマーカスがぶっきらぼうな見かけの下に思いやりあふれる心を隠しているのを知

っていたが、それでもやはり彼は野獣だった。財産目当てでジニーと結婚しようとしている。そう考えただけで、ダニーは実際に胸を刺されたかのような痛みを感じた。まぶたの奥に涙がこみあげた。マーカスは無表情で、よそよそしい目をこちらに向けている。またあの防御壁を築いてしまったのだ。「どうしてジニーの持参金が必要なの、マーカス？　ゴシップ紙が報じているみたいに、実際そんなにお金に困っているの？」

マーカスはダニーと同じ姿勢で向きあった。その目からは何も読みとれない。いや、もっと悪いことに、なんの感情もそこには表れていなかった。答える気はないらしい。一生答えるつもりがないのではないかとダニーは怖くなった。もっとも、いつまでも彼のことを心配してあげられるわけではない。最初は、マーカスがロンドンを出た瞬間に警告してやるだけのつもりだった。そのあと森の中では、ジニーだけでなくマーカスのことが心配でたまらなくなった。だが、もうどうでもいい。マーカスがダニーのしていることを社交界に暴露するという脅しを実行に移す気なら、好きにすればいい。今後、ダニーが心配するのはジニーのことだけだ。

「酒に溺れて問題を忘れることを〝ちゃんとやれる〟と言うのなら、あなたは正面玄関から入っていけばいいわ。いくらでも浴びるように飲めばいい。わたしはここから入るから。そこをどいてもらえる？」

マーカスは押し黙ったまま立ち尽くしていた。

ダニーはこぼれそうになる涙を押し戻し、歯のあいだからうなり声をあげた。「マーカス・ブラッドリー、今すぐそこをどかないと、わたしはどんな行動に出るかわからないわよ」

マーカスはダニーを頭のてっぺんからつま先までじろじろ見て、にやりとした。脅しが口先だけだと思っているのだ。マーカスの目には、わたしはなんの価値もない女だと映っている。信じられない。彼を助けようとするわたしの誠実な努力をばかにするなんて。マーカスという人を見誤っていた。まったく間違っていたわ。

怒りのあまり、ダニーは仕返しに打ってでた。奥歯を嚙みしめ、マーカスの足を思い切り踏んづけた。マーカスが体勢を立て直す前にどんと突いて横を通り過ぎ、扉を乱暴に閉めた。

厨房で働く従業員が当惑した顔で近寄ってきて、これだから女は感情的で困るとぶつぶつ言いながら、雑然とした空間を先導してダニーを廊下へ案内した。その先に、二階へと続く階段があった。数メートル先の談話室からお祭り騒ぎが聞こえてくる。ここは酒場の奥のようだ。カウンターの後ろに立ったアースラがダニーには見えない誰かと話をしていた。

ダニーは人込みをかき分けて歩いていった。ひとりの男が進みでて彼女の腕をつかもうとした。その顔には、求めているのは単なる話し相手ではないと書かれていた。ダニーは急いで横によけて、酒を運ぶトレーにぶつかるのをすんでのところで回避し、アースラの横でようやく止まった。アースラが驚いた顔でダニーを見た。

「レディ・ブラッドリー！　お戻りだとは思いませんでした。何か問題でも？」

ダニーはかぶりを振り、酒場でアースラと話していた男を無視して彼女に言った。「兄の体調がまだすぐれなくて、出発できないの。今夜も泊まれる部屋はあるかしら？」

アースラは話の途中ですでにうなずいていた。

「もちろんです。昨日と同じ部屋を使ってください」

「ありがとう、ミス・アースラ」

「失礼します。ダンスの前に床を掃除しなければならないので」

ダニーはカウンターにもたれ、女性従業員が通るのをやり過ごしてから階段に向かおうとした。談話室からはヴァイオリンの不協和音が響いている。

「ダンスをどうだい？」

ダニーが振り向くと、そこにはアースラが先ほど話しかけていた男がいた。親しげなほほえみを浮かべ、さほど酔ってはいない様子だ。ダニーはこのまま部屋に戻って、ひとりでいろいろ悩みたくないと思っている自分に気づいた。

こんなふるまいをするのが賢明でないことはわかっていた。危険すぎる。彼女は群衆をざっと見て、海軍司令長官の偵察兵がいないか捜した。大勢の村人が詰めかけた部屋はとても騒々しく、ダニーが真横にでも行かない限り偵察兵にも見つけられないだろう。ジニーのことを思うと、一瞬後悔の念が胸をよぎった。自分が作りだすのに手を貸してしまった混乱をおさめるためなら、どんなことでもしたいと思っているのに。続いてマーカスの怖い顔が脳裏に浮かび、後悔の念を怒りが消し去った。マーカスがどう思おうが関係ない。彼自身がはっきり言ったのだ。わたしは目的を達成するための単なる手段にすぎないと。

目の前の男は魅力的な笑みをたたえてダニーを促し、手を差しだした。ダニーは了承した。すべてを忘れて、ほんの少しぐらい楽しんでもいいだろう。

男の手を取り、ダンスフロアの中央へと導かれた。楽器の調律が終わってカドリールを踊るための演奏がはじまる。ダンスをする者はあわてて位置に着き、人々がぶつかりあうたびに笑い声が巻き起こった。ほかの者たちの用意が整った頃には、ダニーのパートナーは早くも彼女をリードして見事にターンさせていた。ダニーは人の列を縫うようにして踊った。こんな田舎で楽しめるとは思いも寄らなかったほどしゃれた音楽が次から次へと流れる。この宿屋が繁盛しているのも当然だ。

ダンスの次のステップで、ダニーはパートナーに近づいた。最初に思っていたよりも男はずっと酔っているようだ。顔を上気させ、両手で彼女の体を包みこもうとする。一度ならず、ダニーは背中のずっと下のほうへとすべっていく男の手をすばやくつかんでどかさなければならなかった。魅力的だと思ったほほえみに、しだいに邪悪な凄みがにじみはじめている。ダニーは興ざめして、逃げだそうと人込みのほうに向きを変えた。

男がいきなりダニーを抱きすくめ、覆いかぶさるようにして彼女の耳に唇を這わせた。ダニーは不快さに縮みあがり、彼女の全身を興奮で震わせたマーカスのことを心ならずも思いだした。見知らぬ男がさらに体重をかけてダニーにのしかかり、彼女は心も体も痛みに押しつぶされた。「きみはかわいいな、お嬢さん」

そう言われて喜ぶ人もいるかもしれない。ダニーはそうではなかった。

「どこかに座ったほうがいいんじゃないかしら」

男が顔をあげた。濁った目がかすかに光る。「いや、それよりもう一曲踊ろう」

「もう充分よ。ここで失礼させてもらうわ」

男の目が細められ、ダニーの背中に置かれた両手が下に向かった。低すぎるほどの位置だ。男はダニーを引き寄せて自分の体に密着させると、アルコールくさい息を吐きかけて彼女の首筋に顔をうずめた。ダニーは逃げだしたかった。今すぐに。

体を引こうとしたが、男の力は強かった。鼓動が速まる。この不快な状況はもはやダニーの手に負えないところまで進んでしまっていた。

そのとき、怒りに満ちた声が轟き、男が不意に彼女から離れた。ダニーの前にマーカスが現れ、自分よりも背の低い男の喉を締めあげている。男は空中で足をばたつかせた。ダニーは愕然として、マーカスの腕を強く引いた。「やめて、マーカス！」

マーカスは恐ろしい形相をしていた。しわの寄った額には汗が浮かび、あえいでいる男の喉をつかむ手は激しく震えている。やっとマーカスがダニーと目を合わせたとき、彼女はその目の中にすさまじいほどの怒りの炎が燃えているのを見てとった。ダニーはあとずさり、マーカスの腕から手を離した。はじめて、マーカスが発揮しうる力を心から怖いと感じた。

マーカスがダニーのダンスのパートナーを揺さぶった。「彼女に近づくな！」

男はむせながら同意し、マーカスの大きな手につかまれながらがくがくと頭をうなずかせた。マーカスが手を離したとたん、男は床にくずおれた。ダニーは男が大丈夫かどうか駆け寄って確かめようとしたが、マーカスは彼女を扉のほうへと引っ張っていった。ダニーは抵抗しなかった。振り返ると、周囲の見物人たちが男を助け起こしているのが見えたので、ほっとした。

マーカスはダニーを向き直らせ、礼儀作法上ふさわしくないほど近くに引き寄せた。息をはずませ、目をあちこちに向けて出口を探す。「来い」

ダニーに拒否権があるはずもなかった。

マーカスは彼女の腕をつかみ、客室のある二階へと階段をのぼっていった。廊下を進み、自分の部屋の前で足を止める。

「きみはあんな男にダンスを許すべきではなかった」

ダニーもそれは重々承知していたが、彼女が何をし、何をしないかはマーカスが口出しすることではない。

「わたしは誰とでも、自分の選んだ相手とダンスをしていいのよ、マーカス」

マーカスは、ダニーが見たこともないほど醜く顔をゆがめた。

「あの男はきみにキスをするところだったんだぞ！」

ダニーは反論しようと口を開きかけたが、また閉じた。なぜ自己弁護しなければならないのだろう？　わたしがあの男をけしかけたわけじゃないのに。

「きみはいったいどういう女性なんだ？　あいつにキスをしてほしかったのか、ダニー？　あんな男にまつわりつかれてうれしいのか？　だったら、婚約者はどうなんだ？　だったら

「……」

マーカスが口を閉ざした。ますます不機嫌になった顔に苦痛までもが加わっていた。

「どういう意味よ、あんな男って?」ダニーは喉の奥のかたまりをのみこんだ。伯爵のことにはあえて触れなかった。

マーカスは歯をむきだし、くるりと目をまわした。「器量よしということだ」

ダニーは驚いてのけぞった。マーカスはわたしをそんな浅はかな女だと思っているの? 真実の愛を説き、幸せを求める恋人たちを危険も顧みずに助ける活動をしていながら、それでも男性の見た目しか気にしていない女だと?

ダニーは怒鳴った。「あなたは最低よ!」

「だったら、きみの婚約者はたいした伊達男なんだろうな。わたしは伊達男などと呼ばれるくらいなら、最低で結構だ」

ダニーはマーカスにつかまれていた腕を乱暴に引き抜こうとした。あまりにやるせなくてこみあげた涙をこらえ、彼を傷つけてやろうと、とっさに頭に浮かんだ言葉を口にした。

「いいえ、彼は伊達男じゃないわ。でも、傷ひとつない、ちゃんとした人よ!」

マーカスが目をしばたたいた。その目にはありありと苦痛が浮かんでいる。ダニーの声が文字どおり心の中を切りつけたかのように。マーカスはダニーの腕を放し、肩を落とした。

ダニーはたちまち後悔したが、口から出た言葉はもはや取り消せなかった。熱い涙がひと筋、頬を流れた。

マーカスのささやき声はほとんど聞こえないほどだった。「きみの言うとおりだ、ミス・グリーン。わたしがきみにちゃんとした男だと思ってもらえるはずもない。あるいは相手が誰であっても」

マーカスはあとずさった。何も目に入っていない様子だった。彼の部屋の扉が重々しい音をたてて閉まり、ダニーは身をすくめた。

彼女はそのまましばらく立ち尽くし、気持ちを落ち着かせようとした。すすり泣きがもれた。あえぎながら、やっとの思いで廊下を歩きだし、自分の部屋へと向かう。

わたしはなんということをしてしまったのだろう？

15

ああ！　震えないでくれ。おまえの意志が法になる。わたしが聞きたいのは、ある問いへの答え——おまえの目に映るわたしはおぞましくはないか？

チャールズ・ラム『美女と野獣』

ダニーはベッドの上に座り、朝方に見つめていたのと同じ壁を見ていた。白は不快で気が滅入る色だと、彼女は決めつけた。生気というものが感じられない、からっぽな色だ。ダニーは袖で頬の涙をぬぐうと、ベッドに入る用意をはじめた。シュミーズ姿になって、ドレスをきちんとたたんでいく。ブーツにブラシをかけて一日分の汚れを落とし、髪を三つ編みにした。早く毛布の下に潜りこんで、小さく身を丸めて眠りたくてたまらない。今ほどひとりのわびしさを感じたことはなかった。

自分のことは自分でしなければ。誰の助けも必要ないわ。本当に。

ため息をついてベッドに入り、脚を胸元に引き寄せて丸くなる。時間を巻き戻して一日の終わり方を変えられたらどんなにいいだろう。はじまりはすばらしかった。マーカスは彼女にあの美しいドレスを贈ってくれた。それに村にいたときは、彼にキスをされるのではないかと思った。ダニーはキスをしてほしかった。頭の片隅にはいずれ結婚することになる男性の顔がちらついていたけれど。

そして宿屋に入る裏口を見つけたときのダニーには、よかったという思いしかなかった。マーカスの力になりたかった。ところが、あの下劣な男が現れてダニーにキスをしようとし、マーカスの自尊心がそれを阻止した。彼女のやることなすこと、マーカスに誤解されているようだ。ダニーは目を閉じて涙をこらえた。

疲れ果てた一日のおかげで、最優先事項が何かを思いださせられた。理性ではジニーの奪還に集中すべきだとわかっているのだが、マーカスがそばにいると、どうもそれを忘れてしまう。彼は熱く燃えあがってダニーの欲望をかきたてておいて、そのあとは冷たくなってしまった。まるで彼女の存在そのものに耐えられないといわんばかりの冷ややかさだ。ダニーは混乱して、膝に目を押し当てた。

何よりも信じられないのは、自分がマーカスにぶつけた言葉だった。マーカスの苦悩をその目で見てきたダニーは、自分の言葉がどれほど深く彼を傷つけたかがよくわかった。マーカスは心の中であまりにも多くの悪魔と闘っている。ダニーには彼を助けるために活かせる経験が何もなかった。とにかくマーカスに謝らなくては……。

眠ろうと目を閉じた。今日という一日を終わらせたい。忘却の彼方に逃げ去ることができれば幸いだが、それはなかなか訪れなかった。何度も寝返りを打ち、最後は仰向けにじっとして、天井の茶色も嫌いな色だという結論に至った。今度マーカスに会ったときに何を言えばいいかがわかりさえすれば、こんなに不安におびえずにすむのに。

扉にうつろなノックの音が響いて、ダニーは飛びあがった。出ていくべきかどうか迷いながら木の扉を見つめる。この旅ではレディのたしなみをかなぐり捨てていた。だが階下で酔っ払いが大勢騒いでいるような宿屋で夜中に扉を開けるのは、いくらなんでも愚かすぎる行為だ。酔っ払いがいつ部屋に転がりこんでもおかしくないのだから。

またしてもノックの音が、今度は前より大きく響いた。続いて聞き覚えのあるうなり声が、訪問者の正体を告げた。ダニーは頭の中で、マーカスと話す心の準備はできているのかと自分に問いかけた。いいえ、まだ何を言えばいいのか決めかねている。

ため息をつき、シュミーズ姿の上に毛布を巻きつけて扉へ向かった。会話の糸口をつかんでマーカスとふたたび話せるようにするにはどうしたらいいか、ついさっきまで頭の中でもうひとりの自分とさんざん議論したのに。今、彼を拒絶すれば、二度とチャンスはめぐってこないだろう。

ダニーは解錠し、扉を開けた。マーカスは戸枠にもたれ、慎重に無表情を保っている。ダニーはすぐさま、何かがおかしいと気づいた。彼の額には玉の汗が浮かび、こぶしは体の両脇でかためられ、体は不自然なほどこわばっている。日に焼けた肌には血の気がなく、傷跡がいっそう目立っていた。

「入ってもいいか？」マーカスがぶっきらぼうに言った。

ダニーは脇にどいて、マーカスを通した。彼の様子が心配になり、今まで考えていたことも吹き飛んでしまった。

ほんの一瞬、扉を開け放しておこうかと考えた。しかし、ふたりの会話を他人に聞かれるようなことがあってはならない。扉を閉めて向き直ると、ほんの数センチしか離れていないところにマーカスの胸があった。ダニーを見おろす落ちくぼんだ目は瞳孔が開いていて、あの美しい緑の虹彩がほとんど見えなくなっていた。マーカスもダニーと同じくらい動揺しているらしい。彼女は何も考えずに手を伸ばし、マーカスの顔に触れた。彼の気持ちをなだめてあげたかった。マーカスが疲れきった目を大きく見開き、ダニーの手をつかんで自分の顔から引き離した。「やめるんだ」

ダニーはうなずいたが、どういうわけか傷ついていた。マーカスは目に見えるほど激しく体を震わせ、まぶたを閉じた。彼がじりじりと近づいてくるにつれ、体がどんどん熱くなってきた。マーカスが止まったときには、ふたりのあいだにはほんのわずかな隙間しか残されていなかった。

ダニーはその距離を縮めたかった。マーカスに触れられたときのあの衝撃を感じたかった。自分の体の上をすべる彼の両手を想像すると、力の入らない脚がかっと熱くなった。思考を曇らせるもやを振り払うように身震いし、マーカスの目の中に悲しみを見たとたん、感覚が麻痺した。

「本当にすまない」マーカスの声は感情があふれてくぐもっていた。「あんなことを言うべきではなかった。本気で言ったんじゃないんだ」

どっとこみあげた涙で、ダニーの視界がぼやけた。マーカスは途方に暮れて寂しげに見えた。彼を痛めつける残酷な現実以外のものをどうやって受け入れたらいいのかわからないという顔だ。ダニーは胸が痛みに締めつけられた。

「きみのために完全な姿でいたいが、わたしにはそれがかなわない。きみの婚約者とは違うんだ」

ダニーは怒りのあまり考えなしの言葉を投げつけた自分がますますいやになった。あの言葉を取り消せるものならば、そうしたかった。「マーカス、わたしもあんなことを言うつもりじゃなかったの。わたし、頭にきていたのよ」

マーカスは心がどこか別の場所をさまよっていて、ダニーの声が届いていないようだった。マーカスがふたりのあいだの距離を縮めた。両手がダニーのウエストに落ち、やさしくヒップの丸みをなぞった。

ダニーは驚いて体をこわばらせた。

「頼む。どうか……」マーカスが体を震わせた。「ほんの少しでいいからきみを抱きしめさせてくれ。もう……もう何がなんだか、いろいろなことが起こりすぎて耐えられない」

彼女は息をのみそうになるのを押し殺した。マーカスがそんなことを認めるとは思いも寄らなかった。彼がいかに感情的に消耗してしまったかがよくわかる。

ダニーがうなずくと、マーカスは疲れたように目を伏せた。ダニーが触れれば割れるガラスであるかのように、マーカスはそっと彼女に近づいた。頭をさげてダニーの首筋のくぼみにのせ、彼女の耳に鼻をこすりつける。あたたかな息がダニーの敏感な肌をくすぐった。マーカスの規則正しい呼吸がしだいにゆっくりになり、息を吸われるたびに彼女の体の奥がきゅっと締まった。彼に触れられることでかかった魔法が解けてほしくなくて、ダニーは身じろぎもせずに立っていた。驚かせるようなことをして、マーカスが離れてしまうのが怖かった。マーカスは彼女を信頼してくれている。今度こそ、彼を失望させたくなかった。

ふたたび口を開き、ダニーの耳元でささやいたマーカスの声は苦痛に満ちていた。

「きみがうらやましいよ、ダニー」

ダニーは驚いて目を見開いた。「どうして？」

「きみには子どもの頃の幸せな思い出がたくさんある。ご両親との思い出。彼らが愛しあっていたという思い出。ふたりがどんなふうにきみを愛したか。わたしにはそういう思い出がまるでない」

ダニーは息が詰まった。同情の念で胸がいっぱいになる。

「母は美しい女性だった。わたしに会いに来てくれるたびに、なんと優美な人なんだろうと思ったものだ。母に抱きしめてもらうととても穏やかな気分になり、安心感を覚えた。その日、どんなにいやな出来事があっても、たちまち忘れることができた」マーカスは言葉を切り、さも愛おしそうに言った。「母はカモミールの香りがした」

　彼は身を震わせた。ダニーはマーカスから放たれる悲しみで自分の心もはじけてしまいそうだった。唇をきつく噛みしめると、血の味がした。マーカスを強く抱きしめてあげたい衝動に駆られたが、彼が話すのをちゃんと聞きたかった。自分の質問や疑念に対して、こんな息をのむような答えが返ってくるとは思っていなかった。どうしてもこの複雑な男性をきちんと理解したい。いつの間にか片方の腕を伸ばして、なだめ励ますようにマーカスの背中をさすっていた。

「父は乱暴な男だった。母にひどく冷たく当たることもあって、母は父から逃げるために定期的に姿を消すようになった。母がいないと、父は酒を飲んでますます暴力的になった。そして、わたしは父の息子だから……父はすべての責任をわたしに押しつけた」マーカスはごくりと音をたててつばをのむと、話を続けた。「父は母があまりに長く逃げていると思うと、母を連れ戻しに行った。ときには文字どおり、母を引きずって帰ってくることもあった。最後に母がそんなふうに連れ戻されたのは、わたしが九歳で、キャロが生まれたときだ。わたしは……わたしは母が自分たちを愛してくれているのを知っていた。キャロとわたしのことを思い、父から守ってくれた。だが、そのあと母はキャロとわたしを置いてふたたび家を出て、二度と戻らなかった。父は激怒した。常に怒りに駆られていて……ときおり思うんだが、母が戻ってきても、きっと父が母を殺していただろうな」

　ダニーははっと息をのんだ。何も言わず、動かずにいようと決めていた。彼の告白をさえぎりたくなかった。

マーカスは深く息を吸いこんだ。「自分が父みたいになるのが怖い。ふつうの男になるように育ってきてはいないと思うんだ。いつだって心の闇と闘ってきた。その闇が年々、少しずつ大きくなっている。いつかのみこまれて自分が消えてしまうのではないかと恐ろしいんだ。ときどき、父の記憶に押しつぶされて動けなくなる。自分の魂が消え去って、みんなが思っているとおりの野獣に本当になってしまうのではないかと恐怖を感じながら生きているんだ」

ダニーは小屋での彼の言葉を思いだした。

「森の中であなたに起こったのも、そういうことだったの？」

マーカスはいっそう激しく震え、うなずいた。「わたしはすでに父のようになってきている。父ならジニーを誘拐するのも躊躇なくやってのけただろうが」

それ以上聞くのは耐えられなくて、ダニーはうなだれたマーカスの首筋に手を巻きつけ、彼を強く抱きしめた。マーカスが心から求めている慰めを与えてあげたかった。ダニーの腰に置かれたマーカスの手に力がこもり、大きな体が彼女にもたれかかってきた。

「あなたはお父さまとは違うわ、マーカス。あなたが楽しんでこんなことをしているわけじゃないのは明らかだもの。ジニーを家に帰してあげて、それで終わりにするわけにはいかないの？」ダニーは息を詰めて答えを待った。お願いだから、自分の聞きたい答えを聞かせてほしいと懇願したかった。

「そうできればどんなにいいか」

ダニーは体をかたくして、マーカスをののしりたい気分を必死に抑えた。詰問口調にならないよう、穏やかな声を保って言った。「それはなぜ？」

ダニーはマーカスの肩がこわばるのを感じた。ダニーの腰に置かれていた手が一瞬力を増したあと、完全に彼女から離れた。数歩あとずさったマーカスは、息を荒らげ、両手を震わせている。マーカスが離れたとたん、ダニーはほてった肌に冷気を感じた。心の中にぽっかりと穴が開いたようだ。つばをのみこみ、体の脇でこぶしを握りしめた。

マーカスは速いリズムで肩を上下させている。ダニーは不安になって、ためらいながら一歩彼のほうに踏みだした。「マーカス？」

「死ぬ少し前、父は」マーカスが獰猛な勢いで言葉を吐き、その声に宿る怒りにダニーは身をすくめた。「父は妹とハーウッド公爵の結婚を取り決めた」

ダニーは息をのみ、片方の手で口を押さえた。公爵の評判なら誰もが知っているが、本人に会ったことがある者はごくわずかしかいない。数年前に前公爵だった父親が非常に疑わしい状況で亡くなってから、公爵は外国で暮らしている。

「彼は父親殺しの第一容疑者だったんじゃなかった？」ダニーはあえぎながら言った。

マーカスがうなずいた。怒りに声がとがった。「妹をあんな男と結婚させるわけにはいかない。だが、婚約を破棄するには金が必要だ。父の堕落した生活のせいで、わが家の金はわたしが管理できるようになる前にすっかりなくなっていた。今は少しずつではあるが、わが家の財政状況は安定を取り戻しつつある。とはいえ、婚約破棄できるほどの金はない。それだけの金をかき集められたとしても、この先、領民を養うことも、キャロが将来結婚するときに持参金を持たせてやることもできない。そんな事態になってはならないんだよ、ダニー！　キャロの名を汚したくないし、婚約破棄のせいで領民を苦しめることもしたくない」

「ああ、なんてこと」ダニーは後ろによろめいた。森の小屋でマーカスが見た悪夢の正体がやっとわかったのだ。「どうしたら父親が自分の子どもにそんな仕打ちができるというの？」

苦々しげな笑い声が静かな部屋に響いた。「まあ、それはわたしの過ちでもあるんだ」

混乱した彼女はマーカスに一歩詰め寄った。ダニーは手を伸ばしてこわばった背中をさすってあげたかったが、今マーカスは彼女に触れられるのを喜ばない気がした。

「どういう意味？　あなたの過ちって？」

「父が死ぬ数年前に、わたしは父の書斎に呼ばれた。結婚するよう命じられ、わたしは拒否した」マーカスがこぶしで近くの壁を激しく殴りつけ、ダニーは飛びあがった。マーカスの体から怒りが波のように放たれているのを感じた。「結婚などしたくなかった。どこかの気の毒な娘をわたしみたいな男の妻にするなんてできなかった。激怒した父がわたしを殺すのを思いとどまったのは、自分の血を引く跡継ぎが欲しいというのが唯一の理由だ。わたしが死ねば、フリートウッドの血筋は途絶える。わたしは絶対に結婚しないと誓った。子どもなど作らないと。そうすれば父の望みはかなわなくなる」

ダニーはその告白を受けて胸を刺した思いがけない痛みを無視しようとした。マーカスは一生、父親にはなりたくないというの？

マーカスは皮肉な笑みを浮かべた。「父と喧嘩になり、わたしは家を出た。父は言ったよ。おまえは必ず後悔する、自分の望みをかなえる方法はひとつではないのだと。父は、わたしがキャロのことだけは愛しているのを知っていた。妹のためならどんなことでもするのを知っていた。妹とハーウッドの婚約は、わたしを結婚に追いこむための父なりのやり方だったんだ」彼はいきなり顔をあげ、ふたたびダニーの顔を見た。ダニーはマーカスの顔をゆがめている絶望を目の当たりにして、思わず目をしばたたいた。「わたしは父を勝たせたくないんだ、おちびさん」

「でも、お父さまはもう亡くなっているのよ、マーカス」

「わたしにとってはそうじゃない。キャロにとっても。われわれの中で、父は生きている。永遠に」マーカスがダニーに罪の許しを請うかのように一歩近づいた。「わたしは一生ジニーに指一本触れない。彼女は誰とでも好きな男と子どもを作ればいい。ただ妹の婚約破棄のために、ジニーの金が必要なんだ。ハーウッドと法廷で争うことになれば、ジニーの父親の持っている権力も必要になるだろう」

ダニーは胸がむかついた。すべてに合点がいった。なぜ自分がここにいるのか、なぜマーカスがジニーを選んだのかも納得できた。「お父さまがあなたを殺すのを思いとどまったというのはどういうこと？　恐ろしく冷酷な人だったのはわかるけれど、まさか本当に自分の子どもを手にかけようとしたの？」

マーカスは黙りこんだ。怒りのせいで血色が戻っていた顔がまた青ざめた。

ダニーはおずおずと彼のほうに進み、そっと尋ねた。「お父さまはあなたに何をしたの、マーカス？」

「父は……」マーカスはこぶしを握りしめ、ダニーの目を見つめた。

浴槽からあがったときの彼の傷だらけの体がダニーの脳裏をよぎった。彼女は唇を噛みしめ、体に巻きつけたことも忘れていた毛布を両手で握りしめて、また少しマーカスに近づいた。「あなたの傷跡はお父さまがつけたのね？」

ようやく口を開き、昔話を語りはじめたマーカスの声は死に瀕している人のように弱々しかった。「母が最後に家に戻ってきてキャロが生まれたとき、父は酔っていた。ひどく酔っていた。あの晩、わたしはベッドに隠れた。両親は口論していた。父の言葉は……酔っ払った狂人の言葉は意味をなしていなかった。父は、キャロが自分の子どもではないと叫んだ。白に近い金髪と淡い緑の瞳はまさにこの家の血筋を示す特徴なのに。父はキャロを憎んでいたんだと思う」

静かな声が一瞬とぎれて、マーカスはまた深く息を吸った。

「両親は大声でやりあっていた。母は……半狂乱になって、父にキャロのことはかまわないでくれと懇願した。キャロはあなたの娘だと訴えていた。わたしにはすべてのやり取りが聞こえていたわけではなかったが、どんという大きな音は聞こえた。雷のように轟いて、母の叫びをのみこんだ。あとになって、父がテーブルを殴りつけたのだとわかった」

ダニーはさらにきつく唇を噛みしめて声を押し殺した。涙が頬を流れた。

「父は常に暴力をふるった。わたしはごく幼い頃から父との接触を避けるようになった。まわりの子どもたちの中で、最もおとなしくて人の言うことを聞くのがわたしだった。父を恐れるあまり、そんな子どもになったんだ。だが、あの晩……母はまた家を出ると言って父を脅した。それから、父の足音が階段をあがって近づいてくるのが聞こえた。母を罵倒する父の怒鳴り声で家が揺れるほどだった。父は自分の家で自分とは関係のない子どもを生かしておくわけにはいかないと叫び、子ども部屋に向かった。キャロのところに。父のその声の調子をわたしはよく知っていた。父が何をしようとしているのかがわかってしまった」

マーカスはダニーの目を見ようとしなかった。ダニーは距離を詰め、おそるおそる彼に触れた。両手で背中を撫で、マーカスを慰めようとした。できることはそれぐらいしか思いつかなかった。

「父がキャロを傷つけるのを黙って見ているわけにはいかなかった。妹はまだほんの赤ん坊だったんだ。わたしの暗黒の世界に唯一存在するすばらしいものだった。キャロはわたしを見るたびに笑ってくれた。わたしがおびえて父から逃げまわっていることなど、キャロは知らなかった」思いがこみあげるあまり、マーカスの声がくぐもった。「わたしは妹を愛していた。妹もわたしを愛してくれた。キャロを守らなければと思った。キャロがわたしに勇気を与えてくれたんだ」

ダニーの目から涙がさらにこぼれた。地獄にとらわれた少年を思うと、胸が張り裂けそうになった。

「必死に走って、父よりも先に妹の部屋へ着いた。キャロはまだぐっすり眠っていたよ。小さな指をくわえてね」マーカスは言葉を切って、その先を続けるべく気を落ち着かせた。「キャロを抱きあげると、廊下の奥にある寝具用の戸棚に隠した。部屋に入ってきた父は、妹が見当たらないことに激怒した。わたしを殴り、部屋の隅へと投げ飛ばした。その痛みは強烈で、目の前に星が舞い散るのが見えたくらいだ。起きあがる間もなく、父にシャツをつかまれた。距離があまりに近くて、父の体から発される酒のにおいが嗅げたほどだった。母が叫び声をあげながら部屋に飛びこんできて、父の背中をぶって止めようとした。父は母を部屋の外へ手荒く放りだして扉にかんぬきをかけ、怒りに任せて吠えながらまたわたしを殴った。キャロをどこに隠したか言えと迫った」

ダニーの鼓動が速まった。これ以上は聞きたくない。このあと何が起こったのか、マーカスが何を話すつもりかが彼女にはわかった。しかし、体の中に渦巻く感情の嵐を静めることはできなかった。最初にマーカスに対して感じた怒りはこの数日でゆっくりと変化し、やさしい気持ちと混乱を覚えるようになっていた。だからこそ、これまではマーカスが誰にも話したがらなかったはずの物語を途中で止めるわけにはいかない。それより何より、ダニーがマーカスという人間に、あるいはマーカスの過去に恐れをなして逃げたなどと彼に思わせてはならない。ここで拒絶されたらマーカスは絶望し、命を絶ってしまうだろう。

「父はいつもブーツの中にしまっているナイフを取りだした。前にもそれで脅してきたことがあったんだ。父はキャロを渡さなければおまえを切ると言った。わたしは拒否した。渡せばキャロは殺されると思ったし、今でもそう確信している」

マーカスが自分の体に腕をまわした。話しながら、過去の恐怖をまたしても体験しているのだろう。ダニーはマーカスのウエストに両腕を巻きつけて、そのあたたかさが彼にも自分にも慰めになることを願った。

「わたしが反抗すればするほど、父は激高した。わたしの顔をつかみ、じっとさせようとして片方の腕で首を絞めあげてきた。わたしは必死で抗った。だが父のほうがはるかに体が大きく、力も強かった。刃が顔に触れたとき、わたしは泣いた。その痛みときたらすさまじかった……」

ダニーは首を振った。涙がとめどなく流れ落ちる。相変わらず彼女を見ようとしないマーカスの背中をきつくつかんだ。

「ときどき思うんだ。やめてくれと言えば、父はやめたのだろうかと。あの晩ベッドから出ないでいたら、わたしの人生はどうなっていたのだろうかと」

「マーカス……」

苦痛をたたえた真っ赤な目がダニーの目をまっすぐ見据えた。「もしかしたらわたしは傷ひとつない、完璧な男になれていたかもしれない。きみに愛してもらうことができたかもしれない」

ダニーは胸が熱くなった。マーカスは本当にわたしを思ってくれているのだろうか？　人生でずっとつらい目に遭ってきて、誰かを愛することをためらったとしてもちっとも不思議ではないのに。マーカスは自らを守る必要があったのだから。

ダニーは全身を揺るがす欲求に忠実に行動することにした。マーカスを幸せにしたかった。マーカスがどれほどすばらしい人か、彼自身にわかってほしかった。エメラルド色の瞳を見つめたまま、ダニーはマーカスを引き寄せ、体をぴったりと重ねた。自分のために払ってくれた犠牲を彼に後悔させたくなかった。「マーカス、あなたがそのときキャロを救おうとしなかったら、あなたは今みたいにやさしくて思いやりのある人にはなっていなかったと思うわ」

マーカスが目に驚異の念を浮かべてダニーを見おろした。おずおずと片方の手を伸ばして彼女のこめかみあたりの髪を撫で、長くごつごつした指でひと房の髪をねじる。

「きみは自分がどれほど美しいか知っているのかい？」

ダニーは目を丸くした。マーカスがダニーの顎を手で包み、親指で唇を軽くなぞった。

「とても、本当にとても美しい」彼は小声で言った。

ダニーの目は知らぬ間に閉じられ、彼女は何も考えないまま舌でマーカスの親指の腹をなめていた。マーカスの肌のごつごつした感触ははじめて味わうもので、少し塩辛くて、とても……彼らしい味がした。マーカスのぬくもりを求めるように乳首がとがって、シュミーズを突きあげる。ためらっている野獣をなだめて安心させるように、ダニーはマーカスの体を撫でた。

マーカスは浅く息をして体をこわばらせ、されるがままになっている。拒絶されることを恐れているのが手に取るようにわかった。ダニーはさらに近づいて両手を彼のウエストに這わせ、引きしまったヒップを包んだ。マーカスがダニーに両腕をまわし、ふたりはぴったりとくっついた。マーカスが指で彼女の髪をすき、うなじを包みこむ。ダニーは額をマーカスの胸の真ん中に押し当てた。そこから彼のあたたかさが全身にしみ渡っていくように思える。マーカスの襟元に唇を這わせて舌の先で筋肉の甘さを味わい、それに反応して彼が震えるのを感じた。かたい胸筋を手のひらで覆い、スパイスのように刺激的なマーカスの香りを胸いっぱいに吸いこむ。

彼の手に力がこもった。ダニーの頭のてっぺんに唇を押し当てたかと思うと、顎先に手をかけて視線が合うように彼女の顔を仰向かせる。「わたしを見ろ」

ダニーは言われたとおりにした。

取り憑かれたようなマーカスの目の奥に情熱の炎が燃えあがるのが見えたが、その顔は悲しみに満ちていた。「こんなことは無意味だ。わたしはきみが夢見る王子ではない。醜くて、不愛想で、評判も悪く、いつも絶望と怒りにまみれている。わたしはきみにはふさわしくない。きみみたいに美しい女性には」

マーカスが悲しげに口の端をゆがめた。

ダニーは、彼女が求婚を受けるのを待っている伯爵や、確実に落胆するであろう父親のことを考えて気が重くなった。こんなことはもう終わりにしなければならない。マーカスの言うとおりだと認めて、去っていく彼を黙って見送らなくてはならない。しかし、別れを告げる言葉は口から出てこなかった。

ヘムズワース伯爵とのあいだにこんな瞬間が――こんなにも強くて深い絆を感じられる瞬間が築けるとは思えなかった。それなりにいい人生にはなるだろう。伯爵は注意深く計画を練って、安定した生活を送らせてくれるに違いない。しかし、本当の意味で男女を結びつけるような試練がふたりに訪れることはない。マーカスとなら、ふたりでいつまでも成長していける、永遠につながっていられると――肉体的な意味だけでなく――ダニーは知っていた。それに今、打ちひしがれたマーカスの顔を見あげると、少なくとも今夜の彼はこれ以上拒絶されることに耐えられない状態だとわかる。ダニーがマーカスを求めていないなどと、彼に思われたくなかった。なぜなら、彼女はマーカスを求めているのだから。狂おしいほどに。

ダニーはささやいた。「そんなことはないわ」

マーカスは殴られたかのように身をかたくした。ダニーは彼が体を引こうとするのを許さなかった。マーカスの過去を知ってしまった今、彼を放すわけにはいかない。ダニーにマーカスが必要なのと同じくらい、今のマーカスにはダニーが必要だ。彼が逃げださないよう、ダニーはしっかりと両手首をつかまえた。

「そんなことはないわ」さっきよりも強く言った。「わたしはあなたに別人になってほしいなんてこれっぽっちも思っていない。わたしの知る誰よりも、あなたは勇気と強さを持っている。あなたは外見も内面も美しい人よ」

マーカスが信じられないという表情になった。「おちびさん、きみは何も見えていないだけでなく、頭もどうかしているんだな。わたしは醜い男だ」

ダニーはほほえんだ。「あなたは完璧よ」

そう言って、彼にキスをした。

マーカスは凍りついていた。あまりに長いあいだ反応せずにいるので、ダニーは拒まれたのかと不安になったほどだ。やがて、マーカスは彼女の言葉の意味をのみこんだようだった。やわらかな唇をダニーの唇に合わせ、キスを深めていった。甘美な衝撃が彼女の喉を締めつける。毛布が床に落ち、ダニーは自由になった手でマーカスを抱きしめた。大きくてごつごつした手で背中を撫でまわされ、彼女は体を震わせた。マーカスの両手がダニーの胸の脇をおりていって、ヒップの丸みを包みこむ。かたくなった彼の情熱の証が下腹部をかすめたのに気づいて、ダニーは彼の肩に指を食いこませた。

マーカスはダニーのあらゆる感覚を圧倒した。まるで何かに取り憑かれているかのように――ダニーにいつ制止されるかと恐れているかのように思えた。しかしダニーのほうはマーカスが体の奥にかきたてる感覚の渦にわれを忘れていて、彼を止める言葉など出てきそうになかった。

彼女はうめいて頭を後ろに倒した。マーカスが熱い口でダニーの鎖骨に沿ってしるしをつけていく。ダニーの感情の強烈さにマーカスがあえぎ、彼女の口まで戻ってきて舌と舌をからめた。ダニーはキスをむさぼり、その味にますます渇望を強めた。

目を閉じて、自分の一糸まとわぬ姿をマーカスの両手が探索するところを想像した。シュミーズをはぎとられ、隔てるものが何もない状態で肌と肌が触れあうさまを頭に思い描いた。マーカスがダニーの耳たぶを噛み、それに反応して彼女のつま先がきゅっと丸まる。マーカスは体を引き、欲望にかすれた声でささやいた。「きみが欲しい。だが、それは望んではならないことだ」彼の声には苦痛が満ちていた。「きみの未来を台なしにしたくない。今、きみの未来は別の男が約束している」

軽々と抱えあげられて、ダニーは小さく息をのんだ。マーカスは向きを変え、藁のベッドへと歩いていった。ダニーはマーカスの豊かな髪を両手でつかみ、マーカスは彼女の顔の至るところにやるせないほどやさしいキスの雨を降らせた。

「マーカス」ベッドの上にそっと寝かせられ、ダニーは息も絶え絶えに言った。立ち去ろうとするマーカスの手首をつかみ、勇気をかき集めてまっすぐ彼の目を見つめる。「わたしはこれが欲しい。あなたが欲しいの。一度だけでいい。未来がどうなっても、この思い出だけは持っていたい。だから、やめないで。わたしを置いていかないで……お願いよ」

ダニーの顔を探るように見るエメラルド色の瞳は、やさしさと苦痛が奇妙に入りまじっていた。マーカスの視線が体のほうへとさがっていく。ダニーは突然、自分が薄いシュミーズしか身につけていないことに気づいた。一方の肩紐はすべり落ちて、肩の曲線を冷気にさらしていた。裾は腿までめくれあがっている。ダニーは裾を引きおろそうとしたが、マーカスがその手を止めた。

「きみは美しいよ、ダニー。隠すことはない」

ダニーは顔がほてり、目をそむけた。

忍び笑いが聞こえ、眉をひそめる。「マーカス、ここは笑うところじゃないわ」

「いや、どうかな」マーカスはささやき、指の関節をそっとダニーの腿の外側にすべらせた。肌をなめる炎が体の奥に集中したように感じられ、彼女は息を詰めた。シュミーズの中に潜りこんだ指先が裾のあたりを撫でる。マーカスがひと声うめいてベッドの上にのった。その重みでベッドが危なっかしく傾く。マーカスがダニーの脚のあいだに両膝をつくと、ダニーは彼の肩をつかんだ。緊張してその手に力が入る。マーカスの手のひらが彼女の腿の上のほうを撫でまわした。

「マーカス……」

「わかっている。触れるだけだ。それ以上は何もしない」彼の顔に悲しみがよぎった。「そうする権利はわたしにはない」

あなたが婚約者だったらよかったのにという言葉をダニーはのみこんだ。目的がどうあれ、自分には結婚する予定の男性がいて、それを忘れてはならない。情熱に溺れるこのひとときでさえも。

「とはいえ」マーカスがそっとダニーの耳にささやく。「それでもかなりのことはできる」

「マ、マーカス！」ごつごつした指が体の中心に侵入してきて、ダニーは目を見開いた。指が動いて歓喜の波を送りこんでくるたび、彼女はマーカスの肩に指を食いこませた。

マーカスはダニーが見たこともない、そんな表情を作れるとは想像すらしたこともない悪魔のような笑みを浮かべた。下唇にくぼみができ、その唇にキスをしたいという彼女の欲望に火がついた。マーカスはかがみこみ、ダニーのこめかみにやさしく口づけた。そのキスは彼女をなだめると同時に、息を奪った。「わたしを信じろ、ダニエル」

彼に正式な名前で呼ばれたのははじめてだ。感情の波にさらわれて、ダニーは声を出すこともできず、ただうなずいた。

マーカスは一方の手でダニーの体を持ちあげて支え、もう一方の手でシュミーズの裾をヒップの上までめくりあげた。蝶にキスされたかのような軽い触れ方がダニーの感覚をくすぐる。ひんやりとした空気がほてった肌をなめた。マーカスはダニーの腕を頭上にあげさせ、さらにシュミーズを脱がせていった。ダニーはうめき、マーカスが動きを止める。彼女の手にまだシュミーズが引っかかっている状態で、両脚で彼を締めつけた。彼が見ているのはシュミーズではなかった。その体勢だと、マーカスが口をおろしていったところにちょうどダニーの胸があった。熱い息がかかり、とがった胸の頂がさらにうずく。

ダニーは期待に体を震わせた。マーカスが許しを求めるようにおずおずとかがみこんで、歯と歯のあいだでピンク色の先端をとらえた。

ダニーは危うく叫び声をあげるところだった。

胸の下の敏感な部分に舌を這わされて、両手でシュミーズを握りしめた。快感でとろけそうだ。シュミーズが取り去られ、不意に腕が自由になって、ダニーはふたたび枕の上に倒れこんだ。マーカスはもう一方の胸に移り、敏感な頂をあたたかな口に含んだ。ダニーはマーカスの腰に脚を巻きつけた。快楽を呼び覚ます彼の触れ方に、脚までもが震えている。

マーカスがうめき、ダニーの肩先にキスをした。彼の口が胸を離れてしまい、ダニーは弱々しく泣き声をあげたが、そのやさしいキスに全身があたたかくなった。

「ほかに何ができるか、見せてあげようか？」マーカスは激しく脈打つ彼女の首筋に向かってささやきかけた。ダニーはマーカスに抱きついてうなずき、彼の変わりように驚きを感じた。打ちひしがれた冷たい男は消えていた。ここにいるのは、自信に満ちたやさしい恋人だ。今の彼のほうがずっと好ましい。

マーカスがむさぼるようにキスをした。唇がダニーの体をおりていく。崇拝されているという感覚に、ダニーは息をのんだ。肌の下の血管が激しく脈打ち、燃えあがった。

「きみが欲しい、おちびさん」ダニーをきつく抱きしめながら愛おしそうに呼ぶその声に、彼女は心があたたかくなった。マーカスがダニーの肋骨の上に、そして腹部にキスをした。目的地に向かって彼が頭をさげていくほどに、ダニーは体をこわばらせた。

「ああ」思わず声が出たのは、へその下に軽いキスをされたときだった。マーカスがやさしくダニーの脚を広げた。彼を止めるなら今しかない。しかし、ダニーは息を詰めて待った。マーカスが次に何をするのか知りたくてたまらなかった。

マーカスはゆっくりと笑みを浮かべ、さらけだされた彼女の体の中心を見おろした。ダニーは顔が熱くなり、体をよじって隠れたくなるのをシーツをつかんでこらえた。マーカスのごつごつした手が彼女の膝の裏をさすり、こわばった筋肉をほぐす。かすれた声にはためらいが感じられた。「わたしが欲しいか、ダニー？」

ダニーは息をのんだ。マーカスの親指がじりじりと腿をあがってくる。触れてほしくてたまらないところに向かって。荒い息がダニーの肌をかすめた。

「わたしに欲望を感じるか？」

マーカスの手が近づいてくる……だが、彼はその手を引っこめた。ダニーはマーカスの目を見つめた。淡い緑の瞳が彼女をのみこむ。ダニーは答えを口にするのがマーカスにとって意味のあることなのだと悟った。胸が締めつけられる。マーカスの目から悲しみを消し去りたい。ダニーは勇気を奮い起こした。慎みはひとまずどこかに置いておこう。

「ええ、とても。あなたが欲しくてたまらない」

マーカスの瞳が安堵と喜びに輝いた。一瞬、彼は目を閉じ、両手でダニーの腿を撫でた。魅惑的なほほえみが、さらにほんの少し広がった。マーカスがふたたびダニーを見たとき、彼女には新しいマーカスが誕生しつつあるのが感じられた。

ダニーの視界が涙でぼやけた。「マーカス……」

「愛しいダニー」彼はささやき、頭をさげていった。ダニーは体をこわばらせ、目元をぬぐったが、マーカスが何をしようとしているのかはわからなかった。

そのとき、自分の体の芯に彼が口づけたのを感じた。

驚きのあえぎがうめき声に変わった。ダニーは両手をマーカスの頭へと伸ばし、彼のやわらかな巻き毛をつかんだ。純然たる快感にすすり泣きがもれる。マーカスがざらついた舌を這わせ、ダニーに歓喜の身震いを起こさせた。腿をなおも大きく開かせて、さらに奥へと舌を突き入れる。

もうこれ以上耐えられない。

そう思った瞬間、何かが体の奥に入ってくるのを感じた。本能的にそれを締めつけたが、満たされているという快感に襲われ、またもやあえいだ。ダニーの中にすべりこんだマーカスの指に、さらにもう一本の指が加わった。マーカスが彼女の上に体を重ね、できる限り全身を密着させて脚をからめる。ダニーはのけぞり、腰を浮かせた。マーカスが深い歓びに満ちたうめきをあげて彼女の首筋にキスをした。

ダニーはもっと欲しかった。まだ足りない。もっと彼が欲しい。

突然、体がこわばって、彼女はシーツを思いきり握りしめた。唇を嚙み、喉を締めつけて叫び声をこらえる。マーカスの指に体の奥を突かれるたびに、鼓動が速まった。浮きあがった腰をさらに高く、何かを求めるように突きあげたが、何を求めているのかは自分でもわからなかった。自分がしだいに熱く燃えあがり、輝きを増していくようだ。ダニーが指をマーカスの髪のさらに奥まで潜りこませると、彼の口がふたたびダニーの胸に吸いついた。

その瞬間、体の奥で快楽が渦を巻き、ダニーはいやいやをするように枕の上で首を振った。体が浮いてすすり泣きがもれ、快楽の波に何度も何度もさらわれた。

あたたかな腕がダニーをかたい胸にしっかりと押しつけた。ぬくもりと強さに守られている心地よさを感じて、激しかった呼吸が落ち着いてきた。マーカスが腕の中に彼女をかき抱き、満足感と力強さで包みこんだ。安定したマーカスの鼓動がダニーを癒やしていく。彼女は脚のあいだに残る快感のうずきとともに、驚嘆の念とやさしい気持ちが脈打つのを感じた。羽根のように軽いキスを首筋に受け、ため息をついてマーカスに体を寄せる。まだ欲望でかすれている彼の声を聞き、ダニーは身を震わせた。

「きみは本当に美しいよ、おちびさん」

腕の中で向きを変え、ダニーはマーカスの鎖骨に頭を預けて穏やかな彼の顔を見つめた。唇からは笑みがこぼれているが、目は閉じられたままだ。驚きを味わっているようなその表情に、彼女はどぎまぎした。マーカスがもう一度だけ口を開いた。吐息まじりのその言葉がかろうじて聞き分けられた。

「完璧だ」

16

兄弟たちは叫びました。「われらを行かせてくれ。われらが死ぬか、あの野獣が殺されるかだ」

チャールズ・ラム『美女と野獣』

わたしは醜い。

〝あなたは完璧よ〟

マーカスは唇に笑みが浮かぶのを感じながら、夢を楽しんでいた。腕の中にはダニーがいて、愛と驚異に目を輝かせて彼を見あげている。

夢の続きをもっと見たくて、さらに深く枕に顔をうずめた。心臓のそばに天国のかけらを抱いている気分だ。ダニーのやわらかさを想像しながら腕を引き寄せる。そのとき吐息まじりのうめき声が聞こえ、心臓が一瞬止まった。

もう二度とあんな思いはしたくない！

目を開けるのが怖かった。つばをのみこんで、覚悟を決める。腕の中に明るい色の髪が見えた。その頭が向きを変え、マーカスは肝をつぶした。そこにいるのはダニーだった。なんてことだ。

彼はきつく目をつぶった。見ていないあいだに消えてくれと願う子どものように。しかし細く目を開けてみると、頭はまだそこにあった。間違いない、ダニーだ。

あわてて彼女から離れ、窓際に向かって寝返りを打ち、またきつく目をつぶる。差しこんでくる光を遮断したかった。それに現実も。

いったいどうしたら昨日の晩のようなふるまいができたんだ？

マーカスはあえぎ、上半身を起こして座ると頭を抱えた。なぜあんな愚かなふるまいをしてしまったのか。ダニーにとんでもないことをしてしまった。当然、彼女は激怒するだろう。横目でちらりと見たダニーは、あたたかなベッドの中で満足げな顔をしていた。マーカスはその向こうの白い壁の一点を見つめ、昨夜の出来事を思い返した。

昨日の夜は、宿屋の裏口のところでダニーにひどいことを言ってしまった罪悪感と恥ずかしさに駆られて彼女を捜した。酒場の人込みでマーカスが精神的な負担を感じずにすむようにとダニーが配慮してくれたのに、不安と防衛本能のせいで何も見えなくなっていた。そして、激しい嫉妬に衝き動かされて行動したのは生まれてはじめてのことだった。部屋に帰って落ち着いて考えてみれば、ダニーはあのいまいましい酔っ払いを誘うようなことは何もしていなかった。マーカスはダニーのもとに行って、仲直りするためにできることがあればなんでもしようと決意した。だが、まさか自分の暗黒時代の秘密を話すことになるとは予想もしていなかった。

まったく、たいした男だよ、ブラッドリー。まったくもって見事だ。

マーカスは片方の手で顔をこすった。あんなことをしたのに、あんなことを言ってしまったのに、ダニーは最高の贈り物をくれた。愛しているかのようにやさしく触れてくれた。マーカスのことも、恐ろしい過去も、彼女は拒絶しなかった。マーカスが女性にそうしてほしいと思っていたとおりの——恋人にそうしてほしいと願っていたとおりの反応をダニーは見せた。ふつうの人間として、ひとりの男として、まるで傷ひとつないかのように、彼を受け入れてくれた。

肝心なのはそこだ。ダニーはマーカスの恋人ではないし、これからそうなる可能性もない。間もなく別の男のものになる。どんな爵位を持っていようと、マーカスはダニーにふさわしくない。ダニーの善良な心を利用する権利は彼にはない。ダニーの父親は彼女を別の男と結婚させると宣言した。マーカスにも妹の婚約を解消する義務がある。彼は金持ちの娘を見つけて結婚しなければならないのだ。昨晩何があろうと、状況は何ひとつ変わっていない。

ダニーのつややかな肌や情熱的なうめき声が脳裏によみがえる。あんなことをしてしまったなんて、なんと恥知らずなけだものだろう。わたしから彼女に差しだせるものは何もない。それに最も重要なのは、ダニーが今や、ジニーとの結婚に関してわたしが決心を翻したと思っていることだ。だが、何も変わっていない。選択肢はないのだ。ジニーはわたしが安全に守ってやり、節度を持って接するつもりだ。だが、ジニーと結婚する意志は変わらない。

マーカスは自分のそばで丸まっているダニーにちらちらと目をやった。ダニーは両手の上に片方の頰をのせ、青白い肌に毛布をかけて眠っている。小さくて、今にも壊れそうに見えた。起きているときの彼女とは大違いだ。マーカスは考えもせずに手を伸ばし、ダニーの顔にかかる髪を撫でつけた。またうめき声がもれ、ダニーの息がマーカスの肌をかすめた。

欲望の矢が彼の下腹部を射抜いた。恐怖が腹の中でふくれあがり、喉の奥が焼けつくように痛む。マーカスは禁じられた果実を口にしてしまったのだ。自分はアダムよりも強くなって、ダニーが差しだす誘惑のりんごを無視することができるだろうか？

ダニーは眠ったまま身じろぎし、マーカスのむきだしの腿に体を押しつけた。マーカスは息をのんだ。彼女のぬくもりを感じて、肌の下でくすぶっていた火が燃えあがった。

どうやらダンテの『神曲』に描かれている九つの地獄をめぐるのが彼の運命らしい。ジニーと結婚し、ダニーを夢に見て一生を過ごすのだ。

マーカスは慎重に毛布をはぎ、ダニーを乗り越えてベッドをおりた。シーツがすべり、彼女の姿がさらけだされる。誘惑的な胸のふくらみを目で楽しんでから、マーカスは欲望を抑えこんだ。ダニーに直接触れないように注意して、毛布をふたたびかけてやる。そのとき、気分が悪くなる考えが頭をよぎった。

もしダニーがただの哀れみから、自分に触れることを彼に許したのだとしたら？　昨夜のマーカスは充分に他人の同情を買うようなことを打ち明けた。つまらないことを取りとめもなくしゃべり続けた。ダニーは誰の問題でも解決してあげたいと考える女性だ。マーカスのことも、ただ慰めてあげたいと思っただけではないのだろうか？

窓の外をにらみ、こぶしを握りしめた。いや、ダニーはそんなふうに自分自身を利用する女性ではない。それでも……もしそうなら……。それもダニーに別れを告げなければならないと思う、もうひとつの理由だ。それも、早いうちに。わたしは人間失格で、自分にふさわしい女性などいない。それはこの先も変わることはない。

ジニーを見つけたら、彼女をグレトナ・グリーンに連れていって結婚する。それからダニーを家に帰し、父親の決めた相手と結婚させる。ダニーがずっと夢見てきたとおりに、幸せな妻となって幸せな結末を迎えてもらうのだ。ふたりはいつまでも幸せに暮らしました。めでたしめでたし。

わたしは二度とダニーに触れることはない。ダニーについて考えることもない。二度と、ダニーを求めて胸を焦がすこともない。

マーカスは部屋の隅から上着を引ったくった。昨晩どんなふうにそれを脱いだのかも覚えていない。急ぐあまり、廊下をのぞいて誰にも見られていないか確認するのも忘れて部屋を飛びだすと、後ろ手に扉を閉めて自分の部屋へ駆け戻った。

早くもダニーのぬくもりが恋しくなっている。マーカスはうめいた。どんな顔をして彼女と顔を合わせればいいというんだ？

ダニーは伸びをして、ベッドの中央へと転がった。手探りしても、ひんやりとしたシーツが広がっているだけだ。混乱して眉をひそめた。何かが足りない。体には心地よい疲れと気だるさが残っていた。

まぶたの奥にいくつかの光景がちらついた。起きあがってシーツをつかみ、胸元を隠す。恥ずかしさと新たにわき起こった欲望とで、体がかっと熱くなった。

「ああ、どうしよう」ダニーはつぶやいた。指で唇に触れ、体の芯に残るあたたかさを閉じこめるように腿に力を入れる。昨晩の自分のふるまいが信じられなかった。あれはとてもすてきだった――頭がどうにかなりそうなほどすばらしかった。しかも、あれでもまだマーカスと体を交えてはいないのだ。腫れている唇に、いっそう強く指を押し当てる。この愛の行為は、アナベルがほのめかしていたよりもずっといい。

ダニーはつぼと一緒に欲望をのみこみ、片方の手でふたたびシーツを探った。マーカスはどこ？　なぜわたしを置いて去ってしまったの？　指のあいだからうめき声がもれ、ダニーは膝を胸につけて体を丸めた。

わたしったら、どうしてあんなことを許してしまったの？

いったい何を考えていたのだろう。マーカスが去るのは当然だ。彼はあんなにも正直に感情を、自分の過去をさらけだした。もしかしたら、またわたしに拒絶されることを恐れたのかもしれない。でも昨日の夜の出来事があっても、まだわたしを信じられないというの？

ダニーはうめいた。状況は何ひとつ変わっていない。マーカスはジニーと結婚する。妹を救うために、マーカスに考えられる解決策はそれしかないのだ。彼が財産狙いの堕落した放蕩者でないことはもうわかっている。マーカスがしようとしていることは道徳的には間違っているが、彼を駆りたてているのは愛する妹を守りたいという気持ちだ。それを理由にマーカスを憎むことは、わたしにはもうできない。認めたくはなかったが、もし同じ状況に置かれたら、彼女も同じように誘拐を考えたかもしれないのだ。

父がダニーのために決めようとしている結婚を白紙に戻して、彼女がいずれは父の財産を相続する立場にあることをマーカスに明かすのがいちばん簡単な解決法であるのは承知している。マーカスに対する気持ちは日増しに強くなっていた。恐ろしい外見に臆することなくつきあってみれば、彼はすばらしい人だとわかった。あんなに繊細な気遣いとやさしさを持った人はなかなかいない。

しかし、ダニーにはためらいがあった。父はショックを受けるに違いない。娘のために細心の注意を払って伯爵を選んでくれたのだ。ダニーのために誠実で親切な夫を見つけることは、父にとって重要な仕事だった。その父に、社交界での評判も申し分ない誠実な人との縁談を断って、悪名高い家の出で顔に傷跡がある侯爵に生涯をささげたいと、どうして言えるだろう？　母が亡くなってから父とは疎遠になっていたかもしれないが、父が自分に安定した家庭を築いてもらいたがっているのは知っている。マーカスがそれを与えてくれる人なのかどうか、確信がない。

父には娘のことを誇りに思い、幸せになってもらいたかった。伯爵との結婚で父が元気になってくれることをダニーは望んでいた。新しく義理の息子ができ、将来的に孫が生まれれば父も喜んでくれるだろう。しかし、父がマーカスを簡単に受け入れるとは思えない。

それに伯爵の求愛を拒否したら、伯爵はどんな痛手を受けることになるだろう？　婚約はまだ正式には成立していないとはいえ、伯爵と父のあいだで口約束が交わされていることは知っていた。ほかの女性たちが結婚を前に経験する、胸が高鳴る興奮を味わうことができず、ダニーは悲しみに暮れたものだった。父から最初に計画を聞かされたとき、ダニーは伯爵と互いをよく知ることができるように通常どおりの求婚期間を設けてほしいと頼んだ。父は快く承知してくれたが、周囲の人たちはみな結婚の告知はいつかと、そればかりを気にしていた。

ダニーは認めたくなかったが、伯爵が彼女を選んだ理由は議会で父の地位を継げるからだ。伯爵は野心家で、求婚期間中も、結婚したらきみはきっとすばらしい政治家の妻になれるということばかり繰り返し言っていた。政治的権力と立派な評判を得ることに熱心な彼が、駆け落ちの手助けをするダニーの活動を知ったらどんな事態になるか考えて、彼女は顔をしかめた。ここ数日間のスキャンダラスなふるまいなど、もってのほかだ。伯爵がダニーのことを思ってくれているのは信じて疑わなかったが、それは愛というより、むしろ情だとわかっていた。

ダニーはため息をついた。彼女が夢見ていたのは両親のような、また駆け落ちを手伝ってきたカップルのような、おとぎ話に出てきそうな恋愛だった。燃える情熱に衝き動かされ、激しい愛に身を投じてみたかった。けれども、誰もがそんな愛を見つけられるわけではないことも知っている。それに最近ではダニーも父に感化されて、自分はおとぎ話のような恋愛よりも夫と子どものいる家庭を望んでいるのだと信じるようになっていた。波乱万丈でなくていいから、穏やかで満ち足りた暮らしができれば上等だと思うべきなのだろう。

ダニーはヘムズワース伯爵と夫婦生活を送ることを考えて、顔を赤くした。伯爵は昨晩のような情熱の炎をダニーの中にかきたてることはないだろう。しかし、きっと彼女を思いやり、最大級の敬意を払ってくれるはずだ。伯爵とならいつまでも幸せに暮らせるに違いない。ひとつ、確実なことがある。自分がこの求婚を受けなければ、父も伯爵もとんでもない恥辱をこうむるということだ。

マーカスのためにその危険を冒すだけの覚悟はまだなかった。お金のために彼と結婚することだけはしたくない。マーカスが心から自分を思ってくれていると確信できないうちは、本当の正体を明かすことはできない。マーカスがダニーと同じだけの愛情を注いでくれると確信できないうちは、父や伯爵との関係を台なしにしたくない。それに、ジニーのこともある。ジニーをあんなにもひどく傷つけることのできる人を、どうやって心から愛せるだろう？

それに、マーカスはあまりにも複雑な人だ。我慢の限度を超えると癇癪を爆発させるし、過去のつらすぎる経験のせいで、その目はいつも翳っている。自意識が高く、傷ついた心はぼろぼろで、それが修復可能かどうかダニーにはわからなかった。父親の記憶から解き放たれる方法を見つけられなかった場合、マーカスにどんな未来が待っているのかと考えると恐怖を覚えた。彼の魂は予測不能で、あまりにも……不確かだ。

昨晩はひと筋の光明が見えた気がした。誰かの愛を受け入れることができれば、マーカスは変われるかもしれないと思えた。そうであってほしいと心から願った。

マーカスに彼が必要としているお金をあげることはできるかもしれない。マーカスを助けるのは有意義なお金の使い道になると父を説得できさえすれば。もちろん説得するなら、伯爵との結婚前にしなければならない。結婚してしまえば、お金の流れはすべて伯爵に知られてしまう。もしかしたら、キャロラインとマーカスに毎月一定額を払うというのを結婚の条件のひとつに加えればいいのではないだろうか――そう考えたダニーは胸が締めつけられた。マーカスは自由になれる。けれども、わたしは自由ではない。

マーカスのいない人生を過ごすことを受け入れなければ。今はこれからの一日のための準備をしよう。この茶番劇が最後の場面に行きつく前に、ジニーを見つけなければならない。

ダニーは荷物をまとめると、廊下に出て歩いていった。深呼吸をして大きく扉を開け、無理やり明るい声を出した。「おはよう！」

金髪の頭がぱっと跳ねあがった。マーカスは荷造りの途中で凍りつき、驚きとためらいの入りまじる顔で彼女を見た。ダニーは胃がよじれ、手のひらが汗ばむのを感じた。彼はなんと言うかしら？　どんな行動に出るの？

マーカスは口を引き結んで、毛布を麻袋に詰める作業を再開した。

「きみはノックをしない主義なのか、ミス・グリーン？」

ダニーは口を開いたが、何も言わずにまた閉じた。やがて恥ずかしさをのみこんで、小声で言った。「どうやらあなたの部屋に限ってはそうなるらしいわ」

鼻で笑われ、ダニーは目を細めてマーカスをにらんだ。マーカスは予備のシャツを麻袋に入れ、それを肩に担いだ。ぎこちないその動きには、不快な気分がありありと表れていた。なるほどね、とダニーは顔をしかめて考えた。彼もどうふるまえばいいか決めかねているみたいだ。

彼女はため息をついて、黙っているマーカスと一戦を交える覚悟を決めた。

「食事は村に行ってからにする？」

マーカスはうなり、ダニーの横をすり抜けて扉へ向かった。ダニーは乱暴に彼の腕を引いて止めた。

「それだけ？　ゆうべあんなことがあったあとで、わたしはこんな扱いをされるわけ？」

ダニーはマーカスの肌に震えが走り、鳥肌が立つのを感じた。ダニーに目を向けた彼の顔は、いくらか表情がやわらいでいた。

「わたしはこれからもずっと渇望を感じることになるだろうが、状況は何も変わっていない。むしろ、ジニーを見つけだしてこの悲劇を終わらせてみせるという思いを強くしただけだ」

マーカスはやさしく腕を振りほどき、大股で部屋を出ていった。ダニーは一瞬だけでも彼に触れたことで感じた後悔と悲しみを抱えたまま、呆然と立ち尽くした。非難の目つきでマーカスの背中をにらみつけると、やがて彼を追いかけて歩きだした。

今日は長い一日になりそうだ。


ダニーはミートパイの屋台を探しだした。頭を傾けておいしそうな香りを吸いこみ、目を閉じた。口の中につばがわいてくる。彼女はパイにかじりついて味を堪能し、目を開けてため息をついた。今朝、目覚めてからずっとこの最初のひと口を楽しみにしていたのだ。村までの道のりは張りつめた沈黙に支配されていたが、それは予想どおりだった。祭り会場に着くと、マーカスとは何も言葉を交わさずに別々に行動を開始した。

ダニーはもうひと口かぶりつき、考えをまとめる時間があるのをありがたく思った。肩にかけた麻袋の位置を直し、中に入れたマーカスからの贈り物に思いを馳せる。今でも頭がくらくらするほどマーカスの思いやりはうれしかったし、あのドレスこそ彼が変われるという証拠だ。ともすれば恐ろしい出来事ばかりが続いたこの数日だが、あのドレスは燦然と輝いていた。それ以外はめちゃくちゃなことばかりだ。状況がこれ以上悪くなることがあるとは思えない。

そのとき、あの偵察兵と目が合った。

純然たる恐怖がダニーの体を貫いた。前にその男を観察したのはそう長い時間ではなかったが、簡単に忘れてしまうような顔ではない。男は小柄で、ダニーよりせいぜい五、六センチ高い程度だ。淡い茶色の髪が陽光を受けてきらめき、顔も体も針金のように細い。彼はどこからどう見ても兵士だった。目的を持って動き、訓練を受けていて、やせこけた兵士だ。そして、その両手にダニーの運命を握っている。

男の目がきらめいた。彼女はとうに発見されていたのだ。

ダニーは、自分たちが出している屋台に向かう女性の一団にまぎれこんだ。群衆を見渡し、マーカスを捜す。彼への気持ちがどうあれ、ここに残してひとり行くわけにはいかない。

背後で怒鳴り声が響き、すぐに別の男の声が応じた。「彼女を止めろ!」

ダニーは人込みを縫って突き進んだ。背後でどんな混乱が起きようが、かまっている暇はない。ある店のカウンターの奥に飛びこみ、追っ手をまけることを期待してさまざまな生地でできたカーテンの中に身を縮める。複数の荒々しい足音が通り過ぎていった。心臓が口から飛びでそうだ。木製のカウンターの上からそっとのぞくと、偵察兵とほかの数人が人込みに消えていくのが見えた。兵士たちは組織だったやり方で、細い路地に並んだ店を片っ端から調べている。ダニーはカウンターの下からそっと這いだすと、近くにある店の脇の路地に身を潜めた。

うまく闇にまぎれたと思ったそのとき、大きな手に腕をつかまれた。もうひとつの手が悲鳴をあげる彼女の口を押さえる。ダニーは逃れようと暴れ、やみくもに手足を振りまわした。

「しいっ。もがくのはやめろ、おちびさん」

マーカスのうなり声を聞いて、ダニーは体から力が抜けた。彼のたくましい体にぐったりと倒れかかる。マーカスはダニーを落ち着かせてから体の向きを変えさせた。ダニーはほっとしながら、マーカスに絶えずそばにいてほしいと思っている自分に気づいた。いつでもわたしを抱きとめて、おちびさんと呼んでほしいと。それは心をかき乱される考えだった。

マーカスから体を離すと、たちまち恐怖がよみがえった。「わたしの腕をあんなふうにつかむ必要はなかったはずよ。乱暴な扱いについて、わたしが言った条項を覚えている？」

彼は一瞬ばかにした目でダニーを見ると、その目をそらし、店が並ぶ通りの先を見た。「あいつらは誰だ？」

「ひとりはあの偵察兵だったわ」彼女は小声で言い、両手を激しく振った。「あいつ、わたしに気づいていたの」

マーカスは歯をむきだしてうなり、引きつった傷跡をくっきりと浮かびあがらせた。

「きみの御者を置き去りにして死なせるべきではなかったかもしれないな」

ダニーはこぶしを握りしめ、出口を求めてあたりを見まわす。「今すぐここを出ないと。馬はどこ？」

「あいにく、向こうにつないである」マーカスが指さした先で、追っ手のひとりが鞍に結びつけた荷物をあらためていた。ダニーはドレスの入った麻袋をきつく握りしめ、持ち歩いていてよかったと思った。

マーカスはダニーを連れて路地の向こう側へ出ると、前に立って彼女を隠すように歩いた。小柄で視界がきかないダニーに代わって、通りにあふれている人々の顔に注意深く目を走らせる。ダニーも身をかがめ、マーカスの体の脇から偵察兵の姿が見えないかと目を凝らした。

ひとりも見当たらないようなので、ふたりは大胆にも大通りを行くことにした。

「このまま歩いて森へ向かおう。北に野営地があるはずだ。うまくいけば、ジニーと馬を連中から奪えるかもしれない。きみの馬車の轍がどこかについているだろうから、それを捜すんだ。乗り捨てられた馬車を見た者はまだひとりもいないからな」

ダニーはうなずいた。選択の余地はない。ふたりは広い通りに出て、建物の陰を選んで歩いた。緊張しながら歩いているあいだ、どちらも口を開こうとはしなかった。マーカスが先に立って森を目指す。森の奥まで行けば、追っ手も来ないだろう。

村の端から大声でわめく声が響いた。ダニーはあわてふためいて駆けだした。あの偵察兵がダニーたちを追って走ってくる。そのあとに大柄な男がふたり続いていた。自分が縛り首になる光景が目の前にちらつき、ダニーはいっそうスピードをあげた。

村と森のあいだの小さな草原に近づきつつあったが、森までの距離がどんどん伸びていくように思えた。一方、追っ手はどんどん迫ってくる。マーカスに手をつかまれて引っ張られ、ダニーは転がるように走り続けた。脚を可能な限り速く回転させても、マーカスの長い脚にはかなわない。彼はいっそう強くダニーの手を引き、荒い息をしながら怒鳴った。「もっと速く走れ！」

「そうしようとしているわ」あえぎながら言い返し、麻袋が腿に当たるのを感じながら必死で走る。

そのとき、銃声が轟いた。弾丸がすぐ近くの地面をえぐり、ダニーは悲鳴をあげた。別の方向から複数の怒声が聞こえる。追っ手に援軍が加わったらしい。また銃声がして、マーカスがよろめいた。マーカスを追い越したダニーが今度は彼の手を引き、森へ駆けこんだ。ふたりはさらに奥へと走り続け、茂みを縫ってさらに進んだ。いばらの茂みがまるで生きていて、自分たちの足をとらえようとしているかに思える。苔に覆われた、いくつも連なる低木の茂みに囲まれた小さな窪地まで来て、やっとふたりは足を止めた。

ダニーは地面にくずおれ、両手と両足を広げて寝転がった。網のように頭上にかかる枝のあいだから差しこむ光を見あげる。足はくたくたで、息をすると肺に焼けつく痛みが走ったが、それでも彼女は生きていた。そして、自由だ。木々の天蓋の隙間からとぎれとぎれに見える青い空に、ふわふわと白い雲が浮かんでいる。その雲が流れていくさまを眺めながら、大きく息をして心を落ち着けた。

数分経って、眉をひそめた。マーカスの声が聞こえない。ダニーが起きあがって見まわすと、彼は茂みにもたれて座っていた。前かがみの姿勢で、一方の足をまっすぐ前に投げだし、もう一方の足を曲げている。腕は腰に巻きつけられていた。マーカスはまるで動かなかった。

銃声がしたことを思いだし、ダニーはあわてて立ちあがった。震える手を落ち着かせようとしながら、マーカスのそばに駆けつける。ダニーが腕を引きはがすと、彼は弱々しい抗議の声をあげた。左の腰のあたりからどくどくと血が流れだし、あたり一面を赤く染めていた。

17

そして、ほら！　彼が見つかりました。花咲く大地に、長々と寝そべっています。

チャールズ・ラム『美女と野獣』

「あなた、撃たれたのね！」

マーカスは頭を後ろに倒し、空に向かって目を開けると、息を吸いこんだ。

「ああ。よくわかったな、ミス・グリーン」

ダニーはかっとなってマーカスの腕を叩いた。「ふざけないで！」

「脇腹を撃たれてふざけるやつがいると思うか？」

ダニーはうなり、眉をひそめた。「マーカス・ブラッドリー、いつか殺してやるわ」

「わかった。そのときは先約が入っていないかどうか確認してくれ」

突然わきあがった涙をまばたきでこらえ、ダニーはマーカスのシャツの裾を持ちあげて傷口を確かめた。安堵のため息をつく。地面には大量の血が流れているように見えるが、傷は思ったほど深くない。弾丸は脇腹をかすめて抜け、体内に残ってはいなかった。

「どんな具合だ？」

マーカスの張りつめた声を聞いて、ダニーは命にかかわる傷ではなくても彼が相当な痛みを感じているであろうことを思いだした。

「大丈夫、弾丸はかすめただけよ。かなり出血しているけれど」

マーカスはうめき、ダニーの手を押しやってシャツをもとに戻した。その生地を強く脇腹に押し当てる。「よかった」また頭を後ろに倒して目を閉じた。「わたしを置いていけ」

ダニーは信じられない思いでぺたりと座りこんだ。「置いていくですって？」

マーカスが片方の目を薄く開けた。「そうだ」

「頭がどうかしてしまったの？」ダニーはぽかんと口を開けた。「わたしたちは森にいるのよ。こんなところには生まれてはじめて来たのに、いったいどこに行けというの？」

「川向こうに行ったほうがいいだろうな」

怒りのあまり、ダニーはむせそうになりながらまくしたてた。「冗談を言わないで！」

マーカスがむっとした顔になった。「冗談ではない。ダニエル、わたしを置いていけ。逃げられるまたとない機会だぞ。村に戻って、そこから家へ帰るんだ。残っている金を持っていって、馬を手に入れるといい。きみがここに残っても、いずれ捕まるだけだ。そんなことになれば、きみときみの父上の人生が台なしになってしまう。わたしはボウ・ストリートの捕り手が来てくれることに望みをかける。大事なのは、海軍司令長官とわたしが手を組めば、きっとジニーを取り戻せるだろうということだ。頼むから行ってくれ。それがいちばんいい」

ダニーはためらった。マーカスは彼女のために自分を犠牲にしようとしている。そして彼の言うとおりだった。マーカスを置いていったほうがいい。

でも……。

ダニーはマーカスが手で押さえている傷のあたりに視線をさまよわせた。シャツに赤いしみが広がっている。傷口をきれいにして着替えさせなければ。弾丸に命を奪われなかったとしても、感染症で死なれては意味がない。マーカスを見捨てて立ち去ることはできない。

「シャツを脱いで」

マーカスが驚いて目を見開いた。

「シャツか上着が必要なの。どちらか選んで」

彼はおとなしく上着を脱いだ。顔を引きつらせながら動き、なんとか上着をかたわらに落とすと、ぐったりともとの姿勢に戻った。ダニーは上着を拾いあげて森の奥へ消えた。

マーカスはダニーが去っていく姿を見たくなくて、目を閉じた。ふたりにとって、こうするのがよかったのだ。ダニーは人生を先に進めて婚約者と結婚し、一からやり直せばいい。今はただ彼女を遠くにやるのがいちばんだ。こんなことは早く終わらせたほうがいい。

もしかしたら、このままここで死ぬのかもしれない。そうなれば、もう自分の中の悪魔と闘わなくてすむ。キャロが怪物と結婚するのを見ることも、よその男がダニーの愛を受けるのを見ることもない。

落ち葉がかさかさと音をたて、続いて小枝をぴしっと踏む音がした。マーカスは目を開けた。海軍司令長官の部下たちがもう捜索しに来たのだろうかと思い、結局のところ自分は本当はまだまだ生きていたいのだと悟った。しかし、マーカスの横に立っていたのはダニーだった。心配そうに眉をひそめている。両手の中にある布切れから水がしたたり落ちていた。

「きみは愚か者か。行けと言ったのに！」

「シャツを持ちあげなさい」ダニーの声は命令口調で、それにもマーカスはすでに慣れはじめていた。言われたとおりにシャツを引っ張りあげる。ダニーが持っている布切れは両手の中にためた水を吸ってびしょ濡れになっているのだとわかった。マーカスと目が合うと、彼女はやさしくほほえんだ。「ちょっとしみるかもしれないわよ」

マーカスはダニーがそばにいてくれるうれしさで胸がはずんだ。だがそれを無視して、答える代わりにうめいた。脇腹にかけられた冷たい水が傷にしみて、彼は身震いした。体を引こうとしたが、ダニーに首の後ろを押さえられていて動けない。

彼女の手のほのかなぬくもりは驚くほど癒やしの効果があった。マーカスはなだめられ、同時に胸がむかついた。こんな親切を受ける権利は自分にはない。ダニーに対してしてしまったあれこれを考えればなおさらだ。ダニーがマーカスの上着を取りあげたのは、てっきりひとりで逃げる道中に寒くないように着るためだと思っていた。だが、その上着は今や何枚にも裂かれた布切れとなって、傷口をきれいにするのに使われている。

ダニーがマーカスの首筋を指でそっとさすった。たちまち体がこわばり、血が沸騰する。マーカスは深く息を吸いこんだ。ダニーがいつも漂わせているかすかなバラの香りは今でも嗅ぎ分けられる。脇腹は水の冷たさに感覚を失っていたが、それ以外は全身が熱く燃えるようだった。マーカスの肌をやさしくぬぐう彼女の声がごく近くで耳をくすぐった。

「あなたが痛みに苦しむ姿は見たくないけれど、傷口に塗る薬がないから我慢してね。ほかに何か、わたしにできることはある?」

キスしてほしい。

マーカスの理性はその考えを打ち消したが、体は大声で叫んでいた。しかし、そんなことをダニーに頼むわけにはいかない。今だって、復讐の絶好の機会ととらえて残酷にマーカスを痛めつけることもできるのに、彼を楽にさせてやろうというダニーの思いやりには驚くほかなかった。

「ダニー」

彼女は頭をあげた。悲しみと同情をたたえた目がきらめいている。マーカスはそんなことを言うつもりはなかったが、われ知らず、言葉が口から飛びだしていた。

「キスしてくれ」

ダニーが驚いた顔になって目をしばたたき、そのままかたまった。それはマーカスの人生において最も長い地獄の苦しみの数秒間だった。不安で胃がひっくり返りそうになる。そんな言葉を口にしてしまったことが自分でも信じられない。昨日の夜にあんな感情的な出来事があったのだから、その延長でダニーは慰めを与えようと思ってくれるかもしれない。しかし、真っ昼間に太陽の下でとなると話は別だ。しかも、ふたりとも理性的にものを考えられるときに。いや、少なくとも、ダニーにはまともな思考能力があるはずだ。

マーカスはつばをのみこんだ。彼女に軽蔑されてしまうだろう。それでも……。

「頼む、お願いだ」

期待と恐怖で、心臓が胸から飛びだしそうだった。よくもこんなことを懇願できたものだ。ダニーの驚いた顔がゆっくりと、訳知り顔のあたたかい笑顔に変わった。マーカスはずっと、自分を見てくれる女性の顔にこんなほほえみが浮かんでいてほしいと思ってきた。欲望と、よこしまな意図に満ちたほほえみ。キャラメル色のダニーの目が金色に輝き、豊かなまつげが伏せられた。ダニーはやさしく彼の肌をぬぐう動きを止め、体をじりじりと近づけてきた。

マーカスの鼓動は激しく荒れ狂った。両手でダニーをきつく抱きしめたくてたまらない。しかし、あえて手を触れなかった。ダニーがそれを望んでいるのかどうか、知る必要がある。自分自身の意思で彼にキスしたいのかどうか。マーカスはじっと動きを止めた。呼吸が静かになった。ダニーの頭が近づいてくる。じわじわと、マーカスのほうへ。彼女の髪がひと房揺れて、からかうようにマーカスの頬をくすぐった。

あとほんの数センチというところで、ダニーの唇が止まった。彼女の笑みがさらに大きくなり、甘い息がマーカスの口を愛撫する。マーカスはダニーの目の奥をのぞきこんだ。体は目に見えない手綱を引かれて突っ張っているかのようだ。握りしめられた両手が土をつかんでいる。ここで彼女が退却してしまうのではないかという恐怖に、マーカスは凍りついた。

不意に、ダニーが彼の唇にそっと唇を押し当てた。それから少しだけ頭を引くと、満面に笑みを浮かべた。マーカスは言葉もなかった。もっと欲しいという思いに胸が燃えるようだった。ダニーのかすれた声に、彼はとろけそうになった。

「あなたにはじめて会ったときからずっと、こうしたくてたまらなかったわ」

マーカスの体を震えが駆け抜け、耳の中で血管がどくどくと音をたてた。それからまばたきをひとつするあいだに、ダニーの口はマーカスの口の上に戻り、唇が重なった。

彼女の口から吐息がもれた。ダニーのすばらしい舌が彼の唇を這っている。もっと彼女を感じたい。マーカスは目を閉じた。ダニーのウエストをつかんだ。彼女を自分の体にぴったりとつけようとしたとき、両手が地面を離れ、ダニーのウエストをつかんだ。マーカスは動きを止めてうめいた。ダニーはすばやくマーカスを抱きしめると自分の位置を変え、彼の怪我していないほうの脇に寄りかかった。ダニーがあやすようにマーカスの背中の上で指を動かし、マーカスは顔を彼女の首筋にうずめた。ダニーをきつく抱きしめるうち、火がついたような痛みが徐々に消えていった。

マーカスはダニーが自分のかたわらに完璧におさまっていることに驚いた。昨晩もそのことに気づいて驚いたものだった。感情をぶちまけたあげく、彼女にとんでもない行為をしてしまったことを思いだし、マーカスは体を引いた。

「どうしてわたしを憎まずにいられるんだ？」

純粋に驚いているダニーの表情に、マーカスの困惑は深まるばかりだった。

「わたしはあなたを憎むべきなの？」

「そうだ！」

ダニーが混乱した表情で眉をひそめる。「なぜ？　あなたは理屈も通らないほどわたしを困らせるけれど、わたしがあなたを憎まなければならないようなことは何もしていないわ」

「だが、きみを脅した。きみも自分で言っていただろう。森の中で、わたしはきみにひどいことをした。それにゆうべのわたしは……」マーカスはいらいらと体を動かし、痛みにひるんだ。「わたしがそばにいるのをきみが許していること自体、わたしには理解できない」かがみこんで、ダニーの顔に嘘をついている証拠が表れていないか確認しながら言葉を続ける。「なぜわたしが触れることを許した？」

ダニーは当惑して口をゆがめていたが、やがて合点がいったというように顔を輝かせた。

「わたしがあなたに……あんなことをさせたのは、あなたを気の毒に思ったからという理由しかないと思っているのね？　だから、またわたしを無視していたの？」

マーカスはダニーの目の中に浮かぶ怒りから視線をそらした。「理由はほかにもあるが」

「あなたってどうしようもない人ね！」

マーカスは信じられない思いで目をしばたたいた。「なんだって？」

ダニーが憤慨して口を引き結んだ。「マーカス、わたしたちのあいだに起こっていることについて、わたしはとんでもなく混乱しているけれど、今の気持ちをとにかく正直に言うわ。まず、わたしはあなたがジニーを誘拐した理由を理解している。あなたがした行為を見逃すわけにはいかない。でも、そういう行為をしたあなたを許すことはできるの」

なおも続くダニーの話を聞きながら、信じられないという思いがマーカスの中に渦巻いた。

「次に、理由はよくわからないし、まったくもって正気の沙汰ではないとも思うけれど、わたしはあなたのことをとんでもなく、たまらなく魅力的だと思っている」

思いも寄らない言葉をなんとか理解しようと、マーカスはぶつぶつ口の中でつぶやいた。

ダニーをつかんだ手に力がこもる。

これがすべて真実だなどということがありえるだろうか？

「三つめ。わたしはあなたが元気で、幸せでいる姿が見たい」

マーカスの心臓は鼓動を刻むのをやめてしまったようだった。ダニーがわたしのことを気にかけているというのか？

「でもね、マーカス、わたしは別の人と結婚することになっているの」

マーカスははじかれたようにダニーから手を離した。まるで平手打ちを食らった気分だ。

彼女の言葉に打ちのめされていた。ダニーが指でマーカスの髪をすくのを感じて、彼はひるんだ。

「あなたへのこの気持ちをどう呼べばいいのかよくわからないのよ、マーカス。でも、わたしはあなたを助けたいと思っている。ジニーを取り戻したら、わたしたちはあの気の毒な女性を無理やり結婚させなくてすむ解決方法を見つけられるかもしれないわ」

マーカスは息を吐いた。ダニーの言葉はかろうじて聞こえていた。わたしの人生を追いかけてくる不幸は、まだ終わらないというのか？　わたしの欠点も含めてすべてを受け入れてくれる女性を見つけたと思ったのに、ダニーはわたしと一緒になれる境遇にはない。そして、ダニーのそばにいればいるほど、彼女がわたしにとってただひとりの女性だという確信は深まるばかりだ。

「いつの日か、あなたはお父さまとのことにけりをつけて前に進む方法を見つけなければならなくなる。お父さまはもう死んでいるのに、いまだにあなたをとらえて放さない。そんな横暴を許していてはいけないわ」

マーカスはうなった。あの男のことを持ちだされて、体がこわばった。姿勢を直すふりをして顔をそむけ、傷跡を隠した。「言うは易しだ」

「なんとかして解決できるわ」ダニーが両腕をまわしてマーカスをきつく抱きしめた。「ねえ、わたしはとても楽しんだのよ」彼女はささやき、頰を真っ赤に染めた。マーカスの好きな色だ。「あれは……いい感じだったわ」

〝いい感じ〟だと？　マーカスは――いや、どんな男でも――恋人としての自分を女性にそんな言葉で表現してほしくはなかった。

彼はまたうなったが、作り笑いを浮かべて無理にでも気分を明るくしようとした。「ベッドで奮闘した男に対して、〝いい感じ〟などという言葉は使うもんじゃないぞ、おちびさん。

男は侮辱されたと思うから」

　ダニーは笑ってマーカスを解放し、ふたたび傷口の手当てをはじめた。彼女がジニーの居場所を突きとめて早く家に帰ろうとしゃべっているあいだ、マーカスは辛抱強く座っていた。

　彼は黙ったままだった。マーカスから見た状況はそれほど単純ではない。彼は罪を犯したのだ。救われる可能性があるとするならば、まずはジニーを見つけ、結婚証明書を手に入れなければならない。そして海軍司令長官が婚姻無効の手続きをして醜聞になるよりはと、彼らの結婚を許してくれることを祈るしかなかった。

　ダニーのことは愛している。信じられないことにダニーもマーカスを思ってくれているが、だからといって状況は変わらない。彼女は貧乏で、生活の足しになるようにと商売をしているくらいだ。マーカスにはキャロの婚約を破棄するために金が――しかも多額の金が必要だ。ジニーはその金を持っている。

　ダニーのことをどう思っているとしても、自分はジニーを奪還して彼女と結婚しなければならない。

「マーカス！　見て！」

　脇腹の痛みにうめきながら立ちあがり、ダニーがしゃがんでいる茂みの前へと急ぐ。マーカスは彼女の背中に片方の手を当てて、肩越しに見た。彼の体重を受けてダニーの背中がこわばった。マーカスは自分がダニーに緊張を強いているのではないかと不安を覚えはじめていた。今朝の一件で、ふたりともすでに疲れきっていた。それからというもの、必要に駆られてだが、マーカスはダニーを松葉杖のように使っている。

「何が見える？」

ダニーが伸ばした指の先にはトネリコの茂みがあった。その周囲だけがほうきで掃いたように落ち葉がなく、茂みの下のほうが寝袋の形につぶれている。

「なるほど、野営地だな」マーカスはうなった。

「そのとおり。そして、彼らは跡を残していったわ」ダニーが草地の中の馬糞を指してからつけ加えた。「追いかけるのが楽しい手がかりではないけれど、馬たちには感謝しないと」

マーカスは面白がる様子もなく不平をもらした。「これが誰が残していった跡か、どうやったらわかるというんだ？　馬車の痕跡はどこにも見えないぞ」

「当てもなくひたすら森を歩きまわりたいの？　最善の結果につながるように祈って、この跡をたどるほうがいいんじゃない？」

この強情な目をしたダニーに反論しても無駄だと、マーカスは知っていた。彼女は背筋を伸ばし、ほっそりした肩にマーカスの腕をまわさせると、馬の残した跡に向かって歩きだした。

マーカスはちらりと視線を落としてふたりの体のくっついた部分を見た。なじみのないあたたかさが全身に広がっていく。ダニーはマーカスの高価な上着を引き裂いた残りの布を包帯にして傷口を覆ってくれていたが、もう一枚はおったシャツの生地にもゆっくりと血がにじみつつあるのが感じられた。だが、こんなのは浅い傷だ。医者を見つけるまではこの包帯でもつだろう。真の苦しい痛みは定期的に胸の奥を襲っていた。それも耐え抜いてみせる。

ダニーはマーカスを励ますようにしっかりと手をつかみ、マーカスは傷に障らない範囲でできる限り速く歩いた。幼い少年の頃に母が示してくれた愛情はおぼろげに覚えているが、それもはるか遠い昔の話だ。こんなふうに人から親切にされたのはいつ以来だろう。しかも親切にしてくれるのがダニーとなれば、この貴重な時間を大切にしなければならない。

こんな時間がいつまで続くかわからないのだから。

18

姉たちは彼女が目の前から消えてくれたと知って、どんなに喜んだことでしょう。苦労して涙をひと粒こぼし、心から悲しんでいるふうに見せかけました。

チャールズ・ラム『美女と野獣』

太陽が天高くのぼる頃になって、ふたりはやっと人の話し声を耳にした。近づいていくと、言葉はよりはっきりと聞こえるようになった。ダニーの耳には馬のいななきと、馬具がかちゃかちゃ音をたてるのが聞こえた。男がふたり、激しい口調でやりあっている。続いて、ぴしゃりと鋭い女の声が飛んだ。

ジニーの声だと気づいて、ダニーは喜びに打ち震えた。

「聞いているの、ブリジャー・ビショップ？　あなたなんか大嫌いよ！」

マーカスが皮肉めいた目でダニーをからかうように見た。ジニーに怒りをぶつけられて閉口しているのは、自分たちだけではなかったらしい。

深いバリトンの声が響いた。「この悪魔め！　おまえがばかな女のふりをしてロンドンじゅうを騙しおおせてるなんて、とても信じられない！」

暴力がふるわれているような音が森に響き渡り、独創的な悪態が続いた。別の声が怒鳴った。「もういい、たくさんだ！」

しばらく沈黙が続いたのちに、ジニーが叫んだ。「あなたも大嫌いよ、オティエノ！」

ダニーはマーカスにその場で待つよう無言で合図を送り、低くかがむとなるべく音をたてずに藪をまわりこんで歩いていった。そびえたつオークの木の後ろで足を止める。空き地の中央が追いはぎ一味の野営地になっていた。ジニーはすぐに見つかった。大きな木に背中をつけて立ち、腕を広げて、ロープ一本で幹に縛りつけられている。髪はぼさぼさで、あちこちから木の葉や小枝が突きだしている。つらい目に遭っているにもかかわらず、ジニーは気丈で落ち着いて見えた。ダニーには、追いはぎたちが誘拐した女性に新しいドレスを与えてやったらしいことのほうが驚きだった。毛織りのドレスはあちこち引き裂かれてほつれていたが、ダニーがあげた簡素なドレスを着ているよりもはるかにあたたかいだろう。

ダニーはふたりの追いはぎに注意を向け、彼らの位置と持っている武器を推し量った。ダニーとマーカスがふたたびジニーを誘拐するには、腕力よりも頭脳に頼らなければならない。ダニーの力は男たちの半分もないし、今のマーカスは満足に歩くこともできないのだ。

彼女は祭り会場でジニーのショールを売りつけていたのが大柄なほうの男だと気づいた。体格はマーカスよりも大きいかもしれない。座っていてもなお、男は空き地の真ん中に堂々とそびえているように見えた。日焼けした肌と漆黒の髪はロマの特徴だ。色とりどりのつぎはぎが施されたゆったりした服も、放浪の民についてダニーが聞いたことのある話を思い起こさせるものだった。男はぐったりと疲れた様子だったが、張りつめた表情で相棒とジニーに交互に目を走らせている。

盗賊グリーンは大声でわめきながら大股で歩きまわり、憎悪の目でジニーをにらみつけた。グリーンが前を通るたびにジニーは軽蔑の念もあらわに顎を高くあげ、彼をさらに怒らせた。変装と仮面がなくても、ダニーにはすぐにそれとわかった。ジニーが連れ去られる前に、ダニーが猛然と体当たりした相手だ。焦げ茶色の髪がそよ風になびき、角張った顔の輪郭が見えた。髪よりも暗い色の眉は額に鋭い線を描き、しかめた顔はすさまじい形相になっている。グリーンがジニーの前で足を止めた。彼女の顔までほんの数センチというところまで頭をかがめて吐き捨てる。「おまえの身代金を受けとる瞬間が楽しみだよ。そうしたら、おれはやっとおまえから解放されるってわけだ」

ジニーは怒りの叫びを放ち、脚を振りあげてグリーンの下腹部に強烈な膝蹴りを見舞った。グリーンは前のめりになって倒れ、たちまち胃の中身をぶちまけた。ダニーは体をすくめ、同情の念を覚えた。「このくそ女！」

小さな衣ずれの音が背後から聞こえて、ダニーはそちらに目を向けた。マーカスがもがくようにして必死に歩いてくる。苦痛にまみれた彼の目が四つん這いになったグリーンを射た。

「ジニーの蹴りには気をつけろと警告していなかったかな」

こんな状況下でも、ダニーは思わず忍び笑いをもらした。マーカスはさらにダニーに近づくと、木にもたれた。相棒がよろよろと歩くグリーンをジニーから離れたところに連れていき、切り株に座らせてやってからジニーをにらみつけると、グリーンとこそこそ話しはじめた。マーカスは苦痛に顔をゆがませながらも、その目は愉快そうにきらめいていた。

「あの蹴りを繰りだせるくらい彼女が元気でうれしいよ」

ダニーはくるりと目をまわした。

「見事だったわ。あなたはここで待っていて。わたしがジニーを連れてくるから」

マーカスは眉をひそめ、木の陰から出ようとするダニーをつかまえた。空き地の反対側に頭を傾けてみせる。「馬は任せろ」

遠くに目をやって、ダニーはかぶりを振った。「無理よ、そんな状態では」

マーカスは侮辱されたと受けとったようだった。

「もちろんできる。もっと悪い状態でも生き延びてきたんだ」

その言葉に暗い考えが浮かびそうになるのを打ち消して、ダニーは奥歯を嚙みしめた。

「わかったわ。空き地の向こうにある小道のところで会いましょう。でも、あなたが捕まっても、わたしが助けに来るとは期待しないでね」

マーカスの唇がほほえみに震えた。「ミス・グリーン、心やさしいきみは、あの追いはぎどもの手の中にわたしを置き去りにするなどということはしないだろうな」

「おだてても無駄よ!」

追いはぎたちは議論に夢中になっている。木にぐったりと寄りかかったジニーはとても疲れて見えた。動くなら今しかない。ダニーはマーカスにうなずくと、身をかがめて飛びだした。苔むした地面に足が沈む。うかつに踏んで音をたてないよう落ち葉や枝を避けて歩き、茂みに張りつくようにしてジニーが縛られている木のそばまで進んだ。そのあいだもずっと、目の隅で追いはぎふたりの様子をうかがった。

ジニーまであと少しというところで、ダニーは大きな枝を踏んだ。ぴしっと折れる音が空き地にこだまする。ダニーは男たちを見たまま立ち尽くした。蹴られたグリーンはまだ下腹部を抱えて痛がっている。ロマのほうは警戒して、音がしたほうに目を向けた。ダニーと目が合った瞬間、彼女が誰かわかったようだ。男の顔にゆっくりと笑みが広がった。

ダニーはもうおしまいだと観念した。男はグリーンを振り向いて何か言っている。ところが、それ以上何も起きなかった。ダニーは混乱して眉をひそめた。てっきりあの男が妨害しに来るものと思ったのに。

そのとき、ロマが口笛を吹きはじめた。元気よく楽しい調べが森に響く。ダニーはますます混乱した。彼女は男に見られたと確信していた。間違いなくダニーを目にしたはずなのだ。彼女は首を振り、警戒心を極限まで高めながら歩を進めた。

ジニーが縛られている大木の後ろに飛びこみ、ロープが簡単にほどけることを願いながら結び目を探った。木陰から危険なほど身を乗りだしてロープの行方をたどり、使われているのが一本の長いロープだとわかって、ダニーはうめいた。あのいまいましい男たちは、ロープのそれぞれの端でジニーの手首を縛っている。つまり、拘束をほどくには木の前にまわりこまなければならないということだ。

ダニーは男たちを観察した。蹴られたグリーンはジニーと彼女に負わされた耐えがたい痛みに対する文句をまくしたてている。ロマのほうはダニーに背を向け、口笛を吹き続けていた。

ダニーは木陰からすべりでて、ロープに取りかかる前にすばやくジニーの腕をつかみ、片方の手で彼女の口を押さえた。驚いて目を丸くしたジニーは、ダニーから追いはぎたちへとすばやく視線を移した。安堵の表情を浮かべ、体をぐったりと木にもたせかける。ダニーは指を自分の唇に当てて黙っているよう合図した。ジニーがあわててうなずくのを見て彼女の口から手を離し、急いで結び目をほどきはじめた。

ロープは太くごつごつしていて、肌に長時間触れさせたいと思う代物ではなかった。少し動かしただけで、ジニーの手首に燃えるように赤い跡がついているのが見えた。粗い繊維の一本が親指に刺さり、鋭く息をのむ音がダニーの口からもれた。ふたりは凍りつき、男たちのほうに目をやった。ロマがさらに大きな音で口笛を吹いているだけで、ほかには何も反応がない。ダニーは顔をしかめた。疑念は強まるばかりだ。

しかし、躊躇している暇はない。ダニーはなんとかジニーの片方の手を自由にした。安堵と痛みから、ジニーがため息をもらす。ダニーはすぐさまもう一方の手に取りかかった。しばらくして木の根元に落ちたロープは、地面にのたくる根にまぎれて見分けがつかなくなった。

ジニーがダニーの首筋に抱きつき、彼女だけに聞こえる声で言った。「ありがとう」

ダニーは黙ってうなずいた。森の出口まであとどれだけあるのかわからない。ふたりは静かに、できるだけ急いで小道に向かった。マーカスが地面に座りこんでいた。手には馬の手綱が握られている。ぐったりした彼は、前より具合が悪くなっている様子だ。

ダニーはマーカスの横にひざまずいた。熱と痛みで苦しそうな息をしている。

「予想していたよりも大変だったよ」

彼女はマーカスの額に垂れた髪をかきあげた。「すぐに移動しないと」

マーカスの淡い緑の瞳が決意にきらめいた。片方の腕をダニーの首にまわし、もう一方の手で脇腹を押さえる。ダニーは歯を食いしばってマーカスの重みに耐えた。だが、不意に重さをさほど感じなくなった。顔をあげると、ジニーの青い目と目が合った。ジニーがマーカスの反対側の脇の下に頭をくぐらせ、彼を支えるのを手伝おうとしてくれている。ジニーがうなずき、ふたりはマーカスを立ちあがらせた。

馬のほうに近づいていくと、一頭が興奮して頭をもたげた。ブルルと鼻を鳴らす音が森にこだました。ダニーは振り返って確認したものの、男たちはやはり追ってこない。ロマの口笛はもうやんでいたが、彼がグリーンの視線をジニーに向けさせないようにしていたのがダニーはずっと気になっていた。あの男はわたしたちを逃がそうとしている。でも、どうして？

ジニーは馬に近寄ると、目と目のあいだの白い模様を撫でて安心させてやり、手早く荷物の紐を鞍に巻きつけた。

「あなたは乗れるの？」ダニーは小声でマーカスに言った。

マーカスは彼女に支えられた体をこわばらせたが、いかめしい顔でうなずいた。選択肢はないのだ。ジニーの手も借りて、マーカスはなんとかいちばんおとなしそうな馬の鞍に腰を落ち着けた。

ダニーはジニーを大きな鹿毛の馬に乗せ、自分は最も大きくて気性の荒そうな馬に乗ることにした。美しい牡馬で、黄褐色の毛並みには完璧にブラシがかけられている。ダニーはその馬を称賛するように撫でた。

「それはオティエノの秘蔵っ子なのよ」ジニーが説明した。「ほら、あのロマの男」

ダニーは、逃亡を見逃してくれた男の馬を奪うのは申し訳ない気がした。たとえ彼が、慰み者にするために彼女を連れ去ろうと主張していた男だとしても。

「なんだかすまないような気もするわ」

ぞっとさせる凄みを帯びたジニーのほほえみに、ダニーはさらにすまない気持ちになった。

「そんなふうに思う必要はないわ。どうせほかの誰かから盗んだ馬なんだから」

「それを盗んでやったというのは、気のきいた皮肉ね」

「ええ、まったく同感」

ダニーはまじまじとジニーを見つめた。先ほどから、ジニーの視線がすばやくあちこちに動いていることに気がついていた。頭の回転が速く、見るものすべてを吸収しているのだろう。歩き方も、短期間に二度も誘拐されたとは思えないほど自信に満ちている。目の中に知性のきらめきも見てとれた。ダニーはふと、盗賊グリーンの言葉を思いだした。〝おまえがばかな女のふりをしてロンドンじゅうを騙しおおせてるなんて〟

ダニーは思わず笑いだしそうになった。つまりマーカスの場合と同じように、社交界がその一員の呼び名のつけ方を間違えたことが、またしても証明されたわけだ。ダニーはジニーがなぜその誤りを正そうとしないのか知りたくなった。

ふたりは黙って笑みを交わした。それからダニーは足をあぶみにかけ、脚を大きく振った。鞍の上に落ち着いて、仲間たちをちらりと見る。ジニーは早くここを離れたい様子で、それにはダニーも異論はなかった。マーカスは腰を押さえて黙りこくっている。彼は医師の診療を受ける必要があり、それは森の中にいては得られない。

「大通りと宿屋はこっちの方角よ」

ジニーが馬を西に向かわせ、マーカスがあとに続いた。空き地を振り返ったダニーは追いはぎたちをちらりと見て、そのまま凍りついた。

マーカスが心配そうな顔でダニーを呼んだ。

「何を待っているんだ？　早くここを逃げださないと」

ダニーは手を振ってマーカスに応えたが、相棒と話しこんでいる漆黒の髪の追いはぎから今なお目が離せなかった。

「何か不都合でも？」

とうとうダニーは首を振った。「なんでもないわ」

馬の頭を仲間たちのほうに向け、下腹を足でそっと押した。一団となって森を駆け抜けながらも、心はまだ空き地にあった。

誓ってもいい。オティエノの口の動きは〝助かったよ〟と言っていた。そして、彼はさよならと手を振ったのだった。

19

「わたしを置いて出ていかないと誓え！」野獣は叫びました。
「誓います」もはや彼女の恐怖は消えていました。「喜んで誓います」今も、これからも。
チャールズ・ラム『美女と野獣』

地平線の上に月が半分ほど現れた頃に、三人は次の宿屋に着いた。追いはぎたちとの距離をできるだけ空けたくて、盗んだ馬でひたすら駆けた。道中は誰もほとんどしゃべらなかった。ダニーは、ジニーがしばしば不安そうに背後に目を走らせているのに気づいた。だがいちばんの気がかりは、改めて誘拐することになったジニーではなくマーカスだった。

顔はやつれ、目は苦痛に翳り、表情は石のごとくかたい。淡い緑の瞳はただ前を見つめていた。少しでも視線がぶれれば、鞍から転げ落ちてしまうとでもいうように。

ダニーの肩にも燃えるような痛みがあった。何時間も同じ姿勢でいるのと、先ほどマーカスの体重を支えたことで筋肉が張っているせいだ。ジニーがいつヒステリーを起こすか、マーカスがいつ気を失うか、追いはぎたちか海軍司令長官の兵士にいつ襲われるかと、ダニーは絶えず恐怖を感じていた。もちろん、道中にはほかにもどんな危険が潜んでいるかわからない。彼女は肉体的にも精神的にも疲れ果てていた。

〈踊るドラゴン〉という宿屋の看板を見つけたときにはほっとした。中庭に馬を乗り入れ、すばやく馬から降りる。あとは部屋を取って全員が無事に夜を過ごせるようにすれば、ベッドに飛びこんで眠ることができる。

ジニーも急いで馬を降り、マーカスの馬へと向かうダニーの手伝いに加わった。誘拐されたことや今後の計画について、ジニーがまだ食ってかかってこないのがダニーにはありがたかった。ジニーは沈黙を守り、観察者に徹している。ふたりは力を合わせてマーカスが馬から降りるのを手伝った。マーカスはうめきながらダニーの肩に腕をまわし、彼女をそばに引き寄せた。重心をずらし、ぐったりともたれかかる。

「重くてすまない、おちびさん」

ダニーは体を突っ張って、マーカスの体重のほとんどを支えた。

「言えば軽くなるというわけでもあるまいし」

マーカスが弱々しい笑い声をあげると、ジニーが目を丸くした。「ああ、そうだな」

ジニーはマーカスを値踏みするように見つめている。ダニーは森の中で思ったことに確信を持った。ジニーはおばかさんなどではない。絶対に。

明かりのついた談話室からあわてて出てきた宿屋の主人を最初に迎えたのはダニーだった。

身長がダニーと同じくらいで、小柄な男だ。「いらっしゃいませ。わたしはここの主人のミスター・ペンスリーと申します。〈踊るドラゴン〉にようこそ！」

ペンスリーは間を置き、三人の疲労困憊した様子とマーカスの恐ろしい顔を見て驚きに目を丸くした。ダニーは何か説明しなければと思ったが、頭が働かなかった。思いがけず救いの手を差し伸べたのはジニーだった。なんの感情も表さない顔で頭を横に傾け、主人を見つめる。「ドラゴンって、あまり踊ったりはしないわよね？」

ダニーは口を開きかけたが、なんと言っていいかわからず、また閉じた。ジニーに知性があると感じたのは思い違いだったのだろうか？　ペンスリーが答えに窮してまごつくあいだ、ダニーはうめきを押し殺した。客に失礼なことは言いたくないと思いながらも主人が葛藤しているのが手に取るようにわかる。結局、彼は落ち着きなく笑ってみせることにしたらしい。

「まあ、その、わたしにはよくわかりませんがね、お嬢さん」

突然マーカスがさらに体重をかけてきて、ダニーは顔をしかめた。彼の青白い顔を見る。マーカスには食べ物と水、それにあたたかいベッドが必要だ。

ダニーは咳払いをして、ペンスリーの注意を引いた。主人は相手が変わってほっとしているようだった。「こちらはフリートウッド侯爵よ。今すぐ手当てをしないといけないの」

爵位を聞いてペンスリーは飛びあがり、顔を輝かせた。「フ、フリートウッド侯爵？」

マーカスが突然姿勢を正し、背の低い男に残忍な笑みを向けた。ダニーはマーカスが限界に近づいていることがわかった。

「妻が言いたいのはつまり、わたしが撃たれていて医者が必要だということだ。今すぐに」

ダニーは妻と呼ばれて身をかたくしたが、抗議はしなかった。妻ということならマーカスの部屋にも行きやすく、世話もしやすい。彼の妻のふりをすることは、ほとんど夢がかなったようなものだ。しかし今のダニーはあまりに疲れすぎていて、まともに考えることもできなかった。

主人は息をのみ、震える手で喉を押さえた。

「それは大変だ！　ええ、わかりました。急いで医者を呼びにやりましょう」

ペンスリーは一行を古い宿屋の中に案内し、ジニーは何も言わずについてきた。ダニーはあえてジニーを無視した。探るような目で見られても、今はジニーの問いに答えることはできない。

宿屋は人でごった返していた。小さな円いテーブルを囲んで座った陽気な男たちが笑いさざめき、大きなジョッキで酒を飲んでいる。男のひとりが酒場の女性従業員の尻をつかんだのを見て、ダニーは不安に駆られた。ここはいったいどういう店なのだろう。安全な場所でやすみたいという希望は打ち砕かれた。ダニーは店員になり代わって顔を赤くし、ペンスリーのあとを追った。主人は若者にきびきびと命令し、若者が店を飛びだしていく。あの若者が医師を呼びに行ったのであればいいけれど、とダニーは思った。

ペンスリーは熱心に手招きして、三人を二階に案内した。ジニーが先に立ち、マーカスは手すりをつかんで階段をのぼった。一段あがるごとにマーカスが苦痛に見舞われているのをダニーは感じた。そのたびに傷口が開いていくのだ。マーカスの顔は汗まみれだった。ダニーも彼を支えながら息を切らした。

階段に比べれば、平坦な廊下を歩くほうがマーカスにとってはずっと簡単だった。主人は腰につけた鍵束をがちゃがちゃいわせて鍵を取りだした。小さい鍵をジニーに渡して言う。

「この部屋がお気に召すといいんですがね、お嬢さん」

赤毛の頭がすばやくダニーを振り返った。本当にこの自由を享受していいのかどうかと不安に思っているようだ。ダニーはジニーがどこで寝ようとかまわなかった。ひとりで逃げられるほどのお金は持っていないし、大変な一日を経験した今は鍵のかかった部屋で眠りをむさぼりたいだろう。ジニーが同意のしるしにうなずき、急いで鍵を開けると部屋の中に姿を消した。

三人はさらに廊下を進んだ。三つ先の扉の前で主人が足を止め、鍵束から鍵をひとつ外した。解錠し、扉を開ける。羽目板張りの部屋の中央に巨大なベッドが鎮座していた。ベッドまわりは濃紺色で統一され、夜のとばりが降りてきたため主人がともした蠟燭の火を受けて美しく輝いている。ダニーは驚いて眉をあげた。肩に置かれたマーカスの手にも力がこもる。

主人が得意そうににやりとした。「新婚のお客さま用の部屋なんですよ、奥さま」

むせぶような音がダニーの喉からもれた。なんてこと。

マーカスは黙っていたが、ダニーには笑いを押し殺して震えているのが感じられた。不意に彼があえぐような音をたて、顔がますますゆがめられた。主人は両手をひらひらさせながらあわてて動きだした。

「ドクター・グロッグは間もなくおいでになります。旦那さまをベッドにお連れしましょう」

ダニーはうなずいた。マーカスの重い体を支えるのもそろそろ限界だ。主人とふたりがかりで彼をベッドの端に座らせたときには、ダニーの額にも玉の汗が浮いていた。

「服を脱がせしたほうがいいですよ、奥さま。そのほうが旦那さまも楽でしょう」

ダニーは凍りつき、主人をちらりと見た。本気で言っているのだろうか？ 真摯な顔を見る限り、どうやらそうらしい。妻なら夫のために当然それぐらいはするだろう。

恥ずかしさをつばとともにのみこんだ。夫婦のふりを続けなければならない。マーカスのつりあげられた眉とゆがんだ唇に貼りついた澄ました笑みが、できるのかと彼女に挑みかかるようだ。ダニーはぶつぶつ言いながらマーカスの足元にしゃがみこみ、やさしいとは言えないやり方で彼のブーツを脱がせにかかった。

主人が咳払いをする。「お湯と傷口をぬぐうための布を取ってきます」

「ミスター・ペンスリー」マーカスがうめいた。「医者が来たら、さっきの若い女性を先に診てもらってくれ」

「承知しました」主人はうなずき、鍵をベッド脇のテーブルに置いて出ていった。夫婦をふたりきりにしてやらなければと思ったのだろう。ダニーは笑いたくなった。

「ジニーのことを考えてくれて、ありがとう」ダニーは小さな声で言い、マーカスのブーツと靴下を脱がせていった。

片方の足が終わり、もう一方の足に取りかかったところで、マーカスがうめいた。ダニーは彼に見られているのを感じ、頬が熱くほてった。その目を見ることはできず、ただマーカスの素足を見つめるよりほかにどうしようもなかった。大きな足だ。ランタンの明かりを受けて、金色のすね毛が輝いている。ダニーの体の奥に、もうおなじみになった渦巻く感覚を覚え、喉が詰まった。誰かの足を見て魅力的だと思うことがあるなんて、これまで考えもしなかった。

自分の顔が真っ赤になっているのではないだろうか。ちらりと視線をあげて取り澄ましたマーカスの表情を見たとき、その考えは確信に変わった。辛抱の限界がそこまで来ている気がして、ダニーは手早くブーツと靴下を脱がせた。マーカスが用心しながら腕をあげて、子どもが乳母に服を脱がせてもらうような格好になる。ダニーは彼をにらみつけ、腰に手を当てた。

「わたしに苦労をさせて楽しむなんて、紳士のすることじゃないわよ」

悪魔のきらめきがマーカスの目に宿った。

「わたしの服を脱がせるのを楽しむなんて、レディのすることじゃないな」

「あなたは……」ダニーは言葉に詰まって黙りこんだ。さらに顔が熱くなる。なんてことを。でも、彼の言うことは当たっている。

マーカスがくすくす笑い、片方の眉をつりあげた。

　ダニーは大胆になって彼の脚のあいだに体を進め、乱暴にシャツを脱がせた。マーカスは両手が自由になった瞬間、ダニーの腰をつかんで引き寄せ、額を彼女の腹部に押し当てた。

「ジニーを無事に取り戻せてどんなにほっとしているか、言葉にならないほどだ」

　語尾が震えている。ダニーはほほえみ、むきだしになったマーカスの肩の筋肉を撫でた。彼が何を言いたいか、ダニーには正確にわかっていた。長くつらい旅の果てに、やっとジニーを見つけて救いだすことができたのだ。ジニーを取り戻せたことで、肩にかかる重荷は信じられないほど軽くなった。しかし、ダニーはこれからはじまる闘いに恐怖を感じてもいた。マーカスが回復して先に進めるようになるまでに、彼の問題を解決する方法を考えなければならない。

　まずは休息が必要だ。「わかるわ。ジニーは元気そうに見えるけれど、あなたも彼女もお医者さまにちゃんと診てもらったほうがいいと思う」

　マーカスがゆっくり目を閉じた。「医者に先にジニーを診てもらうことぐらいしか、わたしにはできないからな。これはすべてわたしの過ちだ。考えるだけで耐えられなかった……もし彼女が怪我でもさせられていたらと……」

「何もかも、きっとうまくいくわ」ダニーはほほえんだ。鼓動がとくんとはずむ。

「どうしてそんなことがわかる？」

　ダニーは場の雰囲気を明るくしようとした。「わたしにはなんでもわかるの」

　マーカスが一瞬きつく彼女をつかみ、弱々しい笑い声をもらす。

「そうだったらいいんだが、ダニー。そうであってくれれば……」

マーカスは頭をあげ、悲しげで今にも壊れそうな目で彼女を見つめると、唇を重ねた。キスにこめられた欲求はあまりに強く、ダニーは息もできなかった。彼女は片方の手をマーカスの首の後ろにまわし、きつく抱きしめた。力強い手のひらを背中にまわされ、ダニーは自分の胸をマーカスの胸へと強く押しつける。マーカスに触れられるたびに感じる熱がふたたびわき起こり、ダニーは腿を引きしめた。

彼女はあえぎ、体を離した。マーカスの口は離れようとせず、熱い唇は弧を描いてダニーの耳の後ろから首筋をたどり、彼女の胸へと行きついた。

「マーカス」ダニーは小声で言って彼の頭を手で包み、さらに下へと導いた。

「彼の状態はきみが思っているほど深刻ではないようだな、ミスター・ペンスリー」

ダニーは飛びあがった。邪魔が入ったことに驚き、見られていたと思うと恥ずかしさに襲われた。扉のところに宿屋の主人と並んで立ち、面白がっているのを隠そうとまじめな顔を取り繕っているのが呼ばれてきた医師らしかった。

「ああ、若返りたいものだ」年配の男は黒い革の鞄を近くの椅子に置いた。

主人が手をひらひらさせた。

「申し訳ありません、閣下、奥さま。こんなことになっているとは思わず……」

マーカスが満足げな笑い声を響かせながら、シャツを抱えて傷だらけの胸を隠した。そうやって人目を気にしながらも、彼は大いに喜んでいるふうだったが、ダニーは穴があったら入りたい心境だった。

「謝ることはない、ミスター・ペンスリー。妻もわたしも、ちょっと自制がきかなくなってしまったようだ」

顔が燃えるように熱い。ダニーは体の脇でこぶしを握りしめた。マーカスったら、そんな冗談でわたしに恥をかかせるなんて。

主人は晴れ晴れとした顔になり、夢見るような笑みを浮かべた。

「ああ！　新婚のご夫婦でしたか。どうりで」

ドクター・グロッグはすべてわかっていると言いたげにダニーにウインクしてみせた。ダニーは手のひらまでもが熱くなって汗ばむのを感じた。全身をどくどくと血が駆けめぐっている。床に穴を掘って隠れたぐらいでは、この恥ずかしさはとうてい消せそうもない。

マーカスがいっそう笑顔を輝かせた。「彼女はどんな鎮痛剤よりも効く」

「よくわかります」医師がほがらかに笑った。「こんなことを申しあげるのは失礼ですが、奥さまは大変おきれいですからな。明らかにひどくお疲れのようだが」

ああ、神さま、わたしを今すぐこの部屋から消してください！　ダニーは咳払いをし、親切な医師にうなずいてみせた。

「わたしは失礼して、いとこの様子を見てきますわ。診察をお願いします」

ダニーはジニーの部屋に逃げこもうと扉へ向かったが、ペンスリーが出入り口をふさいでいた。医師は手を振って、ダニーにベッドのそばへ戻るよう指示した。

「その必要はありませんよ。ご主人はあなたにそばにいてほしいらしい」

マーカスの目が悪魔のきらめきを放った。「ああ、妻がいると安心だ」

ダニーは歯噛みしながらベッドの横に戻り、夫が診察を受けるべく横たわるのを見守った。かがみこんでマーカスの耳にささやいた。「けがが治ったらどうなるか、覚えてなさい」

彼の真剣な目つきに、ダニーはどきりとした。マーカスの顔にゆっくりと笑みが広がっていき、表情ががらりと変わる。彼女は息をのんだ。マーカスが醜いだなんて、どうして思えたのだろう？

「ダーリン、ふたりきりになったらきみがわたしに何をしたいか聞かせてくれるのはうれしいが、今はいけない。腕ききの医者に診てもらうところなんだから」

ダニーは呆然とマーカスを見つめた。医師と主人は呆然とダニーを見た。

ダニーは彼をにらみつけ、ぴしゃりと言った。「今夜は別の部屋を用意していただけるかしら、ミスター・ペンスリー」

主人がまたもや夢見るような笑みを浮かべた。

「痴話喧嘩ですか！　わたしはこの痴話喧嘩というやつが大好きでしてね」

ダニーは小男をにらみつけた。今となってはもう、ジニーが部屋に入れてくれて、罪のない質問をさせてくれるなら、ほかには何も望まない。たとえば、そう、〝空は落ちてこないの？〟とか。

ドクター・グロッグが助け舟を出した。「まあ、いいじゃないか。こちらの気の毒なレディは、今夜はもう充分にばつの悪い思いをされたんだから」彼は傷口に目を向けた。「正確には、どういう状況で撃たれたのです？」

「追いはぎに襲われたんだ。かわいそうに、妻のいとこはずいぶん怖い思いをした」

説明としてはなかなかだ。何しろほとんどは真実なのだから。

医師が一瞬手を止めて言った。「ああ、そうでした。閣下のご要望どおり、先に彼女を診察してきました。かわいらしい女性ですな。手首をロープで縛られたところが火ぶくれになっていましたから、軟膏を出しておきました。それから、彼女はその……野蛮人どもに乱暴されてはいないそうです」訳知り顔でマーカスと目を合わせた。「最近、特にこのあたりで悪さをしている連中でしてね。死人が出る前に何か手を打たないと」

ダニーはその報告にマーカスがほっとしたのを感じ、自分も同じ気持ちだと伝えるために彼の手を握った。医師に対してはうなずいて同意を示した。盗賊グリーンとその仲間たちはどうしようもない愚か者なのだから、取りしまられてしかるべきだ。彼らがこれまでひとりも殺していないというのは奇跡だった。

医師は傷口を縫う必要があると宣言し、針を火で焼いて消毒した。ペンスリーはこれを飲めば痛みを感じなくなるからと、ブランデーの瓶をマーカスに差しだした。

ダニーはただちに割って入った。「これはだめよ」

主人は明らかに混乱した様子で瓶のラベルを見直した。

「どういうことです？　うちで出している最上級のものですよ！」

「すばらしい年代物だというのはわかるが、わたしはもう酒を飲めないんだ。飲むと具合が悪くなってしまう」マーカスは説明した。ダニーはそれを聞いて安心した。森の中ではマーカスは酒に手を出さなかったが、彼女はかすかに疑念を持っていたのだ。

ペンスリーが目を丸くする。「でも、鎮痛剤になるんですよ、閣下！」

マーカスがダニーの手のほうにわずかに手を伸ばした。彼女はその手をきつく握り返した。医師がマーカスの胸の傷跡をじっくり眺めた。

「この方なら、数針縫うくらいの痛みは耐えられるだろう」

そのとき、マーカスの肌に醜く残る傷跡が主人の目にも入った。彼は青ざめ、わずかにぐらついた。ダニーはいらだちを抑えてペンスリーの肘をつかみ、扉へと導いた。「ほかのお客さまの世話をしたほうがいいんじゃないかしら。治療が終わったら、ドクター・グロッグから伝えてもらえると思うわ」

ペンスリーが酒瓶を胸に抱きしめた。「ええ、おっしゃるとおりです」

彼が出ていくとダニーは扉を閉め、厄介者を追い払えたことを喜んだ。マーカスのもとに戻り、医師とベッドをはさんで反対側に腰かけた。マーカスは医師の手元を見ないように顔をそむけている。その目はいつもの彼らしくない緊張で見開かれていた。額に汗が浮かび、脚は震えている。ダニーはこの痛みでマーカスの恐ろしい記憶がよみがえるのではないかと怖かった。マーカスが一瞬ためらってから小さな声で言った。「そばにいてくれ」

ダニーはどきりとした。安心させるように、もう一度彼の手を握る。マーカスの思いに応えるべきでないのはわかっていた。あとで困った事態になるだけだ。しかし、ダニーは自分を抑えられなかった。どんな結末になろうとも、彼女の一部はこれからも常にマーカスとともにある。

「ええ、絶対に」ダニーはささやいた。

マーカスが手を強く握り返した。

傷口を縫うのに一〇分かかった。永遠に終わらないかに思えた。

縫い終えたドクター・グロッグが糸の残りを切ると、マーカスの肩の力が抜けたのがありありとわかった。マーカスは身をすくめていたが、苦痛の叫びをもらすことはなく、過去がよみがえって苦しむ様子も見せなかった。眉間のしわが消え、穏やかで明るいマーカスの目を見てダニーもほっとした。

彼女は手を放し、扉のところまで医師を見送りに行った。ドクター・グロッグは廊下に出ると足を止め、困惑の表情を浮かべた。「ご主人がどんな人生を送ってきたのか知りませんが、これは覚えておかれるといい。彼が経験した恐怖は決して消えることはありません。一生つきあっていかねばならないのです。あなたも思いやりをもって、辛抱なさってください」

ダニーは胸が締めつけられた。「わかっています」

引き結ばれた医師の口元に小さなほほえみが浮かんだ。「あなたはとても強い女性だ。あなたとご主人に幸あれと祈っていますよ。人生、まだまだ先が長いですからな」

ダニーはそっと扉を閉めた。今の話がマーカスに聞こえていなければいいけれどと思いながら振り返ると、彼の顔はやわらいで、胸が規則的に上下していた。マーカスは眠っていた。扉にもたれ、ダニーは震える息を吸いこんだ。すべてがうまくいきますように、誰もが幸せになれますようにと願わずにはいられなかった。特にマーカスには幸せになってほしい。そのためなら、わたしが彼と結婚して、自分の財産をブラッドリー家に持参してもいい。そうすれば、みんなの問題が解決する。

わたしの父と、求婚してくれているヘムズワース伯爵を除いて。それに自分自身にもためらいがあった。見知らぬ他人の医師にも警告されたとおりだ。マーカスとの人生は決して、ずっと夢見ていた幸せなおとぎ話のようにはならないだろう。それでも喜んで彼と結婚したいと思っているのだろうか？　マーカスの中から悪魔を追いだすだけの強さは自分にはないかもしれないとわかっていながら？

とにかく、今必要なのは休息することだ。ダニーはマーカスの横の空いている空間に目をやった。ふたりともが誘惑を感じる状況を作りあげることに躊躇したものの、疲労には勝てなかった。ダニーはやわらかなシーツの中に潜りこんだ。

マーカスははっと目を覚ました。扉を閉める音に驚いて、上半身を起こす。とたんに脇腹を縫った跡の痛みに襲われた。絶望のうめきが喉からもれ、彼はふたたび体を横たえた。小さな傷の痛みが、もっとひどい傷の記憶をどっとよみがえらせた。マーカスは自分が地獄の底へと転げ落ちようとしているのを感じた。

突然、手首があたたかくてやわらかなものに包まれた。頬を撫でるひんやりとした感触にもおぼろげに気づいた。マーカスは必死に自分を落ち着かせた。視界の端にダニーの顔が映った。その顔は心配そうにゆがんでいる。ダニーの声がマーカスの傷ついた心を癒やしてくれた。あえぎながら深呼吸をするうち、暗闇と混乱が徐々に消え去っていく。マーカスがダニーのやわらかな手のひらに顔をすりつけると、彼女はマーカスの額を撫でた。ダニーがそばにいることで、人生はなんとか耐えられるものになった。

「もう大丈夫だ」

ダニーの唇に浮かんだ笑みに、マーカスは胸が締めつけられた。ああ、なんてことだ。わたしは彼女を愛している。

「ごめんなさい。扉の音で起こしてしまったわね。メイドがトレーを運んできたの」

マーカスは頭を傾け、近くのテーブルに置かれた食べ物に目をやった。おいしそうな香りが漂ってきて、胃がきゅっと締まるのを感じた。

「どれぐらい眠っていたんだ?」

「もう朝よ。さあ、食べて」ダニーがジャムを塗ったトーストを差しだした。マーカスはおそるおそる体を起こして受けとった。三口でのみこむと、次の一枚に手を伸ばす。「傷は痛む?」

マーカスはくすくす笑った。「痛まなかったとしたら、そのほうが心配だ、おちびさん」

ダニーが顔をしかめた。「わたしはあなたのユーモアのセンスが心配だわ」

マーカスは笑って彼女を見あげた。人生でこんなに笑っていた日々があっただろうか？　こんなにすばらしい女性が自分を求めてくれるなんて。自分と一緒にいたいと思ってくれるなんて。こんなに傷だらけでも、過去に取り憑かれていても、ダニーはわたしを大切に思ってくれている。心から。

「医者は何か言っていたかい？」

「とにかく、ゆっくりやすみなさいって。ジニーの様子を見に行ったけれど、彼女は元気よ。ひと晩眠ったら、すっかり調子を取り戻したみたい。ジニーの部屋にいるあいだに何度〝あなたなんか大嫌い〟と言われたかが、彼女の元気のバロメーターだとしたらね」

マーカスは笑ってそのさまを頭に思い描いた。トレーからりんごをひとつ手に取ると、それもあっという間に平らげた。穏やかな沈黙が訪れ、部屋に差しこむやわらかな光がダニーの物思わしげな横顔を照らしている。ダニーが何を考えているかは察しがついたが、その話題を口にする気にはなれなかった。マーカスはゆで卵をつかみ、ふた口で食べた。とうとう彼女はいらだちを爆発させた。

「やっぱり耐えられない！」ダニーが吠えた。一拍置いて、マーカスに向き直る。キャラメル色の瞳がマーカスを責めていた。「妹さんの状況は理解したけれど、あなたがジニーにこんなことをするのを見過ごすわけにはいかないわ、マーカス。これは許せない」

マーカスは一気に重い気持ちになった。いずれその話をしなければならないとわかってはいたが、もう少し夢のような時間を楽しみたかった。

ダニーの視線を避け、ため息をついた。「ほかに選択肢はないんだ、ダニー」かわいい妹がハーウッド公爵のものになると考えると、胃の中で卵や果物がぐるぐるまわった。キャロにそんな惨めな人生を送らせることはできない。「キャロをあの男と結婚させるわけにはいかない」

ダニーは室内を歩きまわりはじめた。「わかっている。ハーウッド公爵の噂はいろいろ聞いているわ。彼が殺人者かもしれないと考えたら……。でも、何かほかに方法があるはずよ」

マーカスはいらだち、両手で髪をかきむしった。「わたしにどうしろというんだ？　きみはわたしに、妹より他人の幸せを優先しろと言っているんだぞ」

「あなたは考えたことがある？　ジニーとわたしに対してだけでなく、あなたはキャロラインにも、あなたの選択に従えと言っているのよ」

マーカスは身をこわばらせた。「なんだって？」

ダニーが不意に立ちどまり、目を細めた。「あなたの妹さんは、自分を救うために罪もない女性が無理やり結婚させられたと知ったら喜ばないと思う。わたしなら激怒するわ」

マーカスは目をそらした。認めたくはないが、キャロの気持ちにまで考えが至らなかったのは事実だ。あのゴシップ紙の件でも怒っていたのだから、たしかにキャロはマーカスに腹を立てるだろう。自分が窮地を脱する方策で頭がいっぱいで、妹がどういう気持ちになるかを考えたことはなかった。

ダニーはいらだたしげにうなった。「その様子だと、今どういう状況になっているのか、妹さんに話したこともないんでしょうね」

マーカスは黙っていた。ダニーが部屋を行ったり来たりする足音が聞こえた。彼女はいきなりマーカスの顎をつかみ、目と目を合わせた。マーカスはただ仰天し、目を丸くしてダニーの叫びを聞くしかなかった。

「なんて人なの、マーカス！　よくもそんなに自己中心的で頑固になれるわね」手を離すと、一歩さがって腕組みした。「これはあなたの妹さんに関することなのよ。だったら、妹さんにも解決策にかかわるべきだわ。あなたが彼女を守りたい気持ちもわかるけれど、妹さんにだって権利はある……いいえ、権利どころの話じゃないわ。この件について決定をくだすのは彼女であるべきよ」

「だが、わたしの過ちのせいだ」マーカスはささやいた。あの日の父の書斎を思いだしていた。

ダニーがいらいらと足を踏み鳴らす。「あなたが自分を責めるのは聞き飽きたわ、マーカス。ほかの誰のせいでもなく、すべてあなたのお父さまのせいよ」

マーカスは険しい顔つきになった。

「あなたのお父さまは死んだのよ」ダニーがずばりと言った。「死んだの。埋められた。地獄に落ちた。大変なのはわかるけれど、あなたは彼のしたことすべてを忘れて前に進まないと。もう終わった話よ。そして、あんなことはもう二度と起こらない」

マーカスは言い返そうと口を開いたが、言葉が出てこなかった。ダニーの言うとおりかもしれない。それはつまり、彼がキャロのために取った行動のすべてが無意味だったということだ。マーカスはあまりにも長いあいだ孤独に生きてきたせいで、他人の意見や感情に思いを馳せることに慣れていなかった。

だが今、ここで立ちどまって考えて気づいた。自分の行動は、うまくいけばキャロの婚約破棄につながるかもしれないが、かかわっている者全員を不幸にしてしまうだけだと。ジニーは望んでもいない結婚生活を送り、キャロは罪悪感を背負って残りの人生を生きていくことになる。そしてマーカス自身は一生を懸けて愛したい相手を失ってしまう。ダニーは？ 彼女はどう感じるのだろう？ 目の前の女性は最後にもう一度マーカスをにらみつけると、からになったトレーを持ちあげて扉へと向かった。

「わたしの言ったことをじっくり考えてみて、マーカス。みんなが力を合わせれば、きっと解決策が見つかるとわたしは思っている」

マーカスはかすかにうなずき、ダニーは部屋を出ていった。

頭では理解できても、彼は叱られた子どものような気分になるのを抑えられなかった。

「どうしようもない人」ダニーはつぶやき、トレーを掲げてジニーの部屋を通り過ぎると階下におりた。ペンスリーがいるのにも気づかないままカウンターにトレーを置き、その勢いで外に出た。新鮮な空気を吸えば怒りもやわらぐだろう。

中庭の中央まで来て足を止め、いらいらと地面を蹴った。両手を腰に当てて、何度か胸いっぱいに空気を吸いこむ。そよ風は春のさわやかさと冷たい雨の気配を運んできていた。早朝のもやが空中に垂れこめ、ぼろぼろになったドレスでは肌寒いほどだ。ダニーは青いドレスの裾についた泥はねをちらりと見て、顔をしかめた。

マーカスからもらったあのドレスが着たい。昨日、ドレスをしまった麻袋を持ち歩いていてよかった。あれをなくしてしまったら、どんなにがっかりするだろう。

ああ、あのドレス……あの晩……。

「どうかしたの？」

ダニーは仰天した。人がやってくるのに気づかなかったのだ。その女性は年かさで、このあたりの庶民的な雰囲気にはそぐわない品のよさを感じさせた。ほっそりした体から優雅さがにじみでている。白髪まじりの金髪を小さなシニョンにまとめてあった。角張った顔の中で光る茶色の目が物問いたげにダニーを見た。

ダニーは話していいものかためらった。しかしその女性の母親のような雰囲気は気を楽にさせてくれた。ダニーはまた地面を蹴り、ここに泊まる際に割り振ったそれぞれの役どころに注意しながら話しはじめた。

「夫が最低なんです」

軽やかな笑い声が中庭に満ちた。ダニーはその声の洗練された響きに驚いた。

「なるほどね」女性がほほえんだ。「ご主人は何をしたの？」

「いっぱしの男みたいにふるまいました」

女性はさらにくすくす笑い、両手を腰の後ろで組んだ。

「それでもあなたは彼を愛しているのね？」

ダニーは動きを止めた。わたしはマーカスを愛しているのだろうか？　彼はわたしをいらだたせる。ひとつの過ちにこだわる頑固者で、なんでもひとりで解決しようとする。でも、わたしにはやさしい。わたしの話にはちゃんと耳を傾けてくれるし、思いやりを示してもくれて、信じられないほど愛情あふれる人かもしれないと思える。魅力的なほほえみを浮かべるだけでわたしを元気にさせられるし、触れるだけでわたしの欲望に火をつける。

マーカスはダイヤモンドの原石のような人。彼ならきっとわたしが男性に、そして夫に望む要素をすべて備えた理想の存在になれるだろう。わたしがマーカスとともに生きて、彼が自分の中の悪魔と闘うのを助けたいと思いさえすれば。

ごくりとつばをのんだ。わたしはマーカスを愛しているの？　そのとき、不意に目もくらむような確信を得て、ダニーはささやいた。「ええ、彼を愛しています」

まばゆいほどのほほえみが女性の顔に浮かんだ。

「それはすばらしいわ！　愛のある結婚生活なんて、今の時代には珍しいことですもの」

ダニーはうなずいた。視線が宿屋の部屋のほうへ飛んだ。マーカスを愛している。しかし、まだためらいもあった。彼のためにお父さまの名誉を汚してもいいの？　親切で気遣いあふれる求婚者の伯爵に恥をかかせてもいいの？　わたしのスキャンダラスな行動でふたりの将来が台なしになってもかまわないの？　それに、わたしはマーカスにまだ自分の正体を明かしていない。それも大きな障害だ。彼は傷つくだろう。そんな重大な秘密を黙っていたとわかったら、わたしを拒絶するかもしれない。社交界から締めだされ、家族に見放され、心から愛している男性がそばにいなくなったら、どうしたらいいのだろう。

「まだ何かあるの？」年かさの女性が尋ねた。気品あふれる顔立ちに、一本のしわが刻まれる。安心感を誘う母親のような口調に勇気づけられて、ダニーは抱えている恐怖を打ち明けた。

「彼を愛することでほかの人を不幸にするとしたら、どうしたらいいんでしょう？」

女性は目をしばたたき、やがて合点がいったというふうにため息をついた。「難しいことになるのは確かね。でも、あなたを心から愛してくれている人なら、誰よりあなたに不幸になってほしいとは思わないはずよ。あなたは自分の心に従わなくてはだめよ。あなたを愛してくれている人は、あなたの選択をきっと受け入れてくれるはず。そう信じるの。それには時間がかかるかもしれないけれど」

その言葉に、ダニーの疑念は吹き飛んだ。〈踊るドラゴン〉の玄関に向かいながら彼女は言った。「ありがとう。心から感謝します。おかげでとても勇気がわいてきました。戻って彼の様子を見てきます」

「ええ。どうかマーカスによろしく伝えてちょうだい」

「もちろん……」ダニーは凍りつき、混乱したままはじかれたように振り向いた。マーカスの名は口にしていないのに、彼女はどうして知っているのだろう？

しかし問いつめようにも、中庭にはもう誰もいなかった。どこに消えたの？

なんとも、謎に満ちた女性だ。

ダニーは首を振り、急いで部屋に戻っていった。

20

彼女はびっくりしていました。新しい驚きが大きくなっていきます。なぜなら今や、彼女の目の前から野獣は姿を消していたのです。そして、見よ！　気品をまとった王子が現れました。姿も、服装も、表情も、顔も、どこから見ても王子です。

チャールズ・ラム『美女と野獣』

「明日、ジニーを家に帰そうと思う」マーカスは部屋に入ってきたダニーに告げた。

ダニーが扉のところで立ち尽くした。完全に虚を突かれて呆然としている。マーカスは自分が彼女を驚かせるのが好きらしいと知った。

「な、なんですって？」

マーカスはベッドの上で座る場所を変え、厳粛な顔で言った。「明日、ジニーを彼女の屋敷に送っていくと言ったんだ」

ダニーが目を細めてマーカスをにらんだ。半信半疑な声に、ほのかに希望がにじんでいる。

「結婚はせずに?」

マーカスはうなずき、肩の重荷が軽くなるのを感じた。これですべてがもとどおりというわけではない。ジニーを家に帰しても、法廷での争いを避けるために彼女の助けを乞わなければならないだろう。ダニーの言ったとおりだ。自分はすでに多くの人を傷つけ、このまま続けていればもっと多くの人を傷つけることになるのは間違いない。キャロの婚約を無効にする手立てはほかにもあるはずだ。自分は父とは違う。父のようにはなるまいと決意している。

「まあ、マーカス」ダニーは叫び、マーカスめがけて飛びこんできた。突進に備えて身構えたマーカスの口から思わず声がもれた。彼はすばやく体勢を変えてダニーを受けとめ、痛む側の脇腹を守った――それでもなお感じた全身を突き刺す痛みなど、ダニーに抱きしめてもらえるならどうということはない。ダニーの腕がマーカスの首に巻きつき、しなやかな体が彼の体にぴったりくっついた。完璧にぴったりと。

マーカスは身震いして、いっそうきつく彼女を抱きしめた。ダニーのやわらかな声が、鼓動が脈打つ彼の喉の上で響いた。

「ありがとう、マーカス。きっと何もかもうまくいくわ。わたしが約束する」

マーカスはうなずいた。ダニーがマーカスの首筋のくぼみにより深く顔をうずめ、編みあげた髪が彼の無精ひげの生えた頬をくすぐる。マーカスはダニーのバラの香りを吸いこんだ。それはとっくに彼のお気に入りの香りになっていた。

人生ではじめて、マーカスは心が平穏に満たされるのを感じた。ダニーのおかげで、マーカスもすべてが幸せな結末を迎えられることを願うようになり、彼女がそう言ったのならきっと大丈夫だと信じている自分に気づいた。マーカスはダニーをきつく抱きしめた。ダニーがそばにいてくれさえすれば大丈夫だ。永遠に。マーカスにはダニーが運命の女性だとわかっていた。彼女こそ生涯かけて愛すべき人だと。

しかし、そのダニーは別の男のものになることが決まっている。人生は残酷だ。

マーカスは目を強く閉じて涙をこらえ、体を離した。

「マーカス？」

窓に映るダニーの当惑した視線を避けながら、自分に残された選択肢を考えた。これで振りだしに戻ってしまった——金もない、計画もない、キャロは怪物と婚約させられている状態だ。さらに今は自分の失敗のリストに、愛するたったひとりの女性を自分のものにできなかったという項目が加わった。

かつては、マーカスの企てにキャロは感謝してくれるだろうと思っていた。ジニーとマーカスがある種の理解に至って、互いに満足した人生を送れることを願っていた。今は、誰も幸せになれない。

いや、ジニーは幸せになれるかもしれない。マーカスはそう考えてほほえんだ。

彼は髪をかきあげた。

「ジニーを自由の身にしてやれるのはうれしいが、わたしはまた一からやり直しだ」

ダニーがマーカスの顎に手をかけて目をのぞきこんだ。「一からというわけではないわ。今のあなたにはわたしがついている。一緒に解決策を見つけましょう」

「いや、だめだ、ダニー。きみとずっと一緒にいるわけにはいかない」

ダニーの顔に不安がちらつく。彼女が何を考えているか、マーカスは正確にわかっていた。マーカスは闇の存在でいることにうんざりしていた。自分のいまわしい記憶にもうんざりだった。ダニーが別の男といることを考えると胃がひっくり返りそうだ。ダニーを放したくない。毎日、ダニーの横で目覚めたい。ダニーの一日に起きたどんなささいな出来事も聞かせてほしい。ダニーの親友であり、恋人でありたい。ダニーを完全に自分のものにしたい。マーカスはあまりに長く待ちすぎた――自分が愛し、信じることのできる人が現れるのをずっと待っていた。

彼女の顔がこわばった。「でも、わからないわ。わたし……わたしは彼を愛していない」

マーカスの耳の中で、血管を血が流れる音が轟々と響いた。ダニーは婚約者を愛していない。つまりその男と結婚しても、彼女が夢見た幸せな結末は迎えられないということは明白だ。

マーカスはほのかな希望が芽生えるのを感じた。「婚約を破棄するつもりか？」

ダニーはためらい、神経質になっていた。彼女にしては珍しい。いつも堂々として、自信に満ちあふれているのに。

「婚約はまだ正式に発表されていないわ。父はわたしにこの話を受けてくれと言ってきた。

わたしに受けてもらいたがっている。だけど、ずっと返事を引き延ばしてきたの。求婚者は親切な人で、必要なだけ時間を与えてくれている。彼と結婚してもきっとわたしが夢見ていたような結婚生活にはならないだろうけれど、わたしはイエスと言うつもりだった。それなのに、あなたがわたしを誘拐して、今は……」

マーカスは鋭く息を吸いこんだ。自分が耳にしていることが信じられない。わたしにもチャンスがあるということか？　この無愛想な性格も、醜い顔も、わたしにその価値があるとダニーに確信させることができるのか？　何日も続けて悪夢を見てはその闇に引きこまれがちな傾向も、すべてを承知したうえでわたしを選んでくれる可能性があると？

そんな逡巡を表に出さず、彼はささやいた。「わたしを選んでくれ、おちびさん。何よりもわたしはきみが欲しい。きみを幸せにするためなら、どんなことでもする」

ダニーの瞳に静かな笑みが浮かび、彼女はマーカスを強く抱きしめた。マーカスは息ができなかった。ダニーの目の奥に書かれている答えが信じられなかった。

「マーカス」

めまいがして、耳の中で血管が激しく脈打つ。「愛している」マーカスは思いきって言った。「きみを愛している」

ダニーが目をみはった。

マーカスは恐怖に襲われた。ダニーに拒絶されたら、どうすればいいんだ？　混乱したマーカスは彼女を押しやり、転げるようにして立ちあがると、脇腹の痛む部分をつかんだ。そこから恐怖が外にこぼれるのを食いとめるかのように。

ダニーが彼の前に飛びだした。明らかに驚いている。「待って！　どこへ行くつもり？」

「遠くへ」マーカスはかすれた声で言い、ダニーをまわりこんで進もうとした。

ダニーは面白がっている表情になり、一歩前に出てマーカスの行く手を阻んだ。

「どうして？」

マーカスは目を細めた。「冷やかしているのか？」

「そうかもね」静かな笑い声が彼女の肩を震わせた。「わたし、想像したこともなかったわ。愛していると告白してくれた男性が、次の瞬間逃げだそうとするなんて」

「わたしはもっと大事なことを言ったつもりだ、おちびさん。この状況をもう少し真剣に受けとめられないのか？」

マーカスは機嫌を損ねて腕組みした。ダニーの目は見ないようにした。そこに見えるものが怖かった。彼女の返事が聞きたくてたまらない。だが同時に、自分の口から出た言葉を空中からつかみ取って消し去りたい気持ちでいっぱいだった。ダニーは熱い抱擁を交わすぐらいのことは喜んでしてくれるかもしれない。けれども、それは必ずしも愛情がなくてもできることを、マーカスは経験から知っていた。

なぜあんなことを言ってしまったんだ？

「マーカス」ダニーが彼の顔に向かって手を伸ばした。マーカスは目を見開いてあとずさった。心臓はさっきまでとはまた違う理由で鼓動を速めていた。ダニーが眉をひそめ、じりじりと近づいてくる。マーカスはあとずさった。彼女が顎を引き、決然としてまた一歩踏みだした。マーカスは止まった。背中が壁に当たって、もうそれ以上退却できない。ダニーの手が伸びてきて、彼はごくりとつばをのんだ。

マーカスは触れられるのに備えて身構えた。拒絶されるのを予期して身構えた。頬を撫でるダニーの指はひんやりとしてやわらかかった。その指がゆっくりと、彼の額を切り裂く傷跡をなぞった。ダニーはマーカスのシャツをつかみ、頭をさげさせると、彼の耳にささやいた。

「知っていた？　この傷。目のすぐそばで止まっている傷があるでしょう？」そう言いながら傷跡をなぞる。

マーカスはつばをのみ、うなずいた。

「これがあなたをすてきに見せているのよ」

彼は目を大きく開き、呆然とダニーを見た。

「この傷跡のおかげで、悪魔っぽい顔になるのがたまらないの」

マーカスは目をしばたたいた。自分の耳が信じられない。ダニーは頭がどうかしてしまったらしい。彼はわけのわからないことになる前に逃げだしたかった。しかし、動けない。まともに息をすることさえできなかった。

「それに、こっちの傷」最も醜く、最も大きくて深い傷跡をなぞりながら話すダニーの声には苦痛がにじんでいた。「これがあなたを苦しませているのね。あなたはいつもこの傷跡をわたしから隠そうとしている」

ダニーがつま先立ちになって、でこぼこしたマーカスの肌にそっと口づけた。その部分が燃えるように熱く感じられた。彼はなおも動けずにいた。

「この傷をあなたは誇りに思うべきよ」ダニーがささやいた。「だって、あなたは幼い妹を救ったんだもの」

世界が揺れ、回転した。マーカスはずっと避けられ、嫌われ、醜い野獣と呼ばれてきた。だが、ここにいるこの小さな女性は彼を違ったふうに見ている。ダニーの目には、マーカスは野獣ではなくヒーローなのだ。

「それから、これも」彼女のささやきに、マーカスの血が沸きたった。「顎にかけてのこの傷」

ダニーはそれをなぞっていき、下唇の真ん中で指先を止めて小さな円を描くように愛撫した。マーカスは肌がうずき、神経が過敏になり、全身を稲妻に貫かれた。ダニーの手の下で体がこわばり、彼女にキスしたい衝動がふくれあがる。

ダニーがマーカスの唇を見つめた。彼女の瞳は情熱で色濃くなっている。「この傷跡はわたしのお気に入り。だって、あなたがほほえむと唇にえくぼができたみたいになるんだもの。それにあなたのほほえみときたら、めったに見られないけど本当にすてきなのよ」

彼女は背伸びをして、その傷跡にやさしくキスをした。マーカスはためらいがちにダニーのヒップに手を当て、彼女をより近くに引き寄せた。欲望の波が轟音をたてて胸に押し寄せる。

「愛している」マーカスはふたたび小声で言った。さっきよりはるかに確信があった。ほかの女性を欲しいと思うことは決してない。なんらかの方法を、どんな方法でもいいから見つけて、ダニーを自分のものにしてみせる。

ダニーがマーカスの唇の上でほほえんだ。「わたしもあなたを愛しているわ」彼女の声は明瞭で、その言葉は聞き間違えようがなかった。

マーカスの胸に安堵と喜びと疑念が入りまじった複雑な感情がこみあげた。ダニーがどうしてそこまで自分を思ってくれるのか、自分を求めてくれるのか、マーカスには理解できなかったが、それを尋ねるつもりはなかった。

「ダニー」彼はうめいた。ダニーの口をとらえ、舌で彼女の唇をなぞってやわらかな端をくすぐった。力強い手でダニーの頭を包んで引き寄せ、キスを深める。あえぎ声がもれ、荒い息遣いが空気を満たした。マーカスの腕の中の体はしなやかで、一方、彼の胸に当たる胸の頂はかたくとがっていた。

ダニーが両手でマーカスのうなじの巻き毛をとかし、指を彼の肌にやさしく食いこませて下腹部に快感を送りこんだ。彼女が喜んで自らを与えようとしている、完全に自分のものになろうとしていると思うと、マーカスは胸が高鳴った。

しかしダニーが真の意味でマーカスのものになることはないという不愉快な考えに押しつぶされ、彼はうめいた。今はまだ、自分のものにすることはできない。ダニーが差しだすものを受けとれば、満ち足りた平穏な人生を過ごすチャンスを彼女から奪ってしまうかもしれない。そう思うと、手が止まった。

マーカスはダニーを抱きあげ、ベッドの上にそっとおろすと、彼女から離れてかたわらに座った。足は床につけたままだった。現実をしっかり踏みしめて。

「マーカス?」

「こんなことをしてはいけない。婚約するのがきみにふさわしい男ではないとしても、きみはこれからほかの男に出会うだろう。今ベッドをともにすることで、きみの未来の結婚のチャンスをつぶしたくないんだ。わたしはそこまで利己的になれない。何よりもきみに幸せになってもらいたいんだから」

「でも、わたしはそうすることを求めているのよ、マーカス。あなたが欲しいの。今はただ、この部屋の外には何も存在していないふりをして過ごしたい。わたしたちふたりが一緒にいれば、完全無欠で幸せになれると思いたいの」

「しかし……」マーカスは体を震わせた。彼女の幻想に身をゆだねたかった。「本当にいいのか? あと戻りはできないんだぞ」

「わかっているわ。お願い」ダニーがささやいた。「わたしとベッドをともにして」

マーカスは一瞬ためらったが、ついに根負けしてダニーに手を差しだした。彼女の父親などかまうものか。ダニーに求婚している男も、キャロも、ジニーもどうでもいい。わたしは自分のチャンスをつかんでやる。たとえこれが今日一日だけのことだとしても満足だ。ダニーがわたしを求めている。喜んで身をささげると言ってくれている。その彼女を拒絶できるはずもない。

熱烈にキスをしながらも、いつダニーがやめてくれと言いだすかもしれないという恐怖でマーカスの手は震えていた。もどかしげにコルセットを外し、素肌をあらわにする。両手をドレスの中にすべらせ、やわらかで張りのある肋骨の輪郭をたどる。手のひらの下でダニーの心臓がとくとくとはずんで、彼の鼓動と共鳴した。

ブラウスをはだけさせた。胸のやわらかなふくらみに、マーカスの手のひらは熱くなった。一本の指でダニーの肩にかかる長い三つ編みをたどり、胸の谷間を通って腰へ、そして脚のあいだへとおろしていく。血が下腹部に集まった。マーカスは前かがみになってダニーの肩先にキスをし、三つ編みをたどった口を胸の下側の敏感な部分で止めた。

ダニーの肌のかすかな香りに魅惑されながら、両膝をついて彼女の胸の谷間にキスをした。へそのあたりを舌で愛撫する。探索する口の下で筋肉が震えた。ダニーの不規則な呼吸がマーカスの耳に快い音楽となった。

ダニーが望むものすべてを与えたい思いで、マーカスはシュミーズを腰までたくしあげていった。さらけだされた素肌にキスをする。じりじりと下腹部があらわになるにつれ、マーカスは欲望の炎に包まれて思わずうめいた。

彼女を奪いたい。脇腹から全身に広がる衝撃的な痛みさえも、マーカスを止めることはできなかった。全身のあらゆる感覚がダニーを奪いたいという衝動に駆られている。彼女を求めるあまり、マーカスは震えた。ダニーを自分のものにしたい。

マーカスは歯ぎしりして自分を落ち着かせた。これはダニーのためにすることなのだ。自分を選んだのが間違いではなかったと、彼女に思わせなければならない。

わざとゆっくりじらすように、マーカスはダニーの体を包む布地を一枚一枚取り去っていった。

ダニーは自分の体を隠そうとはせず、彼の前に堂々と裸身をさらしていた。マーカスの目がその体を愛でた。魅惑の曲線のすべてを、陰影のある平面のすべてを目で愛撫する。彼の体の中の熱が高まった。

「きみの髪」マーカスはささやき、ゆっくりと三つ編みをほどいて、つややかな赤褐色のベールを肩先に広げた。

ダニーが頭を振った。肩の上で髪が波打ち、小さな窓から差しこむ日光を受けて輝いた。

マーカスは髪をひと房つまむと、指のあいだでねじった。

「とてもやわらかい」

ダニーが彼にほほえみかけた。目がやさしさをたたえて輝いている。マーカスは息をのんだ。突然、彼女が与えてくれようとしている贈り物のすばらしさに圧倒された。

「ダニー」

マーカスはダニーのヒップをつかんだ。ダニーが身を震わせ、両手で彼の体の脇を撫でる。そんなふうに触れられると、マーカスの血はたぎるばかりだった。ダニーが彼のシャツに爪を食いこませて、せかすように引っ張った。

「マーカス……もっと欲しいの」

彼は視線をあげ、色濃くなったダニーの目を見た。欲望に満ちた目だ。そして自分を求めている。

マーカスは息をのんだ。ダニーはこのシャツが邪魔だと思っている。マーカスは体を離し、シャツの裾をつかんだ。不安を押し殺そうとして、不意に自分が新婚初夜を迎える花嫁になったかのように感じた。以前マーカスの体を見て、ダニーはショックを受けていた。今、彼女がこの体に嫌悪感を抱いたら、どうすればいい？

ダニーはマーカスの不安を感じとったらしく、肘をついて身を起こした。励ますように彼の手を握り、あたたかな笑みを向ける。「わたしは不快に思ったりしないわ、マーカス。あなたの強さを示す証拠の傷跡なんだから」

マーカスはダニーを見た。その言葉が信じられなかった。怪我をしたほうの脇腹に注意しながら慎重にシャツを頭から抜き、ズボンも脱ぐ。ダニーをそっと押してベッドに横たわらせ、彼女の脚のあいだに陣取った。マーカスが覆いかぶさると、ダニーの茶色の瞳が欲望に燃えた。髪が枕の上に広がっている。ダニーは完全に体をさらけだし、彼に探検されるのを待っていた。

まず片方の胸を包み、マーカスは手にぴったりおさまるその感触に驚嘆した。まるで彼のために作られたかのようだ。マーカスがかたくとがった胸の頂を親指ではじくと、ダニーはあえいだ。両腕をマーカスに巻きつけ、彼の肌を撫でさすったかと思うと、首の横に熱いキスの雨を降らせる。ダニーの舌が鎖骨に襲いかかると、マーカスの全身を快感が駆け抜けた。

彼の唇がいたずらっぽくゆがむ。

ダニーはそれを見逃さず、疑わしげな目つきでマーカスを見た。「何を考えているの?」

「完璧に悪魔っぽいことだ」

マーカスは片方の手でやすやすとダニーの両手をつかみ、彼女の頭上で押さえつけた。空いているほうの手と口をダニーの体の上にゆっくり這わせ、腫れあがった彼女の唇のあいだから息も絶え絶えのうめきがもれるのを楽しんだ。

探索は胸のふくらみへと行きついた。汗が浮かぶ頂のまわりを唇でたどり、熱い息を吹きかける。ダニーがマーカスの下で身をよじった。彼はにやりとすると、胸の頂を口に含み、吸い、舌を這わせた。ダニーはのけぞり、目をきつくつぶった。「マーカス」

ダニーの唇が自分の名前を紡ぐのを聞くのが好きだった。ダニーはいつもその言葉を吐息まじりに言い終える。どんなに怒っているときでもだ。マーカスはもう一方の胸も同じだけ堪能してから、口を開けてキスをしながら腹部へとおりていった。ダニーに触れていたくて、あらゆる部分を味わいたくてたまらなかった。

さらにさがっていき、脚を開かせる。ダニーは体をこわばらせ、腿に力を入れたが、さらけだされた体の中心を隠そうとして脚を閉じたりはしなかった。女性のかぐわしい香りと熱が立ちのぼり、彼は歓喜にうめいた。

「マーカス？」

マーカスが視線をあげると、ダニーが物問いたげに彼を見ていた。マーカスは悪魔の笑みを浮かべ、ダニーにキスをした。あの〈ジャケット・イン〉でしたようなキスを。ダニーの口からすすり泣きがもれ、彼女は快感に腰を浮かせた。その腰をつかんでじっとさせ、マーカスはなおも探索を続けた。ダニーの指がマーカスの髪の中にすべりこみ、体は歓びに打ち震えた。マーカスは唇で、舌で、歯でダニーに快楽を与え、わざとゆっくり時間をかけて責めたてた。この前よりももっと気持ちよくさせたかった。

あえぎ声が部屋に満ちた。「マーカス、お願い……わたし、もう……お願いだから……」

マーカスはほほえんで速度を速めた。ダニーが彼に脚を巻きつけて締めつける。すすり泣きが高まった。ダニーの体の奥がばねのようにきつく巻かれ、今にもはじけそうになっているのがマーカスにも感じられた。

「お願い、マーカス、やめないで！」

しかし、彼は動きを止めた。

ダニーがいらだちまじりの泣き声をもらした。「どうして？」

そのじれったそうな声に、マーカスはくすくす笑い、おもむろにダニーの上に覆いかぶさって熱烈なキスをした。ダニーの唇のやわらかさと、マーカスの舌にからめてくる彼女の舌のためらいがちな動きを堪能する。マーカスはうめき、息を詰めた。

腰の位置を変え、情熱の証を彼女のなめらかな入り口にこすりつけた。ふたりともがあえぎ声をもらした。ダニーはとても感じている。彼女の中に身をうずめたい。けれども、マーカスは躊躇した。

「きみは本当に……本当にいいのか、ダニー？」

やわらかな手がマーカスの顔を撫でた。マーカスに触れるのにダニーがなんのためらいも見せないことが、彼にはいまだに驚きだった。「ええ、本当にいいのよ」

マーカスはごくりとつばをのみ、ダニーの首筋に鼻をすりつけた。

「少し痛いかもしれない。すまない」

「わかっているわ」ダニーがささやき、彼を抱きしめた。

それだけ聞けば充分だった。マーカスは額に汗をにじませ、できるだけやさしくダニーの中に身を沈めた。先端が熱い泉にのみこまれる。マーカスは歯ぎしりしながら可能な限りゆっくり動き、ダニーが慣れるのを待った。彼女の体がこわばるのが感じられた。

「マーカス」ダニーがすすり泣くような声で不安げに言う。

マーカスは彼女の目を見て安心させるようにほほえんだ。片方の手をダニーの髪に差し入れ、後頭部を包む。「とにかく辛抱するんだ、おちびさん。すぐによくなる。約束するよ」

ダニーはごくりとつばをのみこむと、目を見開いてうなずいた。マーカスは歯を食いしばり、彼女と見つめあったまま徐々に奥へと突きあげていった。ダニーにきつく締めつけられて、欲望に満ちたもやの中へと引きこまれそうになり、思わずうめいた。

ダニーが驚いて身をかたくした。彼女がたじろぐのを見て、マーカスは申し訳ない気持ちになった。下半身を動かさないようにして、ダニーの顔じゅうにやさしくキスをした。

「つらいのはここまでだ」

彼女は澄んだ目でうなずいた。マーカスはしばらくじっとしていた。ダニーが彼を完全に受け入れようとしていることに驚かずにはいられなかった。やがて、マーカスはゆっくりと動きだした。

彼が動くたびに、ダニーはうめいた。両手がマーカスの体を這いまわり、指を彼のヒップに食いこませてさらに奥へと導いた。気持ちよさそうに喉を鳴らす音が耳元で響き、マーカスの下腹部がさらにこわばった。「マーカス、お願い……やめないで」

自分の情熱の証のまわりでダニーが脈打つのを感じ、彼はうなった。

「もっと」ダニーが哀れっぽく訴え、あえいだ。

マーカスは奥まで押し入り、さらに速く激しく突きあげた。脇腹の燃えるような痛みをこらえて歯を食いしばった。限界が近づいている。ダニーの体が張りつめるのが感じられた。しかし、ともにのぼりつめるまで彼女を解放する気はなかった。

マーカスはダニーがちゃんと見えるように上半身を引いた。ダニーはマーカスと深くつながっている。マーカスが突くたびに、ダニーは体を弓なりにそらして彼を受け入れた。息をのむほど美しい。彼女はマーカスが出会った中で最も美しい女性だった。

ダニーはわたしのものだ。

マーカスはうなり、自分の体を彼女の上に重ねた。ダニーのあたたかさとやわらかさに包まれ、最後のひと突きの用意を整えた。

「きみはわたしのものだ」彼はうなり、ダニーの肩をつかんだ。

そして、最後に深く身を沈めた。

ダニーが震える体をのけぞらせ、声にならない解放の叫びをあげた。マーカスはやさしい気持ちに満たされて、彼女のあとを追った。ひと声うめいて自分自身を解き放ち、めくるめく熱さに包まれてわれを忘れた。

マーカスはダニーの上にくずおれた。息は荒々しく、心臓は肋骨に当たるくらいはずんでいる。ダニーが両手で物憂げに彼のなめらかな肌を撫でた。激しく上下する胸がマーカスの胸に当たっている。マーカスは頭をあげ、まばゆく輝くダニーの目の奥をのぞきこんでほほえんだ。「満足かい?」

「ええ、とっても」

呼吸が落ち着いてくると、マーカスは自分の重みでダニーを押しつぶしてしまうのではないかと怖くなって体をずらした。とたんにぬくもりを失ってしまったのが寂しくて、ダニーを抱き寄せ、自分の胸に彼女の背中をつけて強く抱きしめた。「眠るんだ、おちびさん」

「愛しているわ、マーカス」ダニーが満足げなため息をつく。マーカスは今まで誰にも見せたことがないほど大きな笑みを満面に浮かべ、ダニーの首に鼻をすりつけてバラの香りを深く吸いこんだ。彼女の情熱を、ぬくもりを、胸いっぱいに取りこんだ。

マーカスはダニーの呼吸がだんだんゆっくりになっていくのを聞いていた。リラックスして眠りに落ちた彼女の顔を見つめ、ずたずたになった心が感情でいっぱいになるのを感じた。

自分も目を閉じる前に、もう一度その言葉をささやかずにはいられなかった。

「愛しているよ、ダニー。いつまでもずっと」

21

「ああ！」彼女は心からのため息をついて言いました。娘は駆けだして、目の前へとやってきました。「わたしがこれほど望むことはほかにないわ。わたしのやさしい王子さまを見ていられるならば」

チャールズ・ラム『美女と野獣』

ダニーはマーカスの横で物憂げに体を動かした。寝返りを打ち、伸び伸びと横たわっている彼のあたたかな体に寄り添う。一瞬、ダニーの頭の下にあった腕がぴくりと動いた。マーカスの手がダニーのヒップを撫で、彼女は気持ちよさそうに伸びをした。

「おはよう、マーカス」

くすくす笑いが彼の胸を通して響いた。「ちっとも早くないよ、おちびさん」

ダニーは眉をひそめ、頭をもたげて窓の外を見た。薄手のカーテンがそよ風になびき、午後の光が長い影を投げかけている。

ダニーは肩をすくめてくるりと目をまわした。

「なるほどね。午後だけど、おはよう、マーカス」

「おはよう、ダニー。よく眠れたかい？」

彼女はほほえんでうなずき、マーカスに体をつけた。力強い筋肉の上のぴんと張った皮膚に触れていると、慈しまれ、守られていると感じられた。

ダニーはばかみたいににやけてしまうのを止められなかった。あまりにも幸せすぎる。

この瞬間がずっと続けばいいのに。ふたりのこの先の道が楽に進めるものだと考えるほど愚かではない。まだまだ問題が山積みだ。マーカスはジニーを家に連れて戻り、ダニーは父と伯爵に話をする必要がある。犯罪者として訴えられることを回避しなくてはならない。それに最も重要なのは、彼女がマーカスに自分の正体を告げなければならないことだった。

胃がきりきりと痛み、笑みが消えた。未来をマーカスとともに生きていきたいという思いに迷いはない。キャロラインを救うためにダニーの財産を使うことができるとわかれば、ダニー同様マーカスも興奮するだろう。そのお金がみんなの問題を解決する手立てになると納得してくれるはずだ。しかし、その知らせを聞いてもマーカスは喜ばないのではないかとも思った。むしろ、そんな秘密を黙っていたことに腹を立てるのではないだろうか。ダニーがすべてを打ち明けて、マーカスに冷静に考える時間を与えれば理解はしてくれるだろうが、それでも裏切られたと思わずにいてくれるかどうかわからない。

ダニーはごくりとつばをのみ、ヒップにかけられたマーカスの腕を指でたどった。何センチにも及ぶ長い傷跡をなぞり、勇気を奮い起こせるよう願った。頭の下の腕が一瞬きゅっと引きしまり、彼女は驚いた。ダニーは転がって横向きの体勢になり、マーカスがやさしいほほえみを彼女に向けてからそろそろとベッドを出るのを見守った。彼は毛布を引きずりつつ、部屋を歩きまわって服を集めた。一糸まとわぬ姿をなるべく毛布で隠すよう気をつけながら。

ダニーは顔をしかめた。隠す必要があるなどと思ってほしくなかった。「マーカス……」

マーカスが肩越しにダニーを見て、ゆっくりと魅惑的なほほえみを浮かべた。下唇にくぼみが浮かぶ。「努力はしているし、これからも努力を続けると約束するが、きみと一緒にいてくつろげるようになるには少し時間がかかると思う。さあ、急ごう。服を着るんだ。暗くなる前にしなければならないことがいろいろある。まずはジニーに会わないと」

ダニーはベッドを出て自分の服のところまで行くあいだ、マーカスが一挙手一投足を見守っているのを意識せずにはいられなかった。シュミーズを手に取る頃には、頭のてっぺんからつま先まで真っ赤になっているのが自分でもわかった。

「あっちを向いていてよ、マーカス。あなたに見られていたら、わたしだってくつろいでなんかいられないわ」

「だが、きみは美しい」マーカスが少年のような顔で笑った。「一瞬たりとも見逃したくないんだ」

「まあ、あなたって本当にいまいましい人ね」ダニーは冗談めかして言った。「ドレスを着るあいだぐらい、こっちを見ないで。ジニーに会う前に、わたしたちはちゃんと話しあわなければならないし、わたしはシーツにくるまってそんな話をするつもりはないの」

ダニーはその話をどう切りだせばいいかわからなかった。ドレスとペチコートを拾いあげるとそれを身につけ、コルセットの紐を締めあげるあいだに考えをまとめた。

「マーカス、もし……これは完全に仮定の話だけど、もしわたしがキャロラインの婚約破棄のために使えるだけのお金を持っているとしたら、どうする？」

マーカスが目をしばたたき、にっこりした。「きみの貯えではとうてい足りないと思うが、それでも申し出には感謝するよ、おちびさん。ありがとう」

ダニーは咳払いをして、袖口をもてあそんだ。「結構な大金を持っているとしたら？」

「なんの話をしているんだ？」マーカスの疑わしげな口調に、ダニーはひるんだ。

深呼吸をして背筋を伸ばし、覚悟を決めた。混乱しているマーカスと目を合わせて尋ねる。

「マーカス、わたしが女相続人だったらどうする？」


「チェックメイト」

ジニーはほほえんで、自分のポーンを動かした。馬番が信じられないという顔でチェス盤を見つめる。数少ない見物人たちが拍手をした。ジニーは声をあげて笑い、椅子代わりの樽から飛びおりると、王に拝謁するかのごとく優雅にお辞儀をした。勝利とは楽しいものだ。

「もう一回勝負だ！」

ジニーはその申し出を考えてみた。馬番は好敵手というわけではなかったが、今の彼女はかなり気分がよくなっていた。今日はすでに何勝かしていて、太陽はそろそろ地平線に届こうかというところだ。誘拐犯の部屋からいくつか離れた小さな部屋にいるあいだは、頭がどうにかなりそうだった。誘拐されて救出を待つ身なら、ひたすら天井を眺めて木の板の節を何度となく数えて過ごすのがふつうだろう。ところが部屋を出ようと思ったジニーは、扉に見張りがついているわけでもなく、誘拐犯の部屋から聞こえる声から判断すると、彼らが自分のことを特に気にしているわけでもないと知ったのだった。

誘拐犯にしては奇妙な二人組だ。ジニーは誘拐された者が受ける拷問や監禁状態についていろいろな本で読んだことがあったが、彼女は幸運にも放置されている感じだ。誘拐されたというより、ともに旅をする仲間のようだった。

少なくとも、あの追いはぎたちよりはずっといい。ジニーはロープで縛られて皮のむけた手首をさすった。憎たらしい連中だった。特に頭領の盗賊グリーンことブリジャー・ビショップは奇妙な男で、もっと時間があれば解き明かしてみたいと思わせる謎を抱えていた。彼女はゲームが終わったばかりのチェス盤をちらりと見おろして、あの連中に少しは感謝しなければと思った。追いはぎたちはチェスの見事な戦い方をよく知っていたのだ。

あいにく、目の前の相手はジニーに負けて息巻いていた。口をゆがめて彼女を〝ばか女《ニニー》〟とののしっている。わたしをそう呼ぶのは、あなたがはじめてじゃないけどね。

気を静めた男はもう一戦やろうと手振りで合図した。ジニーは廐舎の中の樽に座り直し、うなずいて再戦に応じた。干し草や肥料のにおいを嗅いでいると、奇妙なほど心が落ち着いた。片方の膝を立てた上に顎をのせる。男にののしられて、ジニーは思い知らせてやらなければという気になっていた。女のほうが男よりもずっと賢いのよ。

頭が切れるというのも考えものだな――ジニーの父親はしばしばそう言って彼女のことを笑ったが、まったくそのとおりだった。ジニーが見てきたことからすると、男は妻が自分よりも賢いのは気に食わない。男がどんな気まぐれなことを言っても、黙っておとなしく従うような妻が望ましいのだ。優れた知性を備えているというのがジニーの不幸だった。

そんなわけで、社交界において、彼女は〝おばかさんのジニー〟となった。いつか結婚相手を見つけるためには、ジニーが生きる道はそれしかなかった。そして、彼女はどうしても結婚して子どもが欲しかった。悲しいことに、おばかさんの女は男にとっては魅力的に映るらしい。頭がよく、男と同等の教育を受けた女ではそうはいかない。

彼女は最初の一手にナイトを動かした。相手が自分の手を考えているあいだ、ジニーは宿屋のほうに頭を向けて、誘拐犯たちは何をしているのだろうと考えた。うっとりと見つめあってでもいるのだろうか。あのふたりが互いをどう思っているかはすぐにわかる。

しかし、ジニーはダニーのことが気になっていた。彼女が誰なのか、ジニーが気づかないとでも思ったのだろうか？　どちらの父親も国会議員で、ここ何年かのあいだにジニーは何度かダニーを社交行事の場で見かけていた。ダニエル・ストラフォードがミス・グリーンと名乗るのを聞いてとても驚いたが、彼女の秘密をばらすつもりはなかった。女は女同士、連帯しなければ。

ジニーはため息をつき、馬番のビショップに対抗してポーンを動かした。今、彼女にはすばらしい計画があった。これまで思いついた中でも最高の計画だ。

それはつまり、何もしないということだった。

最初は馬に乗って逃げようと考えていたのだが、逃げる必要もないことが明らかになった。マーカスはお金を必要としていて、ダニーはそれだけの大金を持っている。どちらも頑固で認めようとしないだけで、ジニーにはふたりが愛しあっているのがわかった。この問題はじきにふたりが解決して、全員で無事に家へ帰ることになるだろう。そのあいだ、ジニーは冒険を楽しむつもりだった。

ジニーは自分のキングをキャスリング（キングとルークを一手で同時に動かす特殊な手）させた。ゲームが進むにつれ、沈黙が続く場面が増えていった。ジニーは勝つことよりも戦略を試すことに集中した。そうでもしなければあっという間に戦う相手がいなくなり、天井の節を数えるはめになってしまう。

不意に響いた怒鳴り声が注意を引いた。その場にいた者たちは当惑した視線を見交わし、何が起きているのか確かめようと使用人のひとりが厩舎の戸口まで歩いていった。すぐに別の怒鳴り声がして、男たちの言いあう声がしだいに大きくなった。生来の好奇心が頭をもたげ、ジニーは対戦相手に会釈して中座を詫びた。厩舎を出たとたん、ジニーは目の前で繰り広げられている光景に呆然として立ちすくんだ。

馬に乗った男たちが続々と庭になだれこんできていた。背の低い者から順に一列に並んでいる。一様に重々しい決意に満ちた顔をしており、沈みゆく太陽が彼らの頭上で後光のように輝いていた。マントがそよ風になびき、それぞれがストラップで留めたホルスターに銃を携帯しているのが見える。ジニーは軍事訓練でしかこんな光景を見たことがなかった。恐怖に襲われ、本能的に物陰に身を潜めた。宿屋を襲う強盗団かもしれない。

中央にいた男が馬をわずかに前に進めた。背筋をまっすぐに伸ばし、鋭い目つきをしている。宿屋の主人があわてて飛びだしてきて、彼を出迎えた。その男が何者か気づいたとたん、ジニーは誇りと安堵で胸がいっぱいになり、うれし涙が目にあふれた。船乗りの要領でバランスを取って見事に鞍上におさまっているのは、海軍司令長官だった。

「お父さま！」ジニーは物陰から飛びだして駆け寄った。娘を見た瞬間、長官のいかめしい顔つきがほころんだ。彼は馬を降りて娘を迎え、腕の中に強く抱きしめて頭がくらくらするほど娘を振りまわした。

「ジニー！　ああ、よかった」声が震えていた。もう一度強く抱きしめてから、長官は腕の長さの分だけ離して娘を立たせた。

父を見てこれほどうれしかったのは生まれてはじめてだ。ジニーは頬が痛くなるほど満面に笑みを浮かべ、父の姿に見とれた。父が心配そうに娘の全身に目を走らせた。

「怪我はしていないんだな？」

ジニーはすばやくかぶりを振った。言葉が出てこなかった。彼女の父は、海軍司令長官と聞いて人がふつう思い浮かべる姿とは少し違っていた。背はジニーとたいして変わらない。

ピンクがかった金髪はかなり長めで、目には永遠の少年のようないたずらっぽい光がきらめいている。七人も子どもがいるとは思えないほど若々しい顔だ。

「どれ、よく見せてごらん」

ジニーは声をあげて笑った。とうとう家に帰れるのが信じられない。「馬で走ったときにちょっと打ち身ができたくらいで、あとは大丈夫よ。どうやってわたしを見つけたの？」

長官の目の端に涙が光った。ジニーが無事だったことに安堵しているのは誰の目にも明らかだった。「グリスリーのおかげだ。おまえが誘拐されるところをグリスリーが目撃していなかったら、見つけだすのにもっと時間がかかっただろう。グリスリーはどの方向におまえが連れ去られたかも、誘拐犯の特徴も教えてくれた」大きく息を吸いこんで、つけ加えた。

「本当に心配したよ、ジニー」

ジニーは唇が震えるのを感じ、自分もどれほど父に会いたかったかに気づいた。長官は思いがあふれて一瞬黙りこんだのち、たちまち軍人の厳しい顔に戻った。

「やつらはどこにいる？　男と女の誘拐犯だ」

「お父さま、待って。わたしが思うには……」

しかし、長官はもはや娘の言うことなど聞いていなかった。大声で部下たちに命令をくだし、大股で庭を横切った。兵士たちがいっせいに馬を降り、ジニーとチェスをしていた馬番たちが駆け寄って手綱を受けとる。兵士たちはあっという間に整列した。

ジニーは恐怖を覚えながら見ているしかなかった。父がおびえている宿屋の主人の前に立った。「おまえはこの場所にお尋ね者をかくまっているな。わたしは海軍司令長官である。中に入らせてもらうぞ」

長官が命令を繰り返す必要はなかった。主人は文字どおり飛びあがって道を空け、男たちは建物の中になだれこんだ。

兵士たちが手分けしてダニーとマーカスを捜索するあいだ、ジニーは無力感を覚えていた。誘拐は縛り首に値する犯罪だ。不法な目的のためにジニーを連れ去ったとはいえ、彼女はあのふたりにそんな厳罰を望む気になれなかった。追いはぎたちの手からジニーを救ってくれたのはダニーとマーカスなのだし、それだけでも彼らには借りがある。それにジニーは、グレトナ・グリーンで彼女を無理やり結婚させるというとんでもない計画が実行に移されることはないと確信していた。あのふたりは互いに対する感情について混乱している節があるが、それが解消されさえすれば、すべてがおさまるべきところにおさまるはずだ。

ジニーは今回の一件はちょっとした不運な出来事だと思っていた。それでも幸せな結末に向かい、みんなが無事に家に帰れたらそれでいい。

しかし、父はその意見には同意してくれないだろう。

だからこそ、父は海軍司令長官なのだ。善と悪を見分ける鋭い感覚の持ち主で、正義が勝利をおさめるべきだという断固とした信念を掲げている。娘をさらっていったのが自分の同僚の娘だと知ったら、父は激怒するだろう。侯爵が娘を無理やり結婚させようとしていたなどと知ったらなおさらだ。

ジニーは自分を誘拐した犯人たちにどんな運命が待ち受けているのか警告することはできなかったが、彼らを助けるためにできることはなんでもするつもりだった。何しろ、父にはこう教えられて育ったのだ——借りは返すものだと。

22

「わたしは警告したはずだ。立ち去れと！　これより進めば命はないと思え。もう二度とわたしのもとを訪れてはならない」

チャールズ・ラム『美女と野獣』

「きみが女相続人だって？　そんなはずがないだろう、ダニー。きみは書店を隠れみのにした駆け落ちを助ける仕事の報酬で生活しているんじゃないか」

ダニーはすばやくかぶりを振った。マーカスがどこからそんなことを思いついたのか見当もつかなかった。

「駆け落ちを手伝った人たちから報酬を受けとったことなんて、一度もないわ」

マーカスが混乱した顔で目を見開いた。しかし、それ以上何か言う暇はなかった。部屋の扉が叩き壊され、内側に吹っ飛んだのだ。木片がはじけ飛び、ふたりの足元の床を轟音が揺るがした。六人もの武装した男が室内になだれこみ、壁沿いに広がった。そのうちのふたりはまっすぐダニーとマーカスに銃の狙いを定めている。ダニーはどうすることもできずに立ち尽くした。突然、マーカスが彼女の前に出て、襲撃者たちが迫ってくるのを体を張って阻止した。しかし男たちはマーカスの体格にも臆することなく、じりじりと距離を詰めた。

「走れ、ダニー！」

マーカスの声が轟いた瞬間、ひとりが彼の顔めがけてこぶしを繰りだした。マーカスはそのパンチを受けとめ、腕を敵の背中にねじりあげた。彼の淡い緑の目が翳り、その中で激情が荒れ狂うさまを、ダニーは恐怖に震えながら見守った。愛する男性が子どもの頃の深い闇へとふたたび落ちていくのを、震えながら見ているしかなかった。

目の前で展開される暴力は彼女をぞっとさせるものだった。ふたりめの襲撃者は不意に体勢を変えて下からマーカスの脚に組みつこうとし、彼の膝をめがけてかかとで蹴りあげた。マーカスは危ないところでかわして男の腕をひねりあげ、その腕が折れる音が部屋じゅうに響いた。男は叫び声をあげて床にくずおれた。三人めはすぐさま倒され、続いて四人めが向かってくる。

ダニーは男たちが繰り広げる獰猛な戦いに神経が麻痺していた。誰もがマーカスを殺す気で向かってきているようだ。五人めがマーカスに飛びかかった。武装した男たちの攻撃を受けるたびに、マーカスは狂暴になっていった。彼は猛烈な戦いぶりを見せたが、いかんせん相手が多すぎた。ダニーはこれ以上見ていられなかった。

「お願い、マーカス、もうやめて！」

マーカスはひとりの男の喉を絞めて体ごと持ちあげていた。逆上したマーカスの目がダニーの目と合った。彼のものとは思えない表情に、ダニーは胸が張り裂けそうになった。彼女にはわかっていた。マーカスは心の中で、父親と戦っているのだ。

「マーカス」ダニーは努めて穏やかな声を出した。「彼を放して」

彼はダニーの目を見つめたまま、そっと男を床におろした。「ダニー」

マーカスの目の奥で何かが光り、瞳の色がいつもの淡い緑に変わった。そこからはすべてがスローモーションで進んでいるかに思えた。別の兵士が扉付近からマーカスの左側にまわりこむ。その男がしゃがみこむのをダニーは見つめた。筋肉が盛りあがったかと思うと、男はマーカスに飛びかかった。その肩がマーカスの傷を負った側の腰を直撃した。

彼の痛みを思ってダニーは叫んだ。愛する男の頭が後ろに倒れ、その口から人間のものとは思えない咆哮が爆発する。マーカスの腕が宙をかき、ゆっくりと膝からくずおれていく。その瞬間、ダニーは彼が人間だろうと野獣だろうとどうでもよかった。何も怖くない。マーカスがダニーを決して傷つけないことを彼女は知っていた。それどころか、ダニーを守るためなら、彼は命さえ捨てるだろう。ダニーはマーカスをつかもうとした。彼を抱きとめようとした。しかし、ダニーの腕は男ふたりがかりで押さえつけられていた。

突然、男が乗馬用の上着を翻しながら勢いよく部屋に入ってきた。小柄だが、見るからに力にあふれ、彫りの深い顔立ちに鋼鉄の意志をみなぎらせている。彼は落ち着いた様子でマーカスのほうへ歩いていった。もう動けなくなっているマーカスをとらえようと、その部下たちも集まった。

小柄な男が歯をむきだした。「おまえがわたしの娘をさらっていったろくでなしか。しかも、よりにもよってわたしの家から連れ去るとはな！」

ジニーの父親は片手をあげ、マーカスを平手打ちした。ダニーはこれ以上彼に危害が加えられるのを阻止しようともがいた。「やめて！　何もわかっていないくせに」

海軍司令長官の厳しい目がダニーに向けられた。彼はぽかんと口を開き、目を丸くしてダニーを見つめた。「ミス・ストラフォード？」

ダニーは顔をしかめた。マーカスが振り向いて、呆然とダニーを見た。

「閣下、お願いですから彼を傷つけないでください。わたしたちはあなたに協力しますから」

「ミス・ストラフォード、いったい、こんなところで何をしているのかね？」

ダニーは顔をゆがめ、恥じ入ってうつむいた。「長い話になります」

マーカスが混乱と不信感もあらわに彼女を見つめた。長官が矢継ぎ早に質問を投げかける。

「長い話？　なぜ父上と一緒にロンドンにいないんだ？　ヘムズワースと婚約したと聞いたが。この件にかかわるようになったのはどういうわけなのだ？」

ダニーが目を閉じて答えようとしないのを見て、長官は引きさがった。

「まあ、いいだろう。むろん、シートンはきみがこんなことになっているとは知らないんだろうな？」彼は副官に命じた。「あの若者をここへ連れてこい！」

ダニーの心臓はおかしな調子で打った。彼がここにいるはずがない。ありえないわ。しかし、扉のところに現れたのはダニーの御者だった男で、やせた体と信心ぶった顔つきは見間違えようがなかった。

「フィリップ!」

彼女は呆然としてマーカスと目を見交わした。発見されて保護を受けられたのは何よりだが、フィリップがここで何を話すというのだろう? おしゃべりなだけの愚か者なのに。

「ああ、そう、フィリップだ。ここに来い。もう一度、どういうことなのか話してみろ」長官が手招きした。

黒髪の御者はマーカスをちらりと見ると、にやりとした。あの役立たずで泣き言ばかり言っていたやさ男とはまるで別人だ。フィリップはマーカスに脅かされた仕返しをしようとしている。フィリップがどんな説明をするのか、ダニーは聞きたくもなかった。

「つい最近まで、わたしはシートン男爵のご令嬢であるミス・ストラフォードの使用人でした」マーカスがはっと息をのむのが聞こえ、ダニーは彼が燃えるような目で自分の背中を見つめているのを感じた。だが彼女は視線をフィリップに据えたまま、お願いだから余計なことを言わないでと心の中で懇願を繰り返した。「彼女は脅迫されてました。ここにいる、この……悪党のフリートウッド侯爵に、ミス・フォーリー・フォスターを誘拐するのを手伝えと」

危険なほど細められた長官の目がダニーを見た。「それは本当かね?」

ダニーは反論したかった。どうにかしてマーカスを弁護したかった。だが、それは事実だ。ダニーは腕をつかまれたままくずおれ、床を見つめた。マーカスを非難することはしたくなかった。「彼は誰のことも傷つけたりしませんでした」

長官がせせら笑った。「それからどうなったのか、話せ」

ダニーは首を振ることしかできなかった。そのあと何が起こったかは聞かされなくても知っている。しかし、フィリップはためらうことなく長官に語って聞かせた。「ロンドンを出たあと、われわれの馬車は追いはぎに襲われました。頭領は盗賊グリーンと名乗る男です。追いはぎ一味は身代金が狙えるからとミス・フォーリー・フォスターをさらっていきました。わたしが撃たれたのはそのときです！　すべてはこの……この怪物のせいだ」

長官の顔は怒りで紫色になっている。彼は血に飢えていた。マーカスの血に。

「おまえはあの最低の犯罪者どもがわたしの娘をさらっていくのをみすみす許したのか？」

部屋にいた全員が長官の声の調子に震えあがった。

ダニーはとらえられた腕を振りほどこうともがいた。マーカスを死なせるようなことになってはならない。「ジニーは無事です。彼が命の危険を顧みずに追いはぎたちの手から救いだして、ここまで連れてきたんです。お医者さまにも、自分より先に彼女を診てもらったくらいです。自分だって撃たれて怪我をしていたのに」

長官はダニーを無視してフィリップに問いただした。

「この野獣がそもそもなんのためにわたしの娘をさらったか、知っているか？」

「この男はミス・フォーリー・フォスターと結婚するつもりでした。わたしはグレトナ・グリーンへ行けと指示されました」

長官はますます激高して、マーカスに向き直った。

「わたしの娘を無理やり自分と結婚させるつもりだったというのか？」

ダニーはひるんだ。

「彼にはジニーに危害を加えるつもりなどありませんでした。それは本当です！」

長官がはじかれたようにダニーを振り向いた。「きみは黙っていたまえ。この件におけるきみの役割については、のちほどふたりで話そう、ミス・ストラフォード」

ダニーは視線をマーカスに戻した。彼のエメラルド色の瞳がまたたき、感情がよぎる――衝撃、弱さ、そしてあきらめ。最後がとりわけつらかった。マーカスはあきらめたのだ。

彼はついに口を開いた。その声はとても静かだった。「長官、あなたのおっしゃっているミス・ストラフォードという女性のことは、わたしは何も知りません。わたしの知っているこの女性はミス・グリーンです」

ダニーは気分が悪くなった。

長官がマーカスからダニーへと視線を移した。いくらか怒りが薄れた代わりに、残忍で満足げな表情が浮かんだ。「素性を隠すとはうまく考えたものだな、ミス・ストラフォード。たしかに、この男が金目当てだとしたら、きみが結婚を迫られていたかもしれないのだから」

マーカスの顔から血の気が引き、視線が床に落ちた。その目の奥に苦痛がかすかに見えて、ダニーは胸が痛んだ。マーカスはダニーが自分のことを信じていなかったのだと思ったに違いない。ダニーは心が砕け散るのを感じた。「もっと早く話さなかったのは悪かったわ、マーカス。本当のことを言えば、あなたがわたしと無理やり結婚しようとするのではないかと怖かったの。でも、それはずっと前の話で……」

ダニーは唇を噛んだ。こんな大勢の見知らぬ男たちの前で、それ以上話す気になれなかった。

マーカスは答えなかった。彼女の声が聞こえたのかどうかもわからない。ダニーは絶望して長官に向き直り、懇願した。「彼を解放してください。どうかお願いします」

「解放するだと？　ミス・ストラフォード、きみは頭がどうかしてしまったのか。この男は犯罪者だぞ。きみの御者がいなければ、わたしはきみとジニーを見つけられなかったかもしれない」

ダニーは憎きフィリップに殴りかかりたい気分だった。泣き言ばかり言っていた愚か者のくせに。「マーカスは自分がしなければならないことをしただけです！　妹さんを助けるためにどうしても大金が必要だった。あなただって家族を助けるためならどんなことだってするでしょう？　現にあなたはここにこうしているわ。それにマーカスは今日、娘さんを無事に家へ送り届けるつもりだったんです」

長官は居並ぶ部下たちをちらりと見てから、ダニーをにらみつけた。「少しは頭を働かせたまえ、ミス・ストラフォード。この男はきみを騙している。善良な人の心の奥を揺さぶって、きみを思いどおりに操ろうとしている。きみのやさしさにつけこんでいるのだ」

ダニーは首を振って否定した。マーカスがダニーを騙していたなどという非難は当たらない。脅迫し、誘拐したのは事実だ。しかし、騙したことは決してない。マーカスがすべてを告白したときのあの暗い感情、彼女への愛を打ち明けたときのあの感情は本物だった。

ダニーはマーカスに弁明してほしかった。何か、なんでもいいから言ってほしい。しかし彼はひざまずいたまま黙っていた。目はただ床を凝視していた。

「なぜ話してくれなかった？」とうとう、マーカスがかすれた声で言った。その声は苦痛でくぐもっていた。

説明しようと口を開いたダニーを、長官がさえぎった。「明らかに、おまえと結婚させられるのが耐えられなかったのだ。そんなことを望むまともな女性がいると思うか？」

金髪の大男はじっとして動かなかった。筋肉がかすかにこわばったので、その言葉がマーカスに届いたことだけはかろうじてわかった。

ダニーの視界が涙でぼやけた。マーカスを抱きしめ、わたしはあなたを愛していると言って安心させてあげたくてたまらなかった。ダニーは腕を引き抜こうとしたが、兵士たちはきつくつかんで放そうとしなかった。

「マーカス、最初はそう思ったこともあったかもしれない。でも、今はそうじゃないわ」

「おまえは絞首台に送られることになるだろう、フリートウッド」弔いの鐘でも鳴らすように、長官は抑揚をつけて宣言した。

「いいえ！　彼を傷つけることはわたしが許さない」

長官はダニーをつかんでいる部下たちを見ると、無言で扉を示した。男たちは彼女を連れていこうとした。ダニーはブーツのかかとを木の床に食いこませて踏ん張った。

「放してよ！　こんなこと、絶対に許さないわ」

ダニーは激しく抵抗し、蹴りを繰りだした。彼女の肘打ちを脇腹で受けた男がうめいた。つかまれている力が一瞬弱まった隙に、ダニーは腕を振りほどいて長官の横を過ぎ、彼とマーカスのあいだに立ちはだかった。

「こんなことは許されないわ。彼は善人よ」

長官が首を振った。そのとき、マーカスが口を開いた。「もう行ってくれ、ミス・ストラフォード。ふたりとも、こんな日がいつか来ることはわかっていたんだ」

「でも、マーカス――」

「消えろ」

ダニーはマーカスの口から出た、静かでそっけない言葉に泣きたくなった。マーカスはあきらめてはいけない。あきらめるなんて、わたしが許さない。

ダニーは兵士たちにとらえられ、部屋から引きずりだされた。最後に愛する男性の姿をひと目見ようと、扉の戸枠をつかんで抗った。

長官が銃を振りあげ、台尻でマーカスを激しく殴りつけた。彼女の野獣はものも言わずに床に倒れた。もはや自分の身を守ろうという気もなくしているようだった。

太陽はとうに沈み、ロンドンの街は活動はしていても表面的には静けさが支配していた。昼間の騒がしさとは大違いだ。しかし、ダニーの心の中では不安と恐怖が雷鳴のごとく轟いていた。ダニーを乗せた海軍司令長官の馬車はキング・ストリートにある彼女の家に近づいて、速度を落としはじめたところだった。

ダニーは馬車が完全に止まる前に飛び降りた。スカートが膝にまつわりつくのもかまわず、走って玄関の階段を駆けあがり、一瞬だけ振り返ってジニーに手を振った。ジニーはダニーに親切で、全力で彼女を慰め、マーカスのことを父にとりなすと約束してくれていた。けれども、ダニーがマーカスを打ちのめしてしまった事実は何をしても変わらない。彼女を見たマーカスの、完全に感情を消し去ったあの表情。彼はあきらめてしまったのだ。全身の至るところに絶望という文字が刻まれているのが目に見えるようだった。今、マーカスは牢獄にいて、縛り首になるのを待っている。ハーウッド公爵の手から妹を解放することもかなわない。そのうえ、マーカスはダニーとのこともあきらめてしまった。愚かにも、ダニーが自分を愛してなどいない、自分がいないほうが彼女は幸せだなどと思っているのだろう。

だが、ダニーはあきらめる気はなかった。彼女が使える武器がまだひとつ残っている。

ノッカーを乱暴に鳴らすと、扉が内側に開いた。ダニーは立ちどまって執事に外套を渡す時間さえも惜しくてそのまま彼の横を通り過ぎ、父の書斎に向かった。夕方のこの時間なら、父は肘掛け椅子に座って議事録を見直しているはずだ。

両開きの扉を押し開けると、勢いのあまり扉が壁に当たって大きな音をたてた。椅子から立ちあがった父の驚きの表情が、心配と安堵の入りまじるものへと変わった。

「ダニエル！　いったいどこに行っていたんだ？　ボウ・ストリートの捕り手に頼んであちこち捜したんだぞ」

彼女は驚いて部屋の真ん中で足を止めた。「わたしがいないのに気づいていたの？」

ダニーの父は、彼ににらみつけられれば最も手ごわい政敵ですらも決まりが悪くなって目をそらすと評判の人物だったが、今は彼自身が決まり悪そうに顔を真っ赤にしていた。「当然だ。一週間近く姿が見えなかったんだぞ！　おまえのお母さんが死んでから、わたしは最高の父親ではなかったかもしれないが、おまえのことはいつだって本当に心配しているんだ」

その瞬間、ダニーは自分がどれほど父を恋しく思っていたかにはじめて気づいた。その小さな啓示を受けて緊張の糸が切れた。今までずっと、ひとりですべての問題を解決しなければならないと気を張っていたのだ。今、マーカスを自由の身にすることで頭がいっぱいで、立ちどまって考える余裕がなかった。この一週間の重圧に、ダニーは押しつぶされそうになっていた。彼女は父の腕の中に飛びこみ、肩にしがみついた。すすり泣きで体が震えるのを抑えきれなかった。

「ああ、お父さま！　どうしたらいいかわからないの」

父はぎこちなくダニーの頭の後ろをぽんぽんと叩いて、彼女をなだめようとした。やさしさにあふれた心配そうな声に、ダニーはいっそう涙が止まらなくなった。

「どんな問題だろうと、一緒に考えれば解決できるはずだ」

「違うの、お父さま、わたしは――」

「何があったのか話してくれ。それを聞いて判断するから」

ダニーは体を引いて、父の悲しげな目を見つめた。言葉が口を衝いて出た。

「わたしの愛する人が死刑宣告を受けているの！」

父が狼狽した顔になった。「なんの話をしているんだ、ダニエル？」

ダニーは泣きじゃくるのをこらえて、ちゃんと話せるように息を整えた。それから、今まで起こった出来事をすべて話しはじめた――〈グレトナ・グリーン・ブッキング〉をはじめたことから、マーカスの脅迫、ジニーの誘拐で自分が果たした役割、ジニーの〝救出〟に至るまでのすべてを。話し終えると、青ざめた父は椅子に倒れこむようにして座った。

「ああ、なんてことだ」

マーカスの件で父がどういう反応を見せるかが怖くて、ダニーは顔も見られず、父が座っている椅子の肘掛けのそばにひざまずいた。手を取って懇願する。「どうかわかって、お父さま。マーカスがひどいことをしたのはわたしも承知しているけれど、彼はどうしようもなかったの。マーカスがジニーとわたしをさらったのは自分の利益のためではなく、自分を犠牲にするためだったのよ」

父の目の中には嵐が吹き荒れ、さまざまな感情が対立していた。

「ダニエル、一度にひとつずつ話を進めていこうじゃないか」

彼女は唇を噛んで黙りこくった。

「わたしが正確に理解しているかどうか確認させてくれ。おまえのお母さんが……」父は咳払いをして、椅子の中で身じろぎした。父にとって母が亡くなったことを認めるのがどれほどつらいことか、ダニーは今さらながら気づいて心の中でたじろいだ。これだけの歳月が経ってもなお、悲しみは癒えていないのだ。「六年前、おまえはその活動をはじめた」父は母のくだりを飛ばして、改めて話しはじめた。

「ええ」

「あの店は表向きは書店だが、本当のところは恋人たちが駆け落ちするための手はずを整える場所だったわけだ」

ダニーはうなずき、父が考えをまとめるのを待った。

「いやはや、まったく、ダニエル！　自分が何をしたか、わかっているのか？」父が声を張りあげた。ダニーはもう何年も父がこんなふうに怒るのを聞いたことがなかった。ほとんど怒鳴り声と言っていい勢いだ。「おまえがしでかしたのは、自分の評判を台なしにしてこの国から追いだされてもしかたがないというだけでなく、わたしも議会からつまみだされるかもしれないようなことなんだぞ。わたしが議会でしている仕事に希望を託して暮らしている庶民がいったいどれだけいるか、おまえにわかるか？　それに伯爵のこともある。こんな醜聞が表沙汰になったら、彼は破滅しかねない。ほかにも……ああ、まったく、どうしたものか！」

父はすっくと立ちあがり、部屋の中を歩きまわりはじめた。ダニーはこんな混乱している父を見るのははじめてだった。

彼女は父の腕をつかんだ。父の気持ちをなだめたかった。「これがどんな惨事を巻き起こすことになるかはよくわかっているわ。だからこそ、素性を隠したの」

「それぐらいのことでは、あの……あの怪物がおまえを利用しようと思ったら、それを防ぎようがないのは明らかだ。言うまでもなく、海軍司令長官とその部下たちも今やおまえのことを知ってしまったわけだし」父は言葉を切り、書斎の扉のほうに向かった。「フォーリー・フォスターに会わなければ。まずはそこからだ」

ダニーも立ちあがったが、体の中に怒りが渦巻くのを抑えきれなかった。

「マーカスは怪物なんかじゃないわ！　彼は人間で、わたしの愛する人よ！」

父が振り返り、怒りと心配が激しく交錯する顔で娘を見た。「愛する人だと？　おまえを脅迫するような男なのに？　やつはおまえを利用したんだぞ、ダニエル。二度めはないと、どうして言いきれる？」

ダニーは言葉をのみこんだ。父はダニーのことを心配してくれている。彼女とマーカスの未来に待ち受けていることも。それはよくわかっていたが、ダニーは父に自分の気持ちをきちんと理解してほしかった。

彼女は勇気をかき集め、父の目をまっすぐ見つめた。父に証明したかった。自分がもはや、妻が死んだときに父が置き去りにした少女ではないのだと。「マーカスがわたしを利用しているのだとしたら、そうさせたのはわたしの過ちよ。わたしはただ、彼を釈放してもらえるように手を貸してほしいとお願いしているだけ。そして、自由になったマーカスがわたしを求めてくれるなら、わたしは彼と結婚したい」

父がショックを受けて目をみはった。何か話そうとするように口を開いたが、その口は音をたてて閉じられた。

扉にノックの音がして、ふたりのあいだの緊迫した状態が打ち破られた。そろって頭を扉のほうに向けると、執事が現れてお辞儀をした。

「ヘムズワース伯爵がお見えになりました、旦那さま」

父は黙ってうなずき、扉が閉じられると同時にぐったりと椅子に倒れこんだ。父の打ちのめされた様子に、ダニーは驚いた。父は急に老けこんで見え、疲れきっていた。

「伯爵が来る予定になっていたのを忘れていた」父がため息をつき、鼻梁をつまんだ。「このところ毎日、おまえのことで進展はないかとききに来ていたんだ」

ダニーはそれを聞いて感じた罪悪感をあえて追い払った。姿を消した彼女の情報を尋ねようと日参するとは、いかにも伯爵のしそうなことだ。ダニーは伯爵の行動が自分についての醜聞を広める結果になっていたのではないかと思った。そうだとしたら、彼に永遠に感謝することになるだろう。ダニーは社交界のルールをよく知っていた。その多くがダニーにとっては腹立たしいものだったが、付き添いの女性も連れずに失踪していたことが知れたら、ストラフォード家が社交界における地位を維持するのは難しい。人々は最悪の事態を想像するだろう。皮肉にも、今回に限ってはその想像が正しかったことになるのだが。

「彼に会ってきなさい、ダニエル。わたしには考えをまとめる時間が必要だ」

ダニーはおとなしく立ちあがり、伯爵が待っている応接室へ向かった。マーカスと父のことで頭がいっぱいだったが、ここは別の任務もこなさなければならない——ヘムズワース伯爵にすべてを打ち明けるという、困難な任務だ。彼はダニーのことを心から案じてくれているようだし、それだけでなく、ここ何カ月もふたりの名前はいずれ結婚するものとして社交界の人々に記憶されている。事実が明るみに出れば、伯爵はそんな仕打ちを受けるいわれもないのに恥をかかされるはめになるだろう。

さらに重要なのは、伯爵には自分を愛してくれていない女と結婚し、生涯ずっと別の男性と比べられて生きなければならない理由もないことだ。そんな事態になれば、ふたりともが惨めな人生を送ることになる。

ダニーが応接室の扉を開けたとき、伯爵はいらいらと張り出し窓の前を歩きまわっていた。彼はぴたりと足を止め、ダニーを振り向いて凍りついた。動揺していてもなお、ヘムズワース伯爵マイケル・ラスボーンは魅力的な男性だった。蜂蜜のような茶色の髪は両脇が短く刈りこまれ、頭のてっぺんは風に吹かれて芸術的に乱れている。仕立てのいい服は長身瘦躯《そうく》の体にぴったり合っていた。はしばみ色の瞳は、友人に対してはやさしく、敵に対しては冷酷な光を放った。自信にあふれた成功者で、野心家で、自分の人生に求めるものを正確に把握していて、それを達成するためならどんなことでもする決意に満ちていた。

彼が自分の家の応接室に来てくれると考えただけでも失神する女性は大勢いるだろう。伯爵に求愛されているあいだ、ダニーが彼をうまく〝釣った〟として、社交界にデビューしたばかりの女性から憎しみに満ちたまなざしを向けられたことも一度や二度ではない。伯爵は社交界の天使で、男たちからは崇敬の念を、女たちからはつやっぽい視線を集めていた。

ダニーにはなんの魅力も感じられなかったけれど。

彼女に考えられるのは、マーカスのことだけだった。

まったく、いったいどうしてこの男性と結婚しようなどと思えたのだろう。結婚して一週間もすれば、涙に暮れて後悔するのがおちだ。

「ミス・ストラフォード！」伯爵は叫んだかと思うと、衝撃的な愛情表現に打ってでた。紳士の中の紳士であるヘムズワース伯爵がダニーに手を触れたのだ。もちろん、肩をつかんで安心させるように揺するぐらいのことだったが、求愛中でも頬にキスさえしなかった彼にしては驚くべき行動だった。「きみが無事で本当にうれしいよ。どこに行っていたんだい？　きみの父上もぼくも死ぬほど心配したんだぞ」

ダニーはおずおずと伯爵にほほえみを向けた。いったい全体、求婚を断るというのはどうすればいいのだろう？　もっと若い世代の女性たちがいつもそんな話をしているのは耳にしていたが、いざとなると何ひとつ思いだせなかった。とりわけダニーが無事だったことに、こんなにもあからさまに安堵している相手を前にしては。

彼女は勇気を奮い起こし、小さな声で答えた。「ごめんなさい。出かけっぱなしになるなんて、予定していなかったものだから」

「そうだろうとも。きみはありすぎるほどに分別のある人だ」

ダニーはあきれた顔になるのを必死にこらえた。分別がありすぎるですって？　わたしがそんな人間でないことは自分でもわかっている。「ありがとうございます、閣下」

「ぼくのことはマイケルと呼んでくれと言ったはずだよ。こうしてきみが帰ってきて、無事だったとわかったのだから、婚約の話を先に進めることができるね。来週、議会で大きな選挙があるから、きみの父上の支援が必要なんだ」

ダニーはこぶしを握りしめた。ヘムズワース伯爵は無神経なことを言うつもりでそう口にしたわけではない。彼はただ、ふたりの関係がなんのためのものかをダニーに改めて理解させようとしているだけなのだ——すなわち、政治的野心のためだと。

マーカスに出会えた運命に、ダニーは毎日感謝して生きることになるだろう。彼は真の愛とはどんなものかを教えてくれた。今はもう、それ以下のものでは満足できない。

「ラスボーン卿」ダニーは断固とした調子で言った。その口調に驚いて、伯爵が眉根を寄せる。彼女はこれまでずっと、自分を控えめでおとなしい女性のように見せかけてきた。今、さらけだしている新しい一面がヘムズワース伯爵にショックを与えているのは間違いない。

ダニーは彼のやさしい手から逃れてあとずさり、そのあたたかな目を見つめ返して、自分をのみこもうとする罪悪感を捨て去ろうとした。

「こんなことを言わなければならないのは残念ですけれど、わたしはもう、あなたと父のあいだの取り決めに同意することはできません」

「な、なんだって？」

「わたしはあなたとは結婚しません」

ヘムズワース伯爵が大きく目を見開き、手袋をはめた手をだらりと体の脇に垂らした。混乱を隠せない顔で叫ぶ。「でも、なぜ？　ぼくはてっきり……」

彼に穏やかなほほえみを向け、ダニーはささやいた。「ええ、わたしもそう思っていました。あなたはいい人ですもの、ラスボーン卿。あなたの妻になれる女性は幸運ですね。でも、わたしにはそれはできません」

ヘムズワース伯爵はダニーから半ば顔をそむけ、片手で髪をかきあげた。ひと房の髪が額のしわを分断するように垂れている。またダニーに向き直った彼の目は、明らかに傷ついていた。伯爵が尋ねた。「突然の心変わりの理由を説明してくれるかい？　ぼくは心からきみを思っているんだよ、ダニエル。ぼくは何か間違ったことをしてしまったのかな？」

ああ、やめて。わたしが罪もない小犬を足蹴にしているみたいじゃないの。どうしてよりによって今、はじめてファーストネームでわたしを呼んだりするの？　もっとも、ヘムズワース伯爵の言うことは正しい。わたしには彼に真実を伝える義務がある。ダニーはそれがすべての説明になっていることを願って言った。

「わたしは恋に落ちたんです」

ヘムズワース伯爵がショックのあまり棒立ちになった。はしばみ色の瞳がその言葉の真意を探るようにダニーを見た。それからの伯爵の行動は称賛に値するもので、ダニーは自分が彼を愛せたらよかったのにと思ったほどだった。

ヘムズワース伯爵は表情をやわらげ、口の端に笑みを浮かべた。頬にえくぼができた。

「まったく、驚いたな！　おめでとう、ダニエル」

ダニーは胸が張り裂ける思いがした。彼はこんなにもいい人なのに。

そのとき応接室の扉が開いて、男爵が苦悩の表情で現れた。ふたりをちらりと見て、父はうめいた。「何をしているんだ、ダニエル？」

「伯爵とお別れしたところよ。今するべき正しいことはそれしかないから」

「しかし、選挙が――」

「その点については何も変更はありません、シートン男爵」伯爵が少し寂しげに言った。「選挙の件については後日改めて話をさせてください。明らかに、あなたとダニエルには今すぐ話しあうべきことがいろいろとありそうだ」

ヘムズワース伯爵はダニーのほうを向くと、お辞儀をした。

「きみが無事に戻ってきてくれて本当によかった。実際に何があったのかは、また別の機会にでも詳しく話してもらえるかな。お互いにもっと落ち着いて話ができるようになったら」

ダニーはほほえんだ。「ええ、きっと。ご理解に感謝します」

伯爵は彼女の父親にも会釈したが、扉のところでためらった。悲しげなほほえみを浮かべ、肩越しにダニーを見る。「彼は幸運な男だな」

沈黙の中、正面玄関が閉まる音がして、伯爵が家から出ていったことがわかった。ダニーは父の怒りと混乱を避けようと、この場を逃げだすことにした。父のそばをすり抜けて扉から出ようとしたとき、父に腕をつかまれた。

「わたしには理解できない。おまえはこんなことをする子ではなかった」

「いいえ、それは誤解よ」ダニーはぴしゃりと言い返した。突然、どっと疲れを感じた。もうたくさんだ。この一週間で起こったことのつけが一気にまわってきた気がした。これ以上、父を怒らせるのではないかと不安になったり、母のことを思いださせてしまうのではないかと心配したりするのはうんざりだった。父ももういいかげん悟ってもいい頃だ。生きるというのは、ただ呼吸していればいいものではない。

ダニーは胸いっぱいに吸いこんだ息を吐きだした。

「最初に伯爵との話を考えてみようと思った理由は、お父さまにまた幸せになってもらいたかったからというだけよ」

「なんの話をしているんだ？」

ダニーは冷ややかに笑った。「お父さまは完全に引きこもって、ただ政治に没頭していた。お父さまがお母さまの死を嘆いているあいだ、わたしもここで嘆いていたわ。ずっと見ていたのよ、お父さま。お父さまは笑わなくなった。議会で起こったあれやこれやをわたしに話してくれなくなった。〝おやすみ、また明日〟とか、〝愛しているよ〟といった言葉をかけてくれなくなった。ずっと長いあいだ、ひとりで殻に閉じこもっていた。わたしはそれをどうにかして変えたかったの。愚かにも、自分がヘムズワース伯爵と結婚すれば、昔のお父さまに戻ってくれるんじゃないかと思っていた」

ダニーはあえいだ。父親に対して積もり積もった不満をぶちまけることは、恐ろしくもあり、すがすがしくもあった。

「ありがたいことに、わたしは気づいたの。わたしたちが結婚しても、本当の意味では誰も幸せになれないって。この一週間で学んだのは、自分を犠牲にしたところで他人を幸せにはできないことよ。そんなことをしてもうまくいかない。その過程であまりにも多くの人を傷つけてしまう。わたしたちはただ、自分にとっていちばんいいと思えることをするしかない。そして、まわりの人たちが理解してくれて、最終的にはわたしたちを愛しているのだからしかたがないと、わたしたちが決めたことを受け入れてくれるよう祈るしかないの」

父はしばらく娘を見つめていた。明らかに、かける言葉が見つからないようだった。

「お父さまにもそうしてほしいの」ダニーは話を続けた。「わたしが伯爵と結婚しても、誰も幸せになれないことを理解してほしい。でも、わたしが自分で選んだ人と結婚できるよう手助けすることはできるわ。わたしが選んだ相手が、わたしが心から望んだ人であり、わたしを幸せにしてくれると思える人なのだということを、お父さまも信じてほしい。そして、その結婚によって、お父さまもなんらかの幸せを得られると信じてほしいの」

ダニーは奥歯を嚙みしめてきびすを返し、階段に向かった。部屋で少し眠り、目が覚めたら、マーカスを救いだすことに全力を注ごう。

「ダニエル！」父が背後から声をかけた。「どうするつもりだ？」

「今夜は眠るわ。それからマーカスを救いに行くのよ。お父さまの助けがあろうとなかろうとね」

23

芝生の上に、まるで死んでいるかのように哀れな野獣が横たわっているのを彼女は見ました。野獣は虫の息で非難しました。死の恩を忘れてしまった美女を。

チャールズ・ラム『美女と野獣』

マーカスのブーツに蹴りつけられた地下牢の扉ががたがたと揺れた。彼は歯を食いしばって振動をこらえた。足はとっくに感覚をなくしている。看守たちの怒鳴り声も聞こえなくなって久しい。彼らはマーカスが疲れきっておとなしくなるのを待っているのだ。マーカスはわきあがる動揺を抑えようと、また扉を蹴りつけた。地下牢は嫌いだ。牢獄も、閉鎖された空間も耐えられない。最後にもう一度だけ蹴りつけて、乱暴に背中を壁にもたせかけた。心臓が早鐘を打っている。子どもの頃の恐怖が暗い影となってよみがえり、目の前で亡霊たちが邪悪なダンスを踊っていた。

マーカスはうなり、懸命に心を落ち着かせようとした。どうしようもない無力感が肩にのしかかってくるのを感じて、壁をずるずるとすべって座りこむ。ぼろぼろのシャツは牢の湿気を吸い、体温を奪っていた。マーカスは手錠をかけられた手首を膝にのせた。悪臭漂う空気を深く吸いこまないようにしながら、足元の土と藁にブーツをめりこませる。この独房は、死刑囚のための房と聞いて彼が予想したよりも広かった。フリートウッド・マナーにある地下牢に比べれば豪華なものだ。マーカスは個人的経験からそれを知っていた。

両手を握りしめると、手錠が手首に食いこんだ。

ダニー。

彼女のほほえみが目の前にちらついた。ダニーの姿を思い浮かべると荒れ狂う記憶の嵐がおさまり、代わって胸が張り裂けるような悲しみに襲われた。ダニーは嘘をついていた。彼を信じてはいなかった。そう思うと傷つき、裏切られた気分になったが、同時に当然の報いだと納得もした。結局、マーカスは恐怖でダニーを縛っていただけで、その恐怖がなければ彼女には真実を打ち明ける理由などなかったということだ。最後の最後になってやっと、マーカスがふたりの愛は金などよりもはるかに大切なものだと気づいたときにはもう遅かった。

マーカスは地面を踏み鳴らして、足の感覚を取り戻そうとした。この地獄に長くいればいるほど、不快さが増すだけだ。胸に巣くう痛みも決して癒えることはない。彼は目を閉じ、すべてを締めだした。なんと愚かだったのだろう。ジニーを誘拐しておいて、その結果から逃げられると思っていたなんて。ブランデーと悪夢で正気を失った男が絶望的な瞬間にくだした愚かで無謀な決定など、正当化のしようもない。

そして狂気にゆがんだマーカスの祭壇に、ダニーがいけにえの羊として自らを差しださなかったからといって、彼が怒る理由もない。

それから、キャロのことがある。

家族がみないなくなり、妹はこの世でひとりぼっちになってしまう。ハーウッドとの結婚を前にして、キャロに有利な遺言補足書を勝ちとってくれる男の身内もいないマーカスには、友人のセント・レオン家の人々がキャロの味方になってくれるのを祈ることしかできない。

苦々しさが喉の奥にこみあげ、酸っぱい自己嫌悪の念が口の中にあふれた。本当にどうしようもない愚か者だ。

マーカスは冷たい手で頭を抱えた。周囲は静まり返っているが、彼には空想上の化け物どもがひしめいているのが目に見えるようだった。あとどれぐらいの命なのだろうか。爵位があっても、絞首台を免れることはないだろう。マーカスを処刑するという海軍司令長官の決意はかたい。これで一巻の終わりなら、なるべく早く終わってくれと願った。

またしてもダニーの顔が脳裏にちらついた。キャラメル色の大きな目は苦悩に満ちている。ダニーはマーカスに真実を告げずにいたことを後悔していた。だが、彼女は間違ってはいない。マーカスはダニーが自分を思ってくれているのを知っていたが、マーカスが彼女を愛するのと同じくらい、ダニーが彼を愛しているとは思えなかった。長いあいだ、しかもふつうとは言えない状況で行動をともにしていたせいで、ダニーの判断力が鈍ったにすぎない。マーカスのような野獣を愛せる人など、どこにもいないのだ。

こうやって終わるのがふたりにとっていちばんいい。ダニーは求婚者と結婚できる。彼女が完全な信頼を寄せることができる相手と。マーカスは縛り首になるだろう。

正直なところ、死ぬことを恐れてはいなかった。死は絶え間なく襲ってくる苦痛からの解放だ。父親による拷問や、ダニーのやわらかな手の感触と熱い吐息につきまとわれることはもうなくなる。マーカスは死後の世界におびえてはいなかった。ただ、どうやってそこに行くことになるのかを考えると怖かった。

頭を振り、いやな考えを追い払った。こんな暗いことばかり考えていてはいけない。暗闇の中を何かが走るのが目に留まり、彼は身震いした。ネズミは大嫌いだ。マーカスは凄みのある笑みを浮かべ、肉食のウサギはあのおぞましい生き物を食べるだろうかと考えた。

鍵が鳴る音が彼の注意を引いた。木製の大きな扉のほうに頭を向け、同居人でも増えるのだろうかと興味津々と待つ。鉄格子のはまった小窓からたいまつの明かりが広がり、ふた組の足音が近づいてきた。足音は扉の前で止まり、看守が合う鍵を探してがちゃがちゃ言わせる音が石壁に響いた。金属がこすれる小さな音に続いて、錠が音をたてて開き、扉が内側に開いた。

背が高く、年相応に腹の出ている男が入ってきた。髪には白いものが交じり、疲れた顔にはしわが刻まれている。彼は惨めな部屋の様子を見渡すと、マーカスに視線を向けた。鋭く容赦ない茶色の目でじろじろ見られ、マーカスは背筋を伸ばした。自分の背の高さと恐ろしい顔が訪問者を威圧することを期待して立ちあがる。この男は運命の日を知らせに来たのだろうか?

沈黙が続き、不安がふくれあがった。とうとう檻に入れられた悪名高き野獣をただ見に来たというわけでもないだろうに。

「なるほど、きみがわたしの娘の心をつかんだ男か」

マーカスはその言葉に仰天した。まじまじと訪問者の顔を見る。言われてみれば似たところがある。ダニーの顎の線と、決然と引きしめられた男の顎。目の端のしわの寄り方も同じだ。小さな耳も似ている。

マーカスは目をそらした。「失礼ですが、あなたは誤解なさっているようです」

ダニーの父親が疑わしげに片方の眉をあげた。マーカスは顔をさらにそむけ、傷跡のある左側を隠した。手錠が耳障りな音をたてる。男爵にまた頭のてっぺんからつま先までじっと見られているのを感じた。

「きみはわたしが娘の婿にと思い描いた男とはまるで違うな、フリートウッド」

ぞっとさせる笑みがマーカスの口の端に浮かんだ。

「娘をわたしと一緒にさせようと思う親など、どこにもいませんよ」

男爵が同意するようにうなった。開かれた扉にもたれ、手を振って看守を追い払い、腕組みして言う。「きみが窮地に追いこまれた事情についてはダニエルから聞いている。きみの父親は見さげ果てた男だった。だが、そうはいっても、わたしはきみのしたことを承認するわけにはいかない」

マーカスは決まりが悪くなって身じろぎし、また手錠が音をたてた。シートン男爵は過激な自由主義の政治家として知られている。貴族も庶民も、彼のことを疑念と畏怖の入りまじる目で見ていた。

「わたしは自分がしなければならないと思ったことをしたまでです。そのやり方が間違っていたことはダニーに遠慮なく指摘されましたが」

男爵が笑って首の後ろをかいた。

「ああ、そうだろうな。娘はいつでも言葉の扱い方を心得ている」

今度はマーカスが同意のうなり声をあげる番だった。男爵はいったん伏せた目をあげて、マーカスの目をまっすぐ見つめた。

「きみはわたしの娘を愛しているのか、フリートウッド？」

マーカスは息をのんで目をそらし、襲いかかってくる自己嫌悪の波と闘った。ダニーが恋しくてたまらなかった。彼女が欲しい。彼女を愛している。しかし、自分はふさわしい男ではない。

扉のほうからため息が聞こえ、振り向いたマーカスの目に年配の男の張りつめた表情が映った。「わたしはすっかり台なしにしてしまったんだ」

マーカスはストラフォード卿の言葉に驚いた。

ダニーの父親は顔をしかめた。「わたしは妻を失った悲しみに暮れるあまり、愛しい娘をほったらかしにした」理解を求めるかのように声が震えた。「メアリーの死で、ダニエルの社交界での活動期間は早めに打ちきられてしまった」彼はごくりと音をたててつばをのみこんだ。「母を亡くしたダニエルはつまるところ、両親とも失ってひとりで放りだされたようなものだ」

マーカスはうなずいた。旅の途中でダニーからもそのことは聞かされていた。目の前の男が震える息を吐いた。男爵が何年も経った今もなお妻の死を悼んでいるのが、マーカスには痛いほどわかった。ダニーに何かあったら、自分だってどうなるかわからない。二度とダニーには会えないかもしれないが、彼女が家族と無事に暮らしているとわかっていれば、胸の痛みもいくらか癒やされる気がした。

シートン男爵が喉にからんだ声で話を続けた。「メアリーが死んでから長いあいだ、わたしは何に対しても気持ちが動かなかった。わたしの人生を生きる価値のあるものにしてくれた唯一の女性をなぜ奪われなければならないのか、理由がわからなかった。わたしはひたすら仕事に没頭して忘れようとした。そして、ダニエルは……あの子はとてもメアリーに似ている。生き写しだ。それがあまりにつらかった。ダニエルの顔を見れば妻を思いださずにはいられなかった」

「ダニーを生きる目的にするべきだったのでしょう。政治に没頭するのではなく」

「今ならそうするべきだったとわかる」男爵は片手で顔を撫でおろし、肩を落とした。「今日、わたしはやっと自分に娘がいたことを思いだした。同時に、妻の死を嘆いているあいだに人生で大事なことをどれだけを見過ごしてきたかにも気づいた。どれほどの喜びを目にし損ねてきたかに。ようやくわたしが娘を見たとき、そこにいたのは幼い少女ではなく、大人の女性だった。ダニエルは友人たちとともに新しい家族を築いていたんだ。両親を失っても……ひとりは死に、もうひとりは自分に目を向けてくれなくなっても、ダニエルは負けなかった。そして、そんな娘が泣きながら、必死になって懇願してきたのだ。自分を犯罪行為に引きこんだ男の命を救ってやってくれと」

マーカスはその非難の言葉にすくみ、落ち着かない気分で壁にもたれた。

「わたしのことは忘れてくれと、彼女に伝えてください。わたしは自分の犯した罪のために死ぬのです。彼女にはほかに結婚相手を見つけて、人生を先に進めてもらいたい」

「そんな簡単にけりがつくようなことならよかったんだがな」

マーカスはうなった。それはまさに彼の今の気持ちだった。

男爵が続ける。「わたしは悲嘆に暮れるあまり、人生で大事なものをたくさん見逃してきた。それに気づいた今、こう助言しなければならないと感じている。わたしと同じ過ちを犯すなと」

マーカスが汚れた髪をかきあげると、鎖ががちゃがちゃ音をたてた。胸の鼓動が速まっていた。不意に希望を感じて、心臓が飛び跳ねる。マーカスが間もなく死刑になるとわかっていて、ダニーの父親がわざわざ助言を授けに来たりするだろうか？　マーカスを助けるためにここを訪れたなどということがありうるだろうか？

シートン男爵が一瞬ためらった。「わたしはきみがダニエルと多くの時間を過ごしたことを知っている。付き添いの女性も連れずに」

マーカスは頬が熱くなるのを感じて目をそむけた。そんな話を彼とはしたくない。誰とも。ダニーの父親がため息をつく。「ヘムズワースとダニエルの婚約をあきらめることになって、喜んでいるとはとうてい言えない。しかしダニエルが心からきみを愛していると打ち明けた以上、わたしはきみにその価値があることを自ら証明するチャンスを与えようと思う」

マーカスは身をこわばらせた。希望と不安が胸の内にわきあがり、混乱して頭を振った。娘に近づくなと言いに来たのではないのか？　ダニーにはもっとふさわしい男がいると告げに来たのではないのか？　ヘムズワース伯爵よりも自分のほうが価値があると、いったいどうやったら証明できる？　社交界の天使に対抗するというばかばかしさに、マーカスは思わず鼻を鳴らした。

男爵が笑った。「どうやらその状態では無理そうだな。だが、ダニエルはきみを選んだ。ということは、きみの中には何かしらわたしが気に入る要素もあるはずだ」

マーカスは侮辱されたように感じ、身をかたくしてじっとしていた。

シートン男爵がマーカスの手錠をかけられた手首を見おろして顔をしかめた。

「牢獄における待遇改善のための予算を計上しなければならないな」

マーカスは身じろぎした。何が起きているのか、まだ確信が持てずにいた。

「あなたはなぜここに来られたんです？」

男爵は驚いたようだった。「そんなことはとっくに承知しているだろうと思っていたんだが。きみを釈放するためにさんざん苦労させられたのだから、きみにはわたしのちょっとしたおしゃべりにつきあうぐらいはしてもらわないと割に合わないと考えてね」

マーカスは呆然とした。聞き間違えたに違いない。「なんですって?」

「きみはもう自由だと言ったんだ、フリートウッド」

マーカスは混乱して眉をひそめた。〝きみはもう自由だ〟海軍司令長官は彼の死を望んでいるのに。

信じられないという様子のマーカスを見て、ダニーの父親は表情をやわらげた。「わたしは長官の家に行き、ほとんどひざまずくような勢いで彼にきみを釈放してくれと懇願した。ダニエルがわたしにしてきた唯一の頼みごとがそれだったからな。とはいえ、さすがに無理だろうとわたしも思っていたよ。ところが、そこに長官の七人の娘がそろって登場したんだ。ジニーを先頭にして」言葉を切り、マーカスに皮肉な笑みを向けた。「わたしの友人は国民の英雄だ。どんな手ごわい敵とも公海で果敢に戦ってきた海軍司令長官だ。その彼も、娘たちには逆らえなかった」彼はほほえんだ。「とんでもない話だ。議会で同僚たちに話したところで、誰も信じないだろう」

「ジニーとその妹たちが、わたしを救ってくれたんですか?」

シートン男爵が肩の力を抜いてにやりとした。「あれは見事だった。もしもジニーが男だったら、いずれ首相になれるだろう。彼女は父親に向かって単刀直入に言った。彼は釈放されるべきだと。一連の出来事はすべて壮大な冒険で、彼を処罰すれば冒険にかかわった者全員に不必要な苦痛と損害を与えることになるだけだとね」

マーカスは耳がおかしくなったのだと確信していた。独房に閉じこめられていたせいで、明らかに頭がどうにかなってしまったのだ。

「わたしの友人はきみを釈放したいなどとは思っていなかった。だが七人の娘が結託して詰め寄ってきたら、いやだとは言えまい」

「信じられない」マーカスはつぶやいた。自分が誘拐した女性が自分を釈放するために動いてくれるとは、想像だにしたことがなかった。

おばかさんのジニー。まったく、何を考えているのやら。

「わたしは本当に自由なんですね？」

シートン男爵がうなずき、何かを放り投げた。それを受けとったマーカスは、手の中にひんやりした金属の感触を覚えた。こぶしを開くと、手のひらの上に鍵があった。

「ありがとうございます」マーカスは息を吐いた。ほっとすると同時に信じられないという思いがわきあがって、喉が締めつけられた。

男爵が眉をひそめた。「わたしはただ伝えに来たにすぎない」彼は立ち去ろうとしたところで足を止め、ちらりと振り返った。「わたしはきみが好きではない。少しもな。だが、ダニエルのためだ。喜んできみにチャンスを与えよう」

そう言うと、男爵は独房を出ていった。ひとり残されたマーカスは、手錠の鍵を握りしめて呆然と立ち尽くしていた。

24

美女は喜んで片方の手を差しだし、運命を決める命令を王子にくだしました。王子は立派な部屋から部屋へと案内されて、待ち受ける美女の家族のもとへと向かいました。

チャールズ・ラム『美女と野獣』

一週間後……


扉が開く音がしたかと思うと、カーテンが両脇に引かれて部屋に光が差した。

ダニーはたじろいだ。

「いいかげんにしなさいよ、ダニエル・メアリー・ストラフォード」

ダニーはうめき、ベッドの中で転がって光に背を向けた。「放っておいて」

「あのちょっとした旅から帰ってきたと思ったら、ベッドに寝ているばかりで、何をすねているの？　もううんざりだわ。機嫌の悪いときのヒューだってもう少し愛想があるわよ」

　ダニーは枕を持ちあげて頭からかぶり、アナベルの声が聞こえないようにした。一連の誘拐劇から帰って以来、父と親友が絶えずダニーを見張っている。父はどこにでもついてまわるメイドを雇ったほどで、ダニーは父かアナベルかヒューの付き添いなしでは馬車に乗ることも禁じられた。ずっと好きなように行動してきたダニーにとっては、信じられないほど鬱憤のたまることだった。

　父はダニーの店も売ってしまった。正確には売ったのではなく、アナベルとヒューに遅ればせながら結婚祝いとして書店を譲り渡したのだ。ダニーは店の奥に近づくことも、〈グレトナ・グリーン・ブッキング〉の活動に従事することも禁じられた。

　ダニーは暗闇の中で目を細めた。部屋を出ていく理由が見つかったらすぐにでも、書店を取り戻す計画を立てるつもりだった。アナベルとヒューは気にしないだろう。ふたりはあの書店がダニーにとってどれほど大事なものか知っている。何しろ、今の彼女はほかに何もなくなってしまったのだから。

　ダニーはすすり泣きをこらえようと、握ったこぶしで口を押さえた。惨めだった。マーカスが釈放されれば、会いに来てくれるものと思っていた。また話をする機会があると思っていた。ダニーが男性に求める条件を、今のままのマーカスが満たしているのだと安心させたかった。夫にしたいのは今のままの彼なのだと。

　マーカスが来る気配がないので、ダニーは手紙が届くのを期待した。ダニーと彼女の父とジニーが、マーカスとキャロラインにあげた贈り物を受けとったという知らせが来るだろう。

マーカスがそれを受け入れたのかどうか、ダニーは知りたかった。ダニーの事務弁護士の事務所が開く時間になるとすぐ、彼女は父親と連れだって出かけた。そして弁護士の説得に耳を貸すことなく母の遺産の大半を約束手形に換えて、それをロンドンにあるマーカスの家に送ったのだ。その程度ではマーカスを騙していた埋めあわせにはならないとわかっていたが、それがキャロラインを救う一助になり、それによって彼の心も癒やされることを願っていた。

しかし、何も来なかった。マーカスも、手紙も、彼の代理人も。

ダニーは毎日確認したが、約束手形はいまだ換金されていない。まるで、マーカスは消えてしまったかのようだった。

「どうしようもない人」彼女は枕に向かってうなった。ため息がもれた。ただマーカスが恋しい。そばにいたい。彼に抱きしめてほしい。

「痛い！」ダニーは体を起こし、ずきずきする腕をつかんだ。新聞紙によるアナベルの一撃は、まだ部屋に音が響いているほどだった。

ダニーは親友をにらんだ。アナベルは背筋を伸ばし、丸めた新聞紙を小脇に抱えた。

「いじわるね！」

「でも、これで起きあがれたじゃないの」アナベルが澄ました顔で笑った。赤い髪が乱れ、茶色の目は輝いている。「いい知らせがあるのよ」

決然としたほほえみに冗談が入りこむ余地はなかった。ダニーは気に入らないことを聞かされそうな気がした。

「わたしたちは今夜、ホーンウェザービーの舞踏会に行くのよ」

ほら、思ったとおりだ。

ダニーはふたたびベッドに倒れこみ、枕を頭からかぶった。

「帰って、アナベル。わたしは誰とも何もしたくないの」

息を吐く音に続いて、足を踏み鳴らす音がダニーのほうに近づいてきた。アナベルがダニーのつかんでいる枕を引きはがし、部屋の向こうに放り投げた。枕は音をたてて壁に当たった。

ダニーは言葉を失ってアナベルを見つめた。

「残りの人生をずっと惨めな思いを引きずって過ごすなんて、わたしが許さないわよ」

ダニーは顔をしかめた。「それがわたしの家系の特徴なのよ。いいから、もう行って」

「いやよ」アナベルがきっぱり言った。あまりにほがらかな声がダニーの耳に痛かった。

「あなたにドレスを着せて、この家から連れだすわ。何がなんでも」

不意にダニーの目に涙があふれた。「行きたくない。出かけているあいだにマーカスが来たらどうするの？　彼に会えないじゃない」

アナベルが同情するように表情をやわらげた。きれいな淡い青のドレスをつかんでベッドにのぼり、ダニーの横に来て慰めるように腕を彼女の肩にまわす。

ダニーは泣きじゃくりたい衝動をこらえた。完全にどうかしている。ここ数日のあいだにどれだけ泣いたことか。涙なんて、もう何年もひと粒もこぼさずにきたのに。失われた時間の埋めあわせをしているということなのだろうか。

「あなたがどれほど傷ついているか、よくわかるわ、ダニー。もういいことなんて何もないと思っているんでしょう？　夢に見た男性と一緒になれずに、一生ひとりで過ごすんだと」

ダニーはうなずき、こぼれた涙を払った。アナベルはたしかによくわかっている。彼女自身はちゃんと生涯の愛をささげられる人と結婚したけれど。

ダニーは膝を抱えて座り、その上に顎をのせた。

「ヒューはあなたとの結婚を求めた。マーカスはわたしを求めていないわ」

「まあ、ダニー」アナベルがため息をつく。

「わたしはただ、あなたとヒューが持っているものが欲しいだけなの。わたしの両親が持っていたもの。相手を見るたびに顔が輝くような、完璧な愛」

アナベルが口を引き結んで笑いをこらえた。

「輝く？　完璧？　あなたはいったいどんな世界で生きているの？」

ダニーは友人をにらんだ。「完璧な結婚の話をしているのよ。あなたたちはお互いをとても愛していて、いつだってとても幸せだわ」

赤毛の友人があきれた顔になった。「ヒューとわたしがいつも喧嘩しているのを忘れたの？　あの人には本当に頭にくるわ。だいたいあなたのご両親だって、あなたが覚えていないというだけで、きっと同じように喧嘩していたはずよ。愛の話になると、あなたは常に妄想の世界に浸っていたものね、ダニー」

「なんですって？」

「愛と結婚は努力よ。ヒューとわたしが愛ゆえに結婚できたのはとても幸運だった。でも、簡単なことではないわ。ヒューは頑固で、なんでもかんでも自分のやり方を通したがるし、わたしはわたしのやり方を通したい。ヒューは都会が嫌いで、わたしは大好き。ヒューは読書が好きで、わたしは自分で進んで読んだ本なんて人生で一冊もないわ」

ダニーは呆然とした。「あなたたちはとても幸せそうなのに」

「もちろんよ。だけど愛さえあれば簡単に幸せになれて、その魔法のような状態が一生続くなんてことにはならない。わたしたちにはルールがあるの。相手に腹を立てたまま眠りにつかないこと。相手をどれだけ愛しているかを思いだして、一日をはじめること」アナベルがまじめな顔つきになった。「フリートウッド侯爵に関しては、あなたとあなたのお父さまかららもいろいろ聞いたわ。彼はこれまで抱えてきた恐怖を完全に消し去ることはできないと思う。時間と適切な支えがあれば、フリートウッド侯爵はその恐怖とともに生きていけるかもしれない。恐怖が薄れることもあるかもしれない。でも、彼を助けて恐怖を乗り越えさせるのは愛の力よ。努力して、お互いに尽くすことが結婚を続けさせる秘訣なの。愛があればそれができる。幸せは、ふたりが一緒にひとつの人生を築く喜びの果てにあるものでしかないのよ」

ダニーはぽかんとして友人を見つめた。頭がくらくらする。結婚について、そんなふうに考えたことはなかった。自分がマーカスを愛していて、この愛を成就させたいと思っているのはわかっていたが、ずっとさらなる一歩を踏みだせずにいた。アナベルの考えを聞いて、ダニーの心にあった疑念は消え去った。

哀れっぽくほほえんで頭を振りながら、ダニーは友人を肩でつついた。

「どうしてそんなに賢くなったの？」

アナベルは声をあげて笑い、ベッドからすべりおりた。

「実は、ヒューがしつこく読めと言っていた本を読んでみたの」

彼女は衣装だんすのそばにある呼び鈴の紐を引きに行った。

「本当に舞踏会に行かないとだめ？」ダニーは泣き声を出した。

「ええ。あなたのお父さまはこのわたしにも、あなたと一緒に行くと約束させたの。それほどまでに、あなたは出かける必要があるってことよ」

ダニーはたじろいだ。父の交渉術はさすがだ。アナベルは駆け落ちして以来、断固として社交界に近づこうとしなかった。地位が劣る者と結婚したというので、既婚夫人たちからあからさまに避けられるからだ。

アナベルは紐を引いてメイドを呼ぶと、ダニーの衣装だんすをかきまわしはじめた。

「わたしはまともに着られるドレスを持っていないの。何か借りてもいい？」

ダニーは肩をすくめてシーツを引っ張り、外出を断る言い訳をまだ探していた。

「まあ、ダニー、見たことのないドレスがあるわ」

ダニーはアナベルがどのドレスを引っ張りだそうとしているのかを悟り、はじかれたようにベッドをおりると、バラ色のモスリンのドレスを友人の手から引ったくった。

そのとたん、涙で目頭が熱くなった。「マーカスがくれたものよ」

「本当に？」アナベルが驚いて目をしばたたいた。「女のためにドレスを買いに行く男がいるなんて知らなかったわ」

ダニーは小さな笑みを唇に浮かべ、刺繍のバラを指でなぞった。「ちゃんとした服がないから恥ずかしいって、彼に愚痴をこぼしたのよ。わたしはただ、大きなショールかマントか、何かはおるものがあればと思っただけなの。そうしたらマーカスは翌朝早くに出かけていって、このドレスを買ってきてくれた。それってとってもすてきなことだと思わない？」

アナベルが目を細めてため息をついた。「ヒューがそんなロマンティックな人だったらよかったのに。わたしがもらった中ですてきだったのは、何年も懇願し続けてやっと買ってもらったリボンくらいよ」

ダニーは笑い、襟ぐりの繊細な白いレースを指でたどった。ダニーが心からの感謝の言葉を伝えたときに、マーカスがどれほど決まり悪そうな顔をしていたかが思いだされた。彼女は息をのみ、涙をこらえた。マーカスが恋しい。とても。

「あなたは今夜これを着るべきよ」

「なんですって？」ダニーは驚いた。「無理よ。彼を思いだしてしまうもの」

アナベルがドレスをダニーに押しつけた。

「着るのよ。このドレスがあなたに幸運を運んできてくれるかもしれない」

ダニーはドレスを見つめ、のろのろとうなずいた。これを着れば、もしかしたらマーカスに少しは近づけた気がするかもしれない。

急に扉が開き、メイドがせかせかと入ってきた。間もなく部屋には衣ずれの音と楽しげなおしゃべりがはじけた。もしかしたら、今夜は最悪というほどではないかもしれない。

「あの酪農家の女相続人のこと、お聞きになった？」

「ええ！」飾りたてた扇をはためかせながら女性が叫んだ。「ハンブルクから来たフランス人と逃げたんですって」

「おなかに彼の子どもがいたって聞いたわ！」

ダニーは天を仰いだ。ハンブルクはドイツの街で、フランスじゃないわ。

そういえば、自分がどれほど社交界を嫌っていたか、すっかり忘れていた。数年前までは舞踏会に出て結婚相手になりそうな独身男性といちゃつくのが楽しいと思えたものだが、今では何もかもがあまりにばかげていて浅薄だとしか思えない。

ダニーは険しい目つきで、舞踏室の奥にいる父を見た。父は娘のことを見張っているわけではないという顔をして、友人の議員たちと立ち話をしている。ダニーは奥歯を噛みしめ、一〇まで数えた。最近はよくそうしている。腹が立ったとき、あるいはマーカスに思いを馳せたときに。

アナベルに腕を引っ張られて、ダニーはすばやく目をしばたたいた。アナベルがついてきてくれたのは本当にありがたかった。ひとりではとても耐えられない。ダニーはすでに何度かダンスの申し込みを断り、求婚者を避けて人目につかない隅に逃げてきていた。

「ちょっと、聞いている？」

ダニーは目をしばたたき、顔の前で手がひらひら振られているのに気づいてのけぞった。

「どうしたの？」

「やっと気づいたのね！　ずっと呼んでいたのよ」アナベルの顔はいらだちを絵に描いたようだった。

ダニーは眉をつりあげた。「嘘ばっかり」

「あら、本当よ。気づいてくれたから言うけど、あっちを見てごらんなさい」

ダニーはターバン風の帽子や羽根飾りの下に見えるいくつもの顔を見渡した。

「何を見ればいいの？」

「もう！」アナベルが悪態をついた。ふたりは、背後にいた既婚女性たちの一団が驚いて息をのむのは聞こえないふりをした。人の話を立ち聞きしようとしていたのだから、いい気味だ。「もう見えなくなったわ。どこに行ったのかしら」

「誰のこと？」

アナベルはほほえむばかりだった。茶色の目が悪魔のような輝きを放つ。ダニーはアナベルが口をつぐんでいるのがどうにも気になった。アナベルはダニーの手をつかむと、部屋の壁に沿って歩いていった。踊っている人たちや社交界にデビューしたばかりの一団には目もくれず、人込みを縫って進んでいく。

バルコニーに続く扉のそばに置かれた鉢植えのヤシの後ろで、アナベルは急に足を止めた。ダニーが気をつけていなければ、アナベルに衝突してヤシを床に倒していただろう。友人の腕に押し戻され、ダニーは葉陰に隠れて眉をひそめた。アナベルが前かがみになる。

「何をしているの？」

「しいっ！」友人は手を振ってダニーを黙らせた。

ダニーはため息をついて声を落とした。「いったい何をしようというのよ」

「こっそり見張っているのよ」

ダニーは言い返そうと口を開けたが、それよりもいいことを思いついた。口を閉じて前かがみになり、アナベルと同様に葉陰から聞き耳を立てた。

聞き覚えのない声が聞こえてきた。「ニューポート家の娘とあんなことがあったあとで、また舞踏会に出る気になってくれるなんて思いも寄らなかったわ。牢獄で過ごしたことで、考えを変えたの？」

「無駄口を叩くな、キャロライン」

ダニーは体をこわばらせた。マーカスがここにいるはずがない。こういう場に出るのは耐えられないはずだ。ダニーは突然、友人と父が無理やり自分をここに来させようとした理由がのみこめた。父とアナベルはふたりが出くわすように仕組んだのだ。ダニーは怒りで胃がひっくり返りそうになった。マーカスは何日も連絡をくれなかった。ダニーはマーカスを牢獄から釈放するよう懇願し、彼の妹を救うために約束手形を送ったのに。ダニーを訪ねてくることはできなくても、舞踏会には出席するというのだろうか？　怒りのあまり、体が震えた。

しかし同時に、マーカスに会いたかった。呼吸するのに空気が必要なのと同じくらい、彼女にはマーカスが必要だった。

「彼だと思ったのよね。人込みにいても目立つから」アナベルがささやき、顔をいたずらっぽく輝かせた。

ダニーの心は沈んだ。ああ、無理よ。

アナベルが逃げだそうとしたダニーの腕をつかみ、彼女をバルコニーへと押しだした。

ダニーは凍りついた。マーカスと横にいた女性がダニーを振り向く。ダニーは顔が赤くなるのを必死に抑えようとした。「こ、こんにちは、マーカス」

彼は元気そうだった。顎にはかすかに紫色のあざが残っていたが、怪我はほぼ治ったようだ。ダニーはマーカスの全身に目を走らせた。緑の上着は上等な仕立てで、銀の縞模様が入ったベストはぴったり体に合っている。ダニーはマーカスのズボンへと視線をおろしていき、一瞬うろたえて顔に戻した。マーカスを見るたびに感じていた誇らしい気持ちがよみがえった。彼の美しさにはほれぼれしてしまう。

マーカスは頭を高くあげて肩を引き、胸をそらして立っていた。その態度に、こんな場所にいることへの侮蔑がにじみでていた。ほかの誰の目にも、彼は傲慢で、攻撃的で、恐ろしく見えるだろう。しかしダニーには、その武装に隠された心が見えた。マーカスがよほど強い意志でこの場にとどまっているのがわかった。ほかの誰が見ても、彼はとっつきにくくて冷たい人間に映るに違いない。けれどもダニーには、マーカスが目を閉じて不安を押し殺そうとしているのを察知した。ほかの誰にとっても、マーカスは見るも恐ろしい野獣だろう。あの傷跡が目に入れば、彼の顔をまじまじと見る気にはなれない。だがダニーは、その傷跡こそがマーカスという人を形作るのに不可欠なものであることを知っていた。ダニーからすると、彼は誰よりもハンサムな男性だった。そして、ダニーはマーカスが恋しくてたまらなかった。

マーカスも同じように彼女を見つめ、目をみはった。ダニーはレースの手袋をもてあそんだ。彼の目がバラ色のドレスのあちこちをさまよっているのを感じる。その視線はダニーの最も親密な部分にしばらくとどまった。マーカスの鼓動がわたしの鼓動と同じくらい激しく打っていますようにと彼女は願った。マーカスの息がわたしと同じく、止まってしまいますように。それより何より、マーカスがわたしと同じくらい強い気持ちで、わたしを恋しいと思ってくれていますように。

彼は咳払いをして顔をそむけた。決まりが悪くなるといつもそうしていたように、傷跡を隠す。「きみは……」両手を体の脇で握りしめ、ダニーの目をまっすぐ見た。「きみはとてもすてきだ、ミス・ストラフォード」

ダニーはどぎまぎした。よそよそしい声音は気に入らないが、少なくともマーカスは話しかけてくれた。

「ありがとう。あなたはずいぶんさっそうとしているわね」

マーカスが淡い緑の目を見開き、顔をそむけた。ダニーには彼が虚勢を張っているのがわかった。不意に怒りが消えた。マーカスがなぜ会いに来てくれなかったかが理解できた。ダニーはかすかにほほえんで唇をゆがめた。まったく救いがたいんだから。

小さく咳払いをする音がして、ダニーは視線をマーカスから隣の女性に移した。明らかに、妹のキャロラインだと思われた。ふたりはよく似ていた。長身でほっそりした体に、淡い桃色のしゃれたドレスをまとっている。優美に整えられた白っぽい金色の髪が顔を縁取り、ひとつにまとめて編んだ髪は肩を通り越してさらに下へと垂れている。ダニーはこんなに長い髪を見たことがなかった。

キャロラインが淡い緑の瞳でふたりを交互に見た。混乱して眉根を寄せている。

「お兄さま、紹介して」

マーカスがそわそわと体を動かした。ダニーを避けてあちこちに目を走らせ、口ごもりながら言う。「レディ・キャロライン・ブラッドリー、こちらはミス・ダニエル・ストラフォード、シートン男爵のご令嬢だ」

ダニーは首を傾けて会釈した。「お会いできてうれしいわ」

「こちらこそ。頭の鈍いうちの兄と、どこでお知り合いに？」

一瞬、ダニーはマーカスと目を合わせた。彼はどこまで妹に話したのだろう。

ダニーは単純な事実だけを言うことにした。「最近、田舎に出かけたときにお会いしたの」

「まあ」キャロラインは一瞬まごついたが、すばやく頭を振ってふたりを見た。「ああ！ グレトナ・グリーンからいらしたのね」

「そうだ」マーカスがうなり、ふたたび顔をそむけてバルコニーに目を向けた。

ダニーはマーカスを熱く見つめた。わたしを見てほしいのに。自分を避けている彼にいらだちが募った。

「わたしはいないほうがいいみたいね」キャロラインが唐突に言った。

ダニーはうなずいた。視線をそらしたくなかった。マーカスがひと晩じゅうバルコニーを見ている気なら、わたしはマーカスをひと晩じゅう見てやるわ。彼の顔から目を離すものですか。鼓動を何拍か数えたとき、マーカスがため息をついた。

ダニーは腕組みした。「なぜ連絡してくれなかったの、マーカス？ ずっと待っていたのに。父からあなたが釈放されたと聞いていなかったら、わたしはまだあなたを自由の身にする方法を探して走りまわっていたところよ」

マーカスは顔をこわばらせて突っ立っていた。その顔にちらりと悲しみがよぎって見えたのは気のせいだろうか？

「まあ、なんと言っていいか」

ダニーは歯嚙みした。わたしが騙していたことをまだ怒っているの？ なぜそうしたか、わかってくれてもいいんじゃない？ 「いいわ」怒りがふつふつとわきあがり、彼女はぴしやりと言った。「贈り物は受けとってくれた？」

マーカスは冷笑した。「きみが送ってきた約束手形のことを言っているのか？」

「じゃあ届いているのね！　手形は換金されていないわ。なぜ使わなかったの？」

マーカスの横顔が危険な凄みを帯び、たちまちダニーは彼の自尊心が傷ついたことを知った。約束手形を送ったときに、そういう事態になるかもしれないと恐れていたのだ。しかし、同時に信じてもいた。ダニーがとにかくマーカスを、そしてキャロラインを助けたいと思っていることを彼は理解してくれるはずだと。

「わたしが思いついた唯一の解決策がそれだったの」

マーカスが関節が白く浮きあがるほど強くこぶしを握った。「わたしがきみの施しを受けると、きみは本気で思っているのか？　しかも、あんな大金を。きみはいったい何をしたんだ？　金庫がすっかりからになったんじゃないのか？」

「使ったのは母の遺産だけよ」

淡い緑の目をみはり、マーカスは頭をわずかにダニーのほうに向けたが、またすばやく目をそらした。ダニーは我慢の限界を超えそうだった。

「きみは本当にそんなに財産を持っているのか？」

ダニーは肩をすくめた。「実際にはもっとあるわ」

「それは鼻持ちならないな」

「そうでしょうね」ダニーは唇を嚙み、言うべきことをマーカスに伝える勇気をかき集めた。

たとえ二度と会いたくないと思われても、援助を受け入れるよう説得しなければならない。「その手形をあなたに使ってもらうにはどうしたらいいの？　これはキャロラインのためなのよ。たとえば、貸すということならどう？」

マーカスはしばらく動かなかった。顔は石のようにかたまっている。

ダニーは彼に聞き入れてほしくて、さらに言った。「わたしからあのお金を受けとれないというのなら、父から借りたと考えてみて。返済については、正式に契約書を交わしましょう。キャロラインのためよ。あなたのためじゃない。それなら受けとってもらえる？」

マーカスはさらに顔をそむけ、ダニーに見えるのは耳の後ろとうなじだけになった。どうしてわたしを見ようとしないのだろう？　動揺して、心臓が縮む思いがした。もしかしたら、思い違いだったのかもしれない。マーカスは本当に、二度とわたしに会いたくないのかもしれない。

「あなたはキャロラインの名前を汚したくない、婚約破棄のせいで領民を苦しめることもしたくないと言ったわ」ダニーは震える息を吸いこみ、落ち着いた声を保とうとした。胸は痛みに襲われていたが、なおも言葉を続けた。「あなたが自分と結婚してくれるお金持ちの女性を見つけるのには時間がかかる。いつまで待てるかもわからない。キャロラインの婚約者は今にも帰ってくるかもしれないのよ」

ダニーは足元を見つめ、わきあがる涙をこらえた。マーカスが別の女性といることなど考えたくなかった。マーカスが別の女性に笑いかけ、手を触れ、愛を交わすと思うと耐えられない。それでも、彼に幸せでいてほしかった。マーカスにお金を貸し、自分は二度と会わないことで、彼に別の女性を見つけるチャンスを与える結果になってもかまわなかった。たとえ自分の心はぼろぼろになっても。

「お願いだから……お金を受けとって。あなたが望むどんな形でもいいから」

「きみはむしろわたしを結婚させたいようだな」マーカスがささやいた。「わたしを遠ざけたいのか？」

ダニーは頬を流れる涙をすばやくぬぐった。

「まさか、違うわ。わたしはただ、あなたに幸せでいてもらいたいだけよ」

マーカスが目をしばたたいた。かたまっている彼の体の中で、動いたのはそこだけだった。

ダニーは大きく息を吸い、チャンスに賭けてみることにした。

「わたし……わたしはもう婚約していないのよ」

「知っている。釈放されるとき、きみの父上から聞いた」

ダニーは胸が張り裂けそうだった。希望の最後のかけらが消えてしまった。マーカスとかつてのような関係になりたかった。笑い声をあげ、気軽にほほえみかけたかった。ふたりのあいだに情熱と愛があった頃のように。ふたりがまたそうなれると、どうしたら彼に納得させられるのだろう？

「ふざけないでよ、マーカス！　なぜわたしを見ようとしないの？」

空気が不安に満ち、重くなった気がした。マーカスの答えを待つのに耐えられなくなり、ダニーは視線を落として足元を見つめた。

不意に、全身があたたかくなった。荒い息が頭の上から首筋にかけて吹きかけられた。驚いて顔をあげると、マーカスがダニーを見つめていた。しかも、とても近くから、彼女の上に覆いかぶさるようにして。マーカスは無表情だが、目には欲望と苦痛が燃えていた。

「なぜならそのドレスを着たすてきなきみを見てしまったら、わたしは言うべきことを言えなくなってしまうからだ」

ダニーは息もできなかった。マーカスが自分でも意識していない様子で片手をあげ、彼女の頬に近づけた。ダニーの心臓が跳ねた。しかし彼女に触れる前に、腕はだらりと落ちた。ダニーは失望のあまり叫びだしたいのをこらえた。

「わたしはきみにはふさわしくない男だ。きみの父上はわたしに、きみに見合う価値があることを証明しろと言った。だが、わたしにそんな価値はない。それはきみも知っている。きみの父上も知っている。きみは太陽で、わたしは新月だ。きみの光を受ける価値すらない。きみにはヘムズワースのような男がふさわしい。彼には暗い過去などない。亡霊に取り憑かれてもいない。善良な男で、きみが望む結婚生活と子どもたちをきみに与えることができる。きみの父上を政治家として手伝うこともできる」

マーカスが震える息を吸いこんだ。目がはじめてやわらいだ。彼の視線を受けて、ダニーは頬が熱くなった。彼女は口を開いたが、マーカスは話す隙を与えなかった。

「きみにもう一度会えてよかった。わたしの贈り物を着てくれてうれしいよ」マーカスは悲しげにほほえんで、下唇のくぼみを見せた。「愛しているよ、おちびさん。だが、わたしはきみと一緒にはなれない」

そう言うときびすを返し、人込みに向かった。陽気な笑い声があがる中にまぎれこみ、白と黒のタイル貼りの床を横切って、ダンスに興じる人々の陰に隠れようとした。踊る人々の体と体はときおり離れ、ダニーにはマーカスのこわばった背中がちらちら見えた。

舞踏室の入り口に立ったダニーはヤシの木の向こうからこちらを見ているふた組の目を見つけた。ふたりともショックを受けている。キャロラインとアナベル。葉陰から様子をうかがっていたのだ。そう、彼女たちならもちろんそうするだろう。

ダニーは愛する男性の背中に視線を戻した。急ぎ足で、彼女の前から永遠に消えようとしている背中を。マーカスが舞踏室の中央に差しかかったあたりで、ダニーはようやく彼が言ったことを完全に理解した。

そして、怒りに火がついた。体の脇でこぶしを握る。肺を焼き尽くす憤怒の炎が胸の中に渦巻いていた。今ここでジニーのように、マーカスをめちゃくちゃに蹴ることができたらどんなにいいか。そうする代わりに、ダニーは息を吸って大声を出す準備をした。

「このいまいましい大ばか者！」

いくつもの頭がダニーを振り向いた。彼女の赤らんだ顔に注目が集まる。優美な音楽が止まり、踊っていた者たちはその場に凍りついた。マーカスはダニーを見ていた。ショックに目を見開いている。

　ダニーは周囲のざわめきを無視して、マーカスのほうに歩いていった。モーゼが海を渡ったときのように、群衆が左右に分かれる。近づいてくるダニーを見て、マーカスはさらに目を見開き、あとずさった。つま先とつま先がぶつかりそうになるまで接近して止まり、ダニーは彼に口を開く間を与えずに言った。「いつもいつもわたしの忍耐力を試さないと気がすまないの？　正直に言って、あなたがその頭で何を考えているのか、わたしにはさっぱりわからないわ」

　マーカスは口を開けたが、言葉は出てこなかった。視線は落ち着きなくあちこちに向けられている。社交界の人々が目の前で繰り広げられている醜聞に釘づけなのはわかっていたが、ダニーは気にしなかった。彼女には言うべきことがある。

　両手でマーカスの手を包んだ。

　彼は驚いて手を引っこめようとした。

「わたしは両親の結婚を基準にして愛というものを考えるようになった。夫婦がいつも幸せでいなければ、愛しあっているとは言えないと思っていたの。愛と結婚はおとぎ話みたいなものだと信じて、結婚には努力が必要だということを考えないようにしていた。自分に言い聞かせていたわ。夫婦がいつも愛に輝いていて、すべてが完璧なのが本物の結婚だって」

　ダニーは言葉を続けた。

「今ならわかる。わたしは母と父を失ったつらさを隠すためにそう思いこんでいたの。誰かを愛しているからといって、相手に腹を立てないとか、いらいらしないなんてありえない。

それがようやくわかったわ。欠点を持ったふたりが一緒に努力をして、ひとつの人生を築いていこうと決めるからこそ、結婚は美しいのよ」

マーカスはダニーをじっと見つめていた。暗く翳った目の奥に傷つきやすい心が見えた。彼はやはり何も言おうとしなかった。ダニーは大きく息を吸い、ひとり語りを続けた。

「あなたは恐ろしい悪魔を心の中に抱えている。わたしの想像など及ばないくらい、あなたはその悪魔に深く傷つけられてきたはずよ。はじめて会ったとき、わたしはあなたを恐ろしいと思った。あなたはわたしを翻弄し、侮辱した。だけどそのあと、わたしはあなたをもっとよく知るようになった。あなたの過去にあった出来事を聞いて、その心の中にやさしさと愛がちゃんとしまってあることも知った。たしかに、あなたの抱えている問題を知って足がすくんだわ。あなたはわたしの望みをかなえられる人ではない、あなたとでは完璧な結婚ができないと思った。でも、わたしはおとぎ話を全部間違って解釈していたの」

マーカスは混乱に顔を曇らせ、ごくりとつばをのんだ。またしても落ち着かない様子で周囲を見渡し、小さな声を発した。「よくわからないんだが」

ダニーはほほえんで彼を見あげた。「あなたは完璧ではないわ、マーカス・ブラッドリー。でも、完璧じゃないのはわたしも同じよ。あなたは向こう見ずで、頑固で、横柄で、自分の中にいいところがあることを認めようともしない」

マーカスが信じられないという顔になった。

「どんないいところがあるというんだ、ダニー？」

ダニーはマーカスの指の関節に口づけた。あちこちではっと息をのむ音が聞こえ、若い未婚女性を部屋から連れだそうとする既婚女性たちの衣ずれの音が響いた。

かまうものですか。わたしは世界中の人に気づいてほしい。この人がどれほどすばらしいかということに。「あなたは自分がわたしにふさわしくないと思っているかもしれない。でも、わたしは毎日思うのよ。わたしがあなたにふさわしい人間でいるためにはどうしたらいいのかしらって。こんなにもやさしくて、こんなにも忠実で、こんなにも深く人を愛することのできる男性に、わたしはどうしたら釣りあうことができるのかしら」

マーカスは黙りこみ、その場に凍りついていた。

ダニーはしばらく間を置いた。マーカスのハンサムな顔を、傷跡を、全部記憶にとどめておきたかった。「わたしたちは完璧ではないかもしれない。だけど、わたしにとってこの愛は完璧なの。あなたを愛しているわ、マーカス。幸運にも一生あなたのそばにいられたら、わたしは世界一幸せな女になれる。わたしはわたしたちなりのおとぎ話を書いていきたいのよ、マーカス」

ダニーは彼にキスをした。心と魂にありったけの愛をこめて。すべての欲望と、永遠に一緒にいたいという夢をこめて。

マーカスはなんの反応も見せなかった。体はこわばったままだ。ダニーの胸に恐怖が忍び寄った。マーカスは拒絶するだろうか？　こんな騒ぎを起こされて迷惑だと言うだろうか？

そのとき、マーカスが両手でダニーを抱きしめた。強く引き寄せると、人目もはばからずキスを深める。ふたりがやっと離れたとき、ダニーはうっとりとため息をついた。マーカスが満面に笑みを浮かべた。

「愛しているよ、ダニー」

「わたしも愛しているわ、わたしの野獣さん」

マーカスが両手でダニーの熱い頬を撫でた。「きみは人に話を聞かせる方法を熟知しているみたいだな、おちびさん」彼の視線はちらちらと周囲に向けられ、淡い緑の瞳が愉快そうにきらめいた。「かなりの凄腕だ」

ダニーも観衆を見まわし、失神した女性たちが何人も気付け薬を嗅がされて正気を取り戻しているのに気づいた。ダニーは顔が赤くなるのを感じた。「ええと、そうかしら？」

「ひとつ質問があるんだが……」

「なんでもどうぞ」

「あれは求婚だったのか？」

ダニーは肩をすくめた。「そう受けとりたければどうぞ。思いついたままに言っただけよ」

マーカスがおびえたふりをしてうめいた。「結婚式を挙げるところまで行きついたら奇跡だな。この前、きみが思いついたままにものを言ったせいで、わたしは危うく殺されるところだった」

「わたしの記憶が正しければ、あれは全部あなたのせいよ」

「そうかい？」マーカスはひそひそとささやいた。「ああいう活動をしていたのはきみだぞ」

「もうできなくなったわ。父があの店にはもうかかわるなって」

控えめな咳払いがふたりの話をさえぎった。同時に振り向いたふたりは、賛成しかねると言いたげににらんでいる男爵がそこにいることに気づいた。ダニーは一瞬、心臓が止まるかと思った。娘の選択に反対して、ひと悶着起きるのではないかと思ったのだ。しかしダニーは、父の目の奥に幸せの光がまたたくのを見た。彼女の目に涙がこみあげた。母が亡くなってからはじめて、父はまたもとの父に戻ったようだ。

「どうやらわたしはかなり変わり者の娘を育ててしまったらしい」男爵が舞踏室じゅうに宣言するように言った。

マーカスはくすくす笑い、ダニーは父親をものすごい目つきでにらんだ。感傷的になるのはもうおしまいというわけだ。

男爵は手にしたグラスから少しシャンパンをすすった。その動きは奇妙なほど堂々としていて、娘が巻き起こした醜聞をなかったことにするかのようだった。

ダニーはおとなしくうなずくしかなかった。満場の注目を浴びていることを意識せずにはいられなかった。

男爵の視線はダニーからマーカスに移り、頭のてっぺんからつま先までじろじろと見ると、また娘に戻った。「本当にこれでいいんだな、ダニエル？」

「ええ」ダニーはためらうことなく言った。

男爵はため息をつき、小声で言った。「それならせいぜいこの場を活用するか」ざわめいている群衆に向き直り、グラスを掲げた。「わたしから報告させていただきます。万歳三唱を願います。あっぱれなわが娘、ミス・ダニエル・ストラフォードは、このたびフリートウッド侯爵マーカス・ブラッドリーと婚約いたしました」

一同の沈黙をよそに、男爵はシャンパンをごくりと飲んだ。

社交界の人々はショックで顔を引きつらせ、完全に黙りこんでいた。男爵がかすかに笑みを浮かべた。

「野獣を婿に迎えるとどういうことになるか、少しわかった気がするよ」

エピローグ

結婚披露パーティーの陽気なにぎわいは扉を通して書斎にも伝わってきたが、キャロライン・ブラッドリーはそれを気にするどころではなかった。自分の心臓が激しく打つ音しか聞こえない。血管の中を冷たいような熱いような怒りが駆けめぐっていた。

「どうしてもっと早く言ってくれなかったの？」怒りはおさまらなかった。ほんの数メートル先にいる出席者たちに聞こえないように声を落とし、肘まである手袋をいじって気を落ち着かせようとした。「お兄さまが牢獄に入ることになった理由を説明してくれたときに、何か隠している気はしていたけれど、こんなことだとは思わなかったわ！」

顔に傷跡のある金髪の大男は、かつては父親のものだった巨大な机の背後に座っていた。彼はまごついた顔をした。「おまえを守りたかったんだよ、キャロライン」

キャロはこめかみをさすった。長い金髪は美しく結いあげられていたが、その重みで頭痛がしはじめていた。どうしていつもみんな、わたしを守りたがるのだろう。お父さまはまったくもって愚か者だったけれど――もちろん、そんなことを人に言いはしない――そうよ、まともな父親ならとても考えられないことをする人だったけれど、だからといってわたしをしおれた花みたいに扱わなくてもいいのに。実際のところ、とキャロは手袋を引っ張りあげながら考えた。あの子ども時代のおかげで、わたしは強くなりこそすれ、弱くなったりはしなかった。

それに、わたしはセント・レオン一家と暮らしている。あの少々風変わりな愛すべき人たちの家では、ほかの家庭では想像もつかないくらい波乱万丈な日常が繰り広げられていた。五人のきょうだいが集まっているところで一〇分以上も正気を失わずにいられるのだから、わたしは間違いなく、自分の家族の厄介な問題も乗り越えられるだろう。

顔も知らない婚約者がいることを知らされたぐらいで、わたしは打ちひしがれたりしない。絶対に。ペルシャ絨毯の上に泣きながら倒れこむなんて、考えただけで不愉快だ。キャロは背筋を伸ばし、顔からいっさいの表情を消して考えをまとめた。

いいえ、レディ・キャロライン・ブラッドリーはこんなことでつぶれたりしない。

なんとかして問題を解決してみせる。

「お兄さま」キャロはあまりに重い荷物を背負ってしまった気がしてため息をついた。「今までわたしのためにしてくれたすべてのことに感謝しているわ。一生かかっても、その恩は返せないんじゃないかと思うくらい。でも、わたしはもう大人なの。自分でなんとか片をつけるわ」

兄がため息をついた。

「おまえはあまりにも多くのことに耐えてきた。わたしにはとても――」

「お兄さまは耐えてこなかったとでもいうの？」キャロはぴしゃりと言った。

「キャロライン……」

心を落ち着けるためにもう一度深呼吸をして、いつものキャロらしい完璧な落ち着きを取り戻した。彼女は声がとぎれとぎれに聞こえてくる扉のほうを指した。「お兄さまの幸せは、あの扉の向こうでお兄さまを待っている。わたしのためにできることは充分すぎるくらいにしてもらったわ。婚約破棄のために必要な資金も確保してくれたんですもの。さっき聞いたことから考えると、この不愉快な一件を片づけるには、公爵の同意と署名を取りつけられればいいのよね？　そうでしょう？」

「ああ。そんなに簡単に片がつけばいいんだが」

「だから、簡単な話ならわたしに任せてくれてもいいでしょうと言っているの」

「しかし――」

キャロは手袋をはめた手を掲げた。「だめ、花嫁が待っているのよ、お兄さま。公爵を見つけだすために新婚旅行を延期するなんて、絶対にそんなことはさせられないわ。その人はもう何年も姿を見せていないんでしょう？　今から五分後にこの場に現れるなんてことはありえない」

エメラルド色をした目がわずかにきつくなり、その言葉の真偽を判定するようにキャロを見た。彼女は覚悟を決めた。肩をいからせ、足を踏ん張る。兄は明らかに、キャロがこの一件にけりをつけられるかどうか疑っている。そして、キャロはそれができることを証明してみせると心に誓っていた。

どうすればできるのかはさっぱりわからないけれど。事務弁護士は役に立たない。そのいまいましい婚約者とやらは、自分の父親を殺したすぐあとに姿を消したのだ。

キャロはつばをのみこみ、勇気を奮い起こそうと手袋をもてあそんだ。

沈黙が続いた部屋の緊張状態が、突如うなり音で破られた。マーカスが目の表情をやわらげ、椅子に背を預けた。「おまえがそう主張するのなら……」

「主張するわ。思いっきり」

マーカスの顔に笑みが浮かび、顔の傷跡が目立たなくなった。兄は急に若く見えた。「わかった、ハーウッドの署名はおまえに任せよう。率直に言って、ダニーとわたしが出かけているあいだに何か起こることはなさそうだからな。もし何かあっても、わたしが戻るまではルーウェリンがなんとか対処してくれるだろう」

キャロは心の中で腹立ちまぎれのため息をついた。マーカスが不在のあいだ、キャロの友人のいちばん上の兄が彼女の行動を監視する役を仰せつかっているらしい。必要な署名をもらうのはキャロに任せると言ったその口で、別の人に彼女の代わりに〝対処〟することを任せてあるなどとよく言えたものだ。相変わらず兄はキャロに保護者が必要だと思っている。

彼女はレディらしからぬ悪態を口にしないように唇を噛んだ。

何はともあれ、目の前にあるチャンスをつかまなければならない。わたしにはもう保護など必要ないと、兄に証明してみせる。ハーウッド公爵の署名をもらって、婚約破棄のためのお金を渡したら、わたしはいよいよ……。

自由だ。

「ありがとう、お兄さま」キャロはひとり満足してほほえみを浮かべ、改めて姿勢を正した。結局のところ、今日は幸せな一日と言えるだろう。兄はついに自分を愛してくれて、残りの人生を分かちあえる相手を見つけたのだ。父に恐怖のどん底に叩き落とされた兄は、これからの人生はひたすら幸せに浸って生きたとしても罰は当たらない。「パーティー会場に戻りましょうよ」

長身の兄が顔をしかめた。「ダニーがなんと言おうと、人前に出たり、パーティーに参加したりするのは何度経験しても楽しめないな」

キャロは冷やかした。「そんなことを言っても信じないわよ。花嫁といちゃついていたい誰かさんの言い訳にしか聞こえないわ」

マーカスが悪魔めいたきらめきを目に宿して立ちあがった。「そうかもしれないな」

キャロはくるりと目をまわしたくなったが、それはレディのふるまいではない。そうしたい衝動を抑え、兄に続いて部屋を出た。

こうして兄と並んで立っていると、背が高くてよかったと思えた。人に見おろされるのは大嫌いだ。威圧的な父がよくそうやって彼女を見おろしていたからだろう。たいていの男性はキャロと目の高さが同じで、おかげで彼女は大いに気が休まり、相手と対等だと感じることができた。その関係においては、自分が主導権を握っていると思えた。実際、ある程度までは主導権はキャロにある。たいていの男性はすぐに怖じ気づいてしまうのだ。おそらくキャロは未婚のまま年老いて死んでいくことになるだろう。

幸せなままで。

ふたりは広い入り口に立ち、午前中の結婚式から披露パーティーのためにフリートウッド邸にやってきた人々を観察した。マーカスとダニーは野獣の結婚式を見物したがる下世話な見物人がどれだけ多いかよくわかっていたので、なるべく小ぢんまりとした式にした。招待したのはそれぞれの近しい友人のみ。それに花嫁の父親の政治的立場から、要職についているる官僚たちが招かれて出席した。しかし、食堂はお祝いを言おうと勝手に駆けつけた有志でいっぱいだった。

「伯爵も来ていたのね」キャロはヘムズワース伯爵を見つけた。ダニーに最近ふられた求婚者だ。

「来なくていいのに」マーカスがうなった。声に嫉妬がにじんでいる。

キャロは笑みを押し隠した。「こういう結果になって、彼は満足しているみたいよ」

マーカスはうめいて、政界に野心のある男性を取り囲む女性たちを顎で示した。

「そうだろうとも。女性たちはやつの傷ついた心を癒やすのを楽しんでいるようだからな」

その辛辣な口調に、キャロは笑いを噛み殺した。彼女も同感だった。キャロには社交界の天使と呼ばれる男の魅力がよくわからなかった。親切で思いやりがあるという評判だが、伯爵はとてつもなく退屈な男性に思えた。

「フォーリー・フォスターの姉妹たちがよく出席してくれたわね」キャロは視線を部屋の反対側に向けた。赤毛の女の子たちが四人、頭をかがめて話しこんでいる。三番めの娘、おばかさんのジニーことミス・ジニー・フォーリー・フォスターの姿が見えて、キャロは胸があたたかくなった。マーカスがしたことに対し、ジニーは法に訴えないと確約してくれた。彼女の許しと理解がなければ、キャロの愚かな兄は今頃まだ牢獄にいただろう。

「ダニーによれば、ジニーは自分たちを出席させてくれないなら、誰でもいいから次に求婚してきた男と結婚して二度と家に帰らないと海軍司令長官を脅したそうだ」

「まあ」キャロは笑った。「彼女は噂どおりのおばかさんなの？」

「ああ、どこまでも。だが、ジニーの親切にはいくら感謝しても足りない」

姉妹たちの中で最も若い、おそらく四歳ぐらいの女の子が、彼らの視線を感じたかのようにいきなり振り向いた。女の子は怒った顔で腕組みして、マーカスをまっすぐにらみつけた。その目つきだけで彼を殺しかねない勢いだ。

マーカスは女の子の視線を避けて後ろを向き、壁紙を見つめた。妹の耳にささやきかける。「あそこにいるのはジニーの妹だ。あの子はきっと人殺しになるぞ」

キャロが驚いた顔になった。「お兄さまったらひどいわ！」

マーカスは片方の肩をすくめ、部屋の中央にいる花嫁に目を向けた。彼の視線を追って、キャロの顔にほほえみが浮かんだ。彼女の新しい義理の姉ダニーは、来客に別れの挨拶をしているところだ。真紅のバラが刺繍されたバラ色のドレスを着て、文字どおり輝いている。

が立っていた。

赤褐色の髪に美しく飾られているのは赤いバラの生花だ。ダニーの横には父のシートン男爵が立っていた。

「ダニエルは本当にきれいね」キャロはささやいた。

「ああ、本当に」マーカスもささやき、不意に得意げな笑みを見せた。「そして、彼女はわたしの子を宿している」

キャロは凍りつき、大きな目をマーカスに向けた。兄は面白がっている様子だ。

「閣下、出発のお時間です」ウェラーが突然マーカスのかたわらに現れ、キャロにあたたかな笑みを見せた。キャロはいきなりもたらされた最新情報が頭の中をぐるぐるまわっていて、従者が来たことにはほとんど気づきもしなかった。

マーカスがキャロに向き直った。「ダニーとわたしは一週間後に家へ戻る。それまで、われわれの居場所を知る必要があればウェラーにきいてくれ」そう言うと、群衆のあいだを縫ってダニーのほうへ歩いていき、すぐあとを従者が追った。

「あなたのお兄さまが今、言ったことって……」

その声に、キャロは呆然としながらも視線を移し、同様にショックを受けている表情の親友アルシア・セント・レオンを見た。もちろん、彼女は立ち聞きしていたのだろう。アルシアは正しいときに正しい場所にいるという特技を持っている。社交界で起こる興味深いニュースを彼女が聞き逃すはずがない。

「そうみたいね」キャロはダニーの腹部から目を離すことができなかった。兄が間もなく父親になる……そして、わたしがおばさんになるなんて！

「びっくりだわ」アルシアが小声で言い、扇を開いて顔をあおいだ。「いずれこうなることはわかっていたけれどね」

「同感よ」

「まあ」金髪の娘は訳知り顔になり、物憂げに言った。「どうしてわかったの？」

キャロは顔をしかめそうになり、自分を抑えた。「第六感よ。セント・レオン家の者はみんな持っているわ」

キャロは今度はこらえきれずに目をくるりとまわした。友人の風変わりな発言に対する適切な反応はこれしかない。ここで自分を抑えたら、怒りが爆発してアルシアに説教せずにはいられなくなるだろう。

「あなたのお兄さまは目をみはるほどすてきだわ。あのふたりのこと、わたしも心から喜んでいるのよ」アルシアは扇をひらひらさせ、マーカスが新婦を家の外に連れだすのを見守った。

キャロは友人に向かってうなずいた。「ええ。それに、わたしと兄との関係は昔よりもずっとよくなった。それについてはダニエルに感謝するばかりだわ」

「それって、あなたはこの家に戻るつもりだってこと？」その声は明らかに動揺していた。

胸にあたたかさが広がり、キャロは笑みを浮かべた。学校でアルシアと出会って親友になってからというもの、キャロはセント・レオン家で暮らしていた。父のいる家に帰ることを避け、父と断絶しているあいだの避難所となってくれたセント・レオン家の人々には感謝の念しかない。キャロは血のつながった家族のように彼らを愛していた。そして彼らがキャロに出ていってほしくないと思ってくれているのを知って、胸にうれしさがこみあげた。

「まさか、違うわ。ルーウェリン城がわたしの家よ」

アルシアがほっとした気持ちを全身で表した。肩が前にさがり、せわしなかった扇の動きがゆっくりになる。顔に満足だと書いてあった。「よかった。そうでなくっちゃ」ふと沈黙がふたりを包み、彼女が急にため息をついた。「この結婚式が終わってしまったら、ロンドンは退屈になるわ。わたしは壮大な冒険がしたい」

キャロはその言葉を無視した。いつも聞かされていることだ。彼女の友人はいつも突飛な思いつきで社交界のエリートを犠牲にして楽しんでいる。問題は、その思いつきが失敗に終わることが多い点だった。だからキャロは、兄と話していた内容をアルシアに教えるのを躊躇した。話せば、アルシアは大胆すぎる計画を立てるだろう。キャロが慎重に築きあげて守ってきた評判が、ものの数時間で崩れ去ることは間違いない。

急に群衆がざわめきだして、キャロはそちらに目をやった。ほかにも何人もの頭が食堂の扉のほうにそろって向けられている。

「いったいなんの騒ぎ？」

アルシアが人々の頭の向こうを見ようとした。片足で伸びあがるたびに、完璧に整えられた蜂蜜色の巻き毛の束がはずむ。キャロが興味を抱いたのは、隣にいた既婚女性の顔がみるみるうちに青ざめ、極上の象牙よりも白くなったからだった。

キャロは唇を噛み、アルシアのまねをしてつま先立ちした。人込みを縫って黒髪の頭が動いているのが目に入った。人々は息をのんで道を空け、近づいてくる人影から離れようと横飛びに逃げている。

「ずいぶん遅れて着いた人がいるみたい」人々が何に興奮しているのかまではわからない。噂が広がるまで待たなければならないだろう。キャロはアルシアを引っ張って背伸びをやめさせた。「我慢しなさいよ。いずれわかるわ」

アルシアはいらだった様子ながらも同意し、きびすを返すとキャロの手を引いて窓際に並ぶ軽食のテーブルへと向かった。パンチの入ったボウルの前で足を止め、高価なクリスタルのグラスをキャロに手渡すと、自分もひとつ取った。

アルシアがにやりとした。「みんなが何をあんなに騒いでいるのか、想像もつかないわ。ここ数年の出来事でいちばん興奮したのは、レディ・フェアチャイルドの舞踏会でサー・アーサーのかつらがパンチのボウルに落ちたことね」

「ああ、思いだしたわ。あなたがきわめて都合よくつまずいたせいで、例のかつら騒動が起きたんだった」

アルシアが物騒な目つきでキャロをにらんだ。「どこかの親友が、あのかつらは取れたりしないのかしらってわたしをけしかけたりしなければ、つまずいたりしなかったわ」

キャロは笑った。「それで取れてしまったのよね」

突然、テーブルの上に影が落ちた。にやにやしていたアルシアの顔が、たちまち驚愕と恐怖の形相に変わる。その急激な変化に、キャロは目を丸くした。

「レディ・キャロライン・ブラッドリー？」

向き直ったキャロはアルシアのショックの原因に遭遇し、その暗い声に凍りついた。恐怖の震えが背筋を駆けのぼる。目の前に立っているのは魔王そのものだった。頭のてっぺんからつま先まで黒でかため、そびえるように立っている。彼女の兄に引けを取らないほどの長身だ。マーカスの広い胸に比べ、この男は細身で、引きしまった体は敏捷な猫を思わせる。濃いひげに覆われた顎からさらに上を見ると、細められた青みがかった灰色の目がキャロを見つめていた。漆黒の頭がかがめられ、彼女の全身をはじめて感じる震えが駆け抜けた。息ができない。

「ということは、きみがわたしの婚約者か」

もう耐えられない。

キャロは気を失った。

訳者あとがき

ヒストリカルロマンスを愛する読者のみなさま、期待の大型新人の登場です！

本書がデビュー作となるエル・ダニエルズは、まだ二〇代前半という若い作家です。マサチューセッツ州の郊外の町で生まれ育った彼女、周囲に娯楽が少ないことから自然に読書にのめりこむようになったとのこと。そうするうちに、読むだけでは物足りなくなって自分でも書くようになりました。今もその町に暮らしながら精力的に執筆を重ね、現在、本作を一作目とするシリーズの三作目までが刊行を待っています。

本書は、各章の頭にも引用がありますが、某アニメーション映画でも有名な『美女と野獣』をモチーフとしています。顔に醜い傷跡があることから陰で野獣と呼ばれ、女性から敬遠されるヒーローのフリートウッド侯爵マーカス。彼はある事情から、どうしても裕福な家の令嬢と結婚しなければなりません。ところが、ふさわしい相手を見つけて結婚しようとした矢先に、彼女はほかの男性と駆け落ちして姿を消してしまいました。その駆け落ちに手を貸したのが、ヒロインのダニーでした。男爵令嬢のダニーは、当時の上流階級には珍しく本物の愛で結ばれていた両親を見て育ったため、人は誰でも、政略結婚ではなく心から愛する相手と結婚するべきだと信じています。その信念からひそかに、愛する男女を駆け落ちさせる手助けをしていました。ダニーに計画を邪魔されたマーカスは、新たに海軍司令長官の令嬢を誘拐して無理やり結婚に持ちこむアイデアを思いつき、ダニーに協力させることにします。断れば秘密をすべてばらすと脅され、しかたなく承諾したダニー。しかし、首尾よく令嬢を誘拐したあと、事態はふたりの思ってもいなかった方向に展開するのです。

おとぎ話のような結婚を夢見るダニーと、子どもの頃のすさまじい体験が原因で顔と心に傷を負ったマーカス。ふたりが冒険を続ける中で次第に心を開き、惹かれあう様子が、本書では丁寧に描かれています。マーカスのような屈強な男性が幼い頃のトラウマに苦しむシーンはとても痛ましく、ダニーではなくてもなんとかしてあげたいと考えてしまいます。そんなマーカスの苦しみをダニーがどんなふうに癒やしていくかを楽しみにしながら読み進めていただければと思います。

先に書いたように、本作はシリーズ一作目となります。実は、あとに続く二作も有名なおとぎ話をモチーフにしています。才能豊かな若い作家が、どんなおとぎ話をモチーフにどんな物語を書いたのか、次作以降を読むのが待ち遠しくてなりません。

二〇一五年九月

ライムブックス

やさしき野獣《やじゅう》と花嫁《はなよめ》

著　者　エル・ダニエルズ
訳　者　水山葉月《みずやまはづき》

2015年10月20日　初版第一刷発行

発行人　成瀬雅人
発行所　株式会社原書房
〒160-0022東京都新宿区新宿1-25-13
電話・代表03-3354-0685　http://www.harashobo.co.jp
振替・00150-6-151594
カバーデザイン　松山はるみ
印刷所　図書印刷株式会社

落丁・乱丁本はお取替えいたします。
定価は、カバーに表示してあります。
 ISBN978-4-562-04475-7 Printed in Japan